KB110444

너무

예뻐서

피곤한

그녀

너무
예뻐서
피곤한
그녀

초판 1쇄 인쇄일 2016년 10월 19일
초판 1쇄 발행일 2016년 10월 25일

지은이 | 그린커피
펴낸이 | 김기선
편집장 | 김은지

펴낸곳 | 와이엠북스(YMBOOKS)
출판등록 | 2012년 7월 17일 (제382-2012-000021호)
주소 | 서울시 도봉구 노해로 379, 1005호(창동, 대성빌딩)
전화 | 02)906-7768 / **팩스 |** 02)906-7769
E-mail | ymbooks@nate.com

ISBN 979-11-322-3913-0 03810

값 9,000원

너무
예뻐서
피곤한
그녀

YMBOOKS ROMANCE STORY

그린커피 장편소설

차 례

프롤로그

"어때, 유라야? 클럽에 첫발을 들이는 소감이? 분위기 죽이지! 벌써 신나지 않냐?"

경희는 선뜻 들어오지 못하고 입구에서 머뭇대는 유라의 팔을 잡아 클럽 안으로 끌어당겼다. 귀가 먹먹할 만큼 쿵쿵 울리는 빠른 비트의 음악과 어지러울 정도로 현란한 색색의 조명, 그리고 리듬에 맞춰 신나게 몸을 흔들어대는 사람들. 익숙지 않은 광경에 잠시 주눅이 들었던 유라가 신기한지 사방을 두리번거렸다.

"그러네. 여긴 정말 별천지 같다."

"그렇지? 어, 저기 자리 있네. 애들아, 저쪽에 앉자."

박자를 따라 고개를 까딱이며 안을 둘러보던 경희가 빈 테이블을 가리켰다. 청춘을 불태운다는 금요일 저녁, 유라는 퇴근 후 단짝 친구들과 함께 클럽에 온 참이었다. 학창시절부터 학비와 생활비를 스스로 벌어야 했던 그녀에게 유흥은 곧 불필요한 사치라 클럽은 오늘이 처음이었다.

"어때? 꽤 재밌지?"

옆으로 돌아앉아 플로어에서 춤추는 사람들을 구경하느라 눈이 휘둥그레졌던 유라가 고개를 끄덕였다.

"응, 재밌어. 정신은 좀 없지만."

유라의 대답에 키득키득 웃으며 경희가 잔을 위로 들었다.

"얘들아, 우리 건배할까? 어머, 윤정이 잔 비었네. 주영아, 뭐 하니? 옆에 앉아서. 유라야, 너는 주스 들어!"

주영이 윤정의 빈 잔에 맥주를 가득 부었다. 잔이 모두 채워지자 그녀들은 테이블 가운데로 잔을 모아 다 함께 '짠' 하고 부딪쳤다.

"자, 우리들의 빛나는 우정을 위하여!"

"위하여!"

"얘들아, 오늘은 신나게 놀아보자꾸나!"

"좋지!"

시원하게 맥주를 들이켜는 친구들 틈에서 유라는 홀로 주스를 마셨다. 이런 자리에서조차 맘 편히 맥주 한 잔 못 마시고 혼자만 겉도는 게 아쉬웠지만 어쩔 수 없었다. 그녀는 고작 맥주 한 잔에도 얼굴부터 발끝까지 온몸이 새빨개지고 숨이 턱 끝까지 차오를 만큼 술이 약했다. '알코올 분해 효소 결핍증 환자' 또는 '불타는 고구마'라는 놀림이 싫어 주량을 늘리려고 몇 번 노력도 해봤지만, 워낙 부작용이 심해서 일찌감치 포기할 수밖에 없었다.

"얘들아, 여기까지 왔는데 앉아서 구경만 할 거야? 나가자. 유라야, 너도 얼른."

윤정의 제안에 모두 일어섰다. 유라도 친구들을 따라 플로어로 나섰다.

어색함에 망설인 것도 잠시, 유라는 신나게 몸을 흔들었다. 제 흥에 겨워 어깨를 으쓱이고 팔을 이리저리 휘젓다가 좀 더 신이 날 때면 두 팔을 위로 높이 들고 토끼처럼 깡충깡충 뛰었다.

그렇게 열심히 놀다 보니 어느새 친구들과 멀어지고 있었지만, 그것도 알아채지 못할 만큼 그녀는 즐거운 분위기에 흠뻑 빠졌다. 그러다 문득 이상하다고 느꼈을 때는 이미 낯선 남자들에게 완전히 둘러싸인 후였다.

당황한 유라는 친구들을 찾아 주위를 두리번거렸다. 저만치 떨어진 곳에서 춤을 추는 친구들을 발견하고 그쪽으로 가려 했지만, 그녀가 움직일 때마다 남자들이 기다렸다는 듯 앞을 막으며 몸을 밀착해왔다.

"아니, 저……. 좀 지나갈게요."

비켜달라는 말을 못 들은 척 다가서는 남자를 피해 한 걸음 물러섰더니 이번에는 뒤에 선 남자가 바짝 들이댔다. 왼쪽도 오른쪽도 남자들로 막혀 빠져나갈 틈이 없기는 마찬가지였다.

"겨, 경희야. 윤정아……."

유라가 친구들의 이름을 불렀지만 음악에 묻혀 들리지 않는 듯했다. 그 순간 누군가 손목을 움켜잡는 바람에 그녀의 얼굴이 순식간에 창백해졌다.

"왜 혼자 여기 있어? 이쪽으로 와."

"……네?"

불쑥 나타난 또 다른 손이 이번에는 유라의 어깨를 감싸 안았다. 당황해서 옆을 돌아본 유라는 서글서글하게 웃고 있는 남자와 눈이 마주쳤다.

"그 손 놔주시죠!"

남자가 그녀의 손목을 잡아챈 사람에게 엄중히 경고했다. 간섭이 달갑지 않은지 누구냐고 묻는 표정에 그는 유라를 제 쪽으로 가까이 끌어당겼다.

"보면 모르겠습니까? 내 여자친굽니다."

엉뚱한 말에 황당해진 유라가 힘껏 쏘아봤지만 남자는 아무렇지도 않은 듯 다정하게 웃더니 그녀의 귓가에 나직하게 속삭였다.

"그러지 말고 웃어요. 여기서 빠져나가게 해줄 테니."

"……?"

의심스러웠지만 효과는 있었다. 유라의 손목을 잡았던 사람이 얼른 손을 떼더니 사과의 말을 우물거리며 다른 곳으로 사라졌다. 그러는 사이 그녀 주위를 둘러쌌던 남자들의 벽이 느슨해졌고, 유라는 그의 도움을 받아 무사히 플로어 밖으로 나올 수 있었다.

지훈은 따분한 눈길로 클럽 안을 둘러봤다. 플로어에서 춤을 추던 친구들이 어서 나오라고 손짓했지만, 사양의 뜻으로 고개를 절레절레 흔들었다. 다른 모임에 참석했다가 곧장 이리로 온 참이라 옷차림도 불편했고 원래도 그는 유흥을 즐기는 편이 아니었다. 명색이 그의 귀국을 축하하는 자리라 무리해서 참석했지만 며칠째 쉴 틈 없이 이어지는 일정에 다소 지쳐 있기도 했다.

아무래도 친구들에게는 미안하지만, 다음에 거나하게 한잔 사기로 하고 오늘은 먼저 일어나야 할 것 같았다. 지훈은 언제쯤 일어나는 게 적당할까를 고민하며 조명이 번쩍이는 플로어로 시선을 돌렸다.

"아……."

춤추는 사람들을 물끄러미 바라보던 그의 시선이 검은 미니 드레스를 입은 여자에게 고정됐다. 배우가 아닐까 싶을 만큼 예쁜 외모와는 어울리지 않게 여자의 춤은 유치원생의 율동만큼이나 서투르고 어설펐다. 그런데도 지훈이 시선을 떼지 못한 것은 눈이 부실 정도로 환한 그녀의 표정 때문이었다.

여자는 진심으로 이 순간을 즐기는 듯 보였다. 춤이라고는 열심히 깡충거리는 게 다였지만 그녀의 표정을 보면 얼마나 재밌어하는지를 쉽게 알 수 있었다.

그때 여자가 참지 못한 웃음을 터뜨렸다. 어깨를 으쓱거리며 팔을 휘젓다가 옆 사람과 제 춤이 얼마나 다른지 깨달은 것 같았다. 그러나 지훈의 눈에는 밝게 웃음 짓는 그녀가 클럽 안의 어떤 누구보다도 훨씬 빛나 보였다.

"하하하."

웃는 그녀를 보며 저도 모르게 따라 웃음 짓던 지훈의 고개가 한쪽으로 기울어졌다. 그의 시야를 가리는 사람들이 점점 늘어나더니 어느 순간 그녀의 모습이 차츰 보이지 않았다. 여자가 아직 그곳에 있는지, 여전히 깡충대며 춤을 추는지 궁금해진 지훈은 자리에서 일어섰다. 키가 큰 그가 목을 쭉 빼고 살펴보니 여자는 남자들에 둘러싸여 난감해하고 있었다.

역시나 그녀를 주목한 사람이 저만은 아니었나 보다. 어깨를 으쓱인 그는 자리에 앉기 전에 다시 한 번 그녀에게 흘긋 눈길을 주었다. 그때 웬 남자가 바짝 다가서며 그녀의 손목을 움켜잡았다.
끼어들고 싶지 않아 모른 척하려던 지훈은 금방이라도 올 것 같은
여자를 보고 앞으로 나섰다.

"이제 됐어요. 놔주세요."

유라가 어깨를 틀자 남자는 빠르게 손을 떼어내 위로 들었다.
다른 의도가 전혀 없다는 걸 보이려는 듯한 모습에 미안해진 그녀
는 어색하게 웃었다.

"죄송해요. 그리고 도와주셔서 고맙습니다."

"아닙니다. 어려운 일도 아닌걸요."

남자는 별일 아니라며 손을 내저었다.

"설마 혼자 온 건 아니죠? 일행은요?"

왜 혼자 있었냐고 묻는 것 같아 유라는 얼른 손을 들어 뒤쪽을
가리켰다.

"친구들하고 왔어요. 저기 있네요. 같이 있었는데 어쩌다 보니
떨어졌어요."

"그렇군요."

유라는 눈앞의 남자를 살폈다. 180센티는 거뜬히 넘어 보이는
큰 키에 선명한 이목구비가 꽤 근사한 미남자였지만, 이런 곳에는
전혀 어울리지 않는 단정한 슈트 차림이라 어쩐지 이질적인 존재
처럼 느껴졌다.

"회식이라도 오셨나 봐요?"

아니면 옷도 못 갈아입고 바로 클럽으로 달려올 만큼 유흥에 푹
빠진 사람이든지. 그녀가 제 옷차림을 훑어보는 걸 알았는지 남자

의 얼굴에 멋쩍은 웃음이 서렸다.

"글쎄요. 그 비슷한 거라고 해두죠."

애매한 대답에 유라도 건성으로 고개를 끄덕였다. 어느 쪽인들 무슨 상관이겠는가. 도움을 받은 것은 감사한 일이지만 두 번 볼일은 없는 남잔데.

"이제 가봐야겠어요. 친구들이 기다릴 거예요."

돌아서려는데 남자의 목소리가 그녀를 붙들었다.

"여기서 이런 걸 묻는다는 게 좀 그렇지만, 이름을 물어도 될까요?"

"제 이름을요?"

유라가 놀란 눈으로 되물으며 남자의 표정을 살폈다. 색색의 조명이 그의 얼굴 위를 스치는 통에 어떤 표정을 짓고 있는지 뚜렷하지 않았다.

유라는 대답을 망설였다. 이런 곳에서 만난 남자와 얽힐 마음은 없지만 도움을 받은 처지에 너무 차갑게 굴기도 좀 그랬다. 망설이던 그녀는 며칠 전 TV에서 봤던 오래된 영화가 생각나 어깨를 으쓱이며 장난처럼 대답했다.

"줄리아, 줄리아 로버츠라고 해두죠. 그러는 그쪽은요?"

그녀의 마음을 알아챘는지 남자가 소리를 낮춰 웃었다.

"줄리아 로버츠. 귀여운 여인인가요? 그렇다면 저는 리처드 기어입니다."

01.

"이제 시작해볼까!"

이른 아침, 젖은 머리카락을 수건으로 감싼 유라가 거울 앞에 앉았다. 잡티 하나 없이 맑고 투명한 피부와 신비한 분위기를 더해주는 커다란 갈색 눈동자가 유독 돋보였다. 거기에 인형처럼 긴 속눈썹과 알맞은 숱의 고운 눈썹, 그리고 휘지도 너무 크지도 않은 우뚝한 코와 양 끝이 살짝 올라간 붉고 도톰한 입술. 거울 속 유라의 얼굴은 누구나 한 번은 다시 돌아볼 만큼 아름다웠다.

기초화장을 끝내고 가만히 거울을 들여다보던 그녀가 어두운색의 파운데이션을 손바닥으로 대충 쓱쓱 문질러 눈처럼 하얀 피부를 어둡고 탁하게 만들었다. 짙은 아이브로펜슬로 눈썹을 아래로 내려 그리고, 양 뺨에 열 개씩 주근깨도 찍었다. 붉은 입술은 파우더로 눌러 생기 없이 흐려 보이게 한 뒤 테 두께가 1센티는 될 것 같은 커다란 검은색 뿔테 안경을 콧등에 걸쳤다.

"어디 보자, 준비는 대충 끝난 것 같고. 고무줄이……."

서랍에서 고무줄을 꺼내 빗살이 촘촘한 빗으로 잔머리가 흐트러지지 않도록 뒷덜미에 바짝 당겨 묶었다. 마지막으로 답답해 보일 만큼 턱밑까지 바짝 올라오는 두툼한 베이지색 니트 터틀넥과 다리가 가장 두꺼워 보인다는 어중간한 길이의 헐렁한 갈색 치마 정장을 입은 유라는 필요한 서류와 가방을 챙겨 출근길에 나섰다.

회사로 향하는 전철 안. 사람들이 곁눈으로 그녀를 흘끔거렸다. 마치 저 여자는 어느 시대에서 온 희귀종일까 신기하게 여기는 눈빛이었다. 아까부터 그녀의 모습을 기가 막힌 듯 쳐다보던 한 여자가 앞에 앉은 친구에게 쑥덕거렸다.

"야. 저기, 저 여자 좀 봐."

"여자? 누구?"

친구가 호기심 어린 눈으로 두리번거리다 유라를 발견했다.

"아! 저 여자?"

"그래, 저 여자 말이야. 저러고 다니고 싶을까? 생긴 거랑 머리가, 헐……. 저 괴상한 옷차림은 또 뭐야. 웃겨. 꼭 B사감과 러브레터에 나오는 B사감 같지 않냐?"

제게 쏠린 시선을 모른 척했지만, 유라는 사람들이 수군대는 소리를 모두 듣고 있었다. 그녀는 차창에 비친 제 모습을 보며 만족한 듯 씩 웃었다.

유라는 JC그룹 본사에서 근무했다. 그녀는 회사로 들어가기 전, 여느 때처럼 고개를 치켜들고 높다란 회사 건물을 한눈에 담아냈다.

'여기서만큼은 반드시 능력을 인정받아 성공적인 직장생활을 해내는 거야.'

이것은 그녀가 출근할 때마다 빼먹지 않는 일종의 의식이었다. 비장한 각오로 입사한 지 이제 5개월. 멀쩡한 얼굴에 못나 보이는 분장을 한 지도 벌써 5개월이 지났다. 아직은 신입 딱지도 떼지 못한 초급 비서에 불과했지만, 그녀는 처음 입사할 때 새겼던 각오를 한시도 잊은 적이 없었다.

"어, 유라 씨. 어서 외."

회사 입구로 들어가자 친하게 지내는 보안 직원이 알은척하며 손을 흔들었다. 그는 유라가 면접을 위해 이곳을 찾았던 날, 허름한 차림의 그녀를 잡상인으로 오해하고 내쫓으려 했던 해프닝의 장본인이었다. 그 바람에 하마터면 면접에 늦어 곤란해질 뻔했지만, 나중에는 그 일이 계기가 되어 마주칠 때마다 반갑게 인사하는 사이가 됐다.

"안녕하세요? 그럼, 오늘도 좋은 하루 보내세요."

유라는 그와 인사를 나눈 후 사무실로 올라가기 위해 엘리베이터로 발을 옮겼다.

딩동. 벨이 울리고 엘리베이터 문이 열렸다. 유라는 안으로 들어가려다 먼저 타고 있던 사람을 보고 급히 고개를 숙였다.

"안녕하십니까, 전무님."

"아, 한 비서. 벌써 출근해요?"

유라의 인사를 받은 윤정아 전무가 어서 타라고 손짓했다. 윤 전무는 JC그룹 창업자인 윤정섭 회장의 딸로 유라가 이 회사에 입사하기 위해 면접을 봤을 때 면접관과 응시자로 만난 인연이 있었다.

'한유라 씨. 우리 JC그룹에 입사하려는 이유가 뭔가요?'

'JC그룹이라면 외모가 아닌 능력으로 저를 평가해주실 거라 생각했습니다.'

'그래요?'

못난 얼굴로 먼저 자신의 외모에 관한 얘기를 꺼낸 것이 의외였는지 윤 전무가 흥미로운 눈빛으로 유라를 응시했다.

'그렇습니다. 저는 비서직에 지원했고, 특히나 여비서는 외모가 뛰어나야 한다는 선입견이 있기 마련입니다. 그러나 상사를 보좌하는 데에는 예쁜 비서만이 아니라 신속하고 정확하게 업무를 처리하는 비서도 꼭 필요할 거라 믿습니다. JC그룹이라면 저를 공정하게 평가해주실 거라는 믿음으로 이곳에 왔습니다.'

'맞아요. JC에서 필요로 하는 인재는 맡은 업무를 제대로 해내는 사람이지 눈을 즐겁게 하는 사람이 아닙니다.'

윤 전무는 유라의 똑 부러지는 답변이 제법 마음에 드는 눈치였다. 제 뜻을 알아주는 사람이 있다는 생각에 고무된 유라는 허리를 반듯하게 세우고 자신 있게 대답했다.

'그렇습니다. 부족한 제 외모를 덮을 만큼 열심히 노력해서 성과로 보여 드리겠습니다.'

지금도 면접 날을 떠올릴 때면, 유라는 윤 전무에게 감사하는 마음이 먼저 들었다. 지금과 똑같이 못난이 분장을 한 그녀의 외모 때문인지 다른 면접관들은 유라에게 전혀 호감을 느끼지 못하는 눈치였지만 윤 전무는 달랐다. 윤 전무가 그녀에게 관심을 보여준 덕분에 유라는 제 생각과 소신을 펼쳐 보일 기회를 잡을 수 있었다.

"한 비서."

"네. 전무님. 말씀하십시오."

윤 전무를 만나 잠시 상념에 빠졌던 유라가 얼른 자세를 바로 하며 대답했다.

"내가 한 비서에게 거는 기대가 아주 크다는 것 알고 있죠?"

"네?"

"면접 날, 당당하게 자기 의견을 말하던 한 비서의 모습이 무척 인상 깊었어요."

"좋게 봐주셔서 감사합니다."

유라의 인사에 고개를 끄덕이던 윤 전무가 그녀를 또렷이 바라 봤다.

"외모보다 실력으로 자신의 가치를 보여주겠다! 그렇게 말했던 것 맞죠?"

"네, 맞습니다. 전무님."

"호호호. 그래요. 지금도 열심히 하는 건 알지만, 나는 한 비서가 앞으로 더 잘 해주기를 바라요. 그래서 한 비서의 말처럼 외모와는 상관없이 본인의 능력으로 우리 JC그룹에서 멋지게 성공하고 인 정받게 되기를 기대하고 있어요."

윤 전무의 격려에 감동한 유라의 눈가가 촉촉해졌다. 면접 날 호감을 보여준 것만도 감사한데 지금까지도 그녀에게 관심을 두 고 지켜보고 있었다니. 한낱 신입 비서에 불과한 유라로서는 윤 전 무의 응원과 격려가 한없이 고마울 따름이었다.

"감사합니다. 전무님. 정말 감사합니다. 실망하시지 않게 열심 히 하겠습니다."

"그래요. 얼마나 능력 있는 비서로 성장해줄지 지켜보겠어요.

그때가 되면 아마도 내가 유라 씨한테 특별히 부탁할 일이 있을 거예요."

특별히 부탁할 일이란 말에 유라는 그게 무슨 의민지 내심 궁금했지만, 윤 전무는 그 이상은 얘기하지 않았다.

JC그룹의 비서실은 통합비서실과 중역비서실, 그리고 회장비서실로 구분됐다. 그중에서도 유라가 근무하는 통합비서실은 주로 근무 연차가 낮은 신입 비서들이 비서직 수행에 꼭 필요한 기초 업무를 배우는 곳으로, 이곳에서 근무하며 익힌 업무 경험과 평가에 따라 중역비서실이나 회장비서실로 차출되었다.

"어머, 일찍들 나오셨네요?"

유라가 비서실에 들어가 보니 일찍 출근한 몇몇 동료가 벌써 업무를 시작한 후였다.

"아, 한 비서. 좋은 아침!"

"유라 씨, 왔어요?"

출근 인사를 나눈 후 유라는 커피 머신 앞에 섰다. 본격적인 업무를 시작하기 전에 가장 필요한 것은 뭐니 뭐니 해도 진하게 내린 커피 한 잔이었다.

'안녕하십니까? 신입사원 한유라라고 합니다.'

조금 전에 윤 전무를 만나서일까, 새삼스럽게 첫 출근 때의 기억이 떠올랐다.

'그때는 참, 열심히도 웃고 다녔었는데.'

독특한 외모 때문에 나쁜 인상을 주게 될까 봐 회사에서는 늘 활짝 웃고 다녔다. 그래선지 어떻게 저런 사람이 비서실에 들어

왔을까, 조금은 떨떠름한 눈길로 바라보던 처음과는 달리 비서실의 동료들과 빠르게 친해질 수 있었다. 단 한 사람, 그녀보다 1년 먼저 입사한 선배지만 나이는 같은 신미래를 제외하면 말이다.

그동안 미래에게 딱히 실수한 일도 없고 서로 감정적으로 부딪친 일도 없었건만, 이상하게도 미래는 그녀에게 곁을 내주지 않았다. 그녀를 대하는 태도가 다른 동료들을 대할 때와 사뭇 달라서 알게 모르게 거리를 두고 경계한다는 게 쉽게 느껴질 정도였다. 처음에는 가까워지려고 노력했던 유리도 이느 순간부터는 포기하고 말았다. 가끔 미래가 별것 아닌 사소한 일로 까탈을 부리거나 얄밉게 구는 일이 있었지만, 그냥 그러려니 하고 넘겼다.

오늘만 해도 회장비서실에서 정리와 분류를 부탁한 서류가 한 아름이나 됐다. 유라는 마지막 서류까지 확인한 후 들기 편하도록 서류 더미를 가지런히 착착 정리했다.

"이제 다 됐네요. 시간 끌 것 없이 바로 갖다 주고 오죠."

유라가 서류를 회장비서실로 옮기자고 말하는데 그때껏 멀쩡하던 미래가 갑자기 어깨부터 손목까지를 요란하게 두드리며 아프다고 우는소리를 했다.

"아휴, 손목이야. 갑자기 왜 이렇게 팔이 저리지? 몸살인가? 어머, 웬일이야. 어깨도 너무 아프다."

함께 나누어 들기 위해 서류를 둘로 나누던 유라는 속으로 한숨을 꿀꺽 삼켰다.

'뭐야. 방금까지만 해도 멀쩡하더니 갑자기 약한 척을. 무거우니 들기 싫다 이건가?'

둘로 나눴던 서류 더미를 하나로 합쳐 안아 든 유라는 그녀를 못 본 척 외면하는 미래를 흘끔 돌아본 뒤 비서실을 나섰다.

"그럼 저는 이만 가보겠습니다. 수고하세요."

혼자서 들고 나르느라 팔이 빠질 뻔했지만 무사히 서류를 전달했다. 유라는 한 층 아래의 비서실로 돌아가기 위해 계단으로 향했다.

그녀가 복도를 지나자마자 곧바로 엘리베이터 문이 열리고 두 남자가 내렸다. 앞서 내린 남자가 걸음을 멈추고 그녀를 돌아봤지만, 유라는 서둘러 걸어가느라 남자가 저를 바라보고 있다는 것을 알지 못했다.

"어쩌지? 집에 먹을 만한 게 하나도 없네."

토요일 오전. 모처럼 쉬는 날이라 선반을 뒤적이던 유라는 집 근처 마트로 장을 보러 갔다. 간단한 먹거리와 군것질거리, 세제, 휴지를 골라 담은 그녀는 싱글족의 필수품인 라면 코너에 카트를 세웠다. 신상 라면과 항상 먹던 라면을 양손에 들고 무얼 살까 고민하는데 누군가 유라의 팔을 슬쩍 건드렸다. 돌아보니 웬 젊은 남자가 그녀를 보고 웃고 있었다.

'누구지?'

헤어스타일이 깔끔하고 얼굴도 잘생긴 데다 키가 크고 다리가 길어 청바지가 모델처럼 잘 어울리는 남자였다. 상당히 인상적인 외모였음에도 유라는 그 남자를 언제 어디서 만났는지 얼른 생각이 나지 않았다.

"여기서 이렇게 만나다니, 전 정말 반가운데. 기억 안 나세요?"

"네? 죄, 죄송합니다. 누구신지……."

미안한 얼굴로 머리를 긁적이자 남자가 멋쩍은 웃음을 터뜨렸다.

"안녕하세요. 줄리아 씨? 혹시 이렇게 말하면 기억이 나실까요? 하하."

줄리아? 갑자기 무슨 소린가 어리둥절해하던 유라가 눈을 크게 떴다. 흐릿했던 기억 속의 일이 하나둘 되살아나기 시작했다. 줄리아. 줄리아 로버츠. 그러고 보니 친구들과 함께 갔던 클럽에서 그녀를 도와줬던 남자였다.

"아! 생각났어요. 리처드 기어 씨 맞죠? 누구신가 했어요. 용케 저를 알아보셨네요? 벌써 꽤 지난 일인데."

유라는 그날 잠깐 스쳤을 뿐인데 그가 저를 알아봤다는 게 신기했다.

"그러게요. 벌써 시간이 많이 흘렀네요. 처음에는 저도 긴가민가했습니다. 분명히 어디선가 뵌 분 같은데 누구지? 하고 말입니다. 그러다 기억이 나더군요. 이렇게 다시 뵙게 돼서 반갑습니다."

"그러셨군요. 어쨌거나 저도 반가워요. 그날 클럽에서 도와주셨던 일은 정말 감사했어요."

유라가 인사를 하며 내려다보니 그의 카트에 물건이 가득했다.

"별말씀을요. 아, 바빠서 한동안 장을 못 봤더니 살 게 많네요."

"저도 그래요."

"이렇게 다시 만난 것도 인연인데, 시간 괜찮으면 같이 커피 한잔하시죠?"

"글쎄요……. 그러죠, 뭐."

남자의 제안에 망설이던 유라는 커피 한잔 마시는 일이 뭐 어려울까 싶었다.

마트가 위치한 상가 건물에는 커피숍과 식당 같은 다양한 상점이 입점해 있었다. 둘은 나란히 계산을 마치고 물품 보관소에 장본 짐을 넣은 후, 커피숍으로 갔다.

커피를 앞에 두고 마주 앉은 두 사람은 그날 장본 것에 관한 이야기를 나눴다. 마침 둘 다 장을 봤으니 부담 없이 말하기 좋은 딱 좋은 주제였다. 지난번 일도 있고 해서 따라왔지만, 유라는 남자에게 저에 대해 시시콜콜히 털어놓을 마음은 없었다. 그래도 요즘은 뭘 해 먹는 게 좋을까 같은 얘기를 나누다 보니 둘 다 아직 독신이고 본가에서 독립해 따로 나와 살고 있다는 것 정도는 알게 되었다.

"그럼, 음식을 직접 해서 드세요?"

그도 혼자 산다는 말에 유라는 라면이나 과자 같은 인스턴트 위주로 장을 본 자신과는 달리 과일과 채소가 많이 담겨 있던 남자의 카트를 떠올렸다.

"가끔은요. 아무래도 밖에서 지내는 시간이 많으니 집에서 밥 먹을 시간이 별로 없네요. 그래도 주말이나 어쩌다 한 번은 집에서 먹을 때가 있으니까요."

"그렇죠. 그럴 때 전 주로 라면 같은 걸 먹어요. 퇴근하고 돌아오면 시간도 늦고 피곤하니까 대충 때우게 되더라고요."

그녀의 말에 남자는 이해한다는 얼굴이면서도 그래선 안 된다는 듯 고개를 흔들었다.

"저런, 인스턴트 음식이 편하긴 해도 건강에는 별로 좋지 않은데. 저도 처음엔 그랬어요. 할 줄 아는 음식도 없고, 만들 시간도 없으니까요. 그러다 미국에서 몇 년 지내면서 몇 가지 간단한 요리를 배웠어요. 스파게티나 샐러드, 스테이크 같은 거요. 언젠가 줄리아 씨께 맛보여 드릴 날이 오면 좋겠군요. 제 요리 실력이 꽤 괜찮거든요. 하하."

대단하진 않아도 일품요리는 제법 한다며 리처드가 넌지시 말을 꺼냈지만 유라는 못 들은 척 건성으로 대답했다.

"그러시군요. 저도 요리를 좀 배워야 할까 봐요."

그녀의 마음을 알아챈 듯 남자가 싱긋 웃었다.

"그러고 보니 아직 통성명도 못 했네요."

"글쎄요. 뭐 굳이……."

"알려줄 마음이 없으시군요. 조심성이 많으시네요."

"네, 좀 그런 편이죠."

남자의 말이 가히 틀린 말도 아니라서 유라는 그러는 그쪽도 리처드 기어가 본명은 아니지 않으냐 되물으려다 그만두었다. 확실히 현성에서 근무했던 이후로는 남자를 대하는 게 조심스러워지긴 했다. 그것은 앞에 앉은 남자라도 예외가 아니었다. 매너 좋아 보이는 리처드가 나쁜 사람 같지는 않았지만 그걸 누가 장담한단 말인가. 그는 엄연히 낯선 남자였다. 더구나 클럽에서 처음 만난 남자였다.

"미국에서는 오래 계셨어요?"

"2년 좀 넘게 있었죠."

"아, 그러시구나."

딱히 무슨 말을 더 할까 고민할 때쯤 리처드가 새로운 주제를 꺼냈다.

"참, 줄리아 씨. 그거 아세요? 미국은 주마다 굉장히 독특한 법률이 있어요."

"독특한 법률이요? 어떤 건데요?"

"예를 들면 이런 거죠. 메릴랜드 주에는 싱크대가 아무리 더러워도 닦으면 안 된다는 법이 있대요."

리처드의 말에 유라의 눈이 휘둥그레졌다.

"네에? 에이, 설마요."

"정말이에요. 펜실베이니아에서는 욕조에서 노래를 부르면 안되고, 메사추세츠에서는 침실 창문을 안 달고 코를 골면 위법이래요. 오리건에서는 일요일에 아이스크림을 먹으면 안 되고요."

리처드가 거짓말이 아니라는 듯 어깨를 으쓱해 보였다. 그러고는 지금의 상식과 기준으로는 말도 안 되는 다른 전통 법률에 관해서도 말해줬다. 황당한 이야기가 나올 때마다 유라는 피식피식 웃음을 터뜨렸다.

"그런데 이런 법이 미국에만 있는 게 아니더라고요."

"어머, 그래요? 어디에 또 있는데요?"

"음, 중국에서는 사전 동의 없는 환생은 금지한다는 법률이 있다더군요. 달라이 라마가 환생을 통해 새로 태어나는 것을 막기 위한 법이라나요? 티베트 불교에 대한 믿음을 약화하려는 조치래요."

"호호. 사전 동의 없는 환생 금지법요? 독특하네요."

믿을 수 있는 상대인지 확실치는 않아도, 리처드가 함께 대화를 나누기에 유쾌한 사람인 건 분명한 것 같았다. 그녀가 하는 말에도 열심히 귀를 기울여 줬고, 공손한 말과 행동에서는 상대를 존중하고 있다는 태도가 엿보였다. 거기에 웃는 모습이 근사하고 유머 감각이 풍부하다는 것에도 충분히 점수를 줄만했다. 잠시 얘기를 나눴다 여겼던 유라는 금세 2시간이나 훌쩍 지나버렸다는 사실에 깜짝 놀랐다.

"어머, 벌써 시간이! 이제 일어나야겠네요. 만나서 반가웠어요. 커피도 맛있었고요."

"저도 다시 뵙게 돼서 반가웠어요. 덕분에 즐거웠습니다."

잠깐만 기다려달라던 리처드가 카운터에서 메모지와 펜을 빌려와 뭔가를 빠르게 적어 그녀에게 내밀었다.

"제 연락첩니다. 줄리아 씨 연락처를 묻고 싶지만, 부담스러워하실 것 같아서요. 언제라도 전화 주세요. 기다리겠습니다."

받을까 말까 망설이던 유라는 그가 내민 메모지를 받아 주머니에 넣었다. 그들은 커피숍을 나와 물품 보관소에서 짐을 찾았다.

"짐이 많네요. 차는 가져오셨습니까?"

"아뇨."

"그럼 들고 가기 힘드실 텐데 괜찮으시면 제가 모셔다드리겠습니다."

지훈의 제안에 그녀가 손을 내저었다.

"아니요. 말씀은 감사하지만 택시 타면 돼요. 괜찮습니다."

유라는 괜한 신세는 지기 싫었다. 더구나 이름도 알려주지 않은 상대에게 제가 사는 곳이 어딘지 알려줄 마음은 더욱 없었다.

그녀가 끝내 사양하자 지훈도 더는 바래다주겠다고 고집하지 않았다. 악수를 청한 지훈은 줄리아가 망설이다 손을 내밀자 그 손을 가볍게 마주 잡았다.

"알겠습니다. 그럼 여기서 인사드려야겠군요. 정말 즐거웠습니다. 조심해서 돌아가세요."

유라는 그와 헤어져 택시를 타고 집으로 돌아왔다. 장본 물건들을 정리하고 한숨 돌리려는데 문득 주머니에 넣었던 메모지가 생각났다.

<연락 기다리겠습니다. 010-4321-5678. 리처드 기어>

길쭉길쭉하고 힘 있게 써 내려간 글씨체가 어쩐지 그의 모습을 닮은 것도 같았다.

줄리아와 헤어져 집으로 돌아가는 길, 지훈은 그녀와 다시 만났던 순간을 떠올렸다. 장을 보다 눈에 띄게 예쁜 여자가 있어 자연스럽게 뒤를 돌아봤고, 어딘지 낯익은 그녀가 바로 클럽에서 만났던 사람이었기에 저도 모르게 알은척을 하고 말았다.

마음을 곱게 쓰면 좋은 일이 생긴다더니. 오늘이 꼭 그런 모양이다. 며칠 전, 가사를 돕는 아주머니가 욕실 청소를 하다 삐끗해 발목을 다쳤다. 지훈은 아주머니가 마음 편히 치료를 받을 수 있도록 치료비와 함께 넉넉한 휴가를 줬고, 그 때문에 그가 직접 장을 보러 갔다.

"다시는 못 볼 줄 알았는데……."

지난번 만남 이후 지훈은 종종 그녀를 생각했었다. 그랬기에 그냥 스쳐 지나갈 수 있었던 그녀를 쉽게 알아볼 수 있었는지도 모르겠다.

인연이 있다면 꼭 다시 보게 되기를 바랐는데 이렇게 다시 만날 줄이야. 생각지도 못한 선물을 받은 것 같아 기분이 무척 좋았다. 손바닥으로 지그시 가슴을 누르자 쿵쿵 뛰는 심장 박동이 느껴졌다. 실로 오랜만이었다. 누군가로 인해 이렇게 가슴이 설레어보기는.

지훈은 자동차의 유리창을 조금 내렸다. 열린 창틈으로 시원한 바람이 밀려들어 단정하게 빗어 넘긴 앞머리가 제멋대로 흩날렸지만, 그조차 상쾌하게 느껴졌다.

"그런데 연락이 올까?"

조금 누그러지긴 했지만 그를 경계하던 그녀의 태도는 처음과 크게 달라지지 않았다. 아무래도 두 사람이 처음 만난 곳이 클럽이라는 장소여서 더욱 그런 것 같았다. 안타까움에 한숨짓던 지훈은 그래도 혹시나 하는 희망을 품었다. 오늘만 해도 생각지도 못한 장소에서 그녀를 다시 만나지 않았던가.

"첫 번째는 클럽에서, 두 번째는 마트에서. 세 번째는 어디서 어떤 모습으로 만나게 될까?"

언제가 될지는 몰라도 그때가 간절히 기다려졌다. 백미러에 비친 지훈의 입술이 부드러운 곡선을 그리며 기울어졌다.

"아이고, 어깨야."

어젯밤도 늦게까지 야근에 시달렸던 유라는 피곤한 얼굴로 어깨를 두드렸다. 옆자리의 미주가 안쓰럽다는 눈길로 바라봤다.

"많이 피곤해요? 언니, 얼굴이 너무 안됐어요."

그 말에 건너편에 앉은 최상진 대리가 고개를 들었다.

"그러네. 어제도 늦게까지 일했어?"

"말도 마세요. 며칠째 야근 때문에 잠도 제대로 못 잤어요. 그제는 12시까지, 어제도 2시까지. 집에 가서 씻고 누우니 3시 넘은 거 있죠. 눈 한 번 감았다가 뜨니까 아침이더라고요."

지난 며칠간 유라는 미래와 팀을 이뤄 중역 회의에 사용될 자료를 준비해왔다. 회사 재무에 관한 자료라 시간도 오래 걸렸지만, 특히 숫자 투성이라 신경이 많이 쓰였다. 그런데다 하필이면 손발이 안 맞는 미래와의 공동 작업이라 힘이 배로 들었다.

"한 비서, 중역 회의 자료는 다 준비됐어? 시간 다 돼가는 거 알지? 그런데 신 비서는 어디 갔어?"

통합비서실의 이정수 차장이 자리에서 일어나 유라에게 다가오며 물었다.

"아, 신미래 비서는 제본 작업 중입니다."

미래는 어제저녁 자기는 너무 힘들어서 도저히 못 하겠다며 일찍감치 퇴근해버렸다. 그 바람에 유라 혼자 마무리 작업을 하느라 늦게까지 사무실에 남을 수밖에 없었다.

오늘 아침, 피곤에 절어 좀비처럼 퀭한 유라와는 달리 푹 자고 일어난 듯 해사한 얼굴로 출근한 미래가 그래도 미안한 마음은 있었는지 출력과 제본은 자기가 하겠다고 맡았다.

제본을 마친 미래가 돌아오자 통합비서실의 모든 비서가 중역 회의를 준비했다. 참석자 명단을 확인해 좌석을 배치하고 자료를 배포하는 일은 물론 마실 음료와 메모지, 펜을 놓는 사소한 일까지. 유라도 찌뿌듯한 몸을 일으켜 거들었다.

회의는 예정대로 무사히 진행되었다. 많이 힘들었지만 그래도 고생한 보람이 있어 유라와 미래는 회의 자료 준비를 잘했다는 칭찬도 받았다.

"정말로 점심 안 먹어요? 배고플 텐데……."

식사를 마치고 돌아온 미주가 걱정스러운 얼굴로 물었지만, 책상에 엎드려 쉬고 있던 유라는 힘없이 고개를 저었다.

"입 안이 꺼끌꺼끌해서 먹을 것 같지가 않아."

너무 지쳐서인지 아침을 걸렀는데도 밥 생각이 전혀 안 났다. 식욕은커녕 음식을 씹을 기운도 없었다. 모처럼 맡았던 중요한 업무를 잘 처리했다는 보람이 컸지만 지금 당장은 그저 얼른 퇴근하고 집으로 가서 눕고 싶다는 생각밖에 들지 않았다.

점심시간이 끝나고 오후 업무가 시작됐지만 유라는 여전히 기운을 차릴 수 없었다. 멍한 눈으로 서류를 들여다보고 있는데 지나가던 이정수 차장이 그녀를 보고 혀를 끌끌 찼다.

"한 비서. 얼굴이 너무 안됐네. 오늘은 그만하고 먼저 들어가서 좀 쉬어."

"정말요?"

생각지도 못했던 반가운 소리라 유라가 휘둥그레진 눈으로 되물었다.

"그래. 어차피 내일 월차도 냈는데 일찍 가서 눈 좀 붙여."

"그래도 될까요? 정말 고맙습니다, 차장님."

평소 같으면 빈말로라도 괜찮다고 한 번쯤 사양했을 텐데 심신이 모두 지쳐버린 상태라 그럴 여유가 없었다. 안 그래도 퇴근 시간까지 버틸 수 있을지 자신이 없던 유라는 이 차장의 마음이 변할세라 얼른 짐을 챙겨 사무실을 나왔다.

현관에서부터 엉금엉금 기다시피 집으로 들어온 유라는 씻지도 않고 그대로 침대에 누웠다. 손가락 하나 까딱할 기운도 없던 터라 뒷머리에 베개가 닿는 순간 누가 잡아끌기라도 하듯 순식간에 잠에 빠져들었다.

기절한 듯 잠을 자던 그녀가 눈을 뜬 것은 밤 9시가 조금 넘어서였다. 여전히 피곤했지만 배가 너무 고팠다. 생각해보니 종일 먹은 거라고는 멍한 정신을 깨우기 위해 억지로 삼켰던 커피 몇 모금이 전부였다.

욕실로 들어간 유라는 거울에 비친 제 얼굴을 보고 깜짝 놀라 하마터면 소리를 지를 뻔했다. 자면서 그런 건지 얼굴에 그린 주근깨들이 번져서 거무튀튀한 얼룩이 되어 있고, 팔자로 내려 그린 눈썹도 다 뭉 개져서 양쪽 눈두덩에 멍든 자국처럼 남아 있었다. 몇 년은 세수를 안 한 사람처럼 꼬질꼬질해서 꼭 거지 중에서도 상거지 같았다.

샤워기의 물을 틀었다. 아무리 배가 고파도 이 꼴로 나갈 수는 없었다. 유라는 개운하게 샤워를 한 뒤 휴대전화와 지갑만 간단하 게 챙겨 집을 나섰다.

"벌써 문 닫은 데가 많네."

자다 일어난 데다 샤워까지 했더니 시간이 너무 늦어버렸다. 벌 써 웬만한 식당은 영업을 마쳤고 아직 문을 연 식당은 술을 파는 곳들이었다.

뭘 먹을까 고민하며 상가 거리를 걷던 그녀는 치킨 가게 앞에서 걸음을 멈췄다. 갓 튀겨낸 바삭바삭한 치킨을 배경으로 거품이 풍 부한 맥주 광고가 그녀의 시선을 사로잡았다.

아, 맥주가 저렇게 맛있어 보이다니. 잔 표면에 이슬이 맺혀 있는 게 보기만 해도 시원해 보였다. '알코올 분해 효소 결핍증'인 그녀답 지 않게 광고에서처럼 맥주 한 잔을 벌컥벌컥 마셔보고 싶어졌다. 그렇게 하면 왠지 속이 뻥 뚫린 것처럼 시원해질 것만 같아서였다.

"아, 얼마나 시원할까?"

마른침을 꿀꺽 삼킨 유라는 사람들이 흔히 말하는 술이 당기는 날이라는 게 바로 오늘이 아니겠는가 생각하며 사진이 붙어 있는 가게 안으로 들어갔다.

평일 밤이어서 그런지 가게 안은 생각보다 한산했다. 사방에 진동하는 고소한 기름 냄새가 그녀의 시장기를 더욱 자극했다. 유라는 구석 자리에 앉아 프라이드치킨과 생맥주를 주문했다.

종업원이 맥주 한 잔과 뻥튀기 과자를 먼저 가져다줬다. 흐뭇한 표정으로 맥주를 내려다보던 유라는 과감하게 잔을 들어 부드러운 맥주 거품에 입술을 댔다. CF의 한 장면처럼 단숨에 쭉 들이켜고 싶었지만, 간신히 한 모금만 꼴딱 넘기고 얼른 잔을 내려놨다.

아, 무슨 맛인지 모르겠어. 기대와는 완전히 다른 맛이었다. 차가워서 시원은 한데 뭔가 모르게 찝찌름한 맛이 났다. 이게 어디가 그렇게 맛있다는 건지. 광고에 나오는 것처럼 호쾌하게 마시고 싶었는데 역시나 술은 그녀와 맞지 않는 모양이었다.

에이, 콜라나 마실걸. 후회됐지만 유라는 다시 맥주잔을 들었다. 음식 냄새를 맡은 배 속에서는 빨리 음식을 달라고 요동치는데, 치킨은 아직이고 눈앞에 있는 것은 맥주가 다였다. 혼자 멀뚱히 앉아 있기도 어색했던 그녀는 치킨을 기다리며 맥주를 찔끔찔끔 입 안으로 흘려보냈다.

"우와, 내가 이만큼이나 마신 거야? 오, 대단한데?"

홀짝홀짝 마시다 보니 어느새 잔이 절반 넘게 비었다. 뜻밖의 성과에 내심 감탄하던 유라는 술이 얼마나 남았는지 가늠해보다가 숨을 꾹 참고 남은 맥주를 벌컥벌컥 들이켰다. 취기가 돌기 시작해선지 처음보다 훨씬 덜 쓰게 느껴졌다.

"여기요! 맥주 한 잔 더 주세요. 그리고 치킨은 언제 나와요?"

"지금 나옵니다. 새로 튀겨내느라고요. 바로 갖다 드릴게요."

종업원이 새로운 맥주와 함께 치킨이 담긴 커다란 접시를 가져왔다. 역시나 혼자 다 먹기에는 양이 너무 많았다. 친구라도 한 명

불러낼까 했지만 그러기에는 너무 늦은 시간이었다. 전화 몇 통 하면 한두 명쯤은 나오겠지만, 내일 월차를 낸 그녀와 달리 친구들은 출근을 해야 했다.

"아, 갑자기 왜 이러지?"

눈앞이 핑 도는 어지러움에 유라가 도리질 쳤다. 얼굴이 화끈대는 느낌에 손바닥으로 달아오른 뺨을 비비다 무심결에 바지 뒷주머니에 손을 넣었더니 곱게 접힌 종이 한 장이 손끝에 닿았다. 종이를 꺼낸 유라는 뭐라고 쓰여 있는 건가 싶어 술기운이 일렁이는 눈으로 한참을 들여다봤다.

<연락 기다리겠습니다. 010-4321-5678. 리처드 기어>

"이게 뭐지? 아……!"

한동안 잊고 있었던 그 남자가 생각났다. 이름이 리처드 기어였던가? 그녀를 선뜻 도와주기도 했고, 대화를 나눴을 때도 나쁘지 않았다. 아니, 솔직히 조금은 즐거웠다.

느낌에는 꽤 괜찮은 사람 같았다. 실제로도 그런지는 확신할 수 없었지만. 술을 마셔서 그런가, 갑자기 그가 어떤 사람인지 무척이나 궁금해졌다. 왜 클럽에 슈트 차림으로 왔는지. 스파게티를 잘 만든다던데 그녀에게 맛보여 주고 싶다던 말이 무슨 뜻인지. 그리고 그녀에게 건네준 이 연락처가 정말로 그 남자의 것이 맞기는 한 건지. 무엇보다 정말로 그녀의 연락을 기다리고 있는지.

유라는 충동적으로 전화를 들었다. 그리고 그가 적어준 대로 번호를 눌렀다.

-여보세요?

"저기, 안녕하세열. 혹시 리처드 기어 씨? 저, 줄리안데요. 줄리아 로버츠. 기억하세여?"

⋯⋯아! 안녕하세요. 그럼요. 기억하고말고요, 줄리아 씨. 그렇지 않아도 연락 기다렸습니다. 그동안 잘 지냈어요?

갑작스러운 전화에 놀랐는지 잠시 침묵하던 리처드가 빠르게 대답했다. 괜히 전화한 게 아닌가 싶었는데 연락을 기다렸다는 말에 조금은 마음이 놓였다.

"그렇쿤요. 제 전화 마니 기다리셨쿤요. 그럼 시간 되시면 쫌깐 나오실래요?"

"지금요?"

지훈의 시선이 벽에 걸린 시계로 향했다. 연락을 안 할 것 같았던 그녀가 이런 시간에 전화를 걸어 만나자는 것도 놀라웠지만, 무엇보다 혀가 꼬이기 시작한 그녀의 목소리가 심상치 않다고 느꼈다.

"줄리아 씨? 지금 어디세요?"

-저요? 지금⋯⋯ 취킨 카게요. 전에 우리 만났던 마트 긍춰예요.

마트 근처라면 다행히 집에서 멀지 않은 곳이었다. 지훈은 들고 있던 서류를 내려놓고 지갑과 자동차 키를 집었다.

"그래요? 혹시 다른 사람도 같이 있어요?"

-아뇨. 저 홍자에요.

"그렇군요. 줄리아 씨. 그럼 거기서 다른 데로 옮기지 말고 기다려요. 목소리가⋯⋯ 취한 것 같은데 이제 술 그만 먹고요. 알겠죠? 최대한 빨리 갈 테니까 조금만 기다려줘요. 꼭이요. 네?"

20분이 조금 지났을 무렵 지훈은 가쁜 숨을 몰아쉬며 줄리아가 있는 치킨 가게로 들어섰다. 그녀가 말한 곳이 여기가 맞나 두리번거리던 그는 새빨개진 얼굴로 구석에 앉아 있는 줄리아를 발견했다.

얼핏 보기에도 그녀는 많이 취해 보였다. 더 마시면 안 된다고 했는데 말을 듣지 않은 건가. 테이블 위에 바닥을 드러낸 맥주잔이 놓여 있었다. 그가 왔다는 것을 전혀 눈치채지 못한 듯 그녀는 포크를 쥔 채 프라이드치킨과 씨름 중이었다.

유라는 완전히 취해버렸다. 치킨이 나오길 기다리며 한 잔, 리처드가 오기를 기다리며 또 한 잔. 처음에는 허기와 무료함을 달래려 마셨던 맥주였는데 종국에는 술이 그녀를 마셔버린 꼴이었다.

술기운은 이미 그녀를 잠식한 지 오래였다. 이마부터 발끝까지 새빨개졌고 귀에서는 웅웅, 벌레가 날갯짓하는 소리가 들렸다. 초점이 흐려진 눈을 아무리 깜빡여 봐도 눈앞이 흐릿하게 보였다.

그 와중에도 유라는 절대로 휴대전화를 잃어버리면 안 된다는 이상한 사명감에 사로잡혀 있었다. 손아귀가 하얗게 될 정도로 휴대전화를 꼭 틀어쥐고 남은 손에 포크를 든 그녀는 얄미워 죽겠다는 눈길로 치킨을 노려봤다. 분신술이라도 쓰는 치킨인 건지 한 조각이었던 치킨이 두 조각, 세 조각으로 나뉘어 아까부터 눈앞에서 빙글빙글 맴을 돌았다.

탕! 유라의 포크가 치킨을 향해 내리꽂혔다. 그러나 포크가 찍어 낸 것은 치킨이 아닌 접시의 빈 바닥이었다.

"아, 또!"

목표물을 놓치고 초조해진 유라가 탄식하며 혀끝으로 입술을 핥았다. 다시 한 번 심기일전한 유라의 손이 빙빙 도는 치킨을 따라 허공에서 원을 그렸다.

바로 지금이야! 치킨을 향해 힘차게 낙하한 포크가 이번에도 목표물을 놓치고 말았다. 또다시 접시의 빈 바닥을 찍은 유라가 절망에 찬 얼굴로 한숨을 내쉬었다.

아아. 어쩜, 이렇게 약이 오를 수가! 유라는 치킨이 담긴 접시를 움켜쥐고 마구 흔들어주고 싶은 심정이었다. 그러나 손에서 휴대전화를 내려놓을 수는 없는 일. 마음을 가다듬고 재차 치킨 사냥에 나섰다.

"하아!"

지훈은 연달아 헛손질하는 그녀의 모습을 어처구니없는 눈길로 내려다보고 서 있었다. 처음에는 일부러 장난을 치는 줄 알았는데 그녀의 표정이 더없이 진지했다. 대체 얼마나 취했기에 사람이 온 것도 모르고, 포크로 치킨 한 조각을 제대로 찍지 못한다는 말인가. 한숨을 내쉬던 지훈은 고개를 절레절레 흔들다 계산대로 갔다.

"실례합니다. 저쪽에 혼자 온 아가씨와 일행인데요. 술을 얼마나 마셨는지 알 수 있을까요?"

"아, 저 아가씨요? 어디 보자. 술은 얼마 안 드셨는데요. 맥주 250으로 두 잔 시키셨으니까 500 정도 드셨어요."

주문받은 종이를 뒤적이며 주인이 대답했다. 지훈은 제 귀를 의심했다. 혹시 5000을 500으로 잘못 알아들은 건가 싶었다.

"500cc요? 정말 그게 답니까? 그럼 혹시 그전에 이미 술을 먹고 왔던가요?"

지훈은 줄리아가 겨우 500cc밖에 안 되는 맥주에 저렇게나 취해버렸다는 것이 믿어지지 않아 다시 물었다. 아무리 봐도 엄청나게 취한 것 같아서 만약의 경우를 대비해 얼마나 마셨는지 확인하고 싶었다.

"아뇨, 그건 아닐 겁니다. 처음 오셨을 때는 멀쩡하셨거든요."

틀림없다는 듯 가게 주인의 대답은 확신에 차 있었다.

하, 겨우 그 정도에 저렇게 취해버렸단 건가? 지훈은 그녀의 엄청난 주량이 황당해서 오히려 헛웃음이 나왔다.

그래도 다행이었다. 걱정한 만큼 많이 마시지는 않았다니 크게 문제 될 일은 없을 것 같았다. 지훈이 다시 테이블로 돌아와 그녀의 맞은편에 앉았다.

"줄리아 씨, 저 왔습니다."

말을 걸어봤지만 그녀는 그의 말이 들리지 않는 모양이었다. 앞에 앉은 그는 쳐다보지도 않고 계속 포크로 접시 바닥만 찔러댔다.

"줄리아 씨, 그런데 지금 뭐 하는 거예요?"

그제야 그가 온 걸 알아차렸는지 그녀가 고개를 들어 지훈을 바라봤다. 누군지 전혀 모르겠다는 듯 미간을 찡그리고 한참을 쳐다보더니 뒤늦게야 알아보고 해맑은 웃음을 터뜨렸다.

"누규세요? 아……. 아! 리촤드 기어 님이시구낭. 아하, 아하하하 안녕하세열……."

시간이 지나 술기운이 더욱 오른 탓인지 통화할 때보다 더 심하게 혀가 꼬여 있었다. 걱정스러운 눈으로 지켜보던 지훈은 환하게 웃는 그녀에 안심하며 함께 웃음을 터뜨렸다.

"하하하. 네. 안녕하세요. 그런데 줄리아 씨, 뭐 하고 있었어요?"

"헤헤. 그게 너무 배고파쉬 취킨 먹을랴구 그랬눙데……. 이넘들이 자꾸 더망을 가염."

그녀의 헛손질이 계속되는 것을 본 지훈은 포크를 받아 치킨 한 조각을 찍어 다시 그녀의 손에 쥐여 주었다.

"배가 고팠어요? 설마 저녁을 안 먹은 거예요? 이렇게 시간이 늦었는데?"

이 남자가 나한테 뭘 준건가, 의아한 눈빛으로 손에 든 걸 뚫어져라 바라보던 그녀가 치킨을 알아보고 만족스러운 표정을 지었다.

"헤헤. 취킨이당. 마시껬당. 나, 아직 밥 안 먹었떠요. 며칠 동안 계속 야근핸눈뎅 어제도 새벼게 막…… 엄청 느께까지 야근을 해쒀 아까 쥡에 오자마자 그냥 잤능데 배가 거파서……."

무슨 말이지? 새벽까지 야근하면서 제때 밥도 못 먹었다는 말인가? 배고팠던 게 무척이나 속상했는지 줄리아가 혀 꼬부라진 소리로 하소연을 한다. 평소 술에 취해서 자기 통제가 안 되는 사람은 딱 질색이었는데, 어쩐지 이 아가씨의 취한 모습은 뭔가 귀엽게 느껴졌다. 그래서 지훈은 그녀의 마음을 다 이해한다는 듯 웃는 얼굴로 고개를 끄덕여줬다.

"그래요. 줄리아 씨가 일하느라 고생이 많았네요. 많이 피곤하고 힘들었겠어요. 식사도 제때 못하고 얼마나 배가 고팠을까. 자, 어서 먹어요. 체하지 않게 천천히 꼭꼭 씹어서."

"눼. 헤헤."

그녀가 배시시 웃으며 치킨을 먹기 시작했다. 정말로 배가 많이 고팠는지 한입 먹을 때마다 연신 맛있다는 감탄을 내뱉었다. 치킨 한 조각에 저리 행복할 수도 있구나. 아기처럼 입을 오물거리며 열심히 치킨을 먹는 그녀가 참 예뻐 보였다.

"맛있어요?"

"눼. 엄청 마이떠요. 리촫드 씨도 좀 드실래여?"

줄리아가 한입 베어 먹은 치킨을 지훈의 코앞에 디밀었다. 지훈은 난감하게 웃으며 고개를 흔들다 옆에 놓인 냅킨을 집었다.

"난 괜찮으니 줄리아 씨 많이 먹어요. 그전에 잠깐. 여기에 묻었네요."

그는 냅킨으로 줄리아의 턱에 묻은 기름기와 튀김 가루를 닦아냈다. 다가오는 그의 손을 보고 동그랗게 뜬 눈으로 숨을 죽이던 그녀는 지훈이 제 턱을 닦아주자 장밋빛 붉은 뺨을 오목하게 만들며 수줍게 웃음 지었다.

지훈은 줄리아가 치킨을 먹는 동안 재촉하지 않고 그녀를 기다렸다. 목이 막힐까 봐 음료를 주문해 그녀에게 권하기도 했다.

치킨 두세 조각을 맛있게 먹어치운 그녀가 어느 정도 배가 찼는지 갑자기 테이블에 포크를 탁 하고 내려놓았다. 방금까지 방긋거리던 그녀는 어느새 심각한 표정이 되어 한 손으로 턱을 괴고 눈을 내리깔았다.

"줄리아 씨, 이제 치킨은 다 먹은 거예요? 그런데 왜 그렇게 심각해요. 무슨 문제라도 있어요?"

지훈의 물음에 그녀가 땅이 꺼지라 한숨을 내쉬더니 더없이 진지한 얼굴로 그에게 되물었다.

"있져. 애네들은 일케 마싰눈뎅……. 왜 자꾸 더망을 갈까영?"

"네? 그게 무슨……."

도망을 가다니. 누가? 지훈은 이게 무슨 황당한 말인가 싶었다.

"취킨이요. 취킨. 애들이 계속 더망을 가짠아여. 이넘들이 나를 막 무시하나? 그런 경가? 리촫드 씨한테는 잘만 자뮈는데, 나한테서는 막 더망만 가구. 에잉, 정말 너무해……."

예상치 못한 말이라 지훈은 그만 웃음을 참지 못하고 크게 웃어 버렸다.

"하하하. 그러게요. 정말 나쁜 치킨이네요. 치킨이 잘못했네. 줄리아 씨한테는 안 잡혀주고."

지훈은 뽀로통한 표정으로 입술을 삐죽이는 줄리아를 달래며 조심스럽게 물었다.

"줄리아 씨. 치킨 다 먹었으면 이제 그만 갈까요? 벌써 시간이 많이 늦었어요. 이제 집에 가서 자야죠. 집에 데려다줄 테니 나한테 말해줘요. 줄리아 씨 집이 어딘지."

"……쥡이요? 아! 마자. 쥡에 가야지."

집에 가야 하는 걸 까맣게 잊고 있었다는 듯 그녀가 제 머리를 콩콩 두드렸다. 그러나 아무 생각도 안 나는지 멍해진 얼굴로 가만히 중얼거렸다.

"긍데, 우리 쥡이 어디까여? 음……. 어디였지? 아, 어디더라?"

말해줄 듯 말 듯 그녀가 예쁜 입술을 소리 없이 달싹였다.

'그래요. 어서 말해요. 잘 기억해 봐요.'

지훈이 응원하는 표정으로 그녀의 대답을 기다렸지만, 줄리아는 정말로 기억이 나지 않는지 끝내 집이 어딘지 말하지 못했다.

'아, 이상하다? 분명히 아는데. 어디지?'

취기에 잠식된 유라는 정말로 주소가 생각이 나지 않아 당황스러웠다. 지금이라도 길에 나서면 어디 어디로 가면 된다고 알려줄 수 있을 것 같은데 막상 주소를 말하려니 말문이 꽉 막혀버렸다. 입 안에서는 분명 말이 뱅뱅 도는데, 답답하게도 그게 입 밖으로 나와 주지 않았다.

계속 입술만 달싹이던 유라는 이내 시선을 다른 데로 돌려버렸다. 그에게 주소를 알려주려 했다는 걸 어느새 잊어버린 그녀는 그토록 소중하게 쥐고 있던 휴대전화도 한쪽 구석에 내려놓고는 턱을 괸 채 검지로 테이블 위에 의미 없는 원을 그리기 시작했다.

"줄리아 씨?"

지훈은 갑자기 딴청을 부리는 줄리아에게 뭘 하는 거냐고 묻고 싶어졌다.

"쉽 말이죠? 쉽. ……그래여. 우리 쉽. 나도 쉽이 있어여."

고개를 끄덕이며 나지막하게 중얼거리던 그녀가 억울한 듯 입술을 씰룩거렸다.

"근데, 어딨냐아? 하아. 취킨도 더망을 가더니……. 인제는 쉽도 더망갔나? 왜 다들 더망만 가냐! 칫! 다들 나한테만…… 너무해……."

줄리아가 한숨을 내쉬며 잠꼬대 같은 혼잣말을 웅얼거렸다. 지켜보던 지훈은 난감한 얼굴로 고개를 내젓다 계산대에 얼음물 한 잔을 부탁했다.

"자요. 이것 좀 마셔 봐요. 줄리아 씨. 벌써 12시가 넘었어요. 정말 집 주소를 모르겠어요? 생각이 전혀 안 나요?"

지훈은 한 손으로 그녀의 턱을 받치고 조심스레 입 안으로 얼음물을 흘려 넣었다. 이렇게라도 해서 그녀의 취기가 가시기를 바랐다.

"우웅……."

갑자기 입에 들어온 차가운 물에 놀랐는지 그녀가 몸을 바르르 떨었다. 찬물을 조금 더 먹여 봤지만, 그녀의 상태는 나아지지 않았고 지훈은 하는 수 없이 줄리아의 지갑을 열었다.

"줄리아 씨. 미안하지만 지갑 좀 볼게요. 신분증 갖고 있죠?"

주소가 나와 있을까 싶어 찾아봤지만 지갑에 신분증은 들어 있지 않았다. 당연한 일이었다. 만에 하나 신분증에 있는 제 얼굴을 다른 사람이 보게 될까 봐 신경이 쓰였던 유라가 JC그룹에 입사한 후로 지갑에서 빼버렸기 때문이었다. 신분증 찾기에 실패한 지훈은 지갑 대신 이번에는 휴대전화를 집어 들었다.

"줄리아 씨, 지갑에 신분증이 없네요. 휴대전화 좀 볼게요. 친한 친구 이름이 뭐예요?"

혹시 그녀 대신 주소를 알려줄 만한 사람이 있을까 싶어 휴대전화를 보려 했지만 패턴 암호가 걸려 있었다.

"아, 암호가……. 줄리아 씨. 여기 패턴 좀 풀어주세요."

지훈은 암호를 풀어달라고 그녀에게 휴대전화를 내밀었다. 하지만 술에 취한 줄리아는 패턴 대신 의미 없는 원만 그려댔다.

'어쩌지? 내버려두고 갈 수도 없고. 이 상황을 어쩌면 좋을지 고민하고 있는데 가게 주인이 조심스럽게 말을 걸었다.

"저, 손님. 죄송하지만 인제 그만 문 닫을 시간이 돼서요. 정리를 좀 해주셔야겠습니다."

"아. 죄송합니다."

더는 고민할 시간이 없었다. 지훈은 하는 수 없이 그녀를 데리고 나가기로 마음먹었다.

"줄리아 씨. 시간이 너무 늦어서 여기 문 닫아야 한대요. 이제 정말로 가야 해요. 제 말 들려요?"

속 타는 그의 마음도 모르고 줄리아는 어느새 꾸벅꾸벅 졸고 있었다.

"일어나 봐요. 걸을 수 있겠어요?"

지훈이 그녀를 일으켜 세우려 했지만 줄리아는 정신을 차리지 못했다. 하는 수 없이 그는 음식값을 계산한 후 가게 주인의 도움을 받아 그녀를 등에 업었다.

지훈은 그녀를 등에 업고 밤거리로 나섰다. 등에 업힌 줄리아의 엉덩이에 손이 닿지 않도록 조심하며 주차된 차를 향해 걸었다.

"조용하네. 계속 자는 거예요?"

"……."

차까지 가는 동안 다시 말을 걸어봤지만 그녀는 아무런 대꾸도 없었다. 이름도 안 알려줄 만큼 그렇게 경계를 하더니. 맥주 몇 모금에 허무하게 무장해제 되어버린 그녀의 허술함이 귀여우면서도 한편으로는 걱정스러울 만큼 무모하게 여겨졌다.

"다행입니다. 그래도 나한테 전화를 해서."

지훈은 그녀를 조수석에 눕히고 안전벨트를 채웠다. 그러고는 그녀의 잠든 얼굴을 잠시 들여다보았다.

"이제 출발할 겁니다. 당신 집을 모르니 어쩔 수 없이 우리 집으로 갈 거예요. 그러니 왜 그랬냐고 나중에 원망하기 없깁니다. 약속했어요. 맞죠?"

줄리아의 손가락에 제 손가락을 걸어 가볍게 흔든 지훈은 능숙한 솜씨로 주차장을 빠져나왔다.

02.

차가 집 앞에 도착한 뒤에도 줄리아는 여전히 잠들어 있었다. 지훈은 그녀를 침대에 눕힌 뒤 욕실에서 물에 적신 수건을 들고 나왔다. 그러고는 침대 끝에 걸터앉아 물수건으로 그녀의 얼굴을 닦아내기 시작했다.

수건이 얼굴에 닿는 게 귀찮았는지 그녀가 미간을 움찔거렸다. 그 모습을 가만히 들여다보고 있자니 쿡쿡 웃음이 나고 어쩐지 계속 건드려보고 싶은 충동이 일었다. 장난스럽게 그녀의 코끝을 문지르던 지훈의 손가락이 그녀의 입술 위에서 잠시 머뭇대다 가볍게 쓸어냈다. 손끝이 스친 곳에 분홍빛 혈색이 돌고, 꽃잎 같은 입술이 살며시 벌어졌다.

"흠. 흠흠."

홀린 듯 그녀의 입술을 응시하던 지훈이 몰래 훔쳐보다 들킨 사람처럼 괜한 헛기침과 함께 시선을 돌렸다. 그는 얼굴 대신 그녀의 손을 꼼꼼하게 닦으며 변명처럼 덧붙였다.

"손에 기름이 묻었네요. 조금만 참아요. 금방 끝나요."

"하지 마. 구찮아……."

그의 말을 듣기라도 한 걸까. 잠꼬대처럼 작게 웅얼거리는 소리에 지훈은 고개를 들었다. 그녀가 눈을 뜨고 있었다. 그러나 잠에서 완전히 깬 것은 아닌 듯 초점 없는 눈길이 멍하니 천장을 향해 있었다.

"이제 정신이 좀 들어요? 자는데 귀찮게 해서 미안해요. 거의 끝났으니 조금만 참아요."

말을 걸어봤지만 들리지 않는 듯했다. 눈앞에서 손을 흔들어 봐도 그녀의 시선은 손의 움직임을 좇지 않았다. 역시 잠꼬대였나. 반대쪽 손을 닦으려는 순간 그녀가 다시 입을 열었다.

"나한테 왜 구래? 왜, 자꾸 구래? 내가, 그렇게 나빠? 내가 그러케 잘못한 고야? 나 정말 욜심히 해써. 지금까지 정말……. 욜심히 쇄랐는데."

낮게 읊조리는 말 속에 깊은 한숨이 섞여 있었다. 대체 무슨 일이 있었기에 이렇게 속상해하는 걸까. 지훈은 끊어질 듯 이어지는 그녀의 속삭임에 귀를 기울였다.

"힘드러두 참았눈데. 어떠케든 이교내고 시포서. 나, 남자 안 꼬시눈데……. 왜 자꾸 꼬뤼친다고 욕하는 고야? 나 꼬뤼 엄딴 말야. 그런 남자, 나도 실탄 말이야. 그렁데 왜 다들 나를 탓하는 고야? 어쩌라구, 나더러 어쩌라구……."

한탄하던 그녀가 울먹거렸다. 무슨 일이 있었는지는 몰라도 얼마나 속상해하는지 느껴질 정도였다. 오죽 답답하고 마음이 아팠으면 자면서도 이렇게 속상해할까. 안타까운 마음에 지훈은 그녀의 눈꼬리에 맺힌 눈물을 손끝으로 닦아내고 머리카락을 다정하게 쓸어내렸다.

"쉬잇! 울지 말아요. 사람들이 당신 마음을 몰라줘서 많이 속상했군요. 우리 줄리아 씨는 정말 열심히 일하는 사람인데. 그렇죠? 야근하느라 늦게까지 밥도 못 먹고 힘들었잖아요. 당신이 남자에게 꼬리치고 그런 사람이 아니라는 거, 내가 알아줄게요. 내가 증인이잖아요. 난 아직 당신 이름도 모르는데. ……지금은 사람들이 당신 진심을 몰라주는 게 속상하겠지만, 걱정 말아요. 시간이 흐르면 다들 알게 될 거예요."

멍하니 천장을 향해 있던 눈동자가 천천히 움직여 그에게로 향했다. 그녀의 눈빛이 마치 '정말요?'라고 묻는 것 같아 그는 크게 고개를 끄덕여주었다.

"그럼요. 틀림없이 그럴 겁니다. 그런데 대체 누구예요? 당신을 괴롭힌 사람이. 내가 가서 혼내줄까요? 누군지 몰라도 정말 바보네요. 자, 이제 자요. 안 좋은 기억 같은 건 다 잊어버리고. 알겠죠? 잘 자요. 좋은 꿈꾸고."

그녀의 입가에 부드러운 곡선이 그려졌다. 지훈의 말이 위로가 됐는지 한결 편안해진 표정으로 다시 눈을 감았다.

'마음이 여린 사람이군. 당신은.'

지훈이 그녀에게로 고개를 숙였다. 그녀의 얼굴이 한결 가까이에 있었다. 다시 잠이 들었는지 새근새근 규칙적인 숨소리가 들렸다.

'이봐요. 줄리아 로버츠 씨. 당신과 나는 어떤 인연이죠?'

언젠가는 다시 만날 거라 기대했지만 이런 식으로 재회하게 될 줄은 몰랐다. 자기관리에 엄격한 편이라 그는 특히 술에 취해 저를 못 가누는 사람은 딱 질색이었다. 그런데 이 여자만큼은 예외다. 도저히 모른 척 지나칠 수가 없었다. 이름도 모르는 사람을 지극히 사적인 이곳으로 데려온다는 것은 전에는 상상할 수도 없는 일이었다.

"으음……."

잠결에 뒤척이던 그녀가 입을 오물거렸다. 자석에 끌리듯 그의 시선이 절로 따라붙었다. 저 입술에 닿으면 어떤 느낌일까. 그린 듯 도톰하고 예쁜 입술을 내려다보던 지훈은 제 머릿속에 떠오른 생각이 당황스러워 손가락으로 빠르게 앞머리를 쓸어 올렸다.

"줄리아 씨, 원래 세상모르게 잠들어 있는 아가씨한테는 이러면 안 되지만 여기까지 모셔온 차비 조금만 받을게요."

지훈이 그녀에게로 고개를 기울였다. 잠든 그녀의 뺨에 그의 입술이 가볍게 스쳤다.

"이잉……."

줄리아가 잠결에 옆으로 돌아누우며 귀찮다는 듯 볼을 긁적였다. 그러고는 가볍게 코를 골기 시작했다. 그 모습을 본 지훈은 웃음을 참으려 애쓰며 행여 그녀를 깨울세라 조용히 방을 나왔다.

"하아……."

큭큭대며 웃음을 참던 지훈이 작게 한숨을 내쉬었다. 사춘기 소년도 아닌데 저 아가씨만 만나면 자꾸 마음이 간질거리는 느낌을 받는다.

줄리아는 그의 침대에 누워 코까지 골며 잘 자고 있건만. 거실 소파에 누운 지훈은 싱숭생숭한 마음에 오래도록 잠을 이루지 못했다.

한참을 뒤척이다 뒤늦게 잠이 들었는데도 새벽같이 눈이 떠졌다. 소파에서 자느라 찌뿌듯해진 몸을 이리저리 돌리던 지훈은 일찍 일어난 김에 모처럼 솜씨를 발휘해보기로 마음먹었다.

냉장고를 뒤적여 음식 재료를 꺼냈다. 북어를 살짝 불려 참기름에 볶다가 콩나물 한 줌과 송송 썬 파를 넣어 끓이다 마지막으로 달걀을 풀어 넣었다. 보글보글 끓는 북엇국의 간을 보던 지훈의 얼굴에 만족한 미소가 그려졌다.

재밌는걸. 치맥을 즐기고 북엇국으로 해장하는 줄리아 로버츠라니. 진짜 줄리아 로버츠가 북엇국에 밥을 마는 모습이 상상돼서 피식 웃음이 나왔다.

지훈은 식사 준비를 마친 뒤 잠에서 깨면 민망해할 그녀를 위해 외출 준비를 서둘렀다. 아침에 눈을 떠 그와 마주치기라도 하면 줄리아가 얼마나 부끄럽고 당황스럽겠는가. 그래서 지훈은 쪽지 한 장을 남기고 조용히 집을 나섰다.

차를 몰고 동네를 빠져나가던 그가 고개를 갸웃했다. 유독 줄리아만은 다른 이들과 다르게 대해왔다는 생각이 들어서였다. 이쯤되니 그녀에게 특별한 관심이 있다는 것을 부인하기 어려웠다. 그렇다 해도 술 취한 여자를 집에서 재우고 아침까지 직접 준비하다니. 그를 아는 사람들에게 이 이야기를 해줘도 아무도 믿지 않으려 할 게 분명했다.

"여보세요. 아, 박 실장."

지훈은 전화를 받기 위해 차를 길 한쪽에 멈춰 세웠다.

"무슨 일로. ……김 실장이? 음, 아뇨. 소명의 기회는 충분히 준 것 같은데. 그건 그 사람이 하는 말이죠. 그런 변명을 더 들어줘야 합니까? 원칙대로 처리하면 됩니다. 그래요. 원칙이라는 게 괜히 존재하는 게 아니니까. ……지금 가는 길이에요. 이따 봅시다."

통화를 마친 지훈은 다시 운전대를 잡았다.

"그나저나 북엇국이 입에 맞았을까?"

줄리아가 그가 차려놓은 아침상을 보고 어떤 얼굴을 할지, 어떤 평가를 내릴지 보지 못하는 게 아쉬웠다. 운전에 열중하면서도 지훈은 자꾸만 백미러를 흘끔거렸다.

지훈이 나가는 문소리도 듣지 못할 만큼 깊이 잠들었던 유라를 깨운 것은 눈부신 아침 햇살이었다.

"하아암."

입이 찢어져라 하품이 나왔다. 유라는 잠이 덜 깬 얼굴로 뒷머리를 긁적이며 두 팔을 쫙 펴고 한껏 기지개를 켜다가 그대로 얼어붙었다.

단 한 번도 본 적 없는 낯선 풍경. 유라는 위로 올린 두 팔을 내리지도 못한 채 눈동자만 좌우로 굴려 방 안을 살폈다. 설마 했지만 꿈을 꾼 것도, 잘못 본 것도 아니었다.

그녀의 방이 아니었다. 조그만 침실에 자잘한 살림이 옹기종기 모여 있는 그녀의 오피스텔과는 다르게 운동장처럼 넓은 침실에 그녀의 방만큼이나 커다란 침대가 있고 그 위에 그녀가 앉아 있었다.

"이게 어떻게 된 일이야?"

깜짝 놀란 유라가 벌떡 일어나 빠르게 침대에서 내려왔다. 여기가 어딘지, 누구의 집인지, 자신이 왜 이곳에 와 있는지 곰곰이 생각해봤지만 영문을 알 수 없었다. 이럴 수가! 아무것도 생각이 나지 않았다. 믿을 수 없는 현실에 좌절한 유라는 양손으로 머리를 쥐어뜯었다.

"아아, 이게 무슨……."

이것이 바로 멘붕이 아니고 무엇이랴. 필름이 끊겨버렸다는 사실에 좌절한 유라는 그대로 바닥에 주저앉아 넋을 놓고 말았다.

Oh, My God! 지금 여긴 어디? 난 누구……? 너무나 엄청난 사태라서 어디서부터 어떻게 무엇을 수습해야 할지 전혀 감이 잡히지 않았다. 유라는 멍한 얼굴로 황망히 앉아 있다가 손바닥으로 얼굴을 감쌌다.

아, 어쩌지? 미치겠네. 숙취 때문인지 당황스러운 상황 때문인지 머리만 지끈지끈 아프고 아무 생각도 나지 않았다. 게다가 속을 끓여서인가, 아까부터 갈증이 나서 미칠 것만 같았다. 그녀는 바짝 말라버린 입술을 혀로 핥았다.

유라는 굳어진 얼굴로 닫힌 방문을 응시했다. 아무리 난감해도 마냥 이러고 있을 수는 없으니 나가긴 해야 했다. 침대 옆 테이블 위에 가지런히 놓인 소지품을 챙겨 조용히 방문 앞에 선 그녀는 비장한 얼굴로 크게 숨을 들이마신 후 손잡이를 돌렸다.

"누구 있어요? 아무도 안 계세요?"

방을 나온 유라가 조심스럽게 외쳤다. 눈치를 살피듯 사방을 두리번거렸지만 그녀 외에는 어떤 인기척도 느낄 수 없었다.

"하아, 아무도 없나 보네. 휴우……. 다행이다."

낯선 이와 마주치는 최악의 상황은 피한 것 같아 저도 모르게 안도의 한숨이 나왔다. 가슴을 쓸어내리던 그녀는 염치불구하고 갈증부터 해소하려 주방을 찾았다. 식탁 위에 하얀 망사 우산처럼 생긴 상 덮개가 씌워져 있었다.

이게 뭘까, 무심코 덮개를 열어본 유라의 눈이 휘둥그레졌다. 김

치와 나물 등 몇 가지 반찬이 작은 접시에 담겨 있고, 뚜껑이 있는 밥그릇과 앙증맞은 크기의 냄비가 쪽지와 함께 나란히 놓여 있었다. 유라는 접혀 있는 쪽지를 펴 보았다.

<to. 줄리아 로버츠. 댁까지 모셔다드리고 싶었지만, 주소를 알 수 없어서 부득이하게 여기로 모셨습니다. 해장국이 필요할 것 같아서 간단히 국을 끓였어요. 맛있게 드셨으면 좋겠군요. 그럼, 담에 또 봐요. from. 리처드 기어.

ps. 아, 혹시나 걱정하실까 봐……. 어젯밤에는 아무 일도 없었습니다. 정말로요. 설마, 실망한 건 아니겠죠?>

유라는 메모지의 내용을 읽고 나서야 이곳이 리처드 기어의 집이라는 것을 알았다. 안 그래도 간밤에 감당 못 할 일이 있었을까 봐 내내 가슴을 졸였던 그녀는 아무 일도 없어 실망한 건 아니냐는 그의 농담에 비로소 입꼬리가 슬쩍 위로 솟았다.

냄비의 뚜껑을 열어보니 콩나물과 달걀이 든 북엇국이 담겨 있었다. 먹어도 될까 망설여졌지만 유라는 그의 호의를 기꺼이 받아들이기로 했다. 그녀를 위해 일부러 끓인 모양인데 모른 척하는 것도 실례일 것 같았다. 국을 데워 밥과 함께 먹으니 쓰렸던 속이 풀리는 느낌이었다. 기대했던 것보다 꽤 훌륭한 솜씨였다.

식사를 마친 유라는 설거지를 끝내고 다시 거실로 나왔다. 거실 테이블에서 메모지와 볼펜을 발견한 그녀는 리처드에게 메모를 남겼다. 그러고는 혹시나 제가 머물렀던 흔적이 남았는지 다시 한번 확인한 후 소지품을 잘 챙겨 리처드의 집을 나왔다.

집으로 돌아와서도 유라는 기억을 되살려보려 노력했다. 배가 고파 씻고 집 밖으로 나온 것은 기억이 났다. 그리고 먹을거리를 찾다 치킨 가게에 갔었다. 거품이 가득한 맥주를 떠올린 유라는 그제야 제가 겁도 없이 홀로 맥주를 마셨다는 걸 깨달았다.

"아휴, 미쳤나 봐! 그러니 이 모양이지."

미쳤다는 소리가 절로 나왔다. 제 주량이 얼마나 형편없는지 누구보다 잘 아는 그녀는 낭패한 기색으로 머리카락을 마구 헝클어뜨렸다. 말도 안 되는 일이었다. 술 한 잔이면 완전히 취해버리는 걸 알면서 이기지도 못할 술을 마셨다니.

왜 그랬을까 후회막급이었지만 이미 벌어진 일. 자책하던 유라가 어젯밤 일에 대해 어떤 힌트라도 얻을까 싶어 휴대전화를 살폈지만 별다른 건 없었다. 주고받은 문자나 톡은 없고 통화 내역에 주소록에도 없는 모르는 전화번호가 하나 있었다. 이건 뭘까 한참을 끙끙대던 그녀는 그것이 바로 리처드 기어의 전화번호임을 알았다.

아, 내가 먼저 전화를 했구나. 남자를 불러내다니, 제정신이 아니었나 보다. 완전히 취해버렸으니 필름이 끊긴 거겠지. 어떻게 간도 크게 그런 실수를 할 수 있었는지 생각할수록 부끄럽고 후회됐다.

"아, 미안했다고 말해야 하는데. 뭐라고 해야 하지? 아무것도 기억 안 나는데."

이쪽의 사정이 어떻든 리처드에게 민폐를 끼쳤으니 미안하다 사과하고 고맙다고 인사도 해야 하는데 그렇게 해야 한다고 생각하면서도 너무 창피해서 선뜻 연락하기가 쉽지 않았다.

그 시각 지훈은 사무실에서 밀린 일정을 정리 중이었다. 그가 한국을 떠나 있는 동안 너무도 많은 것이 변해 있었다. 해외에서도 이곳의 일을 꼼꼼히 체크해왔지만, 아무래도 현장을 떠나 있으면 놓치는 것들이 있기 마련이었다. 눈앞에 산적한 과제들을 어떻게 해결할 것인 가 고민하는 중에도 그의 시선은 휴대전화와 시계를 흘끔거렸다.

"역시 그냥 간 건가?"

서류를 넘기던 그의 손이 멈칫했다. 생각에 잠긴 지훈은 저도 모르게 볼펜의 끝을 입에 물었다. 줄리아가 집으로 돌아갔을지 궁금했다. 이쪽에서 전화를 걸어볼까 생각했지만 그녀에게 괜한 부담을 주게 될 것 같아 조심스러웠다.

아마도 그녀는 그에게 전화할까 말까로 머리를 싸매고 고민하고 있을 것이다. 그녀가 손에 휴대전화를 든 채 앉았다 일어서기를 반복하며 고민하는 모습이 눈에 보이는 것 같아 지훈의 입매가 비스듬히 기울어졌다. 서류를 읽다 말고 혼자 빙긋이 웃는 그를 본 박 실장의 눈이 휘둥그레졌다.

"뭐 좋은 일이라도 있으십니까?"

"음? 아닙니다. 잠깐 다른 생각을 해서……."

몇 시간 후, 집으로 돌아온 리처드는 그녀가 남긴 메모를 발견했다.

<to. 리처드 기어. 차려주신 아침은 잘 먹었습니다. 솜씨가 꽤 좋으시네요. 맛있었어요. 그리고 어젯밤엔 제가 대단한 실례를 한 것 같은데 진심으로 사과드립니다. 혹시 저 대신 계산을 해주셨나 요? 얼마나 나왔을지 몰라서 적당히 놓고 갑니다. 모자라진 않을 거예요. from. 얼굴을 들 수 없는 줄리아 로버츠.>

"하하하. 역시……."

얼굴을 들 수 없는 줄리아 로버츠라. 예상대로 너무 창피해서 그냥 도망쳐버린 모양이었다.

"모자라긴요. 너무 과해서 돌려줘야겠군요."

지훈은 쪽지와 함께 놓인 만 원짜리 5장을 내려다보며 빙그레 웃었다.

당장에라도 쓰러질 것처럼 힘들었는데 역시나 휴식만 한 보약이 없었다. 극심했던 내적 갈등에도 불구하고 하루를 푹 쉰 덕분인지 유라의 안색이 전보다 한결 나아 보였다.

"왔어? 몸은 좀 어때?"

"괜찮아요. 실컷 자고 났더니 피로가 풀리더라고요."

"그래. 오늘은 안색이 좋아 보인다. 다행이야."

유라는 반갑게 맞아주는 동료들과 인사를 나누고 모닝커피 한 잔으로 기분 좋은 일과를 시작했다.

11시쯤, 회장 비서실에 올라갔던 이 차장이 벌게진 얼굴로 씩씩거리며 들어왔다. 화가 많이 났는지 들고 올라갔던 결재 서류를 책상 위에 쾅 소리가 나게 내던졌다. 비서들이 놀라서 그를 돌아봤지만 심상치 않은 분위기에 모두 말없이 눈치만 살폈다. 보다 못한 상진이 대표로 나서서 조심스럽게 물었다.

"차장님, 위에서 안 좋은 일이라도 있었습니까?"

"하! 나 참…… 더러워서. 나보다 나이도 어린 게. 허! 회장 아들이라 이거지?"

물어봐 주기를 기다렸다는 듯 이 차장이 울분을 토해냈다. 회장 아들이라는 말에 상진이 알만하다는 얼굴로 고개를 끄덕였다.

"안 그래도 독자가 회사에 나왔더란 얘기는 들었습니다. 회장실에서 만나신 모양이군요. 그러게 독자는 피하고 보셨어야죠.

운이 없으셨네요."

"야, 최 대리. 내가 독자를 마주치고 싶어서 마주쳤겠어? 비서실장한테 결재받고 있는데 하필이면 그때 회장실에서 나오잖아."

이 차장은 자못 억울해 죽겠다는 얼굴이었다.

나중에 유라는 최 대리에게 독자가 뭐냐고 물어봤다. 상진은 주위를 휘휘 둘러본 뒤 가까이 몸을 기울이며 목소리를 잔뜩 낮춰 말했다.

"그게 말이야. 독자는 미국 지사장의 별명이야. 회장님 아들."

회장님 아들이라. 아하, 미주가 말하던 독자가 그분이었군. 실은 며칠 전에 미주가 드디어 자기도 독자를 봤다고 호들갑 떨었던 일이 있었다. 그때는 독자 어쩌고 하는 말을 듣고도 워낙 바쁘고 정신이 없던 때라 대충 한 귀로 듣고 흘려버렸었다.

"그런데 왜 독자예요? 아, 외아들이라서 그렇구나?"

"아니. '독한 자식'의 줄임말이야. 그러니까 혹시라도 마주치면 유라 씨도 조심하라고."

유라는 상진의 말에 어이가 없어서 그냥 살짝 웃고 말았다.

목요일. 술에 취해 실수를 한 지도 벌써 일주일이 흘렀다. 유라는 망설이고 또 망설이다가 그에게 전화할 타이밍을 완전히 놓치고 말았다. 처음엔 너무 창피해서 연락을 못 했고, 나중엔 너무 늦어버렸다는 생각에 하지 못했다. 그래도 실수한 사람이 먼저 전화해야 하는데 그러지 못해서 마음이 편치 못했다.

전화도 한 통 없는 뻔뻔한 여자라고 생각하겠지? 아니면 어쩔 수 없이 하룻밤 재워주긴 했지만, 술주정이나 하는 여자에게서 연락이 없어 다행이라고 생각하는 건 아닐지.

메모라도 남기고 와서 다행이었다. 그거라도 안 남겼으면 어쩔 뻔했나. 메모에 정중한 사과를 남겼지만 그래도 그냥 넘어가자니 마음이 영 찜찜했다. 전화 대신 문자라도 보내볼까 생각했지만, 어쩌면 그쪽에서 더 이상의 연락을 달가워하지 않을 수도 있었다. 그에게서도 연락이 없다 보니 더욱 그렇게 여겨졌다. 연락하지 않는 쪽으로 그녀의 마음이 완전히 기울었을 때 기다렸다는 듯 문자가 도착했다.

[줄리아 씨, 끝까지 연락이 없으시네요. 혹시 창피해서 그런 겁니까? 그럼 문자라도 하시지. 이번 주말에 장볼 거죠? 살 거 없어도 나오세요. 안 그러면 마트 앞에 현상 수배 전단이라도 붙일 겁니다. 이번 토요일 12시, 지난번에 만났던 마트 앞에서 만나요. 리처드 기어.]

문자를 읽은 그녀가 쿡, 웃음을 터뜨렸다. 면목 없다는 이유로 전화 한 통 못 걸었으면서 막상 그의 문자는 왜 이렇게 반가운 건지. 어쩌면 내심 그가 먼저 연락해주기를 기다렸던 건지도 모르겠다.

[허걱! 현상 수배요? 저런! 초상권을 지키기 위해서라도 토요일에 나가야겠군요. 그때 뵐게요.]

곧바로 답장을 보냈다. 미뤄놨던 큰 숙제를 하나 해결한 듯 마음이 편해졌다. 유라는 잠들기 전 그의 문자를 몇 번이나 다시 들여다봤다.

지훈은 지난주 미국에 다녀왔다. 다시 국내 근무로 전환하기 위해서는 양쪽에서 정리해야 할 일이 많았다. 혹시나 줄리아가 연락해올까 싶어 개인 휴대전화까지 로밍해서 가져갔건만 그녀에게서는 끝내 연락이 없었다.

워낙 일정이 빠듯하기도 했고 신경 쓸 일도 많았지만 먼저 전화하지 않은 이유는 부담을 주기 싫어서였다. 그러나 일주일이 다 되도록 소식이 없으니 목마른 자가 우물을 판다는 심정이랄까. 문자 메시지를 보내며 그녀가 가볍게 생각할 수 있도록 현상 수배 운운해 가며 우스갯소리를 섞었다. 그런데도 끝까지 답이 없으면 어찌해야 하나 고민도 잠시, 금세 도착한 답장에 그의 얼굴이 밝아졌다.

"하하하."

현상 수배가 무서워 나오겠다는 너스레 섞인 대답에 지훈은 저도 모르게 큰 소리로 웃고 말았다.

"요즘 좋은 일이라도 있으십니까?"

좀처럼 듣기 힘든 지훈의 웃음소리에 박 실장의 눈이 또 한 번 커졌다.

"글쎄요. 그렇게 보였다면 그런 거겠죠?"

모호한 대답과 함께 후후 웃던 지훈이 들고 있던 서류로 눈길을 돌리자 박 실장이 의아한 듯 고개를 갸웃했다.

금요일. 이 차장은 오늘도 똥 씹은 얼굴로 앉아 있었다. 먹구름이 잔뜩 낀 낯빛이라 인사를 건네기가 조심스러울 정도였다.

"안녕하세요. 차장님. 일찍 나오셨네요."

유라의 인사에도 이 차장의 구겨진 얼굴은 펴질 줄을 몰랐다.

"한 비서, 왔어? 좋은 아침이야."

상진의 인사에 고개를 끄덕인 유라가 이 차장을 가리키며 슬쩍 물었다.

"네. 좋은 아침이에요. 그런데 차장님은 아침부터 왜 저기압이신 거예요?"

"글쎄. 나야 모르지."

저도 영문을 모르겠다는 듯 상진이 어깨를 으쓱했다.

"참! 차장님은 어떠세요? 기분이 좀 나아지셨대요?"

직원 휴게실에서 커피를 마시던 유라가 문득 생각난 듯 상진에게 물었다. 상진이 주위를 둘러보다 목소리를 낮춰 속닥였다.

"그게 말이지. 또 독자가 문제였더라고. 차장님이 출근하다가 로비에서 독자랑 마주쳤나 봐. 본인은 좋게 인사를 했는데 독자가 차장님한테 잔소리를 하더라나? 앞으로 우리 회사에서는 여직원들 너무 늦게까지 야근시키는 건 삼가라고 그랬대. 차장님은 요즘 독자가 왜 이렇게 자기를 갈구는지 모르겠다고 한탄 중이셔. 들리는 말로는 미국 생활 정리하고 국내로 들어온다더니 그 소문이 사실이었나 봐. 요즘 들어 본사에 자주 나타나는 걸 보면 말이야."

"그런데 왜 지사장님 별명이 독한 자식이에요?"

그렇구나. 고개를 끄덕이던 유라가 궁금한 듯 물었다. 상진은 대단한 비밀을 알고 있는 사람처럼 의미심장하게 웃었다.

"그게 말이야…… 아이고, 사무실 들어갈 시간 다 됐네. 다음에 시간 날 때 알려줄게. 대신 밥을 사든 커피를 사든 해. 알겠지?"

뭐 얼마나 대단한 이야기라고 밥까지 사야 하나. 사무실로 성큼성큼 걸어가는 최 대리 뒤에 대고 유라는 그렇게까지 궁금하지는 않다는 얼굴로 입술을 비죽 내밀었다.

토요일 아침. 지훈은 벽에 걸린 시계를 확인했다. 약속은 12신데

11시도 안 돼서 외출 준비가 끝나버렸다. 자동차 키를 챙겨 밖으로 나가려던 그는 어이없는 웃음을 지으며 그대로 소파에 주저앉았다.

뭐가 급해 이리 서둘렀는지. 시간이 이렇게나 많이 남았는지 미처 몰랐다. 평소 1분1초도 헛되이 낭비하는 일은 없었는데 이거야 원. 첫 미팅에 나가는 신입생처럼 구는 제 모습에 지훈은 고개를 절레절레 흔들었다.

TV 앞에 앉아서 간신히 버티던 그가 오래지 않아 결국 일어섰다. 시계만 흘끔거리고 있으니 차라리 일찍 가서 기다리는 게 나을 것 같았다.

역시나 너무 일찍 나왔나. 천천히 운전하며 시간을 끈 것 같은데도 약속 시각은 아직이었다. 지훈이 목을 빼고 그녀를 기다리는 동안 시간은 점점 흘러 약속 시각이 다가오고 있었다.

지훈이 TV 앞에 앉아 무료한 시간을 보내던 그 시각, 유라는 옷장과 거울 앞을 분주히 오가느라 정신이 없었다. 옷을 꺼내 하나씩 거울 앞에서 대보느라 옷장 앞에는 밖으로 끄집어내진 옷이 한가득이었다. 또 한 번 옷장 앞을 오가다 옷가지에 발이 걸려 넘어질 뻔한 그녀는 제가 어질러놓은 것들을 보며 절규했다.

'으악. 이걸 언제 다 치우지?'

선을 보러 나가도 이렇게는 안 하겠다고 투덜거리던 유라가 고개를 갸웃했다. 내가 왜 그랬지? 이건 데이트가 아니잖아? 그저 예의를 아는 사람으로서 지난번의 실수를 사과하러 가는 것뿐이었다. 리처드가 데이트를 하자고 콕 집어 말한 것도 아닌데 왜 이렇게 가슴이 두근거리고 설레는지.

무얼 입을까 내내 고민하던 그녀는 평범하게 입기로 했다. 사과하러 간다면서 너무 꾸민 티가 나면 그것도 이상할 것 같아서였다. 그래도 대충 입고 나가는 건 성에 차지 않아서 어떻게 하면 자연스러우면서도 예쁘게 보일 수 있을까 고민했다.

"그것참 어렵네. 아, 벌써 시간이!"

옷을 고르느라 시간이 너무 많이 흘렀다. 더는 지체할 수 없어서 맨 처음 꺼냈던 미니스커트와 하늘하늘한 블라우스를 입기로 했다.

유라는 약속 시간 15분 전에 마트 근처에 도착했다. 너무 일찍 왔나? 이러면 좀 없어 보이지 않을까? 꼭 오늘만 기다린 사람 같잖아? 아니야, 지난번 실수를 사과하러 온 거니까 먼저 가 있는 게 예의야. 이러다 그 사람이 먼저 나와서 기다리면 어떡해. 내가 먼저 가서 기다리는 게 맞는데.

별것 아닌 일로 고민하던 유라가 피식 웃었다. 지금 뭘 하는 건가 싶고 쓸데없는 일로 고민하는 제가 바보같이 여겨졌다. 5분 먼저 가나 10분 먼저 가나 그게 뭐라고. 중요한 건 약속 시간을 제대로 지키는 거였다.

그러나 막상 그의 얼굴을 다시 보려니 민망한 마음이 되살아나 돌아가고 싶은 생각도 들었다. 유라는 일부러 두 팔을 크게 흔들며 마트를 향해 씩씩하게 걸었다.

언제쯤 그녀가 오려나, 마트 앞에서 목을 빼고 기다리던 지훈은 저 앞에 도착한 그녀를 발견했다.

어? 알은척을 하려는데 갑자기 그녀가 뒤로 돌아섰다. 날 못 봤나? 혹시 그냥 돌아가려는 건 아닌지 지훈은 다급한 마음에 계단을 내려갔다.

"아니, 여기……."

돌아선 그녀를 부르려고 하는데 그녀가 다시 마트 쪽으로 몸을 돌렸다. 그 후로도 몇 번이나 돌아섰다 또다시 되돌아서는 그녀를 보고 지훈은 웃음 지었다. 이랬다가 저랬다가 하는 모습이 약속을 지킬까 말까 갈등하는 것처럼 보였다.

그렇게는 안 되지. 어렵게 만났는데 그냥 보낼 수는 없었다. 오락가락 망설이는 그녀를 쫓아가서라도 붙잡아야겠다고 마음먹은 순간, 그녀가 다시 돌아서서 이쪽으로 걸어오기 시작했다. 대단히 굳은 결심이라도 한 듯 꽤 씩씩한 걸음걸이였다. 지훈은 고민 끝에 약속을 지켜준 그녀가 고맙기도, 반갑기도 해서 손을 번쩍 들어 힘차게 흔들었다.

"여깁니다!"

"아!"

유라도 그를 발견했다. 그를 알아본 그녀가 고개를 까딱였다. 인사를 받는 그의 얼굴에 웃음이 완연했다.

"오래간만입니다. 그동안 잘 지냈어요?"

"네. 안녕하세요. 오래 기다리셨나요?"

그의 입매가 둥글어지며 위로 들렸다.

"아뇨, 저도 방금 왔습니다. 한참 기다려야 하는 게 아닌가 생각했는데 예상보다 일찍 오셨는데요?"

마치 올지 말지 고민한 그녀의 마음을 들여다보기라도 한 것 같은 말투에 유라가 멋쩍은 표정을 지었다.

"저기, 그날은 제가 너무 실례를……."

"이렇게 서서 얘기할 건가요?"

"네?"

"점심시간인데 밥 먹으러 가죠. 먹으면서 얘기합시다, 우리."

"밥…… 이요?"

엄청난 실수를 한 후에 처음으로 마주치는 거라 썩 편할 수가 없는 그녀와는 달리 그는 이 만남이 마냥 반가운 모양이었다. 유라가 민망함에 몸부림치며 얼른 사과부터 하려는데 그는 대뜸 밥부터 먹으러 가잔다.

"그래요. 식사부터 합시다. 배 안 고파요? 난 배고픈데."

지훈은 그녀가 얼굴을 보자마자 사과부터 하려는 것을 알았다. 혹시나 그녀가 사과만 하고 얼른 갈까 봐 급하게 식사를 제안했다.

"줄리아 씨는 뭘 좋아하죠?"

"저요? 글쎄요. 저는 아무거나 잘 먹어요."

얼떨결에 대답하는 그녀를 보고 지훈이 씩 웃었다.

"아무거나 잘 먹는다는 말이 제일 어려운 말인 거 알죠? 음, 지금 머릿속에 제일 먼저 떠오른 게 뭔지 편하게 말해보세요."

시간을 끌고 생각할 틈을 주면 그녀가 도망갈 것만 같았다. 이럴 때는 먼저 움직이면서 행선지를 정하는 것이 나았다.

"일단 차로 가죠. 뭘 먹을지는 가면서 생각하기로 합시다."

지훈이 조수석 문을 열었다. 그녀가 차에 타자 그도 운전석에 올랐다.

"안전벨트 매요. 메뉴는 정했어요?"

벨트에 손을 뻗던 유라가 망설이다 입을 열었다.

"아뇨. 아직……."

"그러지 말고, 하나 골라봐요."

"혹시 파스타 좋아하세요? 스파게티나 그런 거요."

"물론이죠. 출발할게요."

갈만한 식당이 생각났는지 그는 망설임 없이 차를 몰았다. 능숙한 손길로 핸들을 돌리는 그에게 유라가 얼른 말을 덧붙였다.

"그럼 밥은 제가 살게요."

"좋으실 대로."

그렇게라도 해야 마음이 편할 것 같다는 얼굴이어서 지훈은 그렇게 하라고 대답해줬다.

지훈은 예전에 종종 찾던 파스타 가게로 갔다. 가게 안으로 들어간 두 사람은 창가에 앉아 각자 좋아하는 메뉴를 주문했다. 유라는 그녀가 좋아하는 버섯과 크림이 가득 들어간 스파게티를, 지훈은 해산물이 든 매운맛의 스파게티를 주문했다. 음식을 기다리는 동안, 그녀는 그날의 실수에 대해서 사과하고 싶었다. 하지만 지훈이 먼저 입을 열었다.

"사과는 이미 하지 않았던가요?"

"제가요?"

"메모에 남겼잖아요. 거기에 분명히 사과한 거로 기억하는데요. 줄리아 씨, 벌써 일주일도 더 전 일이고 난 이미 다 잊었어요. 그러니 마음에 담아두지 말아요. 특별히 기억할 만한 실수는 하나도 없었으니까."

정말이라는 듯 그가 어깨를 으쓱해 보였다.

"그날 줄리아 씨는 야근을 계속해서 무척 피곤했고, 저녁도 못 먹어서 배가 많이 고팠다고 했어요. 그렇게 피곤한 데다 빈속이었으니 술이 약한 줄리아 씨가 쉽게 취한 걸 겁니다. 그럴 수 있는 일이에요. 직장생활하다 보면 속상해서 술 한잔할 수도, 취할 수도 있는 거죠. 너무 신경 쓰지 말아요."

그녀는 그날의 실수가 못내 부끄러운 모양이었지만, 지훈은 진심이었다. 그저 그녀가 홀로 취해 정신을 잃었다면 어땠을까 생각만으로도 아찔했고, 그날 다른 누구도 아닌 그에게 전화를 걸었다는 것만으로도 다행으로 여겨져서 오히려 그녀에게 고마운 마음이었다.

"그럼 오늘은 왜……?"

그녀가 눈을 동그랗게 떴다. 사과가 필요 없다면서 왜 부른 거냐고 묻는 것 같았다. 지훈은 정말로 모르겠냐는 듯 눈꼬리를 접어 웃었다.

"다 핑계죠. 이렇게라도 안 하면 우리가 어떻게 만나겠어요?"

놀란 유라의 입이 벌어졌다. 그게 무슨 뜻이냐고 묻고 싶었지만 주문한 음식이 나오는 바람에 그러지 못했다.

"먹어봐요. 보기에는 꽤 맛있어 보이는데. 입에 맞았으면 좋겠군요."

지훈은 스파게티 접시를 그녀 가까이 밀어줬다.

"맛있겠는데요. 냄새가 좋아요."

유라는 포크로 스파게티를 돌돌 말아 입으로 가져갔다. 식욕을 자극하는 냄새만큼이나 맛도 훌륭했다. 이럴 때는 적당히 내숭도 떨고 그래야 하는데 아침을 걸러서인지 매끈한 면발이 호로록 호로록 잘도 넘어갔다.

지훈은 흐뭇한 눈길로 그녀의 먹는 모습을 지켜봤다. 스파게티를 좋아한다더니 면발 감아올리는 솜씨가 예사롭지 않았다. 그러다 능숙한 포크질을 보고 있자니 치킨 조각과 사투를 벌이던 그녀가 떠올라 저도 모르게 쿡쿡 웃고 말았다.

"왜 그러세요?"

포크를 입으로 가져가던 유라가 의아한 눈빛으로 물었다. 그의 웃음에 '내가 너무 잘 먹었나? 돼지같이 보였으면 어쩌지?' 걱정이 된 그녀는 슬그머니 포크를 내려놓았다.

"줄리아 씨를 보니까 치킨과 씨름하던 모습이 생각나서요."

"치킨과 씨름을요? 제가요?"

술에 취해 제가 했던 일을 기억하지 못하는 유라는 뜬금없이 무슨 소리냐는 표정이었다.

"아, 기억 안 나세요? 이렇게 하시던데요. 포크로 치킨을 조준 못 해서 이렇…… 게요."

지훈은 포크를 들어 스파게티가 담긴 접시의 빈 곳을 헛손질하듯 몇 번 찍어 내렸다. 접시 빈 바닥을 찔러대는 모습을 지켜보던 그녀가 당황한 기색이 역력한 얼굴로 입술을 잘근잘근 깨물었다.

"제, 제가 그랬다고요? 설마요. 말도 안 돼요."

유라는 아무리 취했어도 제가 정말로 그랬을 리 없다는 생각에 도리질 쳤다. 말도 안 돼. 아무렴 포크질도 못했으려고. 당장에라도 아니라고 반박하고 싶었지만 새침한 얼굴로 입을 다물었다. 취해서 남자 집에 업혀가 잠자는 일은 꿈에서도 있을 수 없다고 생각했는데 바로 그녀가 그랬다. 이제 와 아니라고 우겨봐야 기억나는 게 없으니 그가 그랬다고 하면 달리 할 말이 없었다.

"미안해요. 갑자기 생각나서. 그러지 말고 어서 들어요."

그녀의 표정이 뾰로통해진 걸 보니 실수한 이야기가 불편한 모양이었다. 미안해진 지훈은 어서 먹으라고 권하며 대화의 방향을 다른 곳으로 돌렸다.

"줄리아 씨는 여행 좋아해요?"

"여행요? 좋아하죠, 자주는 못 가지만. 여행 많이 다니세요?"

"여행이라기보다는 출장을 많이 다녔죠."

"아, 출장. 그러시구나. 해외로도 많이 가셨어요? 가장 인상적인 곳이 어디였어요?"

그녀는 지훈의 이야기에 흥미를 보였다. 그럴 형편이 못 돼 매번 꿈만 꿨지만, 여행은 그녀의 관심 분야였고 무엇보다 대화의 주제가 바뀐 것이 상당히 반가웠다. 그녀의 마음을 알아챈 지훈은 싱긋 웃는 얼굴로 입을 열었다.

"줄리아 씨가 여행을 좋아한다면 캐나다의 옐로나이프에 꼭 한번 가보라고 권하고 싶네요."

"옐로나이프요? 옐로나이프라……. 처음 들어요. 어떤 곳인데요?"

"세계에서 가장 완벽한 오로라를 감상할 수 있는 곳이죠."

"오로라요? 그럼 오로라를 직접 보신 거예요?"

"네."

유라의 눈이 휘둥그레졌다. 오로라라니. TV나 사진이 아닌 오로라를 실제로 보다니. 어두운 밤하늘을 거대한 커튼처럼 휘감은 오로라를 직접 보면 어떤 느낌이 들까. 정말 환상적이겠지?

동그랗게 뜬 그녀의 눈에 부러움이 가득했다. 지훈은 문득 그 자신도 끝없이 감탄했던 화려하고 장엄한 빛의 장막을 그녀에게 보여주고 싶다는 생각이 들었다. 언젠가, 만약, 기회가 된다면.

"멋지네요. 눈으로 직접 보면 대단하겠죠? TV로 보는 거랑은 느낌이 다를 거야, 그죠?"

"맞아요. 우선 그 거대함에 압도당하죠. 시작이 어딘지 확인하기 어려울 정도로 하늘 끝까지 맞닿아 있으니까요. 얼마나 대단하던지 입 벌리고 감탄하면서 계속 위를 올려보다가 나도 모르게 뒤로 넘어져버렸어요."

그때의 일이 생각나 지훈이 빙그레 웃었다. 유라는 직접 보진 못했지만 과연 그럴 수 있겠다 싶어 고개를 끄덕였다.

"어머, 다치진 않으셨어요? 그래도 부럽네요. 저도 꼭 한번 가보고 싶어요."

"다치진 않았어요. 오로라 빌리지에서 빌려주는 옷이 꽤 두툼했거든요. 아, 거기서 밤새 야영을 하면서 오로라를 기다리게 돼요. 운이 나빠 오로라를 보지 못하더라도 거기에서 보내는 시간만으로도 충분히 오로라 여행의 낭만을 즐길 수 있어요."

"그렇구나. 얘기를 들을수록 정말 가보고 싶어지네요."

그 후로도 대화는 주로 그가 이끌었다. 업무상 출장이 잦았다는 리처드는 웬만한 유명 관광지는 물론 잘 알려지지 않은 곳도 많이 알고 있는 것 같았다. 그의 이야기를 듣는 내내 유라는 그와 함께 세계 곳곳을 여행하는 기분이 들었다. 더불어 이 사람은 어떤 일을 하고 있기에 그렇게 많은 곳을 가볼 수 있었을까, 점점 더 궁금해졌다.

접시가 거의 비워지고 유라는 마지막 면발을 빨아들이다 그와 눈이 마주쳤다. 그는 오른손으로 턱을 괴고 그녀가 먹는 모습을 조용히 지켜보고 있었다.

두 사람의 시선이 허공에서 맞부딪쳤다. 그의 시선이 그녀의 눈, 코를 따라 아래로 내려가다 입가에서 멈췄다. 가만히 응시하는 시선에 유라는 입 주위가 화끈거리는 것처럼 느껴졌다.

"왜요?"

대답 대신 그의 손이 그녀의 얼굴을 향해 다가왔다. 갑작스러운 손길에 당황한 그녀가 피할 새도 없이 그의 엄지손가락이 그녀의 입술을 쓸어냈다. 깜짝 놀란 유라의 눈이 커다래지고 양 볼이 붉게 물들었다.

"왜…… 왜요?"

말없이 한쪽 눈썹을 위로 치켜세운 지훈이 엄지손가락을 들어 보였다. 그의 손가락에는 그녀의 입술에서 닦아낸 것이 분명한 하얀 크림소스가 묻어 있었다.

"어머!"

재빨리 냅킨으로 입술을 닦아냈지만 유라의 얼굴은 부끄러움에 완전히 빨개져버렸다. 그녀의 붉어진 얼굴을 지그시 바라보는 지훈의 눈 속에 여러 가지 감정의 빛이 스쳐 지나갔다.

식사를 마치고 파스타 가게를 나온 두 사람이 차에 올랐다.

"이제 장보러 갈까요?"

마트에 도착한 그들은 나란히 카트 하나를 밀며 들어가 장을 보기 시작했다.

"다 샀어요?"

"네."

장까지 보고나니 자연스럽게 헤어질 분위기가 됐다. 그쯤에서 인사를 나누고 돌아서려는데 그가 붙잡았다.

"오늘만큼은 집까지 꼭 모셔다드리겠습니다."

"아뇨. 번거롭게 그러실 것 없어요. 괜찮아요."

유라의 사양에도 그는 고집을 꺾지 않았다.

"제가 괜찮지 않습니다. 타시죠. 지난번에도 그냥 보냈던 게 내 내 마음에 걸렸어요."

짐이 있으니 그냥 보낼 수 없다는 말에 어쩔 수 없이 다시 차에 올랐다. 집을 알려줘도 괜찮을까 조심스러웠지만, 정작 그녀는 그의 집에서 잠까지 자지 않았던가. 처음 만났을 때부터 그녀에게 도움의 손길을 내민 사람이었고 취한 그녀를 안전하게 돌봐주기도 했다. 유라는 더는 그의 호의를 거절하기 힘들었다.

"다 왔어요. 이 앞에 세워주세요."

"같이 올라가죠. 무거운데 들어다 드릴게요."

오피스텔 입구 앞에서 인사하려는 그녀에게 지훈은 문 앞까지 짐을 들어다주겠다고 고집을 부렸다. 함께 엘리베이터를 타고 5층으로 올라갔다. 503호 문 앞에서 그녀가 그를 돌아봤다.

"여기에요."

"여기였군요. 제가 그렇게 알고 싶어 했던 줄리아 씨의 집이."

지훈은 새삼스러운 눈으로 그녀의 집 현관문을 바라보며 작게 중얼거렸다.

"네?"

"아닙니다. 문 여세요. 현관에 놓을게요."

지훈은 한쪽으로 비켜 서 있다 그녀가 현관을 열자 안쪽에 짐을 놓았다.

"고맙습니다. 이렇게 짐까지 들어주시고……."

"별말씀을요."

"밥도 맛있었고, 덕분에 장도 너무 편하게 봤어요."

"제가 더 즐거웠는걸요. 저하고 놀아주느라 애썼어요."

"호호. 그런가요? 저도 재밌었어요. 그럼 조심해서 가세요."

잘 가라는 인사를 하고 집 안으로 들어온 유라는 신발을 벗다 그대로 멈칫했다. 오늘 내가 저 사람과 뭘 한 건가 싶어서였다. 집에서 나갈 때만 해도 분명히 지난번의 실수를 사과하러 가는 거라고 그렇게 결론지었는데…… 어째 종일 그와 데이트를 하고 돌아온 느낌이었다.

"꼭 데이트를 한 것 같아."

나직이 중얼거리는 유라의 입가에 슬며시 미소가 맺혔다.

"음, 시간이 남았네. 언니, 우리 커피나 한잔하고 가요."

"그럴까?"

점심 식사를 빠르게 마친 덕에 여유가 좀 있었다. 휴게실로 올라간 유라와 미주는 커피 한 잔씩을 뽑아 들고 창가에 앉았다.

"오늘은 날씨가 정말 좋네요."

"그렇지? 다음에는 옥상 휴게실로 올라가자. 햇볕 좀 쬐게."

사무실로 돌아가던 상진이 그녀들을 발견하고 다가왔다.

"어이, 숙녀분들. 무슨 말씀들을 이렇게 재밌게들 나누십니까?"

상진도 자판기에서 커피 한 잔을 뽑아 자연스럽게 합석했다.

"재미있는 얘기요. 시간이 좀 남았으니 수다나 떠는 거죠."

유라가 별거 아니라고 손을 내젓자 상진은 의자를 테이블 쪽으로 바짝 당겨 앉으며 의미심장한 표정으로 말했다.

"그건 그렇고. 다들 긴장하라고. 그 소문이 사실이었어."

"소문요? 무슨 소문요?"

"왜. 내가 전에 말했잖아. 독자 말이야. 독자가 본사로 돌아온다는 소문이 있다고. 확실한데. 중역비서실에 있는 윤 대리가 그러더라. 그래서 요즘 한국에 들어오는 일이 잦았던 거야. 독자가 오면 한동안 회사가 들썩들썩할 텐데. 아, 생각만 해도 피곤하다."

앞으로 골치깨나 아프게 생겼다며 상진이 손바닥으로 마른 얼굴을 문질렀다. 유라는 그런 그를 이해할 수 없다는 눈으로 쳐다봤다. 그게 무슨 대수라고. 언제든 돌아오는 게 당연하지 않나? 명색이 그룹의 후계자인데 언제까지 해외 근무만 할 리가 없었다. 독자의 귀환이 잠깐 얘깃거리야 되겠지만, 이토록 모두가 긴장하고 걱정해야 할 일인가 싶어 그녀는 고개를 갸웃했다.

"오면 오는 거죠, 뭐. 다른 사람도 아니고 회장님 아들이라면서요. 안 오는 게 더 이상한 거 아닌가? 그런데 왜 다들 그렇게 안달이죠? 차장님도 그렇고 대리님도 그렇고, 독자라는 사람이 그렇게 무서워요?"

"한 비서가 아직 뭘 모르는군. 하긴 안 겪어본 사람은 모르겠지. 독자한테 제대로 들들 볶여봐야 그 무서움을 알려나? 이번에 한국에 아예 들어왔다고 하더라고. 독자 성격에 가만히 본사에 들어앉아서 업무 보고만 받지는 않을 테고. 역시나 계열사 점검 차 전국을 돌기 시작했다니 한두 달 있으면 알게 될 거야. 독자가 있을 때와 없을 때, 업무량의 차이를."

딱히 실감은 안 나는데도 어쩐지 무시무시한 경고라 미주가 겁먹은 표정으로 물었다.

"지사장님이 그렇게 무서워요? 아, 이러다 매일 야근하고 그러는 거 아닌가? 난 야근은 진짜 싫은데."

야근이 반갑지 않기는 유라도 마찬가지였다. 야근의 폐해를 온몸으로 겪은 지 얼마 안 되는 터라 미간이 절로 찌푸려졌다.

"싫어도 할 수 없지. 우리 같은 월급쟁이들이야 어쩌겠어? 위에서 하라면 해야지. 아마 위에 있는 비서실들은 이미 난리가 났을걸? 머지않아 그 여파가 우리한테 내려오겠지. 그 뒤치다꺼리하려면 말이야. 우리도 꽤 바빠질 거야."

상진의 말에 한숨을 내쉬던 미주가 문득 생각났다는 듯 물었다.

"아, 맞다! 최 대리님이 지난번에 지사장님 별명이 왜 독자인지 알려준다고 하지 않았어요?"

"내가 그랬나? 맞다, 그랬었지! 그때 내가 맨입으로는 안 된다고 했던 거 같은데? 에이, 좋아. 내가 선심 썼다. 시간 날 때 얘기해줄게."

점심시간이 끝나고 사무실로 돌아오자마자 이 차장이 상진을 찾았다.

"최 대리. 부산 이 과장한테 전화 좀 해보지."

"이 과장님이요?"

"그래. 조금 전에 전화해서 뭔 서류를 찾더라고. 급한 거 같던데? 독자가 부산에 들이닥쳤대."

"독자가요? 아, 네. 바로 통화하겠습니다."

상진이 곧바로 전화를 걸었다. 이 과장이 찾는 서류가 꽤 되는지 부지런히 메모하는 손길이 제법 바빴다. 그 모습을 지켜보던 유라는 독자가 어떤 사람인지 점점 더 궁금해졌다.

어느새 퇴근시간이 됐다. 이정수 차장이 벌떡 일어서더니 책상을 탕탕 두드렸다.

"자, 오늘은 이만하고 퇴근하지. 수고들 했어. 내일 보자고."

이 차장이 먼저 사무실을 나가고 다른 직원들도 퇴근 준비를 서둘렀다. 유라도 집으로 가려고 일어서는데 맞은편에 앉은 상진이 그녀에게 수신호를 보냈다. 손가락 2개를 길게 펴서 입 앞에서 빙글빙글 돌리며 젓가락질 흉내를 내는 것은 약속 없으면 저녁이나 먹고 가자는 신호였다.

"그래요, 언니. 우리 저녁 먹고 가요. 배고파요."

상진의 수신호를 확인한 미주가 옆에서 거들었다. 함께 사무실을 나선 세 사람은 회사 근처 식당에 자리를 잡았다.

"최 대리님. 아까 하던 얘기 있잖아요. 독자 얘기요. 말 나온 김에 마저 해주세요."

음식이 나오길 기다리며 물수건으로 손을 닦던 미주가 호기심에 반짝이는 눈으로 상진을 재촉했다. 그동안 상진이 변죽을 많이 울려놔서 무슨 대단한 뒷얘기라도 있나 궁금했던 모양이었다.

"맞다. 독자 얘기해주기로 했었지."

물 한 모금으로 입 안을 적신 상진이 상체를 앞으로 기울였다.

"지사장 별명이 독자인 건 지난번에 얘기해서 자기들도 잘 알 테고. 그런데 내가 말했던가? 독자가 독한 자식의 줄임말이라고?"

"네. 말했어요."

"그래, 왜 독자가 됐냐면 말이지. 창업주, 그러니까 회장님께 지병이 있는 건 자기들도 알 거야. 그런 회장님이 3년 전쯤에 큰 위기를 맞으셨지."

3년 전의 큰 위기라. 유라는 상진의 말에 기억을 더듬었다.

예전에 JC그룹 윤정섭 회장의 비자금 조성 문제로 세상이 한동안 시끄러웠던 적이 있었다. 유라도 초췌한 모습의 윤 회장이 링거를 꽂고 휠체어를 탄 채 검찰청에 출두하는 모습을 신문에서 여러

번 봤었다. 그때는 으레 반복되어온 재벌 회장의 환자 행세로 여겼었는데 입사한 뒤 윤 회장에게 정말로 지병이 있었음을 알았다.

그렇지만 그 일은 무사히 해결된 거로 아는데. 비자금 조성은 사실이었지만 그 일은 윤 회장과는 관계없이 측근이 벌인 짓으로 밝혀져서 윤 회장은 무사히 풀려났었다.

"생각나요. 비자금 문제로 회장님이 검찰 조사를 받으셨죠."

유라의 대답에 상진이 고개를 끄덕였다. 역시 아는구나! 그런 의미였다.

03.

사건이 벌어진 것은 독자가 기획실장으로 승진한 지 얼마 되지 않아서였다. 압수수색 영장을 든 검사와 조사관들이 갑자기 회장실에 들이닥쳤고, 그 일로 큰 충격을 받은 윤 회장은 결국 쓰러지고 말았다.

독자는 이를 악물었다. 응급실에 누워 치료를 받아야 할 부친이 세상의 비난 속에 검찰 조사를 받으러 다니는 모습을 지켜봐야만 했던 독자는 마냥 두 손을 놓고 기다릴 수는 없었다.

그는 즉시 사건의 진실을 찾기 위해 부단히 노력했다. 밤낮을 가리지 않고 자금의 흐름을 추적하던 독자는 부친의 선고 공판이 얼마 남지 않은 때에야 비로소 검은 손의 실체를 밝혀줄 확실한 증거를 확보할 수 있었다.

비자금을 조성한 진짜 장본인은 윤 회장의 동생인 부회장이었다. 형이 키운 회사에 숟가락만 얹었을 뿐이었던 부회장은 잘난 형덕에 부귀영화를 누리게 된 것으로는 만족하지 못했다. 부회장의 뒷배로 덜컥 이사 자리에 오른 제 아들과는 달리 배경을 감춘 채 평사원으로 입사한 독자가 뛰어난 능력으로 승승장구하자, 위기감을 느낀 부회장은 회사를 제 아들에게 물려주기 위해 형을 위기에 몰아넣으려는 함정을 팠다.

증거를 찾은 독자는 섣불리 내색하지 않았다. 작은아버지가 언제라도 부친의 뒤를 칠 수 있다고 판단한 그는 부회장이 회사에 발을 디딜 여지를 남겨둬서는 안 된다고 생각했다. 그는 윤 회장이 검찰과 법정 공방을 벌이는 동안에도 흔들리지 않고 부회장의 뒤를 파헤쳤다. 그리고 마침내 부회장과 그 아들이 저지른 공금횡령과 주식 부당 거래를 통한 비자금 조성, 협력 업체를 협박해 뇌물을 받은 일 등의 증거를 모아 그를 압박했다.

동생을 믿었던 윤 회장은 아들이 찾아낸 증거에 아연실색했다. 동생의 배신에 쓰디쓴 눈물을 삼켰지만, 윤 회장은 혈육의 정을 쉽게 놓지 못하고 자신이 모든 것을 안고 가려 했다.

결국 아버지의 건강과 회사의 운명을 염려한 독자가 과감한 결단을 내렸다. 부친의 반대에도 불구하고 독자는 제가 가진 증거로 부회장과 담판을 지었다. 어차피 감옥행을 피할 수 없게 된 부회장은 아들을 지키는 조건으로 독자의 요구를 따를 수밖에 없었다.

집행유예로 풀려난 뒤 부회장은 아들과 함께 곧장 한국을 떠났다. 다시는 회사와 부친의 곁으로 돌아오지 말 것. 그것이 바로 독자가 부회장에게 내세운 조건이었다. 그래서 3년이 훨씬 넘은 지금도 그들 부자는 돌아오지 못하고 있었다.

일이 마무리된 후, 모두들 회사를 구한 독자가 부회장의 자리를 차지할 거라 여겼지만 예상은 빗나갔다. 아버지의 뜻을 거역한 일로 독자는 스스로 유배를 떠나듯 경영 위기가 닥친 미국 지사의 지사장으로 가겠다고 나섰다. 더 끌고 가기에는 리스크가 너무 커서 모두가 정리하기를 바랐지만 그러기에도 쉽지 않았던 미국 지사엘 말이다. 독자가 정말 독하다는 소리를 들은 것도 바로 그의 이런 선택 때문이었다.

회생의 여지가 없다고 여겨 누구나 피하고 싶어 한 그 자리에 독자는 스스로 걸어 들어갔다. 그리고 그는 모든 비난과 책임을 끌어안고 3년 만에 미국 지사를 완전히 정상궤도로 복귀시켰다.

'그래서 하나뿐인 후계자라던 그분이 미국 지사장으로 해외에만 머물렀던 거군.'

그동안 이상하게 여겼던 일 중 하나였는데 오늘 유라의 궁금증 하나가 해결됐다. 그나저나 최 대리님은 이 모든 걸 어떻게 이렇게 잘 아는 걸까? 그땐 신입 딱지도 못 떼고 있을 때라면서.

"근데 최 대리님은 어떻게 이렇게 잘 아세요?"

유라와 같은 생각을 했는지 미주가 의아한 듯 물었다. 상진은 이 정도는 기본 아니냐는 듯 뻐기는 얼굴로 가볍게 코웃음 쳤다.

"나? 친한 동기가 독자 밑에 있었거든. 능력 있는 상사라고 처음에는 좋아 죽더니만 며칠도 안 돼서 매일 죽는소리였어. 어찌나 일이 많고 까다로운지 살이 쭉쭉 빠진다나. 그 친구 하소연 들어주느라 나도 죽을 지경이었다고. 그래도 덕분에 회사가 어떻게 돌아가는지 빨리 배운 것 같아. 한번은 술을 진탕 먹고 횡설수설 떠들었는데 그때 이런 비하인드 스토리도 들은 거야. 알겠어? 나 아니면 누가 자기들한테 이런 얘기를 해주겠어?"

"아이고, 참."

"하여튼 자기들은 팔자 편한 줄이나 알아. 그 격동의 시대를 피해서 입사했다는 것만으로도 행운인 줄 알라고. 독자가 하는 그 많은 일이 결국은 다 어디로 내려왔겠어? 바로 통합비서실 아니겠냐고. 야근? 지금 하는 야근은 야근도 아니야. 회사에서 한 열흘씩 먹고 자고 해봐야 아하, 이런 게 야근이구나 하는 수준이란 걸 그대들이 알랑가 몰라."

상진의 너스레에 유라가 장난스럽게 고개를 숙이며 굽실거렸다.

"네네. 알아 모시겠습니다. 이 모든 것이 다 선배님들 덕분입니다요. 근데 난 독자가 이해돼요. 그래서 별로 독하다는 생각 안 들어요."

아버지의 고난을 목도한 아들이라니. 독해질 수밖에 없었을 거다. 그녀도 아빠가 돌아가신 후 엄마와 세상에 둘만 남았을 때 살아남으려고 이를 악물었으니까.

"그건 자기가 안 겪어서 그래. 일할 때 얼마나 사람을 잡는지 모르지? 3일 정도는 아예 밤을 꼴딱 새워서 일한다더라. 그게 인간이야? 코피가 줄줄 흘러도 닦는 시간이 아깝다고 그대로 흘려가며 일하는 인간이래. 그런데도 안 독하다는 거야?"

"네? 에이, 말도 안 돼!"

유라가 어이없는 웃음을 터트리며 상진의 말에 고개를 절레절레 저었다.

"허어, 안 믿네. 이 사람이 정말로 한번 당해봐야겠구먼. 독자가 돌아오면 어차피 비서진 이동이 있을 거야. 내가 다른 사람은 몰라도 한 비서는 꼭 차출되기를 기도할게.”

“피. 하나도 안 무섭네요.”

그녀가 입술을 삐죽이자 상진은 겪어 보고 이야기하자는 듯 이
죽거렸다.

“한번 두고 보자고. 일이 두 배 세 배로 늘어도 그런 말이 나오나.”

“설마요. 그럴 일이 있겠어요? 저 말고 다른 분들이 많이 계신데요?”

유라의 입장에서 독자 밑으로 차출되는 것은 승진이나 마찬가
지라 환영할 만한 일이었지 피할 일은 아니었다. 오히려 그녀보다
먼저 입사한 선배들이 많은데 과연 제 차례가 올까 싶었다. 상진은
어깨를 으쓱하는 유라를 보며 농담처럼 덧붙였다.

“그러니까 기도해준다는 거야. 한 비서가 꼭 뽑히기를 말이야.”

상진의 말에 유라는 상관없다는 듯 싱긋 웃었다.

쉬는 날 아침, 유라는 리처드의 전화를 받았다.

“여보세요?”

-안녕하세요. 줄리아 씨. 그동안 잘 지냈어요?

“아, 안녕하세요? 어쩐 일이세요?”

그녀는 생각지도 못했던 그의 전화가 설레도록 반가우면서도
쉽게 내색하지 못했다. 아직은 그에 대해 잘 모른다는 조심스러움
때문이었다.

-시간이 되면 같이 점심 식사해요. 어때요? 시간 괜찮아요?

전화기 너머 그의 목소리가 유쾌했다. 듣기 좋은 음성에 귀를
기울이고 있던 그녀는 저도 모르게 대답했다.

“네. 괜찮아요.”

-그래요? 그럼 오피스텔 앞에 가서 전화할게요. 괜찮죠?

"네? 아, 네……."

전화를 끊은 후 유라는 서둘러 외출 준비를 시작했다. 준비를 마칠 때쯤 오피스텔 앞에 도착했다는 리처드의 전화를 받았다. 다시 만난 두 사람은 함께 점심을 먹었다.

"그런데 정말 알려주지 않을 겁니까?"

그의 물음에 그녀의 눈이 동그래졌다.

"뭘요?"

"줄리아 씨 이름이요."

그 말에 그녀가 싱긋 웃었다. 이름쯤이야 이제 얼마든지 알려줄 수 있었지만, 줄리아라 불리는 이 상황이 재미있었다. 전에 없던 장난기가 솟아난 유라는 새침한 얼굴로 고개를 가로저었다.

"글쎄요. 이름을 꼭 알아야 할까요? 리처드 기어, 줄리아 로버츠……. 재밌지 않아요? 지금은 서로의 이름을 모르니까 이렇게 불러도 이상하지 않지만 이름을 알아버린 후에는 민망해서 못하잖아요. 당분간은 비밀로 할래요."

지훈의 눈썹이 위로 들렸다. 알고 싶은 것도, 묻고 싶은 것도 참 많은데 그녀는 웃음을 꾹 참는 얼굴로 입 앞에서 선을 그어 지퍼를 채우는 시늉을 해 보인다.

정말로 알려주지 않을 작정인가. 아직은 그에 대한 경계심이 완전히 사그라지지 않은 것 같아 강요하기 어려웠다. 그가 괜찮은 사람인지 아닌지 반신반의하는 모양인데 이럴 때 너무 서두르면 역효과가 날 수 있다. 아쉬운 마음이 들었지만 지훈은 이해한다는 듯 고개를 끄덕였다.

"하하. 여전히 조심스럽군요. 아무래도 줄리아 씨 이름을 알아내려면 치킨에 맥주를 마셔야 하나 봅니다."

"어머, 너무해요."

유라가 말도 안 된다는 듯 믿지 않게 눈을 흘기며 그의 팔뚝을 찰싹 때렸다.

"오늘은 날씨도 좋은데 바람 좀 쐬러 갈까요?"

"좋아요."

식사를 마친 후, 두 사람은 멀지 않은 곳에 있는 자연생태공원에 갔다. 생태공원 안에 있는 조그만 식물원을 둘러본 후 숲 속의 오솔길처럼 조성된 산책로를 걸었다.

"서울에도 이런 곳이 있었네요? 아, 날씨도 정말 좋다."

유라가 하늘을 올려다보며 감탄했다. 이 동네 근처를 몇 번이나 지나다녔으면서도 이런 곳이 있다는 것을 까맣게 몰랐었다. 지훈도 이곳이 꽤 마음에 든 듯 여유로운 표정으로 주변을 돌아보며 대답했다.

"나도 말로만 들었지, 와 본 건 처음이에요. 기대했던 것보다 훨씬 좋네요."

두 사람은 아름드리나무가 좌우로 길게 늘어선 산책로를 함께 걸었다. 딱딱하고 메마른 도시의 보도블록이 아닌 푹신하고 촉촉한 흙길을 밟는 것은 무척 오랜만의 일이라 기분이 괜찮았다.

"아, 조심해요."

길게 뻗어 나온 나무뿌리에 발이 걸린 유라가 넘어질 뻔한 순간, 지훈이 그녀의 팔을 붙잡았다.

"고마워요."

멋쩍어진 유라가 살짝 붉어진 얼굴로 올려다보니 그가 싱긋 웃는 얼굴로 그녀를 내려다보고 있었다.

두 사람은 잠시 그대로 서 있었다. 바람이 숨바꼭질하듯 나무 사이를 맴돌고, 상쾌한 숲 향기가 시원한 향내를 풍기며 솔솔 불어왔다.

"저쪽으로 가볼까요?"

근처에서 물 흐르는 소리가 들리는 것 같아 그들은 소리가 나는 쪽으로 발길을 돌렸다. 산책로 아래로 조금 내려가 보니 생태연못이라는 표지판이 가리키는 곳에 조그만 실개천이 흐르고 있었다.

"건너편에 뭐가 있는지 봅시다."

지훈이 그녀에게 손을 내밀었다. 개천을 건너가기 위해서는 울퉁불퉁한 징검다리를 건너야 했다. 유라는 잠시 망설이다 그의 손을 잡았다. 물을 건너다 돌에서 미끄러져 넘어지기라도 하면 다치는 것은 물론 물에 빠진 생쥐 꼴이 될 수도 있어서였다.

"내가 밟은 곳으로 건너와요."

지훈은 그녀의 손을 꼭 잡은 채 앞에 놓인 돌을 신중하게 발로 확인하며 징검다리를 건넜다. 유라도 조심조심 그를 따라 개천을 건넜다. 가끔 균형이 안 맞아 까딱거리는 돌이 있었지만, 유라는 지훈의 손에 의지해 무사히 개천을 건널 수 있었다.

개천 너머에는 갖가지 꽃이 가득 심어진 널따란 꽃밭과 보기만 해도 시원한 인공 폭포가 꾸며져 있었다. 두 사람은 나란히 서서 꽃과 폭포를 구경했다. 그리고는 왔던 길을 되짚어 차를 세워둔 곳으로 돌아왔다. 그러는 동안에도 지훈은 잡은 그녀의 손을 놓지 않았다.

"데려다주셔서 고마워요. 오늘 즐거웠어요. 산책도 좋았고요."

유라는 현관문 앞에서 작별 인사를 남겼다. 그는 별말씀을, 이라고 말하는 듯 그녀를 향해 가볍게 미소 지었다.

"즐거우셨다니 다행입니다. 저도 즐거웠습니다."

"조심해서 가세요."

"쉬어요. 전화할게요."

고개를 끄덕인 후 현관 안으로 들어가려던 유라는 다시 그를 돌아봤다. 이렇게 만나고 헤어지는 과정이 너무나 자연스럽다 느꼈기 때문이었다.

반은 장난이었지만 그에게 이름도 알려주지 않았고 그녀도 그의 이름을 묻지 않았다. 뭘 하는 사람인지도 모르고 앞으로 계속 만나게 될지조차 장담할 수 없는 사이였다. 그런데도 함께 만나 식사를 하고, 산책을 하면서 시간을 보내는 이런 일들이 당연히 그래왔던 것처럼 낯설지가 않았다.

이건 마치…… 사귀는 사람들의 행동 같았다. 그건 아니라고 생각하면서도 한편으로는 그렇다면 오늘은 왜 그를 만난 건지 의아했다. 잘 아는 사이처럼 같이 밥이나 먹자고 연락한 그나 순순히 응한 그녀나. 갑자기 이 만남의 정체는 뭘까 의문이 들었다.

"왜 그래요? 안 들어가고."

할 말이라도 있는 듯 문가에 서서 머뭇대는 그녀를 본 지훈이 물었다.

"아뇨. 그게…… 우리가 사귀는…… 그러니까, 그게 꼭 데이트라도 한 것 같아서요."

무심결에 머릿속의 생각을 입 밖에 내놓고 만 유라는 흠칫 놀라 눈치를 보듯 그를 올려다봤다. 그는 생각에 잠긴 얼굴로 말없이 그녀를 내려다보고 있었다.

"들어갈게요. 아, 안녕히 가세요."

무안해진 그녀가 얼른 현관 안으로 들어가 문을 닫으려 했다. 가만히 지켜보던 그가 빠르게 손을 내밀어 현관문이 닫히는 걸 막았다.

"잠깐만요. 줄리아 씨. 잊은 게 있어요."

"네? 뭔데요?"

"차비요. 제가 다른 건 몰라도 차비는 꼭 받자 주의거든요."

"네? 차비요? 어, 얼마를…… 드려야 하죠?"

이런 때에 차비라니. 뜬금없이 차비를 달라는 말에 당황한 유라가 지갑을 찾으려고 고개를 숙였다. 허둥지둥 가방을 뒤적이느라 귀 뒤로 넘겼던 머리카락이 얼굴 앞으로 흘러내렸다.

그 순간, 지훈이 손을 뻗어 유라의 흐트러진 머리카락을 귀 뒤로 쓸어 넘겼다. 예상치 못한 손길에 놀란 그녀가 붉어진 얼굴을 들었다. 기다렸다는 듯 고개를 기울인 지훈은 그녀의 뺨에 재빨리 입을 맞췄다.

"아……!"

눈이 휘둥그레진 그녀가 새빨갛게 달아오른 볼을 손바닥으로 감쌌다. 깜짝 놀랐는지 눈만 깜박거리고 서 있는 그녀의 귓가에 지훈이 나직하게 속삭였다.

"몰랐나요? 오늘 우리, 데이트한 거 맞습니다."

잘 자라는 인사를 남기고 그는 현관문을 조용히 닫았다. 멍한 얼굴로 문이 닫히는 것을 보고 있던 유라는 재빨리 창가로 다가가 지훈이 차에 올라 떠나는 모습을 가만히 지켜봤다.

독자의 계열사 점검은 그 후로도 계속됐다. 일에서만큼은 대충

이 없는 사람이라더니, 유라는 요즘 상진의 엄포가 농담이 아니었음을 실감하는 중이었다. 계열사들은 독자가 언제 나타날까 온통 비상이었고, 혹시 모를 상황에 대비하느라 난리였다. 그에 따라 업무량이 늘기는 비서실도 마찬가지여서 유라도 하루에 한두 시간 추가로 근무하는 것쯤은 이제 당연한 일과처럼 받아들였다.

예전 같으면 휴식시간이 줄어드는 것 외에는 딱히 아쉬울 게 없었겠지만, 리처드를 만나게 된 후로는 혹시나 하는 마음에 퇴근이 늦다는 게 괜히 신경이 쓰였다.

그러나 요즘은 리처드도 지방 출장이 잦아 바쁘기는 마찬가지였다. 유라는 내심 서운하면서도 한편으로는 서로 바쁜 시기가 같아 다행이라고 생각했다.

금요일 밤, 내일쯤엔 그에게서 전화가 오지 않을까 은근히 기대하던 그때 전화벨이 울렸다. 리처드였다. 그는 강원도로 출장을 갔다가 이제 막 집에 도착한 길이라고 했다.

-줄리아 씨, 혹시 물 좋아해요?

"물이요?"

의아해하는 유라의 목소리에 리처드가 낮게 웃더니 혹시 수영할 줄 아느냐고 물었다. 유라는 수영은 못하지만 배우고 싶은 마음은 있다고 대답했다. 그 말에 리처드는 자신이 가르쳐주겠다고 나섰다.

-내일 10시쯤 내가 집 앞으로 갈게요. 전화하면 내려와요.

"알겠어요."

-그럼 내일 봅시다. 잘 자요.

유라는 전화를 끊자마자 벌떡 일어섰다. 수영은 못하지만 언젠가 입지 않을까 해서 사 놓은 수영복이 서랍 어딘가에 들어 있었다. 피곤해서 일찍 자려고 했었는데 그녀는 내일 가져갈 짐을 챙기느라 여념이 없었다.

다음 날 오전, 두 사람은 수영장과 잠수풀이 함께 있는 스포츠센터를 찾았다.

"그럼 옷 갈아입고 나와요. 입구에서 만납시다."

"네."

유라는 탈의실로 들어갔다. 수영장에 왔으니 수영복을 입는 게 당연한데도 막상 갈아입으려니 쑥스러운 마음이 들었다.

그래도 비키니가 아닌 게 어디야. 친구들이 놀러 가서 입겠다고 요란한 디자인의 비키니를 살 때, 유라는 아무 곳에서나 두루두루 입으려 얌전한 원피스 수영복을 샀었다. 그래도 수영복은 수영복인지라 몸매가 고스란히 드러날 수밖에 없겠지만.

"자, 준비 운동부터 할까요?"

유라가 쭈뼛거리며 나가자 수줍어서 망설이는 그녀의 마음을 눈치챈 지훈은 일부러 활기차게 그녀의 손을 잡아끌었다. 그는 유라와 마주 서서 제가 하는 스트레칭을 따라하게 해서 적당히 준비운동을 마무리한 뒤 그녀를 풀장 안으로 데리고 들어갔다.

"자, 두 팔을 앞으로 모아서 쭉 뻗어봐요."

"이, 이렇게요?"

유라가 만세를 부르듯 두 팔을 번쩍 들었다.

"그래요. 그렇게 해서 물 위에 몸을 띄우는 겁니다. 겁내지 말아요. 내가 잡아줄 거니까."

지훈이 그녀의 몸을 들어 물 위에 뜨게 했지만 유라가 깜짝 놀라 버둥거리는 바람에 바로 가라앉았다.

"아악! 우, 푸흡!"

깜짝 놀란 그녀가 지훈의 목에 팔을 걸고 매달렸다. 지훈은 얼굴이 하얗게 질린 유라의 몸을 단단히 붙잡아 바닥에 발을 디딜 수 있게 도왔다.

"내가 잡았어요. 놀라지 말아요. ……괜찮아요.?"

유라는 창피한 마음에 얼굴을 붉히며 고개를 끄덕였다. 발이 바닥에서 떨어지자 물에 빠질 것 같다는 생각에 괜한 겁을 먹고 허둥거렸지만, 실제로는 그리 깊지 않은 곳이라 그녀의 가슴 높이 정도밖에 되지 않았다.

"미, 미안해요. 이제 괜찮아요."

"정말 괜찮아요? 그럼 다시 해볼까요? 좋아요. 하나만 기억해요. 내가 잡고 있을 거고, 줄리아 씨는 안전해요."

지훈이 그녀의 몸을 다시 한 번 물 위에 띄웠다. 유라는 그가 가르쳐준 대로 숨을 꾹 참고 얼굴을 물에 살짝 담갔다. 지훈이 곧바로 그녀의 앞으로 움직여 손을 잡은 후 뒷걸음질로 이동했다.

"자, 이제 얼굴 들어요. 그래요. 잘했어요. 이제 다리를 높이 들고 물 표면을 차봐요."

유라는 그의 지시대로 열심히 물장구를 쳤다. 비록 그가 앞에서 그녀의 손을 잡아 끌어주고 있었지만 제 몸이 물에 떠서 앞으로 나간다는 게 신기하기도 하고 재밌기도 있었다.

한참을 물장구를 치고 나니 조금 힘이 들었다. 유라는 풀장 밖으로 나와 잠시 휴식을 취했다.

"어머, 저건 뭐예요?"

수영장 한쪽 벽면에 바닥부터 천장까지 닿을 만큼 높고 커다란 수조가 있었다. 뭐 하는 곳인가 살펴보니 잠수복을 입은 사람들이 그 안에 들어가 있었다.

"잠수풀이라는 거예요. 바다 대신 저기에서 스킨스쿠버 연습을 하죠."

"아, 그렇구나. 혹시 스킨스쿠버도 하세요?"

"그럼요. 보여줄까요?"

유라가 고개를 끄덕이자 그가 옷을 갈아입고 오겠다며 일어섰다. 그녀가 따끈한 커피 한 잔을 마시며 쉬고 있으려니 그가 수영복 위에 스킨스쿠버 장비를 착용하고 나타났다.

첨벙. 잠수풀의 맨 꼭대기에 서 있던 지훈은 망설임 없이 물속으로 뛰어들었다. 그는 곧바로 20여 미터를 아래로 내려와 잠수풀의 맨 아래층에서 기다리고 있는 유라에게 다가갔다.

두 사람은 두꺼운 유리벽을 사이에 두고 마주 섰다. 지훈이 손가락으로 벽에 뭔가를 써 내려갔다. 유라는 그가 뭐라는 건가 유심히 관찰했다.

줄. 리. 아. 씨. 진. 짜. 이. 름. 이. 뭡. 니. 까. ?

한참을 지켜보던 유라가 웃음을 터뜨렸다. 유라는 웃음을 꾹 참는 얼굴로 그가 했던 것처럼 유리 벽에 글씨를 썼다.

한. 유. 라. 제. 이. 름. 은. 한. 유. 라. 예. 요.

알겠다는 듯 고개를 끄덕인 그가 손가락으로 오케이 사인을 만들어 보였다. 그는 그녀에게 보여주려는 듯 위아래를 빠르게 몇 번 오르내린 후 멋지게 회전했다. 그러더니 금세 유라가 기다리는 곳으로 돌아왔다.

"어때요. 재밌어 보이지 않아요?"

"글쎄요. 바닷속을 직접 보면 근사할 것 같긴 해요."

"맞아요. 여긴 그냥 연습하는 곳이죠. 진짜 바닷속에 들어가면 얼마나 환상적인지, 유라 씨한테도 보여주고 싶네요."

그의 말에 유라는 어깨를 으쓱했다. 스킨스쿠버도 할 줄 안다면야 나쁠 건 없겠지만 지금은 수영도 무리였다. 리처드 덕에 아주 오랜만에 수영장에 왔고, 물놀이도 즐거웠지만 고작 하루 강습으로 수영을 할 수 있을 리 없었다. 그녀의 생각을 알아챈 듯 그가 말을 이었다.

"오늘은 여기까지 하고 식사하러 가죠. 다음에는 오리발을 사용하는 방법을 알려줄게요."

식사를 마치고 차 한 잔을 마시는 사이 어느덧 오후가 되어 있었다. 지훈은 여느 때처럼 그녀를 집 앞까지 데려다주었다. 현관 비밀번호를 누르는 그녀를 배려하느라 옆으로 돌아서 있던 그가 문을 열고 들어가려는 그녀의 팔을 붙잡았다.

"유라 씨, 잊은 거 없어요?"

"네? 뭐가요?"

"제가 지난번에 분명히 말씀드렸는데……. 다른 건 몰라도 저는 차비만큼은 꼭 챙겨 받는 남자라고요."

"아……!"

차비라. 지난번 그의 입술이 볼에 닿았던 게 생각나 유라의 얼굴이 붉게 물들었다. 어떡해야 하나 망설이다 조심스레 그에게 다가섰다. 큰맘 먹고 용기를 내어 턱을 치켜들자 키가 큰 리처드가 그녀를 위해 고개를 숙였다. 그의 뺨이 바로 코앞에 있었다.

사귀는 사이라 해도 아직은 이런 행동이 쑥스러웠다. 유라가 두 눈을 꼭 감고 입술을 갖다 대려는 순간 그가 갑자기 고개를 돌렸다. 예상치 못한 그의 행동에 두 사람의 입술이 스치듯 맞닿았다. 깜짝 놀란 유라가 얼른 입술을 떼어내려 했지만 그가 더 빨랐다. 지훈은 손바닥으로 그녀의 뒷목을 감싸듯 가볍게 잡았다.

"유라 씨. 유라 씨는 이제 단골손님이니까 차비를 좀 더 받아도 되겠죠?"

지훈의 고개가 비스듬히 기울어졌다. 두 사람의 입술이 하나로 포개졌다. 따뜻하고 부드러운 키스에 유라는 눈을 감았다. 입술을 떼어낸 후에도 그는 그녀를 품에 안고 놓아주지 않았다. 그녀의 머리를 쓰다듬던 그가 낮게 잠긴 목소리로 말했다.

"내 이름은 윤지훈입니다. 잊지 말아요."

지훈을 보내고 집으로 들어온 유라는 침대에 걸터앉아 그를 생각했다. 조금 전의 여운이 완전히 가시지 않은 듯 그녀의 얼굴이 여전히 붉게 달아올라 있었다. 뜨거운 뺨을 식히듯 손바닥으로 감싼 유라는 그가 한 말을 가만히 되뇌어보았다.

"윤지훈입니다. 그 사람의 이름은 윤지훈……"

옷깃만 스쳐도 인연이라던가. 그에 대해 아직 모르는 것이 많은데도 어쩐지 그 사람이 전혀 낯설게 느껴지지 않았다.

수영장에서의 데이트를 기점으로 유라와 지훈은 빠르게 가까워지기 시작했다. 그는 여전히 출장이 잦았지만 서울로 돌아올 때마다 유라를 만나러 달려왔고, 유라도 그가 돌아오기로 한 날을 손꼽아 기다렸다.

유라는 지훈과 함께 있는 시간이 좋았다. 아니, 그가 점점 더 좋아지고 있었다. 그녀를 향한 미소와 따뜻한 눈빛도 자상한 배려와 관심도 전에는 느껴보지 못한 감정이었다.

"이제 이렇게 출장을 다니는 일도 얼마 안 남았어요. 빨리 끝났으면 좋겠군요. 그러면 주말이 아니더라도 유라 씨 얼굴을 볼 수 있을 텐데. 가끔은 만나서 점심도 먹고요."

"그러게요."

정말로 그랬으면 좋겠다는 생각을 하면서도 유라는 한편으로는 마음이 무거웠다. 그와 가까워질수록 그가 자신의 이중생활에 대해 알게 되면 혹시나 실망하지 않을까 두려운 마음이 들었다.

그녀로서는 그럴 수밖에 없었던 절실한 이유가 있었지만, 과연 지훈이 그것을 이해해줄까. 잘 해보자고 시작한 일이었는데 요즘은 그 일이 도리어 그녀의 덫이 되고 있다는 느낌이 들었다.

함께 근무하는 동료들, 상사들 그리고 지훈까지. 가까운 사람들을 속이고 있다는 괴로움이 점점 커져갔다. 유라는 언제부터인가 제가 벌인 일을 후회하게 되었다.

이즈음 JC그룹의 식품사업부는 채식 전문 브랜드 출시를 준비 중이었다. 새로운 브랜드의 론칭은 주말에 열리는 홍콩 식품 박람회에 참여하는 것부터 시작될 예정이었다. 이번 박람회의 중요성을 상징이라도 하듯 독자가 특별히 박람회 일정에 합류할 예정이어서 완벽한 준비를 위해 유라가 일하는 통합비서실도 눈코 뜰 새 없는 일과를 보내고 있었다.

"네. 그럼요. 방금 먹었어요. 지훈 씨는요?

-나도 이제 막 먹고 나오는 길이에요.

"바쁠 텐데 어떻게 전화를 주셨네요?"

-회의 들어가기 전에 짬이 좀 났어요. 아, 실은 유라 씨 목소리가 듣고 싶어서 얼른 먹어 치웠죠.

목소리가 듣고 싶었다는 말에 유라의 입매가 기울어졌다.

"그러다 체하면 어쩌려고요. 통화는 저녁에 해도 되는데."

-괜찮아요. 이따가 저녁에 또 통화하면 되죠.

시간이 없어 오래할 수는 없었지만, 생각지도 못한 통화라 보너스처럼 느껴졌다. 유라는 지훈과의 통화로 기분이 좋아졌다. 잠시 나갔다 들어온 유라의 얼굴에 웃음꽃이 피어 있자 미주가 고개를 갸우뚱했다.

"언니, 무슨 좋은 일이라도 있어요? 아까랑은 분위기가 확 달라졌는데요?"

미주의 말에 깜짝 놀란 유라가 손을 빠르게 내저었다.

"좋은 일은 무슨. 아니야, 그런 거."

말로는 아니라면서도 유라의 얼굴이 발그레하게 물들었다. 강한 부정은 긍정이라던데, 유라 언니가 요즘 연애라도 하나? 잠시 그런 생각이 들었지만, 미주는 설마 싶었다. 연애는 무슨. 언니가 누굴 짝사랑이라도 하는 거겠지. 어머, 그런가 보다. 좋아하는 남자랑 복도에서 마주치기라도 했나 봐. 미주는 수줍어하는 유라를 안타까운 눈길로 바라봤다.

출장을 떠난 지훈의 주요 일정이 해외 협력사들과의 미팅이라는 말에 유라는 행여 제가 방해라도 될까 봐 그에게 전화를 걸기가 조심스러웠다. 대신 그의 안부가 궁금할 때면 종종 문자 메시지를 남겼다. 그래서 문자가 올 때면 혹시 지훈의 답장일까 가슴이 뛰었다.

두 사람의 통화는 주로 저녁 늦게 이루어졌다. 지훈의 전화를 받을 때면, 유라는 목소리만으로도 그가 얼마나 피곤하고 바쁜 일정을 보내고 있는지 알 것 같았다.

"어디에요?"

-이제 막 호텔에 들어왔어요.

"어머, 지금까지 일한 거예요? 이렇게 늦게까지? 힘들었겠어요. 아무래도 회사에 월급 많이 달라고 해야겠는데요?"

그녀의 농담에 하하 웃던 지훈이 장단을 맞췄다.

-그렇죠? 그래야겠네. 월급을 좀 올려달라고 해야겠어요.

지훈의 이야기를 듣는 유라의 입매가 둥글어졌다. 이렇게 나직하게 속삭이는 그의 목소리를 듣고 있노라면 마음이 편안해진다. 그의 목소리로 하루를 마감하는 시간. 언제부터인가 하루 중 이때가 가장 기다려졌다. 그러나 이런 순간이 계속됐으면 싶으면서도 한편으로는 통화가 길어져 그의 휴식을 방해할까 걱정됐다.

"많이 피곤하죠? 이제 그만 끊어요. 지훈 씨도 쉬어야죠."

-괜찮아요. 유라 씨하고 통화하는 게 나에게는 피로 회복제보다 더 좋은 약이에요.

"정말요? 그래도 너무 무리하면 안 돼요."

-유라 씨는 요즘 어떻게 지내요? 설마 나 없다고 혼자 술.먹.고. 아무 데서나 잠.자.고. 그러는 건 아니죠?

지훈이 전화기 너머에서 쿡쿡 웃는 게 느껴졌다.

"에이, 또 그렇게 놀릴 거예요? 자꾸 그러시면 그 치킨 집에 다시 갈 거예요."

-하하하. 이번에는 누구한테 전화할 건데요? 유라 씨…… 설마 다른 사람한테도 줄리아 로버츠라고 그러는 건 아니겠죠? 아니면 나 없다고 클럽 같은 델?

"……!"

아이참. 언제 적 얘기를. 지훈이 제가 했던 실수를 들먹이며 놀리자 유라는 민망한 마음에 얼른 대답을 못 하고 혀를 쏙 빼물었다. 그녀의 침묵에 이상한 낌새를 느낀 듯 지훈의 말투가 짓궂어졌다.

-흐음. 수상한데요? 유라 씨, 왜 대답이 없어요? 아니라는 말을 못하는 게 아무래도 불안하군요. 안 되겠다. 내일 아침 바로 비행기를 타야…….

"아잇! 자꾸 놀리지 마시고 얼른 주무세요. 목소리만 들어도 많이 피곤해하는 게 눈에 보여요. 얌전히 기다리고 있을 테니까 걱정말고 얼른 자요. 쉬어야죠."

그가 너무 무리하고 있는 것은 아닌가 걱정됐다. 지훈도 자신을 걱정하는 유라의 마음을 느낀 것 같았다.

-알았어요. 일 끝나는 대로 빨리 갈게요. 그러니까 유라 씨도 내가 갈 때까지 밥 잘 먹고, 건강하게 잘 지내고 있어요. 아, 보고 싶다……. 유라 씨는 나 안 보고 싶어요?

"……."

유라의 심장 박동이 빨라지기 시작했다. 그가 멀리서도 그녀를 빤히 들여다보는 것 같아 두 뺨에 뜨끈하게 열이 올랐다.

-또 대답이 없군요. 말해 봐요. 나 안 보고 싶어요?

"보고…… 보고 싶어요."

그녀의 대답에 만족한 듯 그의 웃음소리가 낮게 울렸다.

-하하하. 드디어 대답을 들었네요. 유라 씨는 너무 조심스러워요. 언제나 자신에 대해서 지나치리만큼 말을 아끼죠.

지훈이 잠시 말을 멈췄다. 아쉬움이 가득한 한숨 소리가 들렸다.

-한 발 다가오는 것 같다가도 다시 제자리고, 두 발 다가온다 생각하면 다시 한 발 뒤로 물러나는군요. 나를 좀 더 믿어주면 좋을 텐데. 아직은 너무 이른가요? 그래요. 부담 갖지 말고 천천히 와요. 내가 좀 더 먼저 가서 기다릴 테니. 잘 자요, 좋은 꿈꾸고…….

지훈이 돌아오기로 한 토요일 저녁. 이미 외출 준비를 마친 유라는 수시로 시계를 쳐다보며 방 안을 이리저리 서성였다. 개그맨들의 화려한 입담에 방청객들이 빵빵 웃음을 터뜨렸지만, 평소 재미있게 보던 TV 프로도 유라의 관심을 끌지는 못했다. 언제쯤 그가 도착할까 초조한 얼굴로 창밖을 기웃거리던 중 드디어 기다리던 전화벨이 울렸다.

"여보세요?"

-유라 씨? 나예요. 오피스텔 앞에 도착했어요.

"그래요? 알겠어요. 바로 나갈게요."

유라는 거울에 제 모습을 비춰보고는 서둘러 현관으로 달려 나갔다.

"여깁니다."

오피스텔 입구 앞에서 기다리고 있던 지훈이 유라를 보고 환하게 웃으며 손을 흔들었다. 그녀가 마주 손을 흔들자 어서 뛰어오라는 듯 지훈은 그녀를 향해 두 팔을 활짝 벌렸다.

잠시 망설이던 유라가 용기를 내어 그를 향해 빠르게 걸음을 내디뎠다. 둘 사이가 가까워질수록 그의 미소가 점점 커졌지만, 유라는 눈물이라도 날 것처럼 마음이 울컥해졌다. 어쩌면 제가 생각했던 것보다 훨씬 더 그가 보고 싶었던 모양이었다.

그녀의 발이 지훈의 바로 앞에서 멈췄다. 그의 두 팔이 멈춰선 그녀의 어깨를 감싸는가 싶더니 품 안으로 당겨 가볍게 끌어안았다. 그의 가슴에 그녀의 뺨이 닿았다. 쿵쿵쿵. 유라의 심장도 터질 듯 뛰고 있어서 그 소리가 그의 것인지 그녀의 것인지 쉽게 구분되지 않았다.

"정말 보고 싶었어요. 유라 씨도 내가 보고 싶었죠?"

유라는 대답 대신 그의 품에 얼굴을 묻었다. 두근거리는 소리가 그녀의 귓전에 여전했다.

"나는 유라 씨가 많이 보고 싶었습니다. 내가 이번 출장을 왜 갔을까 후회했을 정도로."

지훈이 한결 깊어진 눈빛으로 그녀의 말간 눈을 들여다보며 말했다.

그들을 태운 차가 한강에 도착했다. 지훈은 한강 둔치의 주차장 한편 야경이 잘 보이는 곳에 차를 세우고 라디오를 켰다. 라디오에서 흘러나온 느릿한 음악이 조용했던 차 안을 잔잔하게 채웠다. 지훈의 손이 그녀의 손을 잡았다. 놓치고 싶지 않다는 듯 그는 유라의 손가락 사이에 자신의 손가락을 하나씩 끼워 넣었다.

"공항에 오지 말라고 해서 서운했어요?"

"아니에요. 서운하긴요."

오늘 온다는 소식을 듣고 마중을 나가겠다고 했지만 지훈은 도착하는 대로 달려올 테니 번거롭게 그럴 필요 없다고 했다.

"미안해요. 나도 유라 씨가 빨리 보고 싶었지만 같이 간 일행이 많아서 그럴 수가 없었어요. 다들 고생했는데 밥이라도 사야 했거든요."

"알아요."

이해한다는 의미로 유라가 고개를 끄덕이자 지훈은 안심한 듯 미소 지었다.

"대신 가방만 내려놓고 옷만 갈아입고 바로 뛰어왔어요."

"네."

그 말에 유라의 입술에 수줍은 미소가 맺혔다.

"참. 유라 씨에게 주고 싶은 선물이 있어요. 받아줄 거죠?"

지훈이 주머니에서 조그만 상자를 꺼내 그녀에게 내밀었다. 검은 벨벳에 싸인 조그만 보석 상자. 어쩐지 가벼운 선물이 아닐 것 같아 유라는 떨리는 손으로 조심스럽게 상자의 윗면을 열었다.

"지훈 씨, 이건……."

상자 안에 들어 있는 것은 목걸이였다. 가장자리를 따라 여러 개의 작은 다이아몬드가 세공된 깃털 모양의 펜던트가 달려 있었다. 유라는 목걸이가 갖는 의미가 떠올라 그만 말문이 막혔다. 이것을 받아도 될까. 연인으로서 마음을 함께하고 싶다는 바람을 담아냈다는 목걸이 선물. 그 의미를 알기에 손바닥에 놓인 작은 상자가 무겁게 느껴졌다.

"부담 갖지 말아요. 유라 씨가 부담 같은 건 안 느꼈으면 좋겠습니다."

지훈은 그녀를 자신의 품으로 당겨 안았다. 조심스러운 말투와 손길이 그녀의 마음을 어루만지는 것처럼 느껴졌다.

"전에도 말했지만 당신은 너무 조심스러워요. 언제나 달아날 틈을 찾고 있는 사람 같아요. 알고 있어요? 자신에 대해서 잘 보여주려 하지 않는다는 걸. 우리 사이를 너무 어렵게 생각하지 말아요. 나는 유라 씨가 좀 더 가볍고 즐거운 마음으로 나에게 와줬으면 해요."

따뜻한 품 안에서 유라는 눈을 감았다. 나직하게 속삭이는 지훈의 목소리가 그녀의 마음에 녹아내리듯 스며들어 잔잔한 파동을 불러일으켰다.

"그래서 이 펜던트를 골랐습니다. 나를 향한 당신 마음에 깃털을 달아주고 싶어서. 그렇게 하면 유라 씨의 마음이 이 깃털처럼 가벼워져서 나에게 더 빨리 올 것 같아서요. 받아줄 거죠?"

"……네."

유라의 대답에 지훈의 얼굴이 안도감으로 밝아졌다. 지훈은 상자에서 목걸이를 꺼내 그녀의 목에 걸어주었다.

"깃털 말고 날개 모양으로 할 걸 그랬나 봅니다. 그랬으면 유라 씨 마음이 더 빨리 날아올 텐데."

그의 농담에 살며시 미소 짓던 그녀가 목에 걸린 펜던트를 조심스럽게 만지작거렸다.

"정말 예뻐요. 그리고…… 고마워요."

유라는 지훈의 말처럼 이 조그마한 깃털이 제 마음을 가볍게 해주었으면 좋겠다고 생각했다. 그래서 아무 부담도, 의심도 없이 그의 마음속으로 날아들 수 있었으면.

지훈과 가까워질수록 유라가 느끼는 마음의 압박감도 함께 자라났다. 같이 근무하는 동료들을 속이는 것도 모자라 사귀는 사람까지 속이고 있다는 죄책감이 그녀의 마음에 짙은 그림자를 드리웠다.

유라는 분장으로 얼굴을 가린 일을 후회했다. 그녀의 인생에서 가장 힘들었던 그때, 어쩌면 그들의 말대로 나쁜 건 그들이 아니라 그녀일지도 모른다고 생각했었다. 그래서 얼굴이 문제라면 가리면 그만이라고 여겼다.

그렇게 해서 얼굴에 분장을 하게 됐지만 이제는 되돌리고 싶어도 그러기가 쉽지 않았다. 직장을 잃을 수도, 또다시 동료들의 외면을 받게 될지도 모르기에.

가끔은 이 모든 일을 지훈에게 솔직히 털어놓고 싶었지만, 유라는 그렇게 하지 못했다. 지훈이 알게 되면 크게 실망할 게 틀림없었다. 어쩌면 그녀에게서 완전히 돌아설지도 몰랐다. 그렇다고 언제까지 비밀로 할 수 있을까. 그녀를 짓누르는 이런 부담감이 그에게 다가가고 싶어 하는 유라의 발목을 붙잡았다.

"무슨 생각을 그렇게 해요?"

지훈은 생각에 잠긴 그녀의 얼굴을 손바닥으로 감싸 자신을 바라보게 했다. 밤하늘을 닮은 그의 눈동자 속에 반짝이는 별이 떠 있었다. 그 별이 가까이 다가온다고 느낀 순간, 지훈의 입술이 유라의 입술에 살포시 내려앉았다.

지훈과의 키스는 달콤하고 쌉싸래했다. 낯설면서도 어딘지 모르게 익숙한 그 맛. 쌉쌀하면서도 달콤하고 향기로운 맛. 유라는 그것이 커피와 비슷하다고 느꼈다.

입술을 떼어낸 후 지훈은 키스만으로는 아쉬운 듯 붉게 부풀어 오른 유라의 입술을 엄지손가락으로 천천히 더듬었다.

"유라 씨. 차비는 별도예요. 알죠? 누가 뭐라 해도 저는 차비는 꼭 챙겨 받는 남자니까요."

그의 얼굴에 개구쟁이 같은 미소가 번졌다. 잊어서는 안 된다는 듯 그녀를 향해 눈을 찡긋거리는 지훈 때문에 유라는 그만 웃음을 터뜨리고 말았다.

"차비에 너무 집착하시는 거 아니에요?"

유라의 농담에 지훈이 멋쩍은 얼굴로 뒷머리를 긁적였다.

"그런가요? 제가 집착이 심한 편은 아닌데 내 거라는 판단이 들면 반드시 지켜야 한다는 생각이 있어서……. 제가 아무한테나 차비를 받지는 않습니다. 그런데 유라 씨한테는 꼬박꼬박 받고 싶군요. 놓치고 싶지 않다고나 할까."

제가 말해놓고도 쑥스러운 듯 지훈이 쿡쿡 웃음을 터뜨렸다.

지훈과 유라는 서두르지 않고 서로를 천천히 알아가는 중이었다. 자신을 쉬이 드러내지 못하는 유라를 위한 그의 배려였다. 그 마음이 고마워서 유라는 지훈을 친구에게 소개하면 어떨까 생각했다. 가장 친한 친구에게 그를 소개한다는 것. 지훈이라면 그 의미를 알지 않을까.

그래서 지훈에게 경희를 소개했다. 그날 친구들에게 클럽에 가자 의견을 낸 사람이 경희였으니, 의도하지는 않았지만 그들을 만나게 한 장본인이나 마찬가지였다.

"어머, 분위기 좋은데요? 야경이 정말 근사해요."

식당을 찾은 세 사람은 전망 좋은 자리로 안내받았다. 창가에 매달려 아래를 내려다보던 경희는 야경이 마음에 꼭 들었는지 쉽게 눈을 떼지 못했다. 좋아하는 경희의 모습에 흐뭇해진 유라는 지훈을 향해 감사의 미소를 보냈다.

식사를 주문하던 지훈이 경희에게 와인을 권했다. 유라는 제게는 권하지 않는 지훈이 못마땅해 입술을 삐죽였다.

"왜 나한테는 안 물어보세요?"

"글쎄요. 왜 그러는지는 유라 씨가 더 잘 알 텐데요?"

그의 눈썹이 춤을 추듯 위아래로 들썩였다. 장난기 가득한 표정에 유라가 괜히 새침하게 눈을 흘겼다.

"어머, 유라야. 너 원래 술은 안 먹잖아. 뭘 새삼스럽게. 지훈 씨, 혹시 유라가 술 먹는다고 하면…… 절대로 말리셔야 해요. 아셨죠? 유라 얘, 술 엄청 약해요."

킥킥 웃는 얼굴로 두 사람을 지켜보던 경희가 고자질했다. 지훈은 충격이라도 받은 양 일부러 눈을 크게 떠 보였다.

"이런. 유라 씨가 술을 못하는 건 비밀도 아니군요. 뭐 괜찮습니다. 이제부터 나하고 있을 때만 마시면 되니까. 대신 다른 땐 안 됩니다. 알죠?"

지훈은 두 팔을 교차시켜 단호한 엑스(X)를 만들어냈다.

"참, 경희 씨 덕에 우리가 만난 거라면서요? 어떻게 보답을 하죠? 정말 고맙습니다. 그런데 앞으로는 우리 유라 씨, 절대로 클럽에 데려가시면 안 됩니다."

지훈의 너스레에 경희가 입을 가리며 호호 웃었다. 경희는 유라가 현성에서 어떤 일을 겪었는지 알고 있는 유일한 사람이었다. 그로 인해 그녀가 얼굴을 가리는 분장을 시작했다는 사실을 뒤늦게 알고 말렸지만 실은 그럴 수밖에 없던 유라의 입장을 누구보다도 이해하고 있었다.

그간 일일이 내색하지는 않았지만 유라의 이중생활을 조마조마한 마음으로 지켜봤던 경희는 유라가 지훈을 통해 그간의 상처를 위로받을 수 있기를 바랐다. 흐뭇한 마음으로 두 사람을 바라보며 웃던 경희가 테이블 위에 놓인 유라의 손을 다정하게 감쌌다.

"그럼요. 유라는 원래 그런 데는 관심도 없어요. 지훈 씨만 우리 유라한테 두고두고 잘해주시면 절대로 안 그러죠. 그러니까 잘해주세요. 유라 데리고 갈 일 없게요."

"걱정 마십시오. 제가 알아서 잘 모시겠습니다."

즐겁게 식사를 마치고 경희를 배웅한 뒤 두 사람은 한강의 야경을 바라보며 함께 걸었다. 늦은 시간이지만 가로등이 환해서 산책하기에 좋았다.

"유라 씨, 목걸이는 계속하고 있는 거죠?"

"그럼요."

지훈의 물음에 유라는 손끝으로 펜던트를 더듬거렸다.

"약속해요. 어떤 일이 있어도 절대 빼지 않겠다고."

"네, 그럴게요."

유라가 고개를 끄덕이자 그는 안심한 듯 활짝 웃으며 그녀의 어깨에 팔을 둘렀다.

"누가 목걸이에 대해 물으면 애.인.이 줬다고 말해야 해요. 알겠죠?"

애인이라는 말을 유난히 힘주어 강조하는 바람에 유라는 작게 웃음을 터뜨렸다.

"알겠어요. 꼭 그렇게 대답할게요. 애인이 줬다고."

지훈이 팔에 힘을 주어 그녀를 제게로 끌어당겼다. 따뜻한 체온이 유라의 가슴으로, 등으로, 팔로 전해졌다. 그에게서 건너온 온기에 마음이 사르르 녹아내리는 것 같아 유라는 스르르 눈을 감았다.

지훈. 윤지훈. 그녀의 마음 안에 스며든 이 남자의 이름. 사실 지훈은 흔한 이름이라 그녀의 주변에는 유독 같은 이름을 가진 사람이 많았다. 초등학교 같은 반 남학생의 이름도 지훈이었고, 고등학교 과학 선생님도, 아르바이트를 함께했던 친구의 이름도 지훈이었다. 그리고 상진이 독자라 부르는 미국 지사장의 이름도 그랬다. 그러나 이 윤지훈이라는 남자는 그녀가 아는 많은 지훈 중 그녀에게 가장 특별한 의미가 되었다.

"여기 좀 앉죠. 다리 아프지 않아요?"

"아니요, 괜찮아요. 오래간만에 시원한 바람 맞으면서 걸으니까 좋은데요?"

"다행이에요. 무리했으면 어쩌나 했는데."

안심한 얼굴로 지훈이 유라의 곁에 바짝 다가앉았다.

"이렇게 여유로운 시간을 가져본 게 얼마만인지 모르겠군요. 유라 씨를 만나기 전까지 정말 바쁘게 살았어요. 특히 지난 몇 년간은 뒤도 옆도 돌아볼 새 없이 오로지 앞만 보고 달렸어요. 지금 생각해보니 내 스스로도 어떻게 그랬을까 싶을 정도로 정말 지독하게 일만 했던 것 같아요."

가만히 그의 이야기를 듣던 유라는 고개를 들어 지훈의 얼굴을 바라봤다. 환했던 얼굴에 어둠이 내려서인지 그의 얼굴이 수척해 보였다. 그녀는 용기를 내어 그의 뺨을 만졌다.

"전보다 얼굴이 까칠해진 것 같아요."

지훈은 뺨을 어루만지는 유라의 손을 잡아 손바닥에 입을 맞췄다. 강한 두 팔이 그녀의 어깨를 감싸고 그의 얼굴이 그녀에게로 기울어졌다.

지훈의 그녀의 아랫입술을 살짝 물었다. 유라가 아스라한 한숨을 토하는 순간 말캉한 혀가 보드라운 입술을 가르고 안으로 파고들었다. 두 사람의 혀가 그녀의 입 안에서 하나가 되어 엉키고 뜨거운 숨결이 한데 섞여 서로에게 흘러들었다.

04.

오랫동안 비어 있던 부회장실을 본부장실로 새롭게 단장하기 위한 공사가 시작됐다. 소문으로만 무성했던 독자의 본사 입성을 위해서였다. 독자의 지방 계열사 점검은 결국 본격적인 경영 일선에 나서기 전 실태 점검과 분위기 장악을 위한 것이었던 셈이었다. 돌아온 독자가 앞으로 회사에 어떤 새로운 바람을 일으키게 될지, 사람들은 기대 반 우려 반의 심정으로 그의 귀환을 기다렸다.

"그 얘기 들었어?"

상진이 결재받은 서류를 건네며 물었다.

"무슨 얘기요?"

"독자 말이야. 다음 주부터 출근한다잖아."

"아, 그 얘기요? 들었어요."

새로운 집기가 본부장실로 들어간 게 벌써 엊그제다. 이미 본부장과 수행원들이 사용하게 될 사무실 단장이 끝난 상태였다.

"그것도 알아? 본부장 비서실에 배치될 비서 말이야. 중역비서실에서만 뽑는 게 아니래. 우리 비서실에서도 차출될 수 있다더군."

"어머, 그래요?"

그 말에 유라의 눈이 휘둥그레졌다. 같은 시기에 입사했어도 어느 비서실에서 근무하느냐에 따라 차이가 있기에 상위 비서실로 올라가는 것은 그들에게는 승진과 마찬가지였다.

그날 오후, 유라는 윤 전무의 호출을 받았다.

"들어와요."

전무실에 들어선 유라가 윤정아 전무를 향해 고개를 숙여 인사했다.

"안녕하십니까? 전무님."

"아, 한 비서. 어서 와요. 자, 저쪽으로 앉아요."

나쁜 일로 부른 것은 아닌 듯 윤 전무의 표정이 밝았다. 중역비서실의 여비서가 두 사람 앞에 찻잔을 놓고 나갔다.

"들어요. 그동안 잘 지냈어요?"

"네. 덕분에 잘 지내고 있습니다."

"내가 갑자기 보자고 해서 놀랐죠?"

"네. 조금……."

진지한 눈빛의 윤 전무가 찻잔 너머로 그녀를 응시했다.

"한 비서가 처음 입사한 날, 내가 했던 말 기억나요? 특별히 부탁할 일이 있을 거라고, 그러니까 열심히 근무해달라고 했던 것 말이에요."

"네? 아, 네. 기억하고 있습니다."

제게 무엇을 부탁한다는 말일까 내내 궁금했던 유라는 조용히 윤 전무의 다음 말을 기다렸다.

"그동안 어떻게 근무하는지 관심을 두고 지켜보고 있었어요. 좋은 평가를 받았더군요. 그래서 이제는 때가 된 것 같아 이렇게 불렀어요."

그 순간 예전에 상진이 했던 말이 떠오르며 혹시나 하는 생각이 유라의 머릿속을 스쳤다.

"한 비서!"

"네, 전무님."

"한 비서가 우리 본부장 비서실로 가줘야겠어요."

"네? 하지만 제가 어떻게……."

윤 전무의 부름에 설마 하면서도 기대하기 어려웠던 일이라 유라는 놀랄 수밖에 없었다.

"내가 왜 한 비서를 주목했다고 생각해요? 나는 면접 날 한 비서를 처음 봤을 때부터 그래야겠다, 마음먹고 있었어요. 내가 일 잘하는 비서가 필요하다고 한 거 기억나죠?"

"네, 기억하고 있습니다."

"그래요. 우리는 예쁜 사람 말고 본부장을 도와 제대로 일할 사람이 필요해요. 전에 보니 일 좀 하는가 싶어서 보내놓으면 멀쩡하던 사람들이 다 변하더군요. 우리 본부장이 아직 미혼이어서 그런가 여비서들이 전부 모델이 되어서는……. 하아, 그런 걸 기대하는 게 아닌데……."

생각할수록 한심한 일이라는 듯 윤 전무가 고개를 저으며 혀를 끌끌 찼다.

"밑에서는 잘한다고 추천해서 올리는데 며칠 지나면 약속이나 한 듯이 똑같이 변해버리니, 이거야 원. 다들 잿밥에만 관심 있달까. 어디 그래서야 일을 제대로 하겠나. 그렇다고 전부 시키면 남자 비서들로만 채울 수도 없고."

윤 전무가 상체를 앞으로 기울이더니 유라의 손을 덥석 잡았다.

"우리 본부장은 공과 사의 구별이 확실한 사람이에요. 다들 본부장을 독종이라고 한다지만, 그렇게 지독하게 일했으니 회사가 안정을 찾은 건데 그런 속사정까지 알아주길 기대하기는 어렵겠죠? 내 생각에는 한 비서가 적임자예요. 잘하겠다는 판단이 들어서 내가 특별히 추천하는 거니 한 비서한테도 좋은 기회가 될 거고."

윤 전무가 특별히 추천했다지만 과연 기뻐해야 할 일인지는 조금 헷갈렸다. 어쩌면 예쁘지 않아서 선택된 것은 아닌지 석연치 않은 기분이 들었다. 그러나 유라는 이내 마음을 가다듬었다.

능력이 없는데 단지 예쁘지 않다는 이유로 윤 전무가 추천한 것은 아닐 것이다. 면접 날 윤 전무와의 만남을 생생하게 기억하는 유라는 무엇보다 저를 믿고 회사로 불러준 그녀에게 인정받았다는 게 가장 기뻤다.

"네. 잘 알겠습니다. 열심히 하겠습니다. 전무님."

그녀의 씩씩한 대답이 썩 마음에 들었는지 윤 전무의 얼굴이 환해졌다.

"좋아요. 그럼 그렇게 알고 준비해줘요."

"네. 전무님."

전무실을 나온 유라는 사무실에 들어가기 전에 여자 화장실에 들렀다. 잔뜩 상기된 얼굴로 목 언저리를 더듬자 손끝에 지훈이 준

펜던트가 만져졌다.

"지훈 씨가 준 목걸이를 하고부터 자꾸만 좋은 일이 생기는 것 같아요."

거울에 비친 그녀의 눈이 기쁨으로 반짝거렸다.

당장 직책이 변하지는 않아도 엄연히 승진으로 볼만한 인사 발령이었다. 퇴근 후에도 기쁘고 벅찬 기분을 감추기 어려웠던 유라는 지훈에게 이 소식을 알렸다. 이제는 좋은 일이 생겼을 때 그의 얼굴이 가장 먼저 떠올랐다.

[지훈 씨, 많이 바쁘죠? 실은 저 회사에서 좋은 일 있었어요. 승진은 아니지만, 상위 부서로 발령받았어요. 축하해줄 거죠?]

곧바로 휴대전화가 울렸다. 발신자를 확인한 유라의 눈매와 입꼬리가 초승달처럼 휘어졌다.

"여보세요"

-아, 유라 씨. 문자 봤어요.

"보셨군요. 지금 어디세요?"

-아직 사무실이에요. 유라 씨한테 좋은 일이 있다니 나도 기쁘네요. 정말 축하해요.

"고마워요. 바쁘신데 일부러 전화도 주시고."

휴대전화를 귀에 댄 유라가 자리에서 일어나 방 안을 서성거리다 유리창 앞으로 다가갔다.

-그런 말이 어디 있어요. 유라 씨한테 좋은 일인데 당연히 축하해야죠. 음, 축하주를 한잔하면 좋을 텐데 유라 씨가 술은……. 하하하.

"어머, 술이 왜요?"

놀리는 지훈의 말에 유라는 샐쭉한 표정으로 혀를 내밀었다.

-아! 그러지 말고 이번 주 토요일에 우리 집에 올래요? 내가 맛있는 저녁 만들어 줄게요.

"지훈 씨 집에요? 좋아요. 얼마나 맛있는 저녁을 만들어 주실지 기대되는데요?"

-하하하. 너무 맛있다고 놀라지나 말아요.

통화를 끝낸 유라는 유리창에 이마를 기대고 밖을 내다보았다. 창밖엔 이미 어둠이 짙게 깔려 있었다. 저 길을 따라가면 그가 있는 곳이 나올까. 유라는 손가락으로 유리창에 긴 선을 그리다 그 끝에 '윤지훈'이라는 석 자를 써보았다.

토요일 저녁, 유라는 붉은 장미꽃 한 다발을 안고 지훈의 집 앞에 서 있었다. 제때에 왔나 시간을 확인한 뒤 벨을 눌렀다.

-아, 유라 씨. 잠시만 기다려요.

현관문이 활짝 열리고 환한 웃음을 띤 지훈이 서 있었다. 하얀 앞치마를 멘 그는 얼마나 요리에 집중했던지 한쪽 볼에 하얀 가루를 잔뜩 묻힌 채였다.

"어서 와요, 유라 씨."

지훈은 집에 있어서인지 평소와는 달리 편안한 차림이었다. 언제나 반듯하게 빗어 뒤로 넘겼던 머리는 자연스럽게 내려와 이마를 가렸고, 물 빠진 청바지와 헐렁한 니트 차림이 그를 풋풋한 이십 대처럼 보이게 했다. 단정한 정장 차림일 때도 잡지 속에서 막 빠져나온 듯 멋있었지만, 오늘은 느낌이 달랐다. 평소보다 더 젊어 보이고 더 자유로워 보이는 모습에 유라는 가슴이 두근거렸다. 그는 멍하니 서 있는 그녀의 손을 잡아 집 안으로 이끌었다.

"그러고 있지 말고 어서 들어와요. 그건 내 건가요?"

지훈이 가슴에 안은 장미꽃을 가리키자 유라는 퍼뜩 정신이 들었다.

"네? 아, 네. 빈손으로 오기가 그래서……."

그에게 장미 꽃다발을 내밀었다. 꽃을 받아 든 지훈은 고개를 숙여 향기를 맡고 부드러운 꽃잎을 조심스럽게 만지작거렸다.

"예쁘네요. 고마워요. 여자한테 꽃을 받은 건 처음인데 기분이 괜찮은데요? 그런데 다음부터는 부담 갖지 말고 그냥 와요. 유라 씨가 와준 것만도 영광이니까."

흐뭇하게 지훈을 바라보던 유라는 갑자기 코를 킁킁거렸다.

"저기, 지훈 씨……. 이거 타는 냄새 아니에요?"

"네? 앗! 유라 씨. 소파 옆에 보면 테이블에 화병 있거든요. 이거 좀 부탁해요."

당황한 지훈이 꽃다발을 다시 그녀에게 안겨주고 부랴부랴 주방으로 뛰어갔다.

"아, 어떡하지. 이런……."

주방에서 지훈의 탄식이 새어 나왔다. 유라는 입술에 힘을 주고 터져 나오려는 웃음을 꾹 참았다. 소파 옆의 장식 화병 중에서 적당한 것을 골라 욕실에서 물을 받아 다시 거실로 나와 보니 지훈이 낭패한 얼굴로 서 있었다. 앞머리가 흐트러져 있는 게 요리가 뜻대로 되지 않은 듯했다.

"지훈 씨. 괜찮아요?"

"아. 유라 씨. 어떡하죠? 많이는 아닌데…… 조금 탔어요. 조금."

지훈이 변명하듯 엄지와 검지를 붙여 보였다. 겸연쩍어하는 게 귀여워 보여 유라는 빙그레 미소 짓다가 그가 종종 저를 놀린 게 생각나 일부러 새침한 표정을 지었다.

"어머, 탔어요? 뭐예요, 지훈 씨. 일부러 점심도 굶고 기대하면서 왔는데……."

타박하면서도 입꼬리가 자꾸 실룩거려서 유라는 얼른 뒤로 돌아섰다. 토라진 척 돌아서서 화병에 장미를 꽂아 넣고 있었지만 둥글어지는 입매는 어쩔 수가 없었다.

"아, 이런."

그녀의 반응에 지훈이 작은 한숨과 함께 뒷머리를 긁적였다.

"이건 어디에 둘까요?"

꽃꽂이를 끝낸 유라는 화병을 들고 두리번거리다 주방 쪽으로 발길을 옮겼다.

"유…… 유라 씨? 잠깐요. 거긴 왜요? 아니, 왜가 아니고. 지금은 안 되는데……."

주방을 보여주기 난감한 지훈이 그녀를 말렸지만 유라는 모르는 척 눈을 동그랗게 떠 보이고 그를 피해 주방으로 들어갔다.

"어머. 이게 다 뭐예요?"

개수대 안에는 설거지거리가 가득했고, 조리대 위는 온갖 요리 도구가 다 나와 있었다. 여러 권의 요리책이 활짝 펼쳐진 것이 주방 상황만 보면 무슨 잔치 준비라도 한 것 같은데 보이는 음식이라곤 프라이팬에 담긴 고기 두 덩이뿐이었다.

유라는 고기의 상태를 살폈다. 먹음직스러워 보였지만 가장자리에 탄 자국이 선명했다. 황당한 마음에 입을 벌리고 뒤를 돌아보니 지훈이 뻘쯤한 듯 손을 펴서 붉어진 얼굴을 가렸다.

"유라 씨, 그게 아니라…… 오해는 말아요. 내가 원래 요리를 참 잘하거든요. 정말로 스테이크 하나는 자신 있었어요. 그런데 유라 씨가 온다고 생각하니까 머릿속이 엉망이 되고, 뭐부터 시작해야 할지…… 아, 나 원래 잘했었는데. 진짭니다."

억울하다며 웅얼거리는 그의 변명에 유라는 그만 참지 못한 웃음을 터뜨렸다.

"네? 호호호. 그런데 지훈 씨. 도대체 오늘 메뉴가 뭐예요?"

유라는 화병을 식탁의 가장자리에 내려놓고 티슈를 한 장 뽑아 지훈에게 다가갔다.

"오늘의 메뉴요? 유라 씨에게 맛있는 윤지훈 표 스테이크를 만들어 주려고 했죠."

"스테이크요?"

"네. 신선한 샐러드랑……."

메뉴를 들은 유라는 이해할 수 없다는 얼굴로 고개를 갸웃했다.

"그렇군요. 그런데 스테이크랑 샐러드 만드는데 도대체 밀가루는 얼굴에 왜 묻히고 있는 거예요?"

유라는 손에 든 티슈로 그의 얼굴에 묻은 밀가루를 조심스레 털어냈다.

"에? 밀가루를……? 글쎄요, 난 왜 밀가루를 묻히고 있는 걸까요?"

그는 여태껏 얼굴에 밀가루가 묻은 줄도 몰랐던 모양이었다. 손바닥으로 얼굴을 문질러보더니 영문을 모르겠다는 듯 한숨을 내쉬다 시무룩해지는 모습에 유라가 입술을 깨물었다. 조금 전 그녀의 웃음에 얼굴을 붉히던 그를 생각해서 웬만하면 참고 싶었지만,

지훈이 너무 귀여워 보여서 자꾸만 웃음이 나오려 했다. 그녀는 실룩이는 입가에 힘을 줬다.

"같이 해요."

마냥 구경만 할 수는 없어서 유라는 팔을 걷어붙이고 식탁 위부터 대충 정리하기 시작했다. 우선 활짝 펼쳐져 있는 요리책들을 차곡차곡 접어 지훈에게 건넸다.

"자, 이것들부터 제자리에 놓아주세요."

얼결에 책을 받아든 지훈이 주방을 나갔다. 그의 뒷모습을 보며 빙그레 웃던 유라는 우선 프라이팬 속 고기의 상태부터 살폈다. 그녀를 맞이하느라 신경을 못 쓴 사이에 가장자리가 조금 탔지만 못 먹을 정도는 아니었다. 탄 부위만 살짝 잘라내고 사용한 그릇은 모두 개수대에 집어넣었다. 그사이 주방으로 돌아온 지훈은 유라를 도와 요리 도구들을 정리했다. 잔뜩 널려 있던 물건들을 치우는 것만으로도 주방이 한결 정돈돼 보였다.

"그런데 거품기랑 주서기는 왜 꺼낸 거예요? 스테이크 만든다면서요."

그녀의 질문에 스스로 생각해도 이해가 안 가는 듯 지훈이 손바닥으로 이마를 문지르며 대답했다.

"글쎄요. 모르겠어요. 일단은 다 꺼내놓고 본 거 같아요."

그의 대답에 고개를 절레절레 흔들던 유라가 문득 생각난 듯 물었다.

"설거지는 저녁 먹고 같이 해요. 그런데 샐러드는요?"

"그거야 벌써 준비했죠."

지훈이 보란 듯 냉장고에 넣어둔 샐러드를 꺼내왔다. 커다란 볼

안에 미리 준비해놓은 채소가 가득 담겨 있고 예쁜 유리 저그에 담아놓은 샐러드용 소스도 있었다.

"고기는 제가 마무리할 테니 지훈 씨는 식탁을 준비해주세요."

지훈이 적당한 그릇을 꺼내는 사이 유라는 스테이크를 다시 데웠다. 예쁜 접시에 스테이크와 구운 감자, 버섯을 담고 소스를 끼얹자 제법 그럴듯한 스테이크 요리가 완성됐다. 거기에 샐러드와 함께 마실 음료를 곁들이자 꽤 근사한 저녁 식사가 준비됐다.

"오! 맛있는데요? 샐러드도 신선하고, 소스도 맛있어요. 지훈 씨 요리 솜씨가 보기보다는 괜찮은 것 같아요."

유라가 스테이크를 썰어 입에 넣으며 생긋 웃었다. 뜻밖의 칭찬에 멋쩍어진 지훈이 뺨을 긁적였다.

"미안해요. 유라 씨에게 완벽한 저녁을 대접하고 싶었는데."

"아니에요. 이만하면 아주 괜찮은 저녁 식사예요. 진짜 맛있어요."

민망해하는 지훈을 위해 맛있다고 칭찬하던 유라는 그녀가 술에 취해 이곳에서 잤던 날 먹었던 아침 식사가 떠올랐다.

"전에 먹었던 그 북엇국은 정말 맛있었는데……. 지훈 씨가 끓인 게 아니었나요?"

그날 인상적일 정도로 깔끔했던 주방과 정갈했던 음식이 생각나 그녀는 고개를 갸우뚱했다.

"밑반찬들은 집에 일하러 오시는 아주머니가 만들어 놓으신 거예요."

유라가 역시 그랬나 하는 표정을 짓자 지훈이 빠르게 손을 내저었다.

"아, 오해 말아요. 그 북엇국은 내가 끓였으니까. 나 진짜 요리

잘한다니까요?"

의외로 어린애 같은 면도 있네. 발끈하는 지훈의 모습에 웃음이
나왔다. 손을 뻗어 그의 머리를 쓰다듬고 싶어진 유라는 무릎 위에
서 두 손을 꼭 말아 쥐었다.

맛있게 식사를 마친 두 사람은 나란히 서서 설거지를 했다. 유
라가 접시를 세제로 닦아서 넘겨주면 지훈이 받아 깨끗이 헹구어
건조대에 담았다. 만약에 이 사람과 결혼하게 된다면 항상 이렇게
다정한 모습으로 살 수 있을까? 유라는 설거지를 하다가 문득 이
런 생각을 떠올린 저에게 깜짝 놀랐다.

"그게 마지막 접시네요."

지훈이 접시를 기다리며 손을 내밀고 있었다. 엉뚱한 생각을 하
느라 계속 같은 곳을 문지르던 유라는 행여 제 마음을 들킬세라
얼른 그에게 접시를 넘겼다.

"잠시만 쉬고 있어요."

지훈은 유라를 거실 소파에 앉힌 후 다시 주방으로 들어갔다.
왜 그러나 궁금해진 그녀가 흘깃거렸지만, 안은 보이지 않았다. 대
신 달그락거리는 소리로 그가 분주히 움직이는 걸 알 수 있었다.

"그게 뭐예요?"

지훈이 커다란 쟁반을 들고 나왔다. 쟁반에는 여러 가지 치즈와
비스킷, 정갈하게 깎은 과일, 와인 병과 두 개의 잔이 놓여 있었다.

"좋은 일이 있으니 축하주는 한잔해야죠? 걱정 말아요. 유라 씨
가 밖에서 실수하지 않도록 내가 술을 가르쳐 줄게요. 일명 음주
수업이라고나 할까?"

"음주…… 수업이요?"

음주 수업이라는 단어에 눈이 휘둥그레진 그녀와는 달리 지훈은 눈을 반짝이며 웃었다.

"그래요. 음주 수업. 술을 전혀 못 하니 유라 씨도 곤란할 때가 많잖아요? 그러니 주량을 조금씩 늘려보는 겁니다. 어때요?"

"글…… 쎄요. 그게 가능할까요?"

미심쩍어하는 그녀의 물음에 지훈이 얼른 대답했다.

"가능한지 아닌지는 해봐야 알죠. 생각해봐요. 유라 씨가 지난번처럼 취해버리는 일이 또 없으리라는 보장이 없잖아요? 그때 나에게 전화했기에 망정이지 아니었으면 어쩔 뻔했습니까? 정말 큰일 날 뻔했다고요. 절대로! 다시는! 결코! 그런 일이 생기게 놔둘 수가 없어요."

지훈은 지금도 그때를 생각하면 머릿속이 아찔해졌다. 천만다행이게도 그녀가 그에게 전화를 걸었기에 망정이지 두 번은 안 될 일이었다. 그 일로 두 사람의 인연이 시작됐다고 좋아만 하기엔 이건 심각한 문제였다. 그런 불상사를 예방하기 위해서라도 반드시 유라에게 술을 가르쳐보리라. 주먹을 불끈 쥐어 보이는 그의 표정이 제법 비장했다. 지훈의 엉뚱한 발상에 유라는 또 한 번 그의 머리로 손을 뻗고 싶은 충동을 참느라 두 손을 맞잡았다.

"그래도 그때 지훈 씨한테 전화했잖아요."

"그러니까요. 나한테 했으니 그나마 다행이었죠. 만약에 다른 남자에게 전화했거나 그렇게 취한 채로 혼자 가게 밖으로 나갔다면 어쩔 뻔했습니까?"

"……그러고 보니 위험하긴 했네요."

새삼스레 사태의 심각성을 다시 한 번 깨달은 그녀가 고개를 끄덕였다.

"그렇죠?"

설득이 통해서인지 그의 표정이 밝아졌다.

"그래서 음주 수업을 어떻게 할 건데요?"

유라가 관심을 보이자 지훈이 적극적으로 나섰다.

"거창한 건 아니에요. 지금은 유라 씨에게 좋은 일이 생겼으니 축하주로 가볍게 와인 한잔하자는 거죠."

"그 다음은요?"

"음. 만날 때마다 가볍게 한 잔씩 하는 거예요. 와인 한 잔이나 맥주 한 잔, 이런 식으로. 그러다 보면 유라 씨도 술에 점점 익숙해질 거고 그 후엔 조금씩 양을 늘리는 거죠."

"흐음…… 그게 될까요?"

"될 겁니다. 술은 마실수록 는다고 했으니. 내 목표는 유라 씨가 맥주 한 캔 정도는 아무렇지도 않게 먹는 겁니다. 맥주는 한 캔. 그리고 소주는 한 석 잔? 당신이 술을 많이 마시게 하자는 게 아니라, 그 정도 술에는 쓰러지지 않게 하는 게 내 목표예요."

지훈의 뜻은 분명했다. 어쩌다 마시게 되는 한 잔의 술로부터 그녀를 안전하게 보호하는 것. 그것을 모르지 않는 터라 유라는 기꺼이 이 음주 수업을 받기로 마음먹었다.

"좋아요. 저도 그 정도는 마실 수 있으면 좋겠다고 늘 생각했어요. 회식 때마다 분위기 깬다고 눈치 보는 것도 정말 힘들거든요. 친구들을 만나도 전 항상 주스나 마셔야 하고. 많이도 말고 딱 한 잔만 기분 좋게 마실 수 있다면 얼마나 좋을까, 그런 생각이야 늘 했죠."

그녀가 수긍하자 지훈은 신이 난 듯 보였다.

"역시 유라 씨도 그렇게 생각했군요. 좋아요. 우선은 축하주부터 한잔합시다."

지훈이 와인을 따라 그녀에게 건넸다.

"자, 건배하죠. 승진한 거 축하해요. 앞으로도 승승장구하기 바랍니다."

"고마워요, 지훈 씨."

두 사람의 잔이 허공에서 맞부딪쳤다.

"건배를 했으면 이제 마셔야죠?"

가볍게 잔을 흔들어 향을 맡은 지훈은 와인을 한 모금 머금어 입 안에서 혀로 굴리듯 맛을 본 후 천천히 목으로 넘겼다. 그가 하는 양을 유심히 지켜보던 유라도 그를 따라 향을 먼저 맡은 후 와인 잔에 입을 댔다.

"음, 괜찮은데요? 와인에 대해서는 잘 모르지만 달콤하고 맛있어요."

"유라 씨가 술을 안 좋아해서 단맛이 강한 거로 골랐어요."

"향도 좋네요. 꼭 주스 같아요."

"그래요? 거부감이 들지 않는다니 다행이네요. 그래도 조심해요. 빨리 마시지 말고 천천히요."

지훈이 걱정스러운 얼굴로 덧붙였지만 이미 달콤한 맛에 흠뻑 빠져버린 유라는 주스를 마시듯 홀짝홀짝 와인을 마셔버렸다.

"아, 맛있다. 제 입에 딱 맞아요. 응? 벌써 다 먹었네?"

맛은 달아도 술은 술인지라 어느새 유라의 얼굴이 붉게 달아오르기 시작했다. 화끈한 볼의 열기를 식히려고 유라는 손등으로 뺨을 문질렀다. 그러다가 불쑥 지훈에게 빈 잔을 내밀었다.

"더 주세요."

"네? 유라 씨, 이거 포도 주스 아니에요. 이렇게 급하게 마시면 안 되는데…… 그러지 말고 과일 좀 먹어봐요."

"알겠어요. 이제부턴 천천히 마실게요. 그러니까 한 잔만 더 주세요. 네? 왜요? 너무 맛있어서 지훈 씨 혼자만 먹으려고요?"

유라는 이미 취기가 오른 상태였다. 그러나 그는 그녀가 벌써 취해버렸다는 사실을 아직 알아차리지 못했다.

"네? 하하하. 그럴 리가요."

유라의 억지에 난감해하던 그는 어쩔 수 없이 그녀의 빈 잔에 와인을 따랐다. 유라는 채워진 잔을 보고 만족한 듯 헤실헤실 웃었다. 색에 반한 듯 와인 잔을 높이 치켜들고 유심히 쳐다보는 눈빛이 술기운에 흐릿했다.

"어머, 예뻐라. 아, 참 예쁘다. 지훈 씨, 빛깔이 너무 예쁘지 않아요? 꼭 보석 같아요."

와인 색이 예쁘다며 연신 감탄하던 유라는 그가 말릴 새도 없이 잔을 그대로 입에 가져가 꿀꺽꿀꺽 마셨다.

"앗! 유라 씨. 그러면 안 된다니까요! 아, 다 마셔버렸네. 이걸 어쩌지?"

큰일 났다는 생각에 지훈이 미간을 찡그렸다.

"안 되겠어요, 유라 씨. 찬물이라도 가져올 테니 잠깐만 기다려요."

지훈이 물을 가지러 주방으로 간 사이, 유라는 그가 사라진 쪽을 힐끔 쳐다보며 눈치를 살피다 와인을 좀 더 따라 마셨다.

"음, 달다. 이렇게 마싯는데…… 왜? 왜. 못 먹게 하는 고얌. 포도

쥬뜨보다 더 마싯는데…….”

아무것도 모르는 지훈이 얼음물이 담긴 컵을 들고 돌아와 그녀에게 내밀었다.

“유라 씨. 물 좀 마셔 봐요.”

그녀의 얼굴이 포도주색 만큼이나 새빨갛게 물들어 있었다. 컵을 받아 건성으로 물을 한 모금 마신 유라는 얼음이 담긴 차가운 컵을 달아오른 뺨에 갖다 댔다.

“아…… 시언하다. 음…… 사꺼가타.”

“유라 씨. 괜찮아요? 괜찮은…… 거죠? 네? 말 좀 해봐요.”

괜찮기를 바라는 그의 바람과는 달리 그녀의 발음은 빠르게 뭉그러졌다. 혀가 저렇게 풀려버린 걸 보면 보나 마나 이미 취했달 수밖에. 걱정스럽게 들여다보던 지훈이 그녀의 뺨에 손을 댔다. 빨개진 얼굴만큼이나 뜨겁게 달아올라 있었다.

“얼굴이 뜨겁네. 하아. 이러려던 게 아닌데. 고작 와인 한두 잔에 이렇게 되어버리다니. 유라 씨는 내가 예상했던 것보다 훨씬 더 술이 약했군요.”

머리가 무거워진 유라는 한쪽 팔꿈치를 세워 턱을 받쳤다. 그녀는 고개를 삐딱하게 기울인 채 지훈의 얼굴을 빤히 쳐다봤다. 한참을 그렇게 바라보던 그녀가 입을 열었다.

“이, 일…… 부로 구랬져.”

뜬금없는 추궁에 지훈은 당황했다.

“네? 뭘요. 내가 뭘……?”

“내가 술 몬 마시능거 다 알문서…… 일부로 머깅거져?”

매우 의심스럽다는 듯이 지훈을 바라보는 그녀의 눈초리가 가

늘어졌다. 그는 이 말도 안 되는 주장에 그만 웃음이 나와버렸다.

"네? 하하. 아니에요, 유라 씨. 정말 아닙니다. 내가 분명히 말했잖아요. 와인도 술이니까 천천히 한 잔만 마시라고요. 난, 포도 주스가 아니니까 급하게 마시면 안 된다고 분명히 말했어요. 그랬는데 유라 씨가……."

그녀의 오해가 억울한 지훈은 좀 전의 상황을 다시 상기시키려 했지만 유라는 의심의 빛을 거두지 않고 오히려 그의 말을 잘랐다.

"아닌거 같은뎅……. 일부러 그렁거 가튜뎅……."

유라의 고개가 턱을 받친 손에서 미끄러졌다. 깜짝 놀란 지훈이 재빠르게 손을 내밀어 그녀의 얼굴을 받쳤다.

"유라 씨! 유라 씨, 괜찮아요? 일어나 봐요. 유라 씨? 설마, 자는 거예요?"

말하다 말고 순식간에 잠들어버린 유라를 보며 지훈은 한숨을 내쉬었다. 혹시나 하는 마음에 그녀의 어깨를 조심스레 흔들어봤지만 역시나 유라는 눈을 뜨지 않았다.

그때와 똑같군. 난감해진 지훈이 이마에 손을 얹었다. 이렇게 될 줄은 몰랐다. 오늘은 그저 기분 좋게 와인을 한잔하면서 그녀의 기쁜 일을 축하해주고 싶었는데. 지훈은 잠든 유라를 어쩌면 좋을지 고민스러웠다.

바로 이런 상황을 피하고 싶어서 음주 수업을 제안했었다. 한편으로는 조심성 많은 그녀와 더 빨리 가까워지고 싶었다. 술 한잔 나누며 속마음을 터놓다 보면 서로에 대해 좀 더 잘 아는 계기가 되지 않을까. 그런데 이렇게 되어버렸다. 허탈한 얼굴로 내려다보던 지훈은 유라를 집에 데려다주기로 했다.

지훈이 방에서 키를 들고 나와 유라 곁에 앉았다. 잠든 그녀를 깨워보려고 손을 뻗는 순간 소파에 기대 누워 있던 유라가 용수철 튕기듯 벌떡 일어나 앉더니 두 눈을 크게 치켜뜬 채로 그를 향해 고개를 휙 돌렸다. 그 바람에 깜짝 놀랐던 지훈은 이내 당황스러워졌다.

"유라 씨, 왜 그런 눈으로 보는 거예요?"

지훈을 빤히 응시하던 유라가 천천히 손을 들더니 검지를 펴서 그를 가리켰다.

"이론 응큼쾡이. 꿈도 꾸디 마다요……."

혀 짧은 경고의 말을 남긴 그녀가 다시 옆으로 픽 쓰러졌다.

"네? 하하하하."

너무도 황당한 광경에 지훈은 그만 웃음을 터뜨리고 말았다. 고개를 절레절레 흔들며 한참을 웃다가 다시 그녀를 깨워보려 했지만 유라는 꼼짝도 안 하고 고른 숨소리를 낼 뿐이었다. 하는 수 없이 그는 그녀를 안아 자신의 침대에 눕혔다.

"아까는 무슨 생각을 한 거예요? 하하하. 엉큼한 생각은 오히려 유라 씨가 하고 있었던 것 같군요."

지훈은 잠든 유라를 들여다보다 흐트러진 머리카락을 옆으로 쓸어내렸다. 그의 손가락이 그녀의 이마와 눈썹, 눈, 코, 인중, 입술을 따라 선을 그리기 시작했다. 입술로 내려온 손끝이 유라의 윗입술과 아랫입술을 찬찬히 더듬었다. 미동도 없이 잠들어 있는 그녀의 얼굴을 바라보며 그가 나직하게 속삭였다.

"유라 씨, 그거 알아요? 당신이 또 한 번 나를 시험에 들게 했다는 걸. 이렇게 예쁜 얼굴로 세상모르고 잠들어버리면 나는 어쩌란 말인가요. 하아, 이거야 원……."

지훈이 그녀를 향해 고개를 숙였다. 그의 입술이 그녀의 입술에 닿기 직전 유라가 천천히 눈을 떴다.

'지훈 씨?'

반쯤 감은 멍한 눈이 그를 응시했다. 유라는 눈앞의 지훈을 보고 이것이 꿈이라 생각했다. 그래서 그녀는 망설임 없이 두 팔로 그의 목을 감아 제게로 끌어당겼다.

지훈의 입술이 닿자 유라는 그를 받아들였다. 그의 혀가 보드라운 입술 사이를 파고들고 두 사람의 혀가 하나로 뒤엉켰다.

유라도 과감하게 제 혀를 그에게 밀어 넣었다. 그녀는 지훈이 했던 키스를 그대로 되돌렸다. 전에 없던 행동에 깜짝 놀란 지훈이 고개를 들었다.

"유라 씨……?"

지훈이 그녀를 불렀지만, 꿈속에서의 열렬한 키스로 기분이 좋아진 유라는 그를 보며 방싯방싯 웃다가 순식간에 다시 잠들어버렸다.

"아, 유라 씨. 당신은 정말 못 말리겠군요."

나를 두고 이렇게 잠만 자는 여자라니……. 지훈은 흘러내린 머리를 쓸어 올리며 아쉬움 가득한 한숨을 내쉬었다. 유라는 여러 면에서 그를 시험에 빠뜨리는 여자였다. 지훈의 심장을 터질 듯 부풀게 만들어놓고, 유라는 그의 마음을 아는지 모르는지 행복한 얼굴로 단잠에 빠져 있었다.

그날 밤, 지훈은 거실의 소파에서 여느 때보다 훨씬 더 긴 밤을 보내야만 했다.

다음 날 아침, 평소와 비슷한 시간에 눈을 뜬 유라는 주말이라는 생각에 좀 더 잠을 청했다. 그녀는 느긋하게 늦잠을 즐기려다 이상한 느낌에 번쩍 눈을 떴다. 낯설지만 본 적이 있는 방 안의 풍경. 그녀는 제가 또 지훈의 집에서 잠들어버린 것을 깨달았다.

아, 이 일을 어쩌. 또 이런 실수를…… 부끄러워서 앞으로 지훈의 얼굴을 어떻게 보나 걱정하며 반대로 돌아눕던 유라는 침대 한쪽 끝에 아슬아슬하게 몸을 걸친 채 팔을 베고 모로 누워 있는 지훈을 발견했다.

언제부터 여기 있었을까. 깊이 잠들었는지 그는 미동도 없이 누워 있었다. 가뜩이나 그의 얼굴을 대하는 게 너무나 민망한 유라는 이대로 계속 자는 척을 해야 하나 고민했다. 하필이면 이 사람 앞에서 이런 실수를 두 번이나 반복하다니…… 그가 자는 사이에 잽싸게 도망칠까, 눈치를 살피던 유라는 창피함에 소리 없는 비명을 지르며 머리를 쥐어뜯었다.

결국, 그녀는 이대로 도망치기로 했다. 몰래 일어나려고 이불을 살살 걷어낸 뒤 조심조심 몸을 일으키는데 지훈의 눈썹이 꿈틀 움직였다.

'헉!'

기겁한 유라는 그대로 털썩 누워 눈을 감았다. 꼼짝 않고 그의 움직임에 온 신경을 집중했지만, 그에게선 아무런 기척이 없었다. 깬 게 아니었나? 가늘게 실눈을 뜨고 그를 살폈다. 지훈은 여전히 눈을 감고 있었다.

지훈이 깊이 잠들었다고 확신한 유라는 그를 마주 보고 누웠다. 그러고는 가만히 그의 잠든 얼굴을 관찰했다. 그린 듯 짙은 눈썹과 은근히 긴 속눈썹, 곧게 뻗은 콧대와 보기 좋게 도톰한 입술까지.

잠든 얼굴을 바라보다 그의 얼굴로 손을 내밀었다. 그녀의 손끝이 닿을 듯 말 듯 지훈의 입술 위에서 멈췄다. 만져볼까 말까 망설이던 유라는 그의 눈꺼풀이 희미하게 떨리는 것을 발견하고 얼른 손을 거둬들였다.

그 순간 잠든 줄 알았던 지훈이 빠르게 손을 뻗어 그녀의 손목을 붙잡았다. 유라가 휘둥그레진 눈으로 돌아보니 졸음기 없는 선명한 눈빛이 그녀를 응시하고 있었다. 지훈을 훔쳐보다 들킨 무안함에 유라는 얼굴을 붉혔다. 잡힌 손목을 빼내려 했지만 그는 꿈쩍도 하지 않았다.

"또 도망가는군요."

"자는 거…… 아니었어요?"

"유라 씨가 하도 뚫어지게 쳐다봐서 잘 수가 있어야죠. 얼굴에 구멍 날까 봐 엄청 긴장했다고요. 어땠어요, 본 소감이? 잘생겼나요?"

지훈이 한쪽 눈을 찡긋하며 농담을 건넸다.

"이왕이면 손가락 말고 입술이었으면 좋았을 텐데요. 이렇게……."

그의 얼굴이 눈앞에 다가왔다. 그 의미를 알아챈 유라는 두 눈을 꼭 감았다.

그녀의 주량을 늘려주겠다는 지훈의 야심찬 포부는 애석하게도 첫날부터 실패로 돌아가고 말았지만, 이즈음 유라는 자신이 행복하다고 느꼈다. 그녀의 인생이 지금처럼 평화롭고 순조로운 것은 참으로 오랜만이었다. 일도, 사랑도 이제야 제대로 되고 있다는 기분이 들었다. 드디어 인생의 봄날이 찾아온 것 같았다.

유라는 긴장한 얼굴로 본부장실 문 앞에 서 있었다. 처음 JC그룹에 발을 들였던 순간보다 지금이 훨씬 떨렸다. 근무하는 사무실이 바뀌는 것뿐인데도 낯선 곳에 뚝 떨어진 듯 전혀 다른 세상에 온 기분마저 들었다. 그녀는 숨을 크게 들이켜 마음을 진정시킨 후 천천히 문을 열었다.

본부장과 비서실장은 아직 출근 전이라 유라는 미리 나와 있던 선임 비서들과 먼저 인사를 나눴다. 오 대리와 이 대리가 그녀를 반갑게 맞아주었다. 독자라고 불리는 본부장은 하는 일이 많은 만큼 비서를 여럿 두고 있었는데 그중 박성민 비서실장은 그의 수족과 다름없는 사람이었다. 그리고 오영훈 대리, 이지숙 대리도 독자가 미국 지사장으로 떠나기 전 그를 보필한 경험이 있었다. 유라가 새롭게 배정받은 책상을 정리하느라 분주히 움직일 때 비서실장이 출근했다.

"실장님, 통합비서실에서 올라온 한 비섭니다."

오 대리가 성민에게 유라를 소개했다. 그녀는 성민에게 고개를 숙였다.

"안녕하십니까? 한유라입니다."

박성민 실장이 그녀에게 손을 내밀어 악수를 청했다.

"반갑습니다. 한 비서. 박성민입니다. 앞으로 잘 부탁해요."

저를 반겨주는 성민의 말에 유라도 환한 얼굴로 그의 손을 잡았다.

"저야말로 잘 부탁드립니다, 실장님. 많이 부족하지만 폐가 되지 않도록 열심히 배우고 노력하겠습니다."

"폐라뇨. 무슨 그런 말을. 전무님께서 본부장님을 위해 평소 눈여겨 봐두셨던 한 비서를 추천하신 거로 아는 데요."

성민이 웃으면서 대답하자 곁에 있던 이 대리가 끼어들었다.

"그럼요. 전무님이 동생이신 본부장님 생각을 얼마나 많이 하시는지 모르는 사람이 있나요."

그렇게 첫 인사가 끝난 후 이 대리가 성민에게 물었다.

"실장님. 본부장님은요?"

"본부장님은 회장실로 가셨습니다. 그럼 저도 올라가 보겠습니다."

성민이 자리를 비우자 이 대리가 유라를 불렀다. 이 대리는 본부장실에서 근무하며 알아야 할 몇 가지 기본 수칙을 알려준 뒤 준비실로 데려가 그녀가 맡아야 할 일을 일러주었다. 본부장이 즐겨 마시는 커피와 차의 종류라든지, 자주 사용하는 소모품이 떨어지지 않도록 체크하는 것이 막내의 역할이었다.

"본부장님이 아침마다 커피를 드시거든. 그건 한 비서가 맡아 줘요. 손님이 많이 오시거나 하면 같이 준비하면 되고요."

짧은 머리를 단정하게 넘긴 이 대리가 그녀를 보고 웃었다.

"네, 그럼요. 걱정 마세요, 이 대리님."

본부장의 커피 준비쯤이야 어려운 일도 아닌 데다 막내인 그녀가 맡는 것이 당연했다. 유라가 이 대리와 준비실을 살피며 이야기를 나누고 있는데 입구에서 오 대리가 얼굴을 내밀었다.

"이 대리, 한 비서. 본부장님 오셨습니다."

"네. 나갈게요. 가요, 한 비서."

이 대리가 어서 나가자는 눈짓을 보냈다. 고개를 끄덕인 유라는 두근대는 가슴을 손바닥으로 지그시 눌렀다. 드디어 소문으로만 들었던 독자를 만날 시간이었다.

누군가는 그를 일과 원칙밖에 모르는 독한 자식이라 칭했고, 다른 누군가는 그를 가리켜 흔들림 없이 원칙을 지켜나가는 이 시대에 보기 드문 소신 있는 젊은 경영인이라 칭송했다. 독자의 진짜 얼굴이 뭔지는 그와 함께 지내면서 알게 될 터였다. 유라는 기대 반 걱정 반의 마음으로 준비실을 나섰다.

"한 비서, 이쪽으로 와요. 첫 출근이니 들어가서 본부장님께 인 사드려야죠."

성민이 본부장실 문 앞에서 유라에게 손짓한 뒤 문을 두드렸다.

"들어와요."

안에서 굵직한 남자의 음성이 들렸다. 성민이 먼저 들어가고 유 라는 살짝 고개를 숙인 채 그 뒤를 따랐다.

"본부장님. 새로 합류한 신임 비서입니다. 전무님께 말씀 들으 셨을 줄 압니다. 한 비서, 본부장님께 인사드리세요."

성민의 소개에 유라가 고개를 숙였다.

"안녕하십니까. 한유라입니다. 부족하지만 열심히 하겠습니다."

인사를 마친 유라가 고개를 들어 눈앞의 남자를 바라봤다. 독자 의 얼굴을 확인한 그녀의 얼굴이 새하얗게 변해갔다. 재빨리 고개 를 떨구는 그녀에게 독자가 손을 내밀었다.

"반가워요. 한 비서. 전무님이 추천하셨다죠? 잘 부탁해요."

유라는 독자의 손을 멍하니 쳐다보다 성민의 헛기침에 빠르게 눈 을 깜빡거렸다. 간신히 정신을 차린 그녀는 떨리는 손을 내밀었다.

"저도 잘, 잘 부탁, 드립니다. 본부장님……."

목이 잠겼는지 목소리가 나오지 않아서 유라는 간신히 말을 마 쳤다.

"한 비서에게 달리 하실 말씀이 없으시면 이만 나가보겠습니다."

"그래요. 일 봐요."

얼굴을 들지 못하고 쭈뼛대는 그녀가 이상해 보였는지 지켜보던 성민이 나가자는 신호를 보냈다. 숨도 제대로 못 쉬고 있던 유라는 얼른 묵례한 후 뒤도 돌아보지 않고 문으로 향했다. 그녀가 손잡이를 돌리려는 데 뒤에서 독자의 목소리가 들렸다.

"한 비서."

"……네?"

"커피 한 잔 부탁해요."

"아, 네. 본부장님."

얼른 대답하고 본부장실을 빠져나왔다. 성민이 왜 그러느냐고 눈으로 물었지만, 유라는 모르는 척 준비실 안으로 도망쳤다. 충격을 받은 듯 휘청거리던 그녀는 그대로 주저앉아버릴 것만 같아 얼른 벽에 몸을 기댔다.

'어, 어떻게 이런 일이…….'

가슴이 뛰다 못해 심장이 터질 것만 같았다. 입술이 덜덜 떨리고, 손끝이 얼음장처럼 차가워졌다. 불안하게 흔들리는 유라의 눈동자가 자꾸만 준비실 밖을 흘끔거렸다. 당장에라도 독자가 따라 들어와 이게 어떻게 된 일이냐며 그녀를 잡아 흔들 것만 같아 두려웠다.

"지, 지훈 씨……. 어, 어떻게…….."

최악의 상황을 맞닥뜨린 유라의 눈에서 눈물이 흘러내렸다. 유라는 이래서는 안 된다는 듯 세차게 고개를 흔들었다.

'안 돼. 정신 차려야 해. 생각을 해야 해. 생각을……. 정신 차려, 한유라!'

그녀가 지금 할 수 있는 건 끊임없이 저를 다그치는 것뿐이었다. 놀랐다고 해서, 충격을 받았다고 해서 이대로 정신을 놓을 수는 없다. 날 알아봤을까? 그녀를 알아본 것 같지는 않았다. 만약 지훈이 그녀를 알아봤다면 조금이라도 동요가 있었을 텐데 그의 목소리나 표정은 너무도 평온해 보였다.

그녀가 윤지훈이라는 이름을 듣고도 지훈과 독자를 한데 묶어 생각해본 적이 없듯이, 지훈도 그가 아는 한유라와 눈앞의 한 비서가 같은 사람일 거라 상상하지 못했을 터였다. 더구나 그녀는 얼굴에 분장까지 하고 있었다. 얼굴을 가리는 분장을 하고 출근한다는 것은 결코 평범하지도, 상식적인 일도 아니다. 그러니 지훈이 그녀를 알아보지 못해도 전혀 이상할 게 없었다.

유라는 떨리는 손으로 목 아래를 더듬었다. 지훈이 준 깃털 펜던트가 옷에 가려진 채 그녀의 목에 걸려 있었다.

정신 차리자. 지금 당장은 JC그룹의 한 비서가 돼야 해. 마음을 정한 유라는 입술 안쪽의 여린 살을 잘근거렸다. 비릿한 피 맛과 함께 알싸한 통증이 느껴진 대신 혼란스러웠던 머릿속이 한결 또렷해졌다. 이 일을 어떻게 하면 좋을지는 나중 문제다. 지금은 그를 위해 커피를 준비해야 했다.

선반에 놓인 찻잔을 꺼내고 그가 좋아한다는 원두를 갈아 커피를 내렸다. 준비실을 나가기 전, 유라는 쿵쾅대는 가슴을 진정시키려 손바닥으로 가슴을 몇 번이나 쓸어내려야 했다.

똑똑, 노크를 하자 들어오라는 대답이 들렸다. 유라는 가능한 그와 눈을 마주치지 않으려 고개를 숙인 채 본부장실로 들어갔다.

"커피 가져왔습니다."

"그쪽에 놔요."

지훈이 가리키는 책상의 빈 곳에 커피 잔을 놓았다. 실수하지 않으려 잔뜩 긴장한 탓에 잔을 옮기는 그녀의 손이 바들바들 떨렸다. 그 모습을 본 지훈은 서둘러 본부장실을 나가려는 그녀를 불러세웠다.

"한 비서라고 했죠?"

저를 부르는 그의 목소리에 유라는 가슴이 철렁 내려앉았다. 혹시 알아본 건가? 아찔한 마음에 눈을 질끈 감았던 그녀가 그를 향해 천천히 돌아섰다.

"네, 본부장님."

지훈이 그녀를 응시하고 있었다. 유라는 얼른 고개를 숙여 그의 시선을 피했다.

"한 비서 이름이 한유라 씨라고 했나요?"

"네, 그렇습니다. 본부장님."

"내가 잘 아는 사람과 이름이 같군요. 이런 우연이 다 있네요."

그의 말에 유라는 맞잡은 두 손에 힘을 주었다.

"아무래도 한 비서가 나를 무척 어려워하는 모양이지만 차츰 나아지겠죠. 커피 잘 마실게요. 나가서 일 봐요."

신입 비서의 긴장을 풀어주려 했던 지훈은 불편해하는 그녀의 반응에 멋쩍어졌다. 그러나 그는 처음이라 그럴 수 있다고 이해했다.

유라는 본부장실을 나와 여자 화장실로 들어갔다. 얼마나 힘껏 주먹을 쥐고 있었는지 땀에 젖어 축축해진 손바닥에 손톱자국이 깊게 패여 있었다. 그녀는 두꺼운 뿔테 안경을 벗고 거울 속의 제 얼굴을 바라봤다. 남의 것인 양 유령처럼 창백한 얼굴이 보였다.

그녀로서는 직장을 포기하는 것도, 지훈을 포기하는 것도 무엇 하나 쉽게 결정할 수 없었다. 유라에게는 이 상황을 어떻게 해야 좋을지 생각할 시간이 필요했다. 그러기 위해서는 지금은 그에게 정체를 들켜서는 안 됐다.

가까스로 마음을 추스른 유라는 서둘러 비서실로 돌아왔다. 그녀를 돌아본 이 대리가 안쓰럽게 바라보며 나지막이 속삭였다.

"저런, 얼굴이 다 창백하네. 괜찮아요? 첫날이라 무척 긴장했나 봐요. 그럴 것 없어요. 본부장님이 소문은 무시무시한 분이지만 알고 보면 얼마나 좋은 분인데요. 그러니까 괜히 겁먹지 말아요."

"네. 고맙습니다."

이 대리의 따뜻한 격려를 받자 잔뜩 얼어붙었던 그녀의 긴장이 차츰 누그러졌다.

그래, 맡은 일을 제대로 해낸다면. 그래서 사람들에게 업무 능력으로 인정받는다면. 어쩌면 지훈도 그녀가 이렇게까지 해서라도 인정받고 싶었던 간절한 마음을 이해해줄 수도 있으리라. 거기에 생각이 미치자 유라의 선택은 하나밖에 없었다. 어떻게든 새로운 업무에 빨리 적응해서 열심히 한다고, 잘한다고 평가받는 것. 한 비서로서 지훈에게 인정받는 날, 고백하자. 그때만큼 그녀의 진심을 전달하기에 적당한 때는 없을 것 같았다.

05.

독자가 지훈임을 알게 된 이후, 유라는 하루도 마음 편할 날이 없었다. 언제 들킬지 몰라 하루하루가 살얼음판을 걷는 것처럼 아슬아슬하고, 외줄을 타는 듯 불안했다.

적당한 때에 고백하겠노라 결심했지만, 여전히 고민이 많았다. 고백하면 그가 이해해줄지 아무것도 확신할 수 없었다. 왜 이런 일을 벌이게 되었는지 설명하려면 그에게 과거 이야기를 털어놓아야 하는데 그러고 싶지 않은 것도 문제였다.

그녀가 가장 기억하기 싫은 일을 기억 속에서 끄집어내는 것도 고통이었지만, 그것이 마치 제 잘못인 양 해명을 해야 한다는 것도 끔찍하게 여겨졌다. 왜 지난 일에 대한 이해를 구하는 일을 가해자가 아닌 피해자가 해야 하는지.

물론 그 사람은 이해해줄 것이다. 지훈은 좋은 사람이니까. 다정하고 친절하고 배려가 많은 사람이니까. 그런데 그 사람은 정말 남들과 다를까? 유라의 마음이 하루에 열두 번도 넘게 엎치락뒤치락했다.

그러던 어느 늦은 밤, 집 앞으로 지훈이 찾아왔다. 두 사람은 근처 커피숍에서 만났다.

"미안해요. 내가 너무 늦게 왔죠?"

"아니에요. 그런데 이 시간에 어쩐 일이에요?"

"모임이 끝나고 집에 가다가 유라 씨 얼굴이 보고 싶어서요."

유라의 입꼬리가 둥글게 말려 올라갔다. 그러나 그를 보면 너무 좋으면서도 한편으로는 속이고 있다는 생각에 가슴이 아팠다. 이래서 죄짓고는 못 산다고 하나 보다.

유라는 지훈의 모든 것이 좋았다. 만나서 함께 보내는 시간이, 다정하게 바라보는 그의 눈빛이, 듣기 좋은 그 음성이, 따뜻하게 잡아주는 그의 커다란 손이.

단단한 가슴에 얼굴을 묻을 때면 쿵쿵, 지훈의 심장 소리가 들린다. 묵직한 그 울림이 유라는 너무 좋았다. 그리고 그의 품속은 세상 무엇도 두렵지 않을 만큼 편안하고 든든했다.

내가 이 사람을 지킬 수 있을까? 유라는 그를 놓치게 될까 두려웠다. 처음 엉뚱한 분장을 하고 면접을 보러 갈 때만 해도 이런 일이 일어날 줄은 상상도 못 했는데. 만약에 알았다면 절대로 그러지 않았겠지만, 그날의 선택을 아무리 후회하고 또 후회해도 이미 되돌릴 수 없었다.

"유라 씨. 요즘 무슨 생각을 그렇게 해요?"

지훈이 궁금하다는 얼굴로 그녀의 눈을 들여다보며 물었다.

"네? 아, 아니요. 생각은요······."

유라는 아무것도 아니라는 듯 어색하게 웃으며 고개를 흔들었다.

"아니긴요. 요즘 유라 씨를 보면 무슨 고민이라도 있는 사람 같아요. 나하고 있으면서도 딴생각을 하는 것 같고. 왜 그래요, 무슨 문제라도 있어요?"

"아뇨, 그런 거 아니에요."

그녀는 거듭 고개를 저었다.

"그럼 다행이고요. 참, 유라 씨. 우리 사무실에 유라 씨하고 이름이 똑같은 여직원이 있다고 내가 얘기했던가요?"

잊고 있던 것이 생각났다는 듯 지훈이 말을 꺼냈다.

"네? 아, 아뇨."

유라는 그의 입에서 무슨 말이 나올지 긴장했다.

"여직원이 새로 왔는데 이름이 한유라라는 거예요. 나는 유라 씨가 생각나서 반가웠는데 그 직원은 내가 어려운가 봐요. 눈을 안 마주치더라고요."

그러더니 지훈은 어깨를 으쓱이며 자기가 무섭게 생겼냐고 물었다.

"에? 그럴 리가요. 처음이라 낯을 가려서겠죠."

그렇게 둘러대면서도 유라는 앞으로 좀 더 조심해야겠다고 생각했다.

"그런데, 유라 씨는 내가 어떤 일을 하는지 궁금하지 않아요?"

"네? 그, 글쎄요. 직장 생활이야 어딜 가나 다 비슷하니까요. 갑자기 그런 얘기는 왜요?"

"유라 씨한테 아직 못한 얘기가 있어요. 원래는 유라 씨가 물어

보면 그때 말해야겠다, 기다렸는데 묻질 않더군요. 나한테 관심이 없는 건 아니죠?"

"서, 설마요."

"지금이라도 말할게요. 실은 내가 J……."

안 돼! JC그룹에 대한 얘기를 하려는 게 틀림없었다. 조마조마한 마음으로 지훈의 입을 주시하고 있던 유라가 그의 말을 끊어내며 벌떡 일어섰다.

"어머! 지훈 씨. 어쩌죠?"

"왜 그래요?"

"아무래도 욕실에 물을 틀어놓은 것 같아요. 빨리 집에 가봐야겠어요. 미안해요."

무슨 일인가 깜짝 놀랐던 지훈은 그제야 안심이 된 듯 하하 웃음을 터뜨렸다.

"저런. 그럼 일어납시다. 집 안이 물바다가 되면 큰일이죠."

두 사람은 커피숍을 나와 오피스텔 앞까지 함께 걸었다.

"먼저 들어가 볼게요. 미안해요, 지훈 씨."

"괜찮아요. 어서 가 봐요. 아, 같이 가줄까요?"

"아니에요. 전화할게요. 조심해서 가세요."

유라는 돌아보지 않으려 이를 악물고 앞을 향해 뛰었다. 돌아보면, 그를 돌아보게 되면, 그에게 매달려 모든 것을 털어놓게 될 것만 같았다.

집 안으로 들어오자마자 다리에 힘이 풀려 바닥에 털썩 주저앉았다. 참았던 눈물이 그녀의 뺨을 타고 흘러내렸다.

지훈이 자기 신분을 밝히려 한 만큼 이제 그녀에게는 시간이 얼마 남지 않았다. 그가 독자인 것을 알기 전에도 어떻게든 직장에 관한 얘기만은 피해왔던 것은 분장을 하고 회사에 다니는 것을 떳떳하게 밝히기가 어려워서였다.

차라리 회사를 그만둘까도 생각했지만 그런다고 사람들을 속인 사실이 없어지지는 않는다. 오히려 훗날 모든 게 밝혀지게 되면 그녀를 믿었던 사람들에게 더 큰 충격과 배신감을 안기게 될 게 분명했다. 그렇다면 지훈과 헤어져야 하나 고민했지만, 그와 헤어지고 난 후 아무 일 없듯 비서 한유라로 살아갈 자신도 없었다. 말을 할 수도, 하지 않을 수도 없는 상황. 유라는 출구가 없는 미로에 빠져버린 기분이었다.

유라는 지훈과 함께 한강이 내려다보이는 카페 창가에 앉아 있었다.

평소와 다른 유라의 모습에 지훈은 당황스러웠다. 내가 뭔가 실수라도 했나? 혹시 유라 씨는 꽃을 별로 안 좋아하는 게 아닐까? 아니면 고민이라도 있나? 그는 그녀의 옆으로 자리를 옮겨 앉아 아래로 흘러내린 그녀의 머리카락을 가만히 위로 쓸어주었다.

"유라 씨, 무슨 고민이라도 있어요? 그러고 보니 우리 유라 씨가 요즘은 예전만큼 잘 웃지를 않는 것 같아요."

그의 목소리와 손길이 따뜻하게 느껴졌다. 간신히 눈물을 참고 있던 유라는 이러다 울음이 쏟아질 것 같아서 얼른 고개를 흔들었다.

"아니에요, 그런 거. 고민은요. 그런 거 아니에요. 그냥, 그냥, 지훈 씨가 너무 좋아서 그래요."

눈물이 고인 것을 감추느라 고개를 들 수 없었다. 자꾸만 목이 메어와 간신히 대답했다. 지훈은 그녀를 끌어당겨 제 가슴에 기대게 했다.

"나도 그래요. 나도 당신이 정말 좋아요. 언제 마지막으로 이런 감정을 느꼈던가, 내가 나한테 놀랄 정도로……. 그러니까 만약 고민 같은 게 있으면 언제든지 나한테 말해요. 알죠? 나는 유라 씨에게 힘이 되어주고 싶어요."

지훈은 다정한 목소리로 위로하듯 속삭여주었다. 유라는 그의 가슴에 얼굴을 묻고 두 눈을 꼭 감았다.

"미안해요. 정말 미안해요……."

속삭이듯 조용히 말했는데도 그녀의 말을 들은 것 같았다. 지훈은 그녀의 턱을 들어 그를 바라보게 했다.

"왜 그래요. 정말 무슨 일이라도 있는 거예요?"

걱정스러운 듯 바라보는 눈빛에 심장이 아팠지만, 그녀는 애써 환하게 웃었다.

"아니에요. 그냥……. 지훈 씨는 나한테 너무 잘해주는데, 나는 그만큼 못하는 것 같아서……. 당신에 비하면 내가 너무 부족한 것 같아요. 그래서 너무 미안해요."

굳은 시선이 유라의 붉어진 눈시울로 향했다. 금방이라도 흘러내릴 듯 고여 있는 눈물에 놀란 것 같았다. 손바닥으로 그녀의 뺨을 감싼 지훈이 엄지로 그녀의 눈 밑을 조심스레 닦아냈다.

"당신이야말로 나에게 넘치는 사람이에요. 내가 요즘 유라 씨 때문에 하루하루가 얼마나 행복한지 모르죠? 유라 씨는 모르겠지만, 난 원래 잘 웃는 사람이 아니에요. 그런데 당신을 만나고부터는 매일 웃어요. 일부러 웃으려고 하는 게 아닌데 자꾸만 웃음이

나요. 당신은 나한테 그런 사람이에요. 그러니까 그런 말은 두 번 다시 하지 말아요."

유라는 대답 대신 뺨을 감싼 그의 손에 제 손을 덮었다. 그리고는 다정하게 자신을 바라보는 그의 눈을 말없이 응시했다.

'미안해요. 지훈 씨. 정말 미안해요. 조금만 기다려주세요. 얼른 용기를 내볼게요. 당신을 위해서라도……. 그러니까 그때까지 조금만…….'

지훈을 위해서라도 어긋난 것들을 바로 잡고 싶은 마음이 간절했다.

"어디신데요? 아, 거기요? 네. 금방 내려갈게요."

지훈이 지나는 길이라며 유라의 집 앞으로 찾아왔다. 그는 저녁에 경영인 모임이 있었다.

"어머!"

그가 등 뒤에 감추고 있던 꽃다발을 내밀었다. 유라는 그에게 받은 붉은 장미에 얼굴을 묻고 향기를 맡았다. 보드라운 꽃잎을 만져보기도 하고, 톱니 모양의 잎 가장자리를 더듬어보기도 했다. 유라가 꽃에서 손에서 떼지 못하자 지훈의 얼굴에 흐뭇한 미소가 감돌았다.

"마음에 들어요?"

"네. 꽃이 정말 예쁘네요. 그런데 갑자기 웬 꽃이에요? 오늘 무슨 날도 아닌데……."

지훈이 그녀의 손을 잡았다.

"꼭 무슨 날이어야만 하나요? 꽃을 보니 유라 씨 생각이 나더군요. 역시 꽃은 나보다는 당신이 잘 어울리네요. 물론 꽃보다는 유라 씨가 더 예쁘지만."

자신을 사랑스럽게 바라보는 지훈의 눈빛에 유라는 아플 만큼 가슴이 저렸다. 이 사람을 놓치고 싶지 않아. 그렇지만 나를 보는 저 눈빛이 변해버리면 그때는 어떻게 해야 할까. 금방이라도 눈물이 쏟아질 것 같아서 유라는 그의 시선을 피해 얼른 고개를 숙였다.

"경영인 모임은 잘 마치셨어요?"

"음? 오늘 모임이 있는 걸 어떻게 알았어요?"

무심코 말을 꺼냈던 유라는 지훈의 의아한 눈빛에 제 실수를 깨닫고 황급히 말을 보탰다.

"지, 지난번에요. 통화하다 모임이 있다고 하셨잖아요. 그날이 오늘 아니었나요?"

그랬던가, 긴가민가한 표정으로 지훈이 고개를 갸웃했다.

"그랬나요? 하하. 난 또, 유라 씨가 어떻게 알았을까 깜짝 놀랐네요."

멋쩍게 웃던 지훈이 유라의 안색을 유심히 살폈다.

"그런데 유라 씨. 얼굴이 핼쑥해 보이는데 어디 아픈 건 아니죠?"

"네? 아니에요. 그냥 요즘 일이 좀 많아서 그런가 봐요."

어색하게 웃어 보인 그녀가 제 뺨을 손바닥으로 감쌌다.

"그 회사 안 되겠네. 우리 유라 씨를 이렇게 부려먹고. 상사가 누굽니까? 가서 혼을 좀 내줘야겠는데."

"네? 어머, 지훈 씨도."

그의 너스레에 유라는 저도 모르게 웃어버렸다.

"설마 다이어트는 아니죠? 그런 거 절대로 하지 말아요. 지금도 충분히, 지나치게 날씬해요."

"아니에요. 그런 거. 그리고 우리 회사, 좋은 회사예요. 윗분들도 좋고요. 걱정하지 마세요."

"그래요? 그럼 다행이고."

지훈이 말하다 말고 갑자기 눈을 빠르게 깜박거리면서 손등으로 눈가를 문질렀다.

"왜 그러세요?"

"요즘 유라 씨 얼굴을 자주 못 봐서 그런가. 눈이 막 간지럽고 그런 거 같아요. 자세히 좀 봐줄래요? 내 눈이 좀 이상하지 않아요?"

지훈이 눈을 크게 뜨더니 얼굴을 내밀었다. 유라는 무슨 문제가 있나 싶어 그의 눈을 유심히 살폈다. 어디가 이상하다는 것인지, 자세히 들여다보다 그의 얼굴과 가까워졌다. 지훈이 씩 웃더니 쪽 소리가 나게 유라의 입술에 입을 맞췄다.

"어머!"

깜짝 놀란 유라가 주위의 눈치를 살폈다. 지훈은 주변의 시선이야 상관없다는 듯 그녀의 어깨에 팔을 둘렀다.

"우리 이달 마지막 주말에 여행갈까요? 우리 한유라 씨는 어디를 좋아하나? 산? 강? 바다? 특별히 가고 싶은 데라도 있어요?"

"저는 바다 좋아해요."

"아, 우리 유라 씨가 바다를 좋아하는구나. 그럼 우리 첫 번째 여행은 바다로 갑시다."

"네."

유라는 지훈의 어깨에 머리를 기댔다. 바다라……. 비밀을 털어놓을 좋은 기회가 될 것 같았다. 그곳에서 유라는 제가 가진 두 개의 얼굴을 그에게 내보이리라 결심했다. 설령 그의 용서를 받지 못하더라도 그를 만난 것을 절대 후회하지 않을 작정이었다.

그즈음 추진하는 사업마다 승승장구하며 자신의 경영 능력을 증명해보인 지훈은 본격적인 경영권 승계 절차에 들어갔다. 그는 그동안 내내 공석으로 비어 있던 그룹의 부회장으로 승진했다.

똑똑. 누군가 비서실의 문을 두드렸다.

"들어오십시오."

오 대리가 문을 열고 손님을 맞았다. 방문객을 부회장실로 안내한 뒤 오 대리가 준비실을 찾았다.

"한 비서. 부회장님께 손님이 오셨어요. 차 두 잔만 부탁할게요."

"네. 알겠습니다."

준비실에서 물품을 정리하던 유라는 주전자에 물을 끓였다. 접대용 찻잔에 다갈색의 홍차를 맑게 우려내고 슬라이스 된 레몬을 한 조각 띄우자 찻물이 가을 단풍처럼 예쁘게 물들었다. 그 모습에 기분이 좋아진 유라는 미소 띤 얼굴로 부회장실의 문을 두드렸다.

"들어오세요."

지훈의 목소리에 유라는 쟁반을 고쳐 들고 안으로 들어갔다. 지훈 앞에 한 남자가 앉아 있었다. 그녀는 지훈과 손님에게 가볍게 묵례하고 조심스럽게 찻잔을 내려놓았다.

"고마워요, 한 비서."

"별말씀을요. 부회장님."

웃으며 대답하던 유라는 따가운 시선을 느꼈다. 고개를 들던 그녀는 저를 빤히 쳐다보는 지훈의 손님과 눈이 마주쳤다. 기분 나쁜 눈길이 그녀의 모습을 관찰하듯 천천히 훑고 있었다.

아! 손님을 알아본 유라가 너무 놀라 침을 꿀꺽 삼켰다. 온몸의 피가 한꺼번에 빠져나가는 것처럼 손끝이 저리고 굳어진 입매가 파르르 떨렸다.

"저, 저는…… 이, 이만 나가보겠습니다."

유라는 저도 모르게 뒷걸음질 치며 서둘러 부회장실을 빠져나왔다. 문을 닫는 순간 등 뒤로 손님의 목소리가 들렸다.

"윤지훈. 네가 특이한 녀석인 줄은 알았지만 비서 취향 한번 독특하구나!"

도망치듯 준비실에 들어온 유라는 두 손을 마주 비비며 안절부절못했다. 불안감과 불쾌감에 심장이 터질 듯 빠르게 뛰어 가만히 서 있기도 힘들 만큼 정신이 아득하고 숨이 막혔다. 벽에 의지해 기댄 그녀의 머릿속에 악몽과도 같았던 지난 기억이 새록새록 떠올랐다. 유령처럼 창백해진 그녀의 이마에 식은땀이 짙게 배어 나왔다.

그 사람이 나를 알아봤을까? 여긴 도대체 왜 온 거지? 지훈 씨랑 아는 사인가? 날 알아봤으면 어떡하지? 여러 가지 생각이 한꺼번에 밀려들어 토할 것처럼 속이 울렁거렸다. 유라는 어지러운 머리를 크게 흔들고 입술을 질끈 깨물어 정신을 차리려 애썼다.

정신 차려, 한유라! 이대로 무너져선 안 돼. 그놈이, 정현석이 여기 왜 나타났는지 알아야 해. 유라는 도망치고 싶은 마음을 간신히 억누르며 자신의 자리로 돌아갔다.

잠시 후, 지훈과 현석이 문을 열고 나왔다. 두 사람이 악수를 나누는 모습을 지켜보는 유라의 시선이 불안하게 흔들렸다. 손님을 배웅하기 위해 비서들이 일어서고 유라도 현석의 시선을 피해 고개를 숙인 채 일어섰다.

"아!"

밖으로 나가는가 싶었던 현석이 갑자기 돌아섰다. 배웅하는 비서들 중 유라를 발견한 현석의 입꼬리가 비딱하게 말려 올라갔다. 현석은 유라에게 곧장 다가가 그녀의 책상을 노크하듯 똑똑 두드렸다. 그의 행동에 흠칫 놀란 그녀의 얼굴이 눈에 띄게 굳어졌다.

"어디 보자. 우리 비서님 이름이 한, 유, 라……. 한유라?"

그녀의 가슴께에 달린 사원증을 살피느라 가늘게 떴던 현석의 눈이 반짝 빛났다. 느물거리며 웃던 그의 얼굴에 놀란 기색이 설핏 어렸다. 의아한 듯 그녀의 이름과 얼굴을 몇 번이나 확인하듯 번갈아 바라보던 현석이 마침내 빙긋이 웃었다.

"한유라, 한유라라. 인상적이네요. 기억에 남을 만한 이름을 가졌어요. 안 그런가요, 한유라 비서?"

현석의 말에 불안해진 유라는 저도 모르게 입을 꾹 다물고 주먹을 꼭 말아 쥐었다. 결국, 알아챈 건가? 불길한 감정이 그녀의 등골을 차갑게 훑고 지나갔다. 고개를 들어 저를 빤히 응시하는 그의 시선과 맞닥뜨리고 있자니 그동안 억눌러왔던 분노가 되살아나기 시작했다. 유라는 현석의 시선에 맞서 저도 모르게 그를 매섭게 노려보았다. 그녀의 표정이 좋지 않음을 알아챈 지훈이 현석의 등을 떠밀 듯 툭툭 두드렸다.

"안 가? 바쁘다면서 어서 가보지."

"아, 그래. 궁금한 걸 확인했으니 이제 가야지. 한 비서, 만나서 반가웠어요. 또 봅시다. 다시 만날 때는 반겨줬으면 좋겠군요."

현석은 유라와 제가 다시 만날 거라 확신하는 표정이었다.

"한 비서, 괜찮아요?"

지훈이 그녀의 안색을 살폈다. 현석이 떠난 후에도 유라는 딱딱하게 굳은 채 그대로 서 있었다.

"미안해요. 저 친구가 좀 짓궂은 데가 있어서. 불쾌했다면 내가 대신 사과하죠. 기분 풀어요."

지훈이 미안한 표정으로 현석 대신 사과했다.

"아니요, 아닙니다. 괜찮습니다. 부회장님."

유라가 자리에 앉아 서류를 펼치자 잠시 그녀를 내려다보던 지훈은 성민에게로 돌아섰다.

"박 실장, 현성과 관련된 서류 좀 갖다 줘요."

"예. 부회장님."

지훈이 부회장실로 들어가고 성민은 미리 준비해놓았던 서류를 챙겨 일어섰다. 성민이 유라 앞을 지나가다 문득 생각난 듯 그녀에게 물었다.

"한 비서는 현성의 정현석 이사님을 알지 않나요?"

"네? 아, 아니요. 잘 모릅니다."

갑작스러운 질문에 당황한 유라는 얼떨결에 모른다고 대답했다.

"그래요? 한 비서가 현성에서 일했다기에 아는 줄 알았는데."

성민이 부회장실로 들어간 후 이지숙 대리가 걱정스러운 얼굴로 그녀를 돌아봤다.

"한 비서, 왜 그래요? 안에서 무슨 일 있었어?"

지숙은 늘 언니처럼 따뜻하게 대해주는 고마운 선배였다.

"아니에요, 별일 없었어요."

"원래 저 정 이사가 좀 그래. 왜, 만나면 기분 나쁜 사람이 있잖아.

난 정 이사가 딱 그렇더라고. 그러니 원래 그런 사람이다 생각하고 이상한 소리를 하거든 맘에 두지 말고 한 귀로 듣고 흘려버려요."

"네. 그럴게요."

지숙의 위로에 그녀의 표정이 한결 풀어졌다.

"그런데 정현석 이사는 약속도 없이 갑자기 여긴 왜 왔대요?"

이 대리의 물음에 오 대리가 난들 어떻게 알겠냐는 듯 어깨를 으쓱했다.

"부회장님과 의논할 게 있었나 보죠. 이번에 식품사업부 신제품 개발 건으로 현성기획과 협업 얘기가 있던데 아마 그것 때문에 왔을 거예요."

이 대리가 못마땅한 얼굴로 입을 삐죽거리더니 정말 싫다는 얼굴을 하며 고개를 절레절레 흔들었다.

"그럼 한동안 자주 드나들 수도 있겠네요? 아, 싫다! 우리 부회장님이 한가하신 분도 아닌데, 자기가 뭐라고 약속도 없이 불쑥 나타나고 말이야. 비서실은 멋으로 있고 우리는 심심해서 여기에 앉아 있는 줄 아나? 하여튼 맘에 안 드는 사람이야."

오 대리와 이 대리의 대화를 듣던 유라는 앞으로도 현석과 마주칠 수 있다는 생각에 다시 불안해졌다. 어쩌지? 가슴이 답답했다. 고백할 날이 며칠 남지 않은 상황에서, 현석의 등장이 상당히 불길한 징조처럼 여겨졌다.

그래도 날 몰라본 것 같지? 확신할 수는 없지만 다른 누구도 아닌 현석처럼 가벼운 인간이 그녀를 알아봤다면, 한유라의 정체를 안다고 떠벌리고 싶어 입이 근질근질해서라도 순순히 물러나지는 않았을 터였다.

그래도 마냥 안심하긴 일렀다. 현석이 언제까지고 그녀를 몰라본다는 보장 또한 없었다. 게다가 그가 넌지시 던졌던 말들이 예사롭지 않게 들리기도 했다. 아무래도 예감이 좋지 않았다.

아, 제발 며칠만 무사히 지나갔으면. 유라는 또다시 현석과 얽혀 제 인생이 엉망으로 꼬이게 될까 두려웠다.

지훈의 사무실을 나온 현석은 곧장 주차장으로 내려왔다. 그는 시동을 거는 대신 시트에 등을 기댔다.

아무리 생각해도 그녀가 확실했다. 저와 눈이 마주치자 얼어붙던 모습이나 분노를 담아 힘껏 노려보던 그 눈빛. 주근깨투성이에 형편없이 못생겨 보여도 그건 자세히 보지 않았을 때의 모습이었다. 조막만 한 얼굴과 오밀조밀한 이목구비, 안녕 너머로 그를 노려보던 커다랗고 아름다운 눈동자. 분명 낯설지 않았다. 어쩐지 권대리의 말을 들었을 때부터 예사롭지 않더라니.

"한유라. 한유라! 하하하. JC그룹 부회장실의 비서 한유라라……"

제 생각이 틀리지 않았음을 확신한 현석은 만족한 웃음을 터뜨렸다. 한참을 낄낄거리다 갑자기 웃음을 뚝 그친 현석이 안주머니에서 휴대전화를 꺼냈다.

"여보세요? 나야, 현성의 정 이사. 시킬 일이 있어서 전화했어. 아니! 주 대리가 알아야 할 필요는 없어. 그러니 보고는 나한테 직접 하도록 해. 그래. 주 대리가 모르게 하란 말이야. 잘 들어. JC그룹 부회장 비서실에 한유라라는 여비서가 있어. 그 여자에 대해서 좀 알아봐 줘야겠어. 그래. 그 여자가 어디에 사는지, 누굴 만나는지 알아봐……"

통화를 마친 현석이 의미심장한 눈길로 위를 올려다봤다. 그의 머리 위 어딘가에 그가 찾던 여자가 있었다. 현석은 유라가 눈앞에 있기라도 한 듯 씩 웃다가 여유롭게 주차장을 빠져나갔다.

목이 아프고 눈이 뻑뻑했다. 머리가 부서질 듯 지끈거리고 몸에 힘이라곤 하나도 없었다. 유라는 온몸이 욱신대는 아픔을 참고 간신히 몸을 일으켰다. 요즘 신경을 많이 썼더니 스트레스를 받아 몸살이라도 난 건지, 이마를 짚어보니 손바닥이 뜨끈했다.

"그래도 출근은 해야지……."

회사에 도착하자마자 근처의 약국부터 찾았다. 아직 이른 시간이라 약국이 문을 열었을까 걱정했는데 다행히 문을 연 곳이 있었다. 종합 감기약을 사서 물과 함께 삼킨 유라는 사무실로 향했다.

"다들 일찍 나오셨네요?"

"한 비서. 어서 와요. 그런데 안색이 별로 안 좋은 것 같은데?"

"열이 좀 나네요. 감긴가 봐요."

이 대리가 걱정스러운 눈으로 유라의 안색을 살폈다. 간신히 출근은 했지만, 본격적으로 열이 오르기 시작한 그녀의 이마와 콧등에 식은땀이 송골송골 맺혀 있었다.

"저런, 몸살이 났나 보네. 병원은 들렀어요? 몸이 안 좋으면 하루 쉬지 그랬어."

"아니에요. 그 정도는……. 오다가 약국에서 약 사 먹었으니 금방 괜찮아질 거예요."

유라는 이마의 식은땀을 닦으며 애써 웃어 보였다.

약을 먹어도 그녀의 상태는 전혀 나아지지 않았다. 오히려 계속 열이 오르는 바람에 그녀의 두 뺨은 잘 익은 사과처럼 붉은 홍조를 띠었다.

점심시간이 되었지만, 유라는 입 안이 꺼끌꺼끌하고 입맛이 전혀 없어 밥 생각이 없었다. 그녀는 식사를 권하는 말에 손을 내저었다.

"먼저들 다녀오세요. 사무실은 제가 있을게요."

"정말 괜찮겠어? 어머, 이 식은땀 좀 봐."

"한 비서, 괜찮아요? 많이 아프면 지금이라도 들어가요. 실장님께는 내가 말해줄게요."

오 대리가 조퇴를 권했지만 유라는 정중히 사양했다. 가까운 사람들을 속였다는 죄책감으로 더 잘해야 한다는 강박감을 느끼다 보니, 아프니까 쉬어야겠다는 생각보다는 폐를 끼치게 돼 미안하다는 자책이 먼저 들었다.

"전 정말 괜찮아요. 걱정 말고 다녀오세요. 계속 안 좋으면 그때 말씀드릴게요."

유라가 재차 사양하자 이 대리가 지갑을 챙겨 들며 다시 물었다.

"그럼 들어올 때 죽이라도 사올까? 입맛이 없어도 뭘 먹어야 약을 먹을 텐데……."

"아니에요. 신경 쓰지 마시고 맛있게 드시고 오세요. 지금은 정말 생각이 없어서요. 이따가 먹고 싶어지면 그때 제가 알아서 사 먹을게요."

그녀가 한사코 고개를 젓자 두 사람은 하는 수 없다는 듯 점심을 먹으러 나갔다.

유라는 비서실에 혼자 남았다. 괜찮다고 했지만 실은 전혀 괜찮지가 않았다. 빈속에 먹었던 약 때문인지 아니면 몸살의 한 증상인지 아까부터 머릿속이 점점 멍해지고 있었다.

머리가 어지러우니 눈도 침침하고 초점도 제대로 맞지 않았다. 열 때문에 숨이 가쁘고 머리는 무거운 추라도 달아놓은 양 무겁고 욱신거렸다. 고개를 들고 있는 것만으로도 고통스러워서 유라는 손바닥으로 피곤한 눈을 누르며 머리를 기댔다. 이러고 있어도 되나 조심스러웠지만, 점심시간이니 전화나 방문객은 없을 테고 지훈도 박 실장과 함께 협력 업체 회의에 참석했다가 오후에나 출근할 예정이었다.

그대로 잠시 있었지만 눈을 감았다고 해서 잠이 든 것은 아니었다. 그러나 정신이 몽롱하고 귀도 먹먹해 온전히 깨어 있다고도 할 수 없었다. 유라가 그렇게 비몽사몽한 채로 얼굴을 묻고 있는데 갑자기 비서실 문이 열렸다.

지훈은 외부 회의를 마치고 돌아온 길이었다. 도착하고 보니 마침 점심시간이라 박 실장은 식사하고 오라고 보내고, 그는 회의에서 언급된 내용에 관해 확인할 게 있던 터라 바로 올라온 참이었다.

사무실에 들어와 보니 비서실에는 한 비서만이 남아 있었다. 비서들은 부회장실을 비울 수 없어 2교대로 점심을 먹었고, 점심시간인 지금 한 비서 혼자 남은 것은 이상할 게 전혀 없었다.

문제는 그녀가 책상에 얼굴을 묻고 졸고 있다는 거였다. 사람이 들어온 줄도 모르고 사무실에서 잠을 자다니. 지훈의 미간이 하나로 맞붙었다. 아무리 점심시간이라 해도 그녀의 태도는 분명 잘못된 것이었다. 가만히 서서 내려다보던 지훈은 모른 척 넘어갈 문제는 아니라고 생각했다.

똑똑. 지훈이 그녀의 책상 위를 두드렸다. 그러나 한 비서는 얼마나 깊이 잠들었는지 미동조차 없었다. 똑똑. 지훈은 굳어진 얼굴로 다시 한 번 책상을 두드렸다. 조금 전보다 더 큰 소리를 냈지만 그녀는 여전히 반응이 없었다.

"한 비서, 지금 자는 겁니까?"

화난 듯 엄한 목소리가 들렸다. 깜짝 놀란 유라는 퍼뜩 얼굴을 들었다. 혼자인 줄 알았는데 눈앞에 사람이 서 있었다. 그가 지훈임을 깨달은 그녀는 빠르게 눈을 깜빡이며 정신을 차리려 애썼다.

"부, 부회장님!"

"한 비서. 아무리 점심시간이라도 이런 행동은……."

그녀의 불성실한 근무 태도에 대해 따끔하게 주의를 주려던 지훈은 한 비서의 벌게진 얼굴과 초점 잃은 눈을 보고 이상하다는 생각이 들었다.

"한 비서, 안색이 안 좋군요. 어디 아픈 겁니까?"

"네……? 아, 아닙니다. 죄송합니다. 전…… 괜찮습니다."

아니라고 대답하는 그녀의 목소리가 평소와 많이 달랐다. 잔뜩 쉬어 낮게 잠긴 데다 말할 때마다 목이 아픈 듯 인상을 찡그리는 게 한눈에 보기에도 상태가 좋지 않았다. 지훈은 저도 모르게 그녀의 뺨에 손을 갖다 댔다. 짐작했던 대로 열에 달아올라 뜨거웠다.

"열이 높네요. 몸이 많이 안 좋군요. 한 비서, 왜 이런 몸으로 출근했죠? 이렇게 아플 때는 당연히 집에서 쉬거나 병원으로 갔어야죠."

걱정하던 지훈이 나무라듯 말하자 유라는 그렇지 않아도 멍한 머릿속이 더 어지러워졌다.

"죄…… 죄송합니다."

"아무래도 안 되겠군. 한 비서, 어서 퇴근하도록 해요."

"네? 저, 저는 괜찮습니다."

"그런 소리 말고 얼른 병원부터 가도록 해요."

괜찮다는 말에도 지훈은 듣지 않았다. 그럼 다른 비서들이 돌아올 때까지만 기다리겠다고 했지만 소용없었다. 그의 성화에 못 이긴 유라는 어쩔 수 없이 자리에서 일어섰다. 그녀가 사무실을 나갈 때까지 지켜본 후에야 그는 자신의 사무실로 들어갔다.

지훈은 책상 위에 높이 쌓인 서류 더미에서 제가 원하는 서류를 찾았다.

"이게 뭐지?"

서류철을 넘기던 지훈이 제 손을 가까이에서 들여다봤다. 손가락 끝에 검은 얼룩이 보였다. 손가락을 비벼 문지르자 검었던 얼룩이 옅게 퍼지다 사라졌다.

어디서 이런 게 묻은 걸까? 사무실에 딸린 욕실로 들어가 비누로 손을 닦던 지훈이 고개를 갸웃했다. 사무실로 올라오기 전 화장실에 들렀다가 손을 씻었던 터라 어디에서도 얼룩이 묻을 만한 곳이 없었기 때문이었다.

혹시 서류에서 묻었나? 책상으로 돌아온 지훈은 의아한 얼굴로 서류철의 앞뒷면을 유심히 살폈다.

쫓겨나듯 사무실을 나온 유라는 집에 돌아오자마자 비척거리며 욕실로 들어갔다. 열에 들뜬 얼굴이 화끈거리고 식은땀에 젖어 끈적거렸다. 얼굴을 가리느라 두껍게 했던 화장이 오늘따라 가면을 뒤집어쓴 듯 답답하고 무겁게 느껴졌다.

아, 다 지워졌네. 땀에 씻겨 주근깨들이 온통 지워지고 뭉개져 있었다. 택시 아저씨가 많이 놀랐겠다. 이런 얼굴로 다녔다고 생각하니 쓴웃음이 나왔다. 유라는 힘이 없어 떨리는 손으로 간신히 세수만 대충 하고 옷을 갈아입었다. 그러고는 엉금엉금 기다시피 침대로 올라가 아프고 지친 몸을 뉘었다.

시간이 얼마나 흘렀을까. 유라는 불 꺼진 어두운 방 안에 홀로 누워 끙끙 앓았다. 침을 삼킬 때마다 목구멍은 바늘로 찌르는 듯 따끔거리고 열에 들떠 쌕쌕대며 토해내는 숨결이 제법 뜨거웠다.

"아……."

간신히 눈을 떴지만 눈앞이 부옇게 흐렸다. 힘들게 눈을 깜빡여 봐도 초점을 정확히 맞추기는 어려웠다. 귓속이 윙 울리고, 무거운 머릿속은 알 수 없는 혼란들로 어지러웠다.

그때, 날카로운 전화벨 소리가 정적을 깨뜨렸다. 요란하게 울리는 벨소리에도 유라는 그것이 꿈인지 현실인지 분간이 가질 않았다. 끊어지지 않는 전화벨 소리에 머리가 더욱 아파진 유라가 미간을 찌푸렸다. 그러다 벨소리가 뚝 끊기자 그녀는 그제야 안도의 한숨을 내쉬었다.

그러나 조용해진 것도 잠시, 다시 벨소리가 울리기 시작했다. 얼굴을 찡그리며 고개를 내젓던 그녀는 결국 참지 못하고 휴대전화를 집었다.

"여…… 보…… 세요……."

아픈 목을 손으로 부여잡은 그녀가 간신히 전화를 받았다.

-여보세요. 유라 씨? 유라 씨…… 맞아요?

그녀의 목소리가 낯설었는지 지훈이 수화기 너머에서 재차 확인했다.

"……네."

유라는 꽉 잠겨 잘 나오지 않는 목소리로 간신히 대답했다.

-그런데 목소리가 왜 그래요? 유라 씨. 어디 아파요? 많이 아픈 거예요? 유라 씨, 어디예요. 집이에요?

이상한 예감에 다급해진 지훈이 속사포처럼 말을 쏟아냈다.

"……네."

지훈의 말소리에 머리가 쿵쿵 울렸다. 유라는 지끈거리는 머리를 부여잡느라 그만 휴대전화를 놓쳐버렸다.

-여보세요. 유라 씨……? 유라 씨, 대답 좀 해봐요. 괜찮은 거예요?

바닥으로 떨어진 휴대전화에서 지훈의 목소리가 웅얼웅얼 흘러나왔지만, 유라는 그만 머릿속이 아득해지며 다시 잠 속으로 빠져버렸다.

유라는 너무 아팠다. 깊이 잠들지 못하고 자다 깨기를 반복했고 깨어 있을 때도 눈 뜰 기운조차 없었다. 끙끙 앓으며 의식과 무의식의 경계를 헤매던 그녀는 문득 이마에 와 닿는 기분 좋은 서늘한 감촉을 느꼈다. 뭐지? 기분 좋아. 뜨거운 피부에 느껴지는 이질적인 감각이 그녀를 현실의 세계로 끌어올렸다.

유라는 한없이 무겁게 느껴지는 눈꺼풀을 간신히 들어 올렸다. 어두웠던 방 안이 환하게 밝혀 있고 누군가 가까이에서 그녀를 들여다보고 있었다. 제 얼굴에 드리워진 그림자의 정체가 궁금해진 그녀는 가까스로 눈의 초점을 맞췄다. 걱정스러운 눈길로 그녀를 살펴보는 지훈이 보였다.

"유라 씨. 일어났군요. 괜찮아요? 몸은 좀 어때요?"

"지, 지훈 씨?"

이마에 느껴지는 찬 기운에 손을 올리자 지훈이 그녀의 손을 잡아 아래로 끌어내렸다.

"만지지 말아요. 물수건이에요. 유라 씨, 지금 열이 많이 나요. 알아요?"

"어, 어떻게 여길……."

"아까 나하고 통화한 거 기억 안 나요? 전화가 그렇게 끊어져서 얼마나 걱정을 했는지 모릅니다. 유라 씨는 사람이 왜 이렇게 모자라요? 아프면 나한테 먼저 전화를 했어야죠. 이렇게 혼자 앓고 있으면 어떡합니까?"

속상한 마음에 지훈이 엄한 목소리로 잔소리를 쏟아냈다. 언뜻 화난 사람처럼 보였지만 정신이 든 그녀를 보고 내심 안도하는 표정이었다.

"잠깐만요. 수건 갈아야 해요."

지훈은 미지근해진 수건을 찬물에 헹구어 짠 후 그녀의 이마에 다시 얹었다. 식은땀에 젖어 달라붙은 머리카락을 떼어주는 손길이 더할 나위 없이 다정했다.

"어머! 유라야 일어났어? 어우, 야. 우리가 얼마나 걱정했는데……. 이제 좀 괜찮니?"

언제 왔는지 경희가 한 손에 요리 주걱을 들고 나타나 그녀를 들여다봤다.

"경, 경희야. 언제 왔어?"

"애, 말도 마라. 너랑 통화하다가 끊겼다고 지훈 씨가 나한테 전화해서 너희 집 비번 알려달라고 난리도 아니었어. 아무래도 네가 많이 아픈 것 같대서 나도 걱정돼서 와봤지. 원래 네가 한번 아프면 심하게 앓잖아."

정말 그랬냐는 눈으로 바라보자 지훈이 괜한 소리라는 듯 멋쩍은 얼굴로 뒤통수를 긁적였다.

"몸은 좀 어때요? 경희 씨가 죽을 끓였는데 먹어볼래요?"

마음은 고맙지만 내키지 않아 유라는 고개를 가로저었다.

"별로…… 생각이 없어요."

입맛이 전혀 없었다. 온종일 먹은 게 없는 데도 배가 고프기는커녕 모래를 한 움큼 집어삼킨 듯 입 안이 깔깔하고 거칠었다.

"입맛 없어도 먹어요. 그래야 병원에 가든 약을 먹든 하죠."

유라가 고개를 저었지만 지훈은 단호했다. 그녀의 상체를 안아 일으켜 베개로 등을 받쳤다. 그러고는 경희가 가져온 뜨거운 죽을 알맞게 식혀 그녀의 입 앞에 내밀었다. 유라는 하는 수 없이 입을 벌렸다. 지훈이 이렇게까지 하는데 마냥 싫다고만 할 수는 없어서였다. 무슨 맛인지 전혀 느낄 수 없었지만, 그녀는 지훈이 떠주는 죽을 억지로 몇 숟갈 삼켰다.

"이제 그만요. 더는 못 먹겠어요."

"그러지 말고 조금만 더 먹어봐요."

유라가 더는 못하겠다는 듯 힘겹게 고개를 저었다. 지훈은 티슈를 몇 장 뽑아 그녀의 입가를 눌러 닦았다.

"알겠어요. 억지로 먹었다 탈 나면 안 되니까. 그런데 병원에 안 가도 괜찮겠어요?"

"많이 좋아졌어요. 병원 가는 거 귀찮아요. 그냥 약 먹고 좀 더 잘래요."

지훈이 그녀의 이마에 손을 얹었다. 아직 열이 있었지만, 아까보다는 확실히 나아진 것 같았다.

"알겠어요. 그럼 약 먹고 쉬어요."

유라는 그가 챙겨 준 약을 먹고 다시 잠을 청했다. 그녀가 잠들 때까지 손을 잡아주던 지훈이 뭔가를 중얼거렸다. 때마침 옆을 지나가던 경희가 저에게 한 말인가 싶어 물었다.

"네? 뭐라고요? 뭐라고 하셨어요?"

"아닙니다. 지금이 혹시, 몸살이 유행하는 시기인가 해서요."

"몸살이요? 글쎄요? 아직 한겨울도 아닌데 무슨 몸살이 유행이 겠어요."

경희가 금시초문이라는 듯 고개를 갸웃하자 지훈이 이마를 긁적였다.

"그런가요? 오늘 우리 여직원도 몸살에 걸려서 조퇴를 시켰거든요."

유일하게 유라의 사정을 알고 있는 경희는 그가 말하는 여직원이 유라임을 단박에 눈치챘다. 그녀는 당황한 표정을 감추려 고개를 옆으로 돌리며 급하게 둘러댔다.

"아, 맞다! 요즘 몸살이 유행이래요. 뭐랄까, 음…… 미세먼지도 많고, 기온 변화도 크고……. 그래서 그렇다고 뉴스에서 본 것 같아요."

"그렇군요. 저는 그런 뉴스는 못 본 것 같은데……. 경희 씨도 건강 조심해요. 우리 직원도 그렇고 유라 씨도 그렇고. 이번 몸살이 아주 지독한 것 같네요."

"네? 아, 네. 그래야죠. 아하하. 조심, 조심해야겠다."

어색하게 웃던 경희는 유라가 남긴 죽 그릇을 챙겨 얼른 주방으로 몸을 피했다. 지훈과 계속 대화를 하다가 말실수를 할까 걱정됐다.

방 안을 둘러보던 지훈이 뭔가를 발견하고 자리에서 일어섰다. 유라의 화장대 위에 그녀가 출근할 때 쓰는 두꺼운 뿔테 안경이 놓여 있었다. 지훈은 안경을 제 눈에 대봤다.

"지, 지훈 씨? 거기서 뭐 하세요?"

경희가 안경을 손에 든 지훈을 보고 깜짝 놀라 물었다.

"여기 안경이 있네요. 유라 씨가 이런 안경을 쓰는 걸 한 번도 못 봤는데. 그런데 이건 도수가 없는데요?"

영 이상하다는 듯 지훈이 한쪽 눈썹을 치켜세웠다. 당황한 경희는 유라를 흘끗 돌아보며 저도 모르게 입술에 침을 발랐다.

"아, 그거는요. 여자들이 화장 안 하고 외출할 때 가끔 쓰는 안경이에요. 연예인들이 외출할 때 선글라스로 얼굴을 가리잖아요. 그런 비슷한 의미인 거죠."

무슨 뜻인지 알겠다는 듯 지훈이 고개를 끄덕였다.

"그렇군요. 그런데 유라 씨한테는 필요 없는 물건 같네요. 화장기 없는 민낯도 저렇게 예쁜데 가릴 필요가 있나?"

창백한 얼굴로 아파서 누워 있는데도 지훈의 눈에는 그녀가 예쁘게만 보였다.

"아하하. 그러게요. 유라는 얼굴도 예쁜 애가 이런 건 왜 쓰는지 몰라. 그, 그렇죠?"

아무래도 불안해. 내가 남아서 지킬 테니 이만 돌아가라고 할까? 경희는 이러다 유라의 비밀을 지훈에게 들키게 될까 걱정됐다. 그동안 유라가 지훈과 한 사무실에서 얼마나 가슴을 졸이며 지냈을까를 생각하니, 오죽했으면 병이 났을까 싶어 안타까웠다.

차라리 유라 대신 제가 다 말해버릴까도 생각했지만 차마 그럴 수는 없었다. 친구가 힘들게 지켜온 비밀인 데다 이달 말에 함께 여행을 가서 다 고백할 작정이라던 유라의 말이 떠올라서였다.

그러고 보니 한 비서는 괜찮은가 모르겠군. 유라의 안경을 이리저리 들여다보던 지훈은 문득 한 비서가 생각났다. 많이 아파 보였는데 지금은 좀 나았을지. 생각해보니 한 비서도 이것과 같은 모양의 안경을 쓰고 다녔다. 여자들은 이런 안경을 많이 쓰나 보다. 지훈은 안경을 다시 제자리에 놓고 유라의 곁으로 돌아와 이마에 얹은 물수건을 새로 갈았다.

"정말 병원에 안 가도 괜찮겠어요?"

눈을 꼭 감은 유라의 두 뺨이 남아 있는 열 때문에 불그스름했다. 지훈은 고개를 숙여 그녀의 뺨에 자신의 뺨을 가만히 가져다 댔다. 처음 왔을 때보다는 확실히 열도 내리고 숨소리도 편안해졌지만, 여전히 얼굴이 뜨끈했다.

아까는 전화가 그렇게 끊겨 이상한 예감에 헐레벌떡 그녀의 집을 찾았을 때, 아무도 없는 어두운 빈집에서 홀로 앓는 그녀를 보고 얼마나 놀랐던지. 그래도 이만하길 천만다행이라는 생각에 지훈은 안도의 한숨을 내쉬었다.

"유라 씨, 경희 씨 말로는 요즘 몸살이 유행이라는군요. 실은 우리 비서실 여직원도 몸살이 나서 조퇴시켰어요."

잠든 그녀의 얼굴을 다정하게 어루만지며 지훈이 나직하게 읊조렸다. 한 비서에 대해 말하다 보니 전혀 닮은 데가 없는 두 사람에게 뜻밖에 공통점이 많다는 사실에 새삼 놀랐다.

"그 직원 이름도 한유라예요. 처음에 한 비서가 비서실에 왔을 때 이름이 유라 씨랑 같아서 놀랍기도 하고 반갑기도 했었는데, 오늘 보니 유라 씨도 한 비서와 같은 안경을 갖고 있네요? 이름이 같은 사람들은 서로 비슷한 면이 있는 건가? 이름이 같고, 같은 날 아프고, 같은 안경을 쓰고……. 그러고 보니 두 사람이 나이도 같군요."

대답 없이 잠들어 있는 유라의 입술에 지훈은 살며시 입을 맞췄다.

"아프지 말아요. 유라 씨가 아프니까 내 마음도 아파요."

다음 날 출근한 지훈은 한 비서가 아직 출근 전인 것을 알았다.

"한 비서는?"

"한 비서는 몸살이 심해서 하루 쉬겠다고 연락이 왔습니다."

성민이 결재 서류를 책상 위에 올리며 대답했다.

"잘했군요. 요즘 몸살이 유행이라는데 박 실장도 조심해요."

성민이 나간 후, 결재 서류를 읽던 지훈은 유라의 몸이 좀 나아졌을까 생각했다.

여전히 팔다리에 힘이 없지만, 유라는 어제보다는 한결 몸이 가벼워진 것을 느꼈다. 그녀는 간단하게 세수를 하고 경희가 만들어 둔 죽을 전자레인지에 데워먹은 후 약을 챙겨 먹었다.

침대로 돌아온 유라는 어젯밤 제게 달려왔던 지훈을 떠올렸다. 아픈 그녀를 자상하게 돌봐주던 다정한 손길이 벌써 그리워졌다.

함께 바다에 가기로 한 그날이 이제 얼마 남지 않았다. 그에게 고백할 용기가 생기기를. 그리고 제발 그가 그녀를 이해해주기를.

간절히 바라던 유라는 약 기운에 다시 눈을 감았다.

몸이 회복되고 다시 출근한 유라는 점심시간에 미주를 만나 함께 식사했다. 미주는 수저질이 시원찮은 유라의 그릇에 찌개를 덜어주며 좀 더 먹기를 권했다.

"언니, 아팠다더니 얼굴이 수척해요. 찌개 맛있는데 조금 더 먹어요."

"아냐. 많이 먹었어. 아무래도 입맛이 좀 없네."

유라는 수척해 보인다는 말에 살이 많이 빠져 보이나 싶어 손으로 뺨을 감쌌다. 영 못 먹는 유라를 안쓰럽게 바라보던 미주가 뭔가를 발견한 듯 빤히 쳐다봤다.

"근데 언니가 몸이 안 좋아서 그런가? 오늘따라 언니 주근깨가 유난히 진하고 커 보여요."

"그, 그래? 얼, 얼굴 살이 빠져서 그렇겠지."

당황한 유라는 미주의 시선을 피해 고개를 옆으로 돌렸다. 지난번 아파서 조퇴했던 날, 뺨에 그려 넣은 주근깨가 지워진 게 생각나서 조심한다고 한 것이 주근깨를 평소보다 진하게 그린 모양이었다.

"하긴. 안색이 창백해서 주근깨가 더 진해 보이는지도 모르겠네요."

주근깨가 계속 화제에 오르는 것이 불편해진 유라는 미주의 밥그릇을 가리켰다.

"이러다 점심시간 끝나겠어. 미주 씨, 얼른 먹고 가자."

점심을 먹고 비서실에 돌아온 유라는 지훈과 마주쳤다. 미주의 말이 생각난 그녀는 얼른 고개를 숙였다.

"한 비서, 몸살은 다 나았습니까?"

"덕분에 다 나았습니다. 감사합니다."

그녀의 대답에 지훈이 고개를 끄덕였다. 그녀를 지나쳐 부회장실로 들어가던 그는 걸음을 멈추고 다시 돌아섰다.

"아직 안색이 안 좋으니 당분간은 너무 무리하지 말아요."

"네. 부회장님."

역시 좋은 사람이야. 묵례하고 돌아서는 유라의 입매가 둥글어졌다.

오늘따라 유라는 분장이 어렵게 여겨졌다. 평소에는 의식하지 않아 오히려 자연스러웠는데 미주의 말을 들은 후에는 은근히 신경이 쓰여 잘 안 됐다. 이럴 줄 알았으면 미리 사진이라도 크게 찍어 참고용으로 붙여놓을 걸 그랬나. 아니지. 그랬으면 벌써 들켰을거다. 몸살이 났던 날, 지훈이 그녀의 집에서 한 비서의 사진을 보는 불상사가 벌어졌을 테니까.

주근깨 때문에 출근 준비가 늦어져서 아침부터 뛰어야 했던 유라는 헐레벌떡 숨을 몰아쉬며 사무실에 들어섰다.

"안녕하세요. 제가 좀 늦었죠? 좋은 아침입니다."

"한 비서 왔어요?"

"한 비서, 좋은 아침이에요."

때마침 부회장실의 문이 열리고 지훈과 성민이 함께 나왔다. 두 사람과 마주친 그녀는 얼른 고개를 숙였다.

"안녕하십니까. 부회장님."

지훈은 그녀의 인사를 받은 후 성민과 이야기를 나눴고 유라도 업무 준비를 시작했다.

"한 비서. 이제 몸은 완전히 나은 거죠?"

이 대리가 그녀를 유심히 살피며 물었다.

"네, 이제 다 나았습니다. 걱정해주셔서 감사해요."

다행이라는 듯 고개를 끄덕이던 이 대리가 의아한 얼굴로 물었다.

"그래요? 그래서 그런가, 한 비서 피부가 좋아진 것 같아요. 주근깨가 많이 옅어졌어."

그 말에 당황한 유라는 재빨리 지훈의 눈치를 살폈다. 지훈은 부회장실 문에 기대 그녀를 바라보고 있었다. 그와 시선이 마주친 그녀는 혹시나 하는 마음에 가슴을 졸였다. 그러나 그는 성민과 몇 마디를 더 나누더니 서류를 건네받고 평소와 다름없는 얼굴로 부회장실로 들어갔다.

혹시 들었을까? 지훈이 성민과 얘기를 나누다가 우연히 그녀를 돌아본 건지, 아니면 이 대리의 말을 듣고 확인하려고 본 건지 판단이 서지 않았다. 유라는 초조한 마음으로 바짝 마른 입술을 혀끝으로 적셨다.

06.

"카트 안 가져왔어요? 혼자 들고 가긴 힘들 텐데."

미주가 통합비서실로 서류를 받으러 온 유라에게 물었다.

"에고, 안 가져왔는데. 이렇게 많은 줄 몰랐어."

미주가 높이 쌓인 서류 더미를 걱정스럽게 쳐다봤다.

"그냥은 못 들어요. 최 대리님은 어디 가셨나?"

"괜찮아. 이 정도쯤이야 뭐."

유라는 대수롭지 않은 얼굴로 서류를 한 아름 안아 들었다.

"그럼 저하고 나눠 들어요."

자리에서 일어서는 미주를 보고 그녀가 고개를 흔들었다.

"아냐. 번거롭게 뭘 그래. 오늘 할 일도 엄청 많다며. 그냥 들고 갈게. 나중에 봐."

말은 그렇게 했지만 혼자 들고 가기에는 서류가 무척 무거웠다.

행여 바닥에 흘리기라도 할까 봐 유라는 제가 든 서류 더미를 턱으로 누르며 걸었다.

부회장실 앞에 거의 왔을 무렵, 잘 닦여 광택이 번들대는 남성용 구두코가 그녀의 앞을 막아섰다. 유라는 고개를 들어 남자가 누군지 확인한 뒤 안색이 급격히 어두워졌다.

"잘 있었어요? 한, 비, 서?"

현석이 느물거리는 말투로 한 비서라는 호칭을 한 글자씩 천천히 발음했다.

"아, 안녕하세요. 무슨…… 일이십니까?"

유라가 심상한 척 물었지만, 현석은 여전히 앞을 막아선 채 빙글거리는 얼굴로 그녀를 내려다볼 뿐이었다.

현석의 태도에 불안해진 그녀의 심장이 쿵쿵 달음박질을 치기 시작했다. 뭐지? 왜 그런 눈으로 보는 거야. 역시 들켜버렸나? 불길한 예감이 그녀를 휘감았다. 당장에라도 뒤돌아서서 도망치고 싶었지만, 유라는 떨리는 다리에 힘을 주고 간신히 버텼다.

"저런, 혼자 들기에는 짐이 무거워 보이는데. 윤 부회장이 우리한 비서를 너무 부려먹는 거 아닌가?"

현석이 걱정해주는 척 빈정거렸다. 유라는 말려들고 싶지 않아 단호하게 그의 말을 잘랐다.

"죄송합니다만, 비켜주시겠습니까? 빨리 들어가 봐야 합니다. 부회장님을 찾아오신 거라면……."

"그렇게는 못 하겠는데요."

"네?"

현석도 유라의 말을 잘랐다. 그는 빙긋 웃으며 유라에게 얼굴을 들이밀었다.

"그냥 보낼 순 없지. 안 그래? 내가 그동안 한유라를 얼마나 보고 싶어 했는데."

머리끝이 쭈뼛 서고 등골이 오싹해졌다. 불안이 현실이 된 것을 깨달은 유라는 현석에게서 뒷걸음질 쳤다. 현석이 재빨리 손을 내밀어 유라가 달아나지 못하도록 그녀의 팔을 붙들었다.

"어딜 또 도망가려고. 한유라. 나를 피해 도망간 곳이 고작 여기였어? 이렇게 이상한 안경을 쓰면 내가 모를 줄 알았나?"

유라는 소리 지르고 싶은 것을 간신히 참아냈다. 어떻게든 그의 팔을 뿌리치고 싶었지만 짐이 있어 그러기도 쉽지 않았다.

"이거 놓으세요!"

"싫어. 너야말로 손에 든 거 내려놓고 나하고 가자. 가서 얘기 좀 해."

현석과 실랑이를 벌이는데 갑자기 사무실 문이 열리고 지훈과 성민이 복도로 나왔다. 두 사람의 심상치 않은 모습을 본 지훈의 얼굴이 딱딱하게 굳어졌다.

"내 비서에게 무슨 볼일이지, 정현석?"

지훈이 현석을 차갑게 쏘아보며 낮게 물었다. 그에게 현석과 함께 있는 모습을 들킨 유라는 가슴이 조마조마하고 초조해서 몸에서 피가 빠져나가는 기분이었다.

"일단 그 손 먼저 놓지그래?"

지훈의 출현에 당황한 현석은 얼른 유라의 팔을 놓았다. 그러고는 보란 듯 두 손을 위로 쳐들고 아무 일도 아니라는 듯 어색하게 웃었다.

"놨어. 됐지? 이 친구야, 뭘 그렇게 정색하고 그래? 인상 좀 펴. 실무 회의 때문에 왔다가 우리 부회장님 얼굴이라도 보고 갈까 들렀어. 보니까 한 비서가 짐이 많기에 좀 들어주려고 했던 것뿐이야."

현석은 정말이라는 듯 변명을 늘어놓았다. 그 말을 믿는지 안 믿는 건지, 지훈은 알 수 없는 시선으로 유라를 응시했다.

"한 비서는 왜 그러고 있습니까? 어서 들어가요."

"네? 아, 네……."

대답은 했지만 현석이 지훈에게 괜한 말이라도 할까 불안해서 선뜻 자리를 비킬 수 없었다. 쉽사리 움직이지 못하고 눈치만 살피는데 뒤에서 지켜보던 성민이 얼른 들어가라는 눈짓을 보냈다. 유라는 하는 수 없이 사무실로 들어갔다.

"다녀왔습니다."

오 대리에게 서류를 전달하면서도 그녀의 신경은 온통 문밖의 상황에 쏠려 있었다. 자리에 앉았지만 일이 손에 안 잡혔다. 현석이 그녀에 대해 뭐라고 떠들어댈지 걱정이 이만저만이 아니었다. 그 입에서 나오는 얘기라면 들으나 마나 안 좋은 얘기일 게 빤했고, 설령 좋은 소리만 나온대도 싫었다. 그녀는 현석이 저를 거론하는 자체가 끔찍했다.

하아. 한숨이 절로 나왔다. 왜 하필이면 이렇게 중요한 때에 현석과 부딪히게 됐는지. 하늘도 무심하다는 생각과 함께 그저 이 상황이 기가 막히고 원망스러웠다.

어떤 얘기가 오갔을까. 가슴을 졸이며 기다렸지만, 지훈은 유라가 퇴근할 때까지 부회장실로 돌아오지 않았다.

퇴근해서도 떨리는 마음은 쉬이 가라앉지 않았다. 현석이 그녀를 알아본 것도, 하필이면 둘이 함께 있는 모습을 지훈에게 들켰다는 것도 예사롭지 않았다.

현석이 어떤 말을 했을지가 가장 걱정이었지만 아무것도 모르는 상황에서 제가 먼저 지훈에게 말을 꺼내기도 어려웠다. 그렇다고 현석에게 직접 묻는 건 말도 안 됐다. 그걸 약점 삼아 또 어떤 방법으로 그녀를 괴롭힐지 알 수 없어서였다.

이제 어떡해야 하나. 여행지에서 고백하려 했는데 상황이 달라져버렸다. 어차피 지훈이 모든 것을 알게 될 거라면 현석이 밝히게 놔둘 수는 없었다. 지훈에게만은 그녀의 입으로 설명해야 했다. 유라는 용기를 내어 휴대전화를 들었다.

지훈의 번호를 누르는 그녀의 손끝이 바르르 떨렸다. 막상 고백하려니 가슴이 심하게 요동쳤다. 그 사람이 용서해주지 않으면 어떡하나. 망설이던 유라는 우선 문자 메시지를 보냈다.

[지훈 씨. 저 유라예요. 혹시 오늘 밤에 시간 되세요? 꼭 드릴 말씀이 있어요. 중요한 일이에요. 연락 주세요.]

그의 답을 기다리는 동안 입 안이 바짝바짝 말랐다. 도저히 가만히 앉아 있을 수가 없어 좁은 방 안을 서성거렸다. 안절부절못한 마음에 휴대전화를 들었다 놓기를 수차례. 그런데도 지훈은 답이 없었다.

이상했다. 통화가 어려우면 나중에 전화하겠다는 문자라도 바로바로 보내주었던 사람인데. 메시지를 보낸 지 10분이 지나고 20분이 흘렀다. 째깍째깍, 시간이 흐를수록 초조함에 심장이 녹아내리는 것 같았다.

다시 한 번 문자를 보내야 하나? 아니면 전화를 해볼까? 응답이 없다는 게 지훈의 마음을 표현하는 것 같아 두려웠다. 그러다 문자 수신음이 울리자 유라는 펄쩍 뛸 듯 놀랐다.

[미안해요. 유라 씨. 어쩌죠? 오늘은 시간이 안 되네요. 다음에 보죠.]

유라는 예상치 못한 답변에 여린 입술만 잘근잘근 씹었다. 숨이 턱 막혔다. 역시 무슨 말을 들은 걸까? 예사로운 내용인데도 왠지 모르게 냉랭하게 느껴졌다.

유라는 눈을 질끈 감았다. 궁지에 몰린 기분이었다. 정말 어렵게 결심했는데 그것조차 마음대로 되지 않아 답답했다. 그토록 벗어나고 싶었는데. 악몽이 또다시 재현되고 있었다.

다음 날에도 지훈은 10시가 넘도록 출근하지 않았다. 혹시나 외부 일정이 있나 그의 스케줄을 살폈지만 오전엔 별다른 일정이 없었다. 평소 지훈은 남보다 일찍 업무를 시작했기에 그가 이 시간까지 출근하지 않은 것은 참으로 이례적인 일이었다.

"이상하다. 오늘 부회장님이 많이 늦으시네요? 연락도 없으시고. 전에는 한 번도 이런 일이 없으셨잖아요?"

"전화는 드려봤어요?"

"네. 그런데 전화기가 꺼져 있어요."

이 대리와 얘기를 나누던 오 대리가 성민을 돌아보며 물었다.

"어디 아프신 건 아니겠죠? 실장님께도 아무 말씀 없으셨습니까?"

부회장실을 바라보며 초조하게 손톱을 물어뜯던 유라가 성민을 돌아봤다.

"없으셨습니다. 모처럼 일정이 비니 조금 쉬시려는 거겠죠."

그제야 이 대리가 그럴만하다며 고개를 끄덕였다.

"하긴, 그동안 워낙 바쁘셨으니 피곤하실 만도 해요."

부회장의 사생활을 다 알지는 못해도 성민만큼 그를 잘 아는 사람은 없었다. 오랜 시간 가까이에서 그를 보좌했고, 그가 가는 곳이라면 어디든 동행했다. 비서들에게는 별일 아닐 거라 말했지만 실은 성민도 오늘 일은 부회장답지 않다고 생각하던 참이었다.

성민의 눈길이 자꾸 시계에 머물렀다. 오후에는 그가 꼭 참석해야 하는 중요한 회의가 잡혀 있었다. 더는 느긋하게 부회장을 기다릴 수 없어 몸을 일으켰다. 시간이 더 늦어지기 전에 그가 직접 모시러 갈 생각이었다.

"아무래도 부회장님 댁에 모시러……."

그 순간 사무실 문이 열렸다. 깜짝 놀라 돌아보던 비서들이 지훈을 보고 벌떡 일어섰다.

"부회장님, 나오셨습니까?"

"오늘 조금 늦으셨네요."

비서들이 인사를 건넸지만 지훈은 돌아보지 않았다. 눈길도 주지 않고 빠르게 한쪽 손만 들어 보이고는 급한 걸음으로 자신의 사무실로 들어갔다. 그의 모습이 사라지자 성민도 급하게 몸을 움직였다. 회의에 필요한 서류와 소지품을 챙겨 들자마자 부회장실 문이 열리고 지훈이 다시 모습을 드러냈다.

"준비됐죠? 갑시다. 박 실장."

"네. 부회장님."

성민과 함께 사무실을 나가려던 그는 갑자기 몸을 돌려 유라에게 다가갔다. 생각이 많은 듯 복잡한 눈길이 그녀를 응시했다.

"한 비서, 현성의 정현석 이사와 잘 아는 사입니까?"

"네?"

기습적인 질문에 당황한 유라는 지훈이 왜 그런 것을 묻는지 의도를 파악하려 애썼다.

"대답해요. 정 이사와 아는 사입니까?"

"……아니요. 잘, 모릅니다."

가까스로 대답한 그녀가 아랫입술을 질끈 물었다. 이렇게 대답한 것을 후회하게 될 것을 알면서도 유라는 어쩔 수가 없었다. 지금이라도 다 털어놓고 싶지만 다른 사람들의 눈이 있는 자리였다. 당장 참석해야 하는 중요한 회의도 그를 기다리고 있었다.

"그렇군요."

어둡게 가라앉은 눈동자가 그녀를 내려다봤다. 그 눈과 마주친 유라는 막다른 골목에 닿은 느낌이었다. 잠시 그대로 서 있던 지훈이 그녀에게서 돌아섰다. 그의 뒷모습을 본 순간 유라는 당장에라도 그를 잡고 싶었지만 차마 그러지 못했다.

낮에 잠깐 얼굴만 보였던 지훈은 이날도 사무실에 돌아오지 않았다. 퇴근 후에 몇 번이나 전화를 걸었지만 그는 끝끝내 전화를 받지 않았다. 이런저런 생각이 그녀의 머릿속을 어지럽게 떠다녔다. 유라는 뜬눈으로 밤을 새웠다.

영원히 가지 않을 것만 같던 밤이 지나고 다시 날이 밝았다. 유라는 오늘은 어떻게든 말을 꺼내겠다고 다짐했다. 지훈이 무섭게 화를 내면 어쩌나. 도망치고 싶었지만 어떤 결과도 달게 받아들여야 한다고, 유라는 자꾸만 물러서고 싶은 마음을 그렇게 다잡았다. 일이 잘못되더라도 최소한 현석과 얽힌 오해만은 남기고 싶지 않았다.

유라가 회사에 도착했을 때 그는 이미 출근해 있었다. 유라는 커피를 준비해 부회장실 문을 두드렸다.

"들어와요."

그의 목소리에 유라는 크게 심호흡을 한 후 부회장실로 들어갔다.

"부회장님. 커피 가져왔습니다."

지훈은 서류를 들여다보고 있었다. 퇴근 대신 사무실로 돌아와 밤을 새웠는지 어제와 같은 옷차림이었다.

"한쪽에 놓고 나가요."

평소와 달리 그는 유라의 인사에도 서류에서 눈을 떼지 않았다. 잠시 망설이던 유라가 조심스럽게 입을 열었다.

"부회장님. 긴히 드릴 말씀이 있습니다."

"미안하지만, 한 비서."

지훈이 피곤한 듯 손바닥으로 제 눈을 지그시 눌렀다.

"나중에 하죠. 지금은 이 서류가 너무 급합니다. 업무에 관한 건의라면 이 대리나 박 실장에게 얘기해요. 두 사람이 필요한 조처를 해줄 겁니다."

"죄송하지만 정말 중요한……."

"급하단 말 못 들었습니까? 나가 봐요."

지훈의 손이 서류철을 빠르게 넘겼다. 그 기세에 눌린 유라는 커피만 내려놓고 그냥 나올 수밖에 없었다.

그렇게 오전이 지나고 점심때가 되도록 지훈은 밖으로 나오지 않았다. 부회장실에서 나온 성민이 비서들을 향해 고개를 저었다.

"부회장님은 나중에 드신다고 먼저들 다녀오라고 하십니다."

오전 내내 그와 얘기할 기회만 엿보던 터라 유라는 제가 남겠다고 나섰다.

"그럼 제가 남아 있을 테니 다녀오세요."

"괜찮겠어요? 그러지 말고 두 분 먼저 식사하세요. 한 비서랑 제가 나중에 갈게요."

이 대리가 자상하게 말을 건넸다.

"아니에요. 제가 입맛이 없어서 그래요. 걱정 말고 다녀오세요. 비서실은 제가 있을게요."

그녀의 말에 세 사람은 점심을 먹으러 사무실을 떠났다. 혼자 남은 유라는 굳게 닫힌 부회장실 문을 응시했다. 비록 저 문은 닫혀 있지만 지훈의 마음만은 제발 열려 있기를 간절히 바랐다.

지난 이틀간 그는 많이 달랐다. 차라리 말을 해주면 좋을 텐데. 그러나 그날 이후 지훈은 아무것도 묻지 않았다. 유라는 그가 아는지 모르는지 알 수 없어 무척 답답했다. 한숨을 내쉬던 그녀는 휴대전화의 메시지를 확인하고 안색이 어두워졌다.

[한유라. 우리에게는 못다 한 이야기가 있지 않나? 비서실 앞이야. 지금 바로 나와.]

현석의 문자였다. 유라는 저도 모르게 벌떡 일어섰다.

[나는 정 이사님과 할 말이 없습니다. 돌아가세요. 만나고 싶지 않습니다.]

[내가 분명히 말했을 텐데? 나는 한유라가 보고 싶었다고. 나오기 싫으면 내가 들어가지. 윤지훈 안에 있나? 그래도 상관없어? 내가 들어가기 바라는 거면 그렇게 하지.]

유라는 괴로운 마음에 손바닥으로 얼굴을 감쌌다. 도대체 나한테 왜 이러는 걸까. 과거의 괴롭힘만으로도 충분하지 않나?

현석의 집착이 지겨웠다. 그에게서 벗어나려 어렵게 들어간 회사까지 그만뒀었다. 그리고 모든 잘못을 뒤집어쓰고 회사를 나왔을 때, 이것으로 모든 악연은 끝났다고 생각했다. 그녀로서는 현석을 보고 싶은 마음도 전혀 없고, 그를 떠올리는 것조차 끔찍하게 여겨져서 할 수만 있다면 죽는 날까지 다시는 만나고 싶지 않았다.

이제와 현석의 요구를 들어주면 다시 그와 얽히게 될까 봐 겁이 났다. 그러나 부회장실 안에 지훈이 있었다. 이곳은 지훈의 공간이자 그녀가 반드시 지켜내고 싶은 곳이었다. 감히 현석이 이곳에서 제멋대로 굴도록 내버려 둘 수는 없었다. 부회장실 쪽을 흘끗 돌아본 유라는 비장한 얼굴로 문을 나섰다.

"따라와!"

문을 열자마자 기다리고 있던 현석이 그녀의 손목을 움켜쥐고 비상계단으로 끌고 갔다. 유라가 싫다고 뿌리쳤지만 현석은 계단으로 통하는 방화문 안으로 그녀를 억지로 밀어 넣었다.

"이거 놔요! 제발 좀 놔요!"

행여 누가 들을까 목소리를 낮춘 유라가 힘껏 몸부림쳤지만 젊은 남자의 힘을 이겨내기는 어려웠다. 유라가 계속 손을 뿌리치자 현석은 하는 수 없다는 듯 손을 놓았다. 가느다란 손목에 벌건 손자국이 남았지만 지금은 부어오른 손목이 문제가 아니었다.

"왜 자꾸 찾아오는 거예요? 그쪽 얼굴은 두 번 다시 보고 싶지 않다고 했잖아요."

유라가 계속해서 강한 거부감을 드러내자 현석의 얼굴에 다급한 빛이 스쳤다. 그녀를 달래보려는 듯 태도를 바꿔 애처로운 표정을 지었다.

"너무 그러지 마. 내가 한유라를 얼마나 좋아했는지 알잖아? 보고 싶었어."

유라는 현석의 뻔뻔함에 기가 막혔다. 상대의 의사를 완전히 무시한 그의 일방적인 애정 공세가 소름 돋게 싫었다. 싫다는 사람을 그토록 괴롭혀놓고 보고 싶었다고 말하다니. 좋아했다고? 나를? 이것은 애정이 아니다. 폭력이었다.

"기가 막히네요. 내가 그쪽 때문에 얼마나 힘들었는데……. 그렇게 만든 장본인이니 모른다고는 않겠죠. 그런데 왜 또 이러는 거예요? 도대체 왜 나를 이렇게 괴롭히세요?"

"그때 일은……. 그래, 내가 잘못했어. 이렇게 사과하잖아. 그러니까 화 풀고 나 좀 보라고."

"그게 사과예요?"

유라가 어이없다는 듯 되묻자 현석이 빈정거렸다.

"그러는 너야말로 말해봐. 내가 왜 너를 포기해야 하는 거지? 왜? 누구 좋으라고? 다른 사람도 아니고, 내가 지훈이 자식한테 너를 순순히 넘겨줄 것 같아?"

현석의 입에서 지훈의 이름이 나오자 유라의 얼굴이 창백해졌다.

"여기서 부회장님 이름이 왜 나와요? 그분은 이 일 하고는 상관없어요. 정말 모르겠어요? 난 그쪽이 싫어요. 그래서 그래요. 그러니까 괜히 엉뚱한 사람 끌어들이지 말아요."

유라의 정색에 현석은 피식 웃었다. 이미 모든 걸 다 알고 있다는 듯한 그 웃음에 유라는 등골이 서늘했다. 킬킬거리던 현석이 품 안에서 사진 몇 장을 꺼내 그녀의 눈앞에 흔들었다.

"지훈이와 상관없다고? 웃기지 마. 너, 그 자식한테 가려는 거잖아. 안 그래?"

현석이 꺼낸 사진을 낚아챈 유라는 지훈과 함께 찍힌 제 사진을 보고 놀라 숨을 크게 들이켰다.

"어떻게 이런 사진을……"

저를 노려보는 유라의 눈길이 사나웠지만 현석은 그럴 줄 알았다는 듯 태연했다. 오히려 사진을 다시 빼앗아 가더니 이번에는 그녀의 어깨를 강하게 움켜쥐고 흔들었다.

"한유라. 나한테서 도망칠 수 있다고 생각했어? 이런, 미안해서 어쩌지? 난 너 놔주지 않아. 알아? 다른 사람도 아닌 윤지훈 그 자식한테는 너, 절대로 안 뺏겨."

"이러지 말아요. 제발 놔줘요! 미쳤어! 당신은 제정신이 아니야!"

유라는 집착으로 가득한 현석의 광기 어린 눈빛에 두려움을 느꼈다. 하얗게 질린 얼굴로 현석을 쏘아보던 유라가 있는 힘을 다해 몸부림쳤다.

"그 손 놔!"

불쑥 나타난 손이 현석의 손목을 잡았다. 놀란 유라와 현석이 옆을 돌아보니 언제 왔는지 지훈이 바로 곁에 서 있었다. 딱딱하게 굳어진 얼굴로 현석을 노려보는 그의 턱이 긴장감에 팽팽하게 당겨져 있었다. 지훈의 매서운 눈초리가 유라와 현석을 번갈아 쏘아봤다. 그 날카로운 눈길에 유라는 저도 모르게 몸을 떨었다.

"한 비서는…… 비서실로 돌아가 있어요."

낮게 읊조리는 지훈의 목소리가 무척이나 냉랭했다.

"부, 부회장님."

어떻게든 사정을 설명하려 했지만 지훈은 단호한 말투로 그녀의 말을 끊어냈다.

"한 비서는 비서실로 돌아가라고 말했습니다."

"……네."

유라는 원망 섞인 눈길로 현석을 쏘아봤다. 차마 발길이 떨어지지 않았지만 여기서 더 지훈을 곤란하게 할 수는 없었다. 돌이킬 수 없는 상황에 체념한 그녀는 어깨를 늘어뜨린 채 발을 돌렸다.

지훈의 말에 따라 비서실로 돌아왔지만, 도저히 마음 편히 앉아 기다릴 수 없었다. 두 사람이 함께 있다는 사실만으로도 유라는 애가 타서 미칠 지경이었다. 현석이 무슨 엉뚱한 말로 그녀를 모함할지, 행여 지훈에게 위해를 가하지는 않을지, 걱정 때문에 숨이 막혔다.

초조하게 손바닥을 비비던 유라는 벽에 걸린 시계를 연신 흘긋거렸다. 1초, 1초가 너무 느리게 흘러갔다. 애타는 그녀의 마음과는 달리 시곗바늘은 한없이 느리게만 움직였다. 그런데도 그 짧은 순간에 수많은 생각이 끊임없이 떠올라 그녀를 더욱 괴롭게 만들었다.

지훈이 어떻게 알고 온 건지, 그가 어디부터 어디까지 알고 있는지 궁금했다. 현석이 진실만 말할 거라고는 기대할 수 없었기에 더욱 걱정이 됐다. 입 안이 바짝바짝 말랐다. 유라는 세차게 뛰는 마음을 가라앉히려 떨리는 손으로 세게 가슴을 두드렸다.

그때 문이 열리고 지훈이 모습을 드러냈다. 유라의 시선이 빠르게 움직여 그가 무사한지 확인했다.

"……부회장님."

"한 비서."

그녀를 바라보는 지훈의 미간에 주름이 가득했다. 무겁게 가라앉은 그의 눈 속에 그녀를 향한 의혹이 가득했다.

"하아……."

뭔가 말하려는 듯 입을 벌렸던 지훈이 말 대신 한숨을 쏟아냈다. 그는 비서실의 빈자리를 흘긋 돌아봤다.

"안에 들어가서 얘기하죠."

그가 부회장실 문을 열었다. 유라는 제가 가장 원치 않았던 상황이 벌어졌음을 직감했다. 절망감에 고개를 떨군 채 차마 떨어지지 않는 발걸음으로 부회장실로 들어갔다. 그녀가 들어서자 지훈은 문을 닫았다.

유라는 매서운 회초리를 눈앞에 둔 심정으로 그를 향해 돌아섰다. 어두운 검은 눈동자가 그녀를 주시하고 있었다.

"……부회장님."

유라가 먼저 입을 열었지만 지훈은 대답 대신 사진 몇 장을 그녀에게 내밀었다. 비상계단에서 현석이 내밀었던 바로 그 사진이었다.

"내가 먼저 묻죠. 왜 정 이사가 이런 사진을 갖고 있는 겁니까? 이 사진이 한 비서와 무슨 관련이 있죠?"

"그게……."

막상 말을 하려니 쉽게 입이 떨어지지 않았다. 어떤 말부터 시작해야 할까. 현성에서 겪은 일부터? 아니면 JC그룹에 입사했을 때부터? 그도 아니면 그를 만났던 때의 얘기부터 하는 게 나을까? 머뭇대는 그녀의 모습에 지훈은 어딘지 크게 낙담하는 얼굴이었다.

"왜 대답을 못 합니까? 설마 현석이가 한 말이 다 사실입니까? 그런 겁니까?"

지훈은 이제 누구도 믿을 수 없다는 얼굴이었다. 울컥 솟는 감정을 다스리려는 듯 손으로 이마를 짚으며 그녀에게서 고개를 돌렸다.

"다, 다 말씀드릴게요. 지훈 씨, 저는……."

유라는 두려움에 심장이 터질 것 같았지만 제 안의 모든 용기를 필사적으로 끌어모았다.

"지금, 지훈 씨라고 했습니까?"

한 비서의 입에서 제 이름이 나오자 지훈은 한 대 얻어맞은 기분이었다. 그는 조각상처럼 굳어진 얼굴로 눈도 깜빡이지 않고 한 비서를 뚫어지라 주시했다. 그러고는 마침내 제가 본능적으로 부정해왔던 진실과 정면으로 맞닥뜨리고 말았다.

한참을 그녀에게서 시선을 떼지 못하던 지훈은 유라의 얼굴에서 뿔테 안경을 거둬냈다. 그는 안경이 사라진 한 비서에게서 유라의 얼굴을 확인하고 흠칫 놀랐다.

"어, 어떻게……."

손에 든 안경을 황망히 내려다보던 지훈이 그녀의 얼굴로 손을 뻗었다. 유라는 차마 더는 그의 표정을 볼 수 없어 두 눈을 질끈 감았다. 그녀의 뺨 위에 그의 손길이 느껴졌다. 지훈은 손끝으로 그녀의 뺨을 문지르다 만져서는 안 될 것을 만진 사람처럼 재빨리 손을 떼어냈다.

지훈은 말이 없었다. 유라는 그의 침묵이 버거워 감았던 눈을 천천히 떴다. 그는 충격에 얼굴이 일그러진 채 제 손을 내려다보고 있었다. 그의 손가락에 검은 얼룩이 묻어 있었다.

유라는 그가 주근깨를 지워냈음을 알았다. 이제는 정말로 돌이킬 수 없는 건가. 그녀의 가슴이 절망으로 무너져 내렸다. 애써 참아왔던 눈물이 조금씩 차오르다 결국 두 뺨으로 흘러내렸다.

"다, 당신이……. 대체 왜?"

그녀의 눈물에 감정이 격해진 지훈이 그녀의 어깨를 움켜잡았다. 그 순간 그녀의 목 언저리에서 깃털 모양의 펜던트가 크게 출렁이며 그 모습을 드러냈다. 당황한 유라가 손으로 펜던트를 감싸쥐었지만 지훈의 눈이 그것을 놓칠 리가 없었다. 창백해진 얼굴로 펜던트를 내려다보는 그가 낮게 신음했다. 너무도 확실한 증거라서 더는 진실을 외면할 수 없었다. 지훈은 그녀에게 바짝 얼굴을 들이대며 앙다문 잇새로 낮게 외쳤다.

"당신, 누구야? 대체 당신 정체가 뭐야?"

싸늘했던 얼굴이 그녀의 눈물 앞에 허탈한 표정으로 바뀌었다. 지훈은 몸의 힘이 모조리 빠져나간 듯 유라를 잡았던 손을 아래로 축 내려뜨렸다.

"미안…… 해요. 지, 지훈 씨. 미안해요."

유라는 손등으로 대충 눈물을 문질러 닦은 뒤 조심스럽게 지훈을 붙잡았다. 팔을 잡은 유라의 손을 멍하니 내려다보던 지훈이 그녀의 손을 냉정하게 뿌리쳤다.

"미안? 미안하다고? 지금 이 상황에서 당신이 나에게 할 말이 고작, 미안하다는 말뿐인가?"

상처받은 그의 눈빛과 목소리에 유라는 마음이 찢어질 듯이 아팠다.

"미안해요. 정말 미안해요……. 나도 그동안 얼마나, 얼마나 말하고 싶었는지……."

심장이 아프도록 조여 오고 숨이 막혔다. 지금 말하지 못하면 더는 기회가 없을 걸 아는데 자꾸만 말보다 울음이 먼저 꾸역꾸역 터져 나왔다. 치밀어 오르는 흐느낌을 애써 삼키며 유라는 다시 한 번 지훈을 향해 손을 내밀었다.

이렇게 고백하려던 건 정말 아니었다. 너무 긴 이야기이기에 어디서부터 어떻게 말을 꺼내야 할지 몰랐을 뿐. 어떻게 하면 모두가 상처받지 않을 수 있을지를 고민했을 뿐 끝내 모두를 속이려던 것은 아니었다.

할 수만 있다면 처음부터 끝까지, 하나도 남김없이 다 쏟아내고 싶었다. 그동안 말하지 못했지만 실은 하고 싶은 이야기가 너무 많았다고. 너무 많아서, 유라는 미안하다는 말만 되뇌었다.

아니라고 믿고 싶었는데 현석의 말이 맞았나. 지훈은 제대로 된 해명 대신 미안하다는 말만 반복하는 그녀를 보며 절망했다. 믿었던 만큼 엄청난 배신감이 날카로운 창이 되어 그의 가슴을 정조준했다.

떨리는 손끝을 감추려 신경질적으로 앞머리를 쓸어 올렸다. 미웠다. 그녀가 원망스러웠다. 왜 그랬냐고, 어쩌자고 이런 짓을 벌였냐고, 그의 사랑만으로는 만족할 수 없었냐고 소리치고 싶었다. 지훈은 지금 느끼는 이 분노를 그녀에게 쏟아내게 될까 봐 두려웠다. 돌아선 그는 마디가 하얗게 되도록 주먹을 움켜쥔 채 힘겹게 입을 열었다.

"나중에……. 나중에 얘기하죠. 지금 당장은 당신을 보고 싶지 않아."

지훈의 뒷모습에서 강한 거부감을 읽은 유라는 그에게 내밀었던 손을 힘없이 거둬들였다.

"미안해요. 정말, 미안해요……."

상처받은 그의 뒷모습이 너무 아팠다. 무릎을 꿇고서라도 붙잡고 매달리고 싶었다. 내 얘기를 한 번만 들어달라고, 이렇게 알게 해서 미안하다고. 빨리 말하지 못해서 정말 미안하다고. 내가 정말 잘못했다고. 그의 손을 붙잡고 애원이라도 하고 싶었지만 유라는 그러지 못했다.

이곳은 지훈의 사무실이었다. 이미 밖에는 사람들이 식사를 끝내고 돌아와 있을 터였다. 지난 몇 년간 독한 자식이라는 소리를 들어가며 그가 열심히 가꾸고 지켜온 회사다. 이 회사가 지훈에게 얼마나 소중한 곳인지 잘 알고 있는 그녀는 차마 이곳에서 그런 소란을 피울 수 없었다.

입 밖으로 쏟아내고 싶은 말들이 그녀의 가슴속에 그대로 남아 있지만, 유라는 피가 나도록 입술을 깨물며 간신히 삼켜냈다. 그의 뒷모습을 슬픈 눈으로 바라보다 어깨를 축 늘어뜨린 채 힘없이 부회장실을 나섰다.

"한 비서, 어디 갔나 했더니 안에 있었군요. 그런데 얼굴이……."

예상대로 모두들 돌아와 있었다. 당연히 비서실을 지키고 있어야 할 유라가 자리에 없는 것을 의아해했던 이 대리는 그녀를 보고 반색하다 엉망이 된 얼굴을 보고 깜짝 놀라 멈춰 섰다.

놀란 사람은 이 대리만이 아니었다. 오 대리는 입을 떡 벌린 채 안경도 없이 눈물에 얼룩져 엉망이 된 그녀와 부회장실을 번갈아 바라봤다. 성민도 충격을 받았는지 무거운 표정으로 그녀를 응시했다.

"아무래도 오늘은 이만 집으로 돌아가는 게 좋겠습니다. 한 비서가 여기 있는 것이 한 비서나 부회장님께 도움이 될 것 같지가 않습니다. 한 비서도 그렇겠지만 부회장님께도 생각할 시간이 필요할 겁니다. 어떻게 하실지 결정을 내리시면 그때 연락하겠습니다."

성민이 티슈 몇 장을 뽑아 유라에게 건네며 낮게 한숨지었다. 유라의 눈물 고인 눈이 성민을 향했다. 그의 말투가 그녀에 대해 뭔가 알고 있는 것처럼 들렸기 때문이었다.

"혹시 다 알고…… 계셨나요?"

"그런 것은 아닙니다. 그저 뭔가 이상하다는 생각은 계속했었죠. 당분간 출근하지 않아도 좋습니다. 결정되는 것이 있으면 바로 연락드리겠습니다."

출근하지 않아도 좋다는 성민의 말에 유라는 질끈 눈을 감았다. 당분간이라고 했지만 아마도 내일을 기약하기 어렵겠지. 더는 지훈을 힘들게 하면 안 된다는 생각에 유라는 두말없이 소지품을 정리했다. 그녀의 곁을 서성이면서도 이 대리와 오 대리는 무슨 일이냐고 묻지 못했다. 그저 어리둥절한 얼굴이 되어 그녀를 안타깝게 바라볼 뿐이었다.

"가보겠습니다. 정말 죄송합니다."

어쩌면 마지막 인사가 될지도 모르는데, 동료들 앞에 섰지만 달리 할 수 있는 말이 없었다. 미안한 마음에 목이 잔뜩 메었다. 그동안 잘 해줘서 감사하다는 말도, 다시 만나고 싶다는 말도 가슴속에 눌러 담고 고개를 숙였다. 의도했든 하지 않았든 유라는 모두를 속였다. 상처받지 않으려 벌인 일이었지만 결국은 그녀 자신도 다른 이들도 모두 상처를 입었다.

사무실을 나가기 전, 유라의 눈길이 절로 지훈의 사무실로 향했다. 잠시 그대로 서서 바라보던 그녀는 터쳐 나오려는 울음을 손등으로 틀어막으며 그대로 비서실을 떠났다.

문을 닫자마자 눈물이 쏟아졌다. 유라는 미처 얼굴을 닦아낼 생각도 못 하고 기계적으로 걸음을 옮겨 계단을 내려갔다. 한 발 한 발 발을 내디딜 때마다 지나간 시간이 파노라마처럼 그녀의 머릿속을 스쳐 지나갔다.

"유라 씨. 이 시간에 웬……. 어……?"

입구 근처에서 유라를 본 보안 직원이 살갑게 그녀에게 손을 흔들다 깜짝 놀라 입을 다물었다. 유라는 보안 직원이 곁에 있는 것도 알지 못했다. 그저 터벅터벅 무거운 발걸음을 옮길 뿐, 눈물로 부연 그녀의 시야에는 아무도 들어오지 않았다.

회사 정문을 나와 거리로 나섰다. 그녀 곁을 지나가던 차 한 대가 갑자기 멈춰 섰다. 뒷좌석의 창문이 내려가고 중년의 여자가 창밖으로 고개를 내밀었다. 의아한 눈길로 유라의 뒷모습을 유심히 살피는 사람은 그녀를 지훈에게 추천했던 윤 전무였다.

굳은 얼굴로 유라와 제 사진을 들여다보던 지훈이 현석의 멱살을 틀어쥐었다.

"말해! 정현석. 이게 다 뭐야? 왜 이 사진을 네가 갖고 있는 거지?"

현석은 어서 말하라고 다그치는 지훈을 비웃으며 입매를 얇게 비틀었다.

"사진이 문제가 아닐 텐데? 이까짓 사진이야 얼마든지 구할 수 있으니. 정말 알고 싶은 건 나와 한유라가 어떤 사이냐겠지. 그보다 그 여자 정체가 궁금하지 않아? 말해줄까?"

현석의 빈정거림에 지훈의 미간에 주름이 잡혔다.

"무슨 소리야?"

"너도 알아야겠지. 한유라의 정체를 말이야. 한유라 그 여자, 일종의 꽃뱀이자 산업 스파이야."

"뭐라고?"

유라가 산업 스파이라니. 지훈은 잘못 들은 건가 제 귀를 의심했다.

"왜. 못 들었어? 다시 말해줘?"

"아냐! 말도 안 돼. 그녀가 왜? 네가 잘못 안 거야."

지훈은 현석의 말을 믿을 수 없었다. 유라가 처음부터 그런 목적으로 그에게 접근한 거라면, 그토록 조심스러울 이유가 있었을까? 이름조차 선뜻 알려주지 않던 그녀였다.

"너, 이 자식! 유라 씨에 대해 말 함부로 하지 마! 어딜 봐서 그 여자가 산업 스파이에 꽃뱀이라는 거냐. 그 사람에 대해 알지도 못하면서 함부로 지껄이지 마! 알겠어?"

"윤지훈. 너 바보냐? 그녀가 왜? 어째서냐고? 글쎄, 왤까? 이런 일에 이유는 빤하잖아. 돈! 돈이라는 한 글자로 설명되지 않는 게 이 세상에 존재하던가? 그 여자를 먼저 안 게 나야. 윤지훈, 잘난 너도 별수 없구나. 여자에게 넋이 나가서 회사 말아먹을 뻔했어. 바로 네가 말이야. 이 멍청한 자식아."

충격에 빠진 지훈을 마음껏 비웃던 현석이 제 멱살을 잡은 그의 손을 야멸차게 뿌리쳤다.

"근거가 뭐야. 그런 말을 하는 이유가 있을 것 아냐! 그 여자가 산업 스파이고 꽃뱀이면…… 그럼 너는 뭔데? 그걸 다 알면서도 왜 그 여자를 쫓아다니지? 대체 유라하고 어떤 관계야?"

"한유라? 그 여자는 내 여자야. 너만큼이나, 아니 너보다 훨씬 더! 내가 사랑한 내 여자라고, 알아? 너, 그 여자가 우리 현성에서 일했던 거는 아냐? 현성에서 일하기는 했는데, 일 년 만에 그만뒀지. 아니, 쫓겨났어! 왜냐고? 회사 기밀을 빼돌리려다 우리 아버지한테 딱 걸렸거든. 그런데 왜 고발을 안 했냐면 나 때문이었어. 그여자랑 나랑 그렇고 그런 관계였거든. 알겠냐, 윤지훈? 그 여자가 그런 여자야. 내 옆자리를 꿰차면 최소한 현성의 안방마님이 되는 거지. 그게 안 되면 회사 기밀을 팔아서 한몫 크게 잡거나. 왜, 놀랐냐? 한유라가 그 예쁜 얼굴로 너한테만 꼬리 쳤을 것 같아?"

"말도 안 돼."

이를 악물고 으르렁거리는 지훈을 보며 현석이 코웃음 쳤다.

"이야, 이거 의원네! 잘나고 잘난 윤지훈도 여자 문제에는 어쩔 수 없다니. 그럼 네가 말해봐. 한유라, 그렇게 예쁜 여자가 왜 그런 못난 얼굴로 너희 비서실에 앉아 있는지. 너는 그걸 설명할 수 있냐? 낮에는 미운 얼굴로 비서 노릇하고, 밤에는 예쁜 얼굴로 애인 노릇하는 이유를? 넌 이게 말이 된다고 생각해?"

현석은 참담한 얼굴의 지훈을 아니꼬운 얼굴로 바라보았다.

"JC그룹을 가진 네 눈에는 나나 현성이 우습게 보이겠지만, 명색이 나도 한 기업의 후계자야. 한유라가 너보다 먼저 노렸던 게 나란 말이야. 그 여자한테 완전히 넘어가서 내가 몸과 마음을 제대로 바쳤지. 그래서 흐지부지 넘어갔던 거야. 우리 아버지가 아들 체면, 회사 입장 생각해서 덮으셨거든. 한유라! 그 예쁜 얼굴로 순진한 척하지만 사실은 아주 뜨겁고 욕심도 하늘에 닿을 만큼 많은 여자지. 아! 그 여자가 얼마나 화끈한지는 물론 너도 잘 알겠지만."

현석의 느물거림에 참다 못 한 지훈은 주먹을 힘껏 틀어쥐고 높이 들어 올렸다.

"말 함부로 하지 마라. 그 사람에 대해 함부로 떠들어대면 누구라도 가만 안 둬."

흥분한 지훈이 우스운지 현석의 한쪽 입꼬리가 위로 올라갔다. 제 얼굴을 겨냥한 지훈의 주먹을 뒤로 밀어내더니 옷에 묻은 먼지를 털어내듯 제 어깨를 탁탁 털었다.

"가만 안 두면 어쩔 건데. 차라리 나한테 머리 숙여서 감사 인사를 해. 내 덕분에 사고 나기 전에 한유라 정체를 알아낸 줄이나 알아라, 멍청한 자식!"

제 할 말을 다 쏟아낸 뒤 현석은 미련 없이 그 자리를 떠났다. 지훈은 떠나는 현석을 잡지 못했다. 머릿속이 아찔하고 혼란스러워 제대로 서 있기조차 버거웠다. 현석의 말을 100퍼센트 믿는 것은 아니었지만, 이제는 유라도 믿을 수 없기는 마찬가지였다.

유라와 현석이 마주쳤을 때, 이상하고도 어색했던 광경이 떠올랐다. 현석은 예쁜 여자라면 사족을 못 썼지만 그렇지 않은 여자들은 쳐다보지도 않았다. 그런 현석이 평범하다 못해 못생긴 한 비서에게 유독 관심을 보이는 게 어딘지 이상했었다. 그게 그만의 느낌은 아니었던 듯 성민도 고개를 갸웃했었다.

'이상하네요. 한 비서는 현성에서 근무한 경력이 있던데……. 두 사람이 서로를 모르다니.'

지훈도 그런 생각을 했었다. 그래서 그날, 외부 일정을 마치고 사무실로 돌아와 한 비서에게 현석을 아느냐고 물었었다. 그때 한 비서는 분명 모른다고 대답했었다.

지훈은 허탈하게 웃었다. 이제 와 하나하나 떠올려 보니 모든 게 이상했다. 같은 이름, 같은 나이의 두 사람. 같은 시기에 몸살을 앓았고, 목소리도 비슷했고, 옷차림은 달랐지만 체형도 비슷했다.

실수였다. 유라를 철석같이 믿었기에 그녀와 한 비서가 비슷하다는 생각이 들 때마다 제 눈이 잘못된 거라 여겼었다. 실은 진즉부터 뭔가 이상하다 느꼈지만 인정하고 싶지 않았다. 유라가 그를 속였다는 것을 받아들일 수 없었다. 지훈은 그렇게 눈앞에 보이는 진실을 애써 외면해왔다.

그러나 그는 지금도 유라와 한 비서가 같은 사람이 아니길 간절히 바랐다. 이 모든 게 현석의 농간이기를. 결코 유라가 그를 속인 게 아니기를. 한 비서가 유라와 다른 사람임이 증명되어 크게 망신을 당해도 상관없었다. 그러나 결국은 모든 것이 드러나고 말았다.

한 비서의 얼굴에서 안경을 벗겨내고, 얼굴에 가득한 주근깨가 가짜로 그려 넣은 것에 불과하다는 것을 확인한 순간 그는 절망했다. 끝까지 설마, 라는 희망을 놓고 싶지 않았지만 한 비서의 목에서 유라에게 선물한 깃털 펜던트를 발견한 이상 현석의 말이 거짓이 아니었음을 인정할 수밖에 없었다.

괴롭고 혼란스러웠다. 믿었던 사람의 배신은 지독하게 아프고 고통스럽고 숨을 쉴 수가 없을 만큼 괴로웠다. 처음부터 지금까지 함께한 모든 시간과 감정이, 한순간에 사그라질 거짓처럼 느껴졌다. 지훈은 손바닥으로 아픈 가슴을 움켜쥐었다. 그의 심장에 구멍이 뚫리고 피가 흘러내렸다. 그녀를 믿고, 위하고, 사랑했던 그의 마음이 거짓과 배신에 난도질당했다.

왜 우는 거야. 이런 짓을 벌여놓고 왜, 당신이 우는 거지? 유라의 눈물을 보는 순간 지훈은 분노가 치밀어 올랐다. 모든 것을 망쳐놓고, 그를 세상에 둘도 없는 머저리로 만들어 놓고, 궁지에 몰린 그녀는 눈물을 흘렸다.

당장에라도 그녀의 목을 잡아 조르고 싶은 심정이었다. 왜 그랬냐고, 왜 이런 짓을 저질렀냐고 추궁하고 싶었다. 차마 그럴 수는 없어서…… 지훈은 그녀에게 나가달라 말했다. 제 감정이 너무 격해져 있음을 알기에 그녀를 다치게 할까 두려웠다.

유라를 내보낸 후 지훈은 간신히 책상 앞에 앉아 두 손에 얼굴을 묻었다. 혼란과 의문으로 가득 찬 머릿속이 토할 듯 어지럽고 분노와 아픔으로 뜨겁게 달아오른 호흡은 짐승처럼 거칠었다. 그는 상처 입은 맹수처럼 몸을 웅크린 채 가쁜 숨을 힘겹게 헐떡였다.

그로부터 한참 후 성민이 문을 두드렸을 때, 지훈은 어느 정도 이성을 되찾은 상태였다.

"한 비서는 집으로 돌려보냈습니다. 출근 여부는 따로 연락하겠다고 했습니다. 제 독단으로 결정해서 죄송합니다."

박 실장의 말에 고개를 끄덕이던 지훈이 손바닥으로 굳어진 제 얼굴을 쓸어내렸다.

"박 실장."

"네, 부회장님."

"감사실에 연락해서 내부 감사를 시행해줘요. 한 비서가 담당했거나, 열람했던 모든 자료를 점검해봐야 합니다. 외부로 유출된 정보가 있는지 확인해요. 철저하게 조사해야 합니다. 무슨 말인지 알죠?"

"네, 부회장님."

성민이 나간 뒤 지훈은 입술을 질끈 물었다. 우선은 한유라라는 여자의 진실이 무엇인지 찾아야 했다. 회사를 위해서도, 유라의 결백을 증명하기 위해서도 모두가 납득할 만한 객관적인 증거가 필요했다.

그날 당장 내부 감사가 시작됐다.

07.

유라는 멈춰버린 세상 속을 저 혼자 걷는 것 같았다. 얼마나 걸었는지 한계에 다다른 다리는 아프다 못해 감각이 거의 없고 발목에 추를 매단 것처럼 무거웠다. 끝없이 흘러내리던 눈물도 어느새 다 말라버렸다. 퉁퉁 부은 눈이 따끔따끔하고 쓰라렸다.

터질 듯 복잡하고 답답한 가슴을 주먹으로 내리치며 걷고 또 걷다가 문득 정신을 차리고 보니 집 근처에 와 있었다. 무슨 정신으로 집까지 왔는지. 그저 이 와중에도 엉뚱한 곳을 헤매지 않고 집으로 왔다는 사실에 피식, 쓴웃음이 나왔다.

유라는 현관의 비밀번호를 누르다 저도 모르게 옆을 돌아보았다. 혹시나 지훈이 먼저 와서 기다리고 있지는 않을까 했지만 역시나 어리석은 기대였다. 텅 빈 복도를 바라보는 그녀의 표정이 쓸쓸했다.

비틀거리며 집 안으로 들어와 거울 앞에 털썩 주저앉았다. 그녀는 거울에 비친 제 모습을 한심하게 바라봤다. 핏기라고는 찾아볼 수 없는 창백한 얼굴. 울어서 빨개진 코와 퉁퉁 부어 제대로 뜨기도 힘든 붉어진 눈. 잘근잘근 물어뜯은 입술의 상처에는 피가 말라붙었고, 주근깨는 이미 지워져서 검게 얼룩져 있었다.

이런 한심한 얼굴을 그에게 보였다고 생각하니 기가 막히다 못해 자꾸만 허탈한 웃음이 나왔다. 그에게는 이 모든 게 얼마나 기가 막힐까. 나를 믿어준 그에게 나는 무슨 짓을 저지른 걸까. 어쩌면 마지막일지 모를 순간에 고작 이런 모습을 보였다는 것이, 그 사람에게 너무나 미안하고 가슴 아팠다.

어디서부터 잘못돼서 왜 이렇게 꼬여버렸는지. 아무리 생각하고 또 생각해도 유라는 모두 제 탓만 같았다. 정현석이 저를 괴롭힌 것과 제가 지훈을 괴롭게 만든 게 무엇이 다를까. 어쩌면 지훈에게는, 그녀도 정현석과 하나도 다를 바 없는 사람일지도 모른다는 생각만으로도 유라는 가슴이 터져버릴 것만 같았다.

속이 꽉 막힌 듯 답답해서 제대로 숨이 쉬어지지 않았다. 유라는 주먹을 틀어쥐고 제 가슴을 세게 두드렸다. 그러자 막혔던 게 뚫린 것처럼 그녀 안에 갇혀 있던 말들이 입 밖으로 흘러나왔다.

"내가, 내가 다 망쳐버렸어…… 흑흑. 미안해요. 정말 미안해요…… 정말 미안……. 흑흑."

왜 진작 그 사람에게 진실을 말하지 못했을까. 후회가 파도처럼 밀려들었다. 사람들이 현석과의 일을 그녀의 잘못이라고 비난했던 것처럼 지훈도 그럴까 봐 두려웠다지만, 이제와 돌아보니 정작 그를 믿지 못한 것은 그녀였나 보다.

"······보고 싶어요."

한참을 울어 기진맥진한 유라의 몸이 옆으로 기울어졌다. 감은
눈꼬리에서 미처 마르지 못한 눈물이 흘러내렸다.

유라는 희뿌연 안개 속을 헤매다 길을 잃었다. 한 치 앞도 보이
지 않아 두려웠지만 벗어나기 위해서는 어디로든 가야 했다.

그렇게 한참을 헤맸지만 보이는 것은 짙은 안개뿐이었다. 막막
한 마음에 사방을 둘러보다 희미하게 반짝이는 빛을 발견했다. 그
곳에 무엇이 있을지 두려웠지만 달리 선택의 여지가 없는 그녀는
용기를 내어 불빛이 반짝였다고 생각되는 쪽으로 나아갔다.

더듬거리며 얼마나 갔을까. 안개 속에 희미한 형체가 보이자 유
라는 속도를 내었다.

'여보세요. 저 좀 도와주세요. 여기가 어디······!'

가까이 다가가며 말을 걸자 그 사람이 그녀를 향해 돌아섰다.
어쩐지 익숙한 느낌. 그가 누군지 미처 알아보기도 전에 그녀의 심
장이 먼저 그를 알아보고 빠르게 뛰기 시작했다.

'······지훈 씨? 지훈 씨, 맞아요? 정말 당신이에요?'

남자가 고개를 끄덕였다. 그녀의 눈앞에 그토록 보고 싶었던 그
남자, 윤지훈이 있었다. 지훈도 그녀를 알아본 듯 유라를 향해 팔
을 벌렸다.

안개 속에서 다시 만난 그. 그가 저를 향해 두 팔을 활짝 벌렸을
때, 유라는 제가 꿈을 꾸고 있음을 알았다. 그리고 그녀의 눈에서
다시 눈물이 흘러내리기 시작했다.

꿈이라도 좋았다. 이렇게라도 그를 다시 만날 수만 있다면. 지훈

이 그녀를 보며 활짝 웃자 유라는 더 망설이지 않고 그에게 달려가 품에 와락 안겼다. 그도 기다렸다는 듯 그녀를 꼭 안아주었다.

기뻤다. 따뜻하고 포근했다. 이것이 비록 꿈이라 해도 유라는 너무나 행복했다.

'지훈 씨, 보고 싶었어요.'

그녀의 고백에 화답하듯 지훈이 고개를 기울였다. 그의 입술이 그녀의 입술에 살포시 내려앉았다. 그 순간 유라는 간절히 기도했다. 절대로 깨지 않기를. 이대로 영원히 잠들기를.

그때 지훈이 고개를 들고 그녀의 얼굴을 가만히 내려다보았다. 한없이 다정하던 눈빛이 어느새 차갑고 냉랭하게 굳어 있었다. 그는 유라의 어깨를 잡아 제게서 야멸차게 떼어냈다.

'왜…… 왜요?'

당황해하는 그녀를 싸늘하게 쏘아보던 지훈이 딱딱하게 물었다.

'당신, 누구야?'

"……아악!"

유라는 비명을 지르며 깨어났다. 하아. 어리둥절한 눈으로 캄캄한 주위를 둘러보던 그녀가 한숨을 쉬며 손으로 얼굴을 문질렀다. 손바닥에 축축하게 눈물에 묻어났다. 꿈에서 깨어도 마지막에 봤던 지훈의 차가운 눈빛이 잊히지 않았다.

언제나 다정했던 지훈을 떠올렸다. 그렇게 따뜻하던 사람이었는데. 그에게서 온기를 빼앗고, 시리도록 차가운 표정을 짓게 한 사람은 다름 아닌 그녀였다.

그 사람이 나를 용서할 수 있을까? 이제라도 그에게 달려가 나를 용서해달라고 매달려도 될까? 상처 주고 싶은 마음은 조금도 없었다. 정말로 이럴 작정은 아니었다. 어떻게 해야 그를 다시 만날 수 있을지. 아무리 머리를 쥐어뜯고 흔들어도 마땅한 답이 떠오르지 않았다.

시간이 얼마나 흘렀을까. 벌써 며칠이 지났을지 아니면 고작 몇 시간이 흘렀는지도 모르겠다. 지훈의 사무실을 나서던 그 순간, 유라의 시간은 그대로 멈춰버렸다.

그녀는 그저 어두운 방구석에 쪼그리고 앉아 앞에 놓인 휴대전화만 뚫어지라 바라봤다. 혹시 그가 전화해줄까. 어쩌면 전화해주지 않을까. 그렇게만 된다면 그의 목소리라도 들을 수 있을 텐데. 그가 보고 싶었다. 부질없는 소망이라고 수없이 되뇌면서도 유라는 그 헛된 기대를 버리지 못했다.

어느 순간부터인가 눈물도 나지 않았다. 눈물은커녕 몸 안의 물기가 모두 다 바짝 말라버린 것 같았다. 차라리 이대로 마르고 마르다가 완전히 작아져서 없어져버렸으면. 그러면 지금처럼 고통스럽지는 않을 텐데…….

그때 갑자기 전화벨이 울렸다. 유라는 혹시나 하는 마음에 바들바들 떨리는 손으로 휴대전화를 들었다. 발신자를 확인하니 친구 경희였다.

"여보세요."

-유라야, 나 경희.

"그래. 경희야."

-너 왜 이렇게 소식이 없니? 궁금해서 전화했어. 애인 생기더니 데이트하느라고 바빠서 친구도 잊었냐?

"……미안. 그런 거 아니야. 미안해."

-야, 너 목소리 이상해. 괜찮아? 너, 무슨 일 있지? 왜 그래, 응? 여보세요. 유라야?

"아, 아냐. 난 괜찮아. 저기, 경희야. 미안한데 나중에 전화할게. 그래. 좀 나중에……."

유라는 괜찮다고 말하고 서둘러 전화를 끊었다. 친구를 걱정시키고 싶지 않았지만, 무엇보다 경희와 통화하는 사이 지훈이 전화하면 어쩌나 염려해서였다. 짧게 통화를 끝낸 유라는 하염없이 전화만 바라보았다.

"너, 왜 이렇게 미련하니?"

친구의 몰골에 속이 상한 경희가 버럭 화를 냈다.

"도대체 얼마나 이러고 있었던 거니? 너 지금, 사람 꼴 아냐. 아무리 큰 잘못을 했어도 그렇지. 이렇게까지 해야 해? 그 사람이 이런 걸 바란대? 제발, 유라야. 정신 차리자. 응?"

경희가 죽 그릇을 들이밀며 유라의 손에 억지로 숟가락을 쥐여 주었다.

"미안해, 경희야. 나 별로 배 안 고파. 나중에 먹을게. 정말로 입맛이 없어서 그래."

유라는 도리질을 하며 슬그머니 숟가락을 내려놓았다. 그렇게는 안 된다는 듯 경희가 그녀의 손에 다시 숟가락을 쥐여 주며 팔을 잡고 흔들었다.

"안 돼. 먹어! 먹어야 해, 유라야. 살아야지! 먹고 살아야 사과를 하든 오해를 풀든 할 것 아냐? 네가 이래야 사람이 알아준대? 네가 죽어야만 진심을 알아주겠대? 야, 사랑도 살아야 할 수 있는 거야. 먹고 기운을 차려야 쳐들어가서 얘기를 하든 쫓아가서 바짓가랑이를 붙잡든 할 것 아냐. 너 이러고 백날 굶어 봐야 그 사람이 네 맘 알아주는 거 아니야. 알아? 이 답답아."

한바탕 잔소리를 퍼붓던 경희가 돌아가고 유라는 다시 혼자 남았다.

'야, 사랑도 살아야 할 수 있는 거야.'

경희의 말이 메아리처럼 맴돌며 귓가에 울렸다. 사랑. 사랑이었나? 그래서 이렇게 가슴이 찢어지게 아픈 건가? 허탈함에 헛웃음을 짓던 그녀가 손바닥에 얼굴을 묻었다.

사랑이었다. 그래, 지훈을 사랑했다. 그리고 바보같이 그 사랑을 지키지 못했다. 진즉에 고백했으면 괜찮았을까. 진실을 말할 용기가 없어서 스스로 그 사랑을 놓아버린 셈이었다. 그러니 지금 와서 아무리 후회하고 가슴을 쳐도 무슨 소용이 있을까. 이미 엎질러진 물은 주워 담을 수 없는데.

유라는 온종일 그만을 생각했다. 지금 무엇을 하고 있는지, 무슨 생각을 하고 있을지. 그러다 그 사람도 나를 사랑했을까 궁금했다. 사랑한 만큼 상처와 배신감이 커서 그렇게 차갑게 돌아선 걸까. 그런 생각으로 머릿속이 꽉 차서 정신이 나가버릴 것만 같았다. 너무 미안하고, 너무 후회되고, 무엇보다 그 사람이 너무 보고 싶어서.

그가 너무 그리웠다. 마지막이라도 좋으니…… 한 번만 더 그를 보고 싶었다. 그럴 수 없다면 그의 그림자라도 밟고 싶었다.

유라는 쫓기듯 벌떡 일어나 급하게 휴대폰과 지갑을 챙겨 허둥지둥 집을 뛰쳐나갔다. 지훈이 집에 있는지 없는지도 모르면서 유라는 택시를 잡아타고 무작정 그의 집으로 달려갔다.

시간이 어떻게 흘러갔는지 모르겠다. 일이 제대로 손에 잡힐 리
가 없었다. 아무리 들여다봐도 글자가 제대로 눈에 들어오지 않았
다. 서류에 빽빽하게 적혀 있는 글자들 위로 유라의 얼굴만 아른거
렸다. 이것은 밤마다 퍼부어대는 술 때문인가. 아니면 한유라라는
여자에게 홀려 정신을 못 차려서인가. 지훈은 괴로움에 미간을 찌
푸리며 손바닥으로 얼굴을 문질러댔다.

보고 싶고, 미칠 듯 그녀가 그리웠다. 독한 자식이라는 소리를
들을 만큼 냉정했던 그가, 작은아버지와 하나뿐인 사촌을 한국에
서 내쫓아버릴 정도로 독했던 그가, 여자 하나 때문에 이렇게 비틀
거린다.

멍청이. 바보. 지훈은 속으로 저를 욕했다. 그동안 소모적인 감
정에 빠져 허우적대느라 정작 해야 할 일을 잊고 있었다. 그는 모
두를 위해 진실을 알아야 했다.

삐익, 인터폰을 눌렀다.

-네, 부회장님.

"박 실장 좀 불러줘요."

성민은 유능했고 지훈이 믿을 수 있는 몇 안 되는 사람 중 하나
였다.

-네, 알겠습니다.

피곤한 눈을 감고 잠시 의자에 머리를 기댔다. 눈을 떠도 그녀
가 어른대더니 눈을 감자 더욱 선명하게 떠올랐다. 지워지지 않는
그녀의 영상에 지훈은 어금니를 질끈 깨물었다.

"부르셨습니까?"

지훈은 감았던 눈을 천천히 떴다. 성민이 걱정스러운 얼굴로 그를 들여다보고 있었다. 직원에게 이런 모습을 보이게 되다니. 지훈은 자괴감이 들었다.

"박 실장 도움이 필요해요. 한유라 씨가, 아니 한 비서가 현성에 있었을 때 어떤 일이 있었는지, 특히 정현석과 무슨 관계였는지 알아봐줘요. 박 실장도 알겠지만 나한테는 무척 중요한 일입니다. 가능하겠습니까?"

"가능할 겁니다. 혹시 예전에 근무했던 김 과장, 기억나십니까?"

성민의 물음에 지훈은 기억을 더듬었다. 몇 년 전 JC그룹에서 근무하다 퇴사한 둥글넓적한 얼굴의 주인이 생각났다.

"김준태 과장 말입니까?"

"맞습니다. 그때 김 과장이 퇴사 후 곧바로 현성으로 자리를 옮긴 것으로 압니다. 그러니 한 비서에 대한 일을 모르지 않을 겁니다. 김 과장을 통해 알아보겠습니다."

지훈은 퇴근하자마자 괴로운 마음에 술을 한 병 꺼냈다. 그동안 마신 빈 술병들이 바닥을 뒹굴고 대충 벗어 던져놓은 옷가지들이 소파와 의자에 아무렇게나 걸쳐져 있었다. 유라의 정체를 알아버린 후, 혼자 남겨진 시간을 맑은 정신으로 보내기 어려울 만큼 그의 마음은 지옥을 헤매는 중이었다.

생각하지 않으려 해도 자꾸만 그 일이 머릿속에 떠올랐다. 완전히 고장 나 제멋대로 재생되는 동영상처럼 그때의 기억이 시도 때도 없이 지훈의 눈앞에 펼쳐졌다.

그날, 손에 묻어나는 검은 얼룩을 제 눈으로 똑똑히 보면서도 한 비서가 유라인 것을 믿고 싶지 않았다. 그럴 수도 있다고, 왜 그런지는 모르지만 그럴 수도 있다고 무조건 믿고 싶었다.

그러나 그때, 그녀의 목에 걸려 빛나던 것은 분명 깃털 모양의 펜던트였다. 그가 유라에게 선물했던 바로 그 펜던트. 그것은 한 비서가 제가 아는 바로 그 한유라라는 결정적인 증거였다. 그 순간 느꼈던 절망과 좌절이 지금도 지훈을 놓아주지 않았다.

'한유라. 당신의 정체는 무엇인가. 당신은 내가 사랑하던 한유라인가. 아니면 현석의 말대로 회사와 돈을 노린 꽃뱀일 뿐인가.'

지훈은 머리가 깨질 듯 혼란스러웠다. 그녀를 믿고 싶지만, 한편으로는 연기처럼 피어오르는 의구심을 떨쳐내기 힘들었다.

현석의 말이 옳든 그르든 그는 이미 그녀의 두 얼굴을 확인했다. 현석의 말이 전부 거짓은 아니니 그녀를 온전히 믿을 명분도 없어져버린 셈이었다. 돌이켜보면 피를 나눈 가족인 작은아버지조차 돈과 권력 앞에서는 배신을 서슴지 않았다. 그렇다면 유라의 두 얼굴은 그때의 교훈을 망각한 대가인지도 몰랐다.

지훈은 술잔을 단숨에 비웠다. 식도를 태워버릴 듯 독하고 쓰디쓴 술보다 사랑하는 여자에게 속았다는 자괴가 더 아프고 더 쓰렸다. 술을 마셔서 잊을 수 있다면 세상의 모든 술을 다 마시고 싶었다. 그러나 아무리 술을 마셔도 그녀는 쉽게 지워지지 않았다. 언제부턴가 그의 기억에, 가슴에, 심장에 그녀가 새겨져 있었다.

술기운에 몸을 가눌 수 없어진 지훈이 그대로 드러누웠다. 술에 취한 육신이 바닥을 뒹굴어도 그의 정신은 여전히 그녀의 환상을 좇았다. 힘들게 잠이 들 때도 유라는 꿈속에까지 찾아와 그를 흔들어놓곤 했다.

지훈은 오늘도 홀로 식탁에 앉아 저녁 식사 대신 안주도 없이 독한 술을 들이켰다.

그 시각, 유라는 지훈의 집 문 앞에 서 있었다. 희미하게 새어 나오는 불빛이 그가 집에 있음을 알려주는 것 같았다. 그러나 그녀는 쉽게 벨을 누르지 못했다. 무작정 달려왔지만 막상 지훈이 그녀를 보면 어떤 반응을 보일지 두려웠다. 너무나 그립고 보고 싶었던 그가 저를 밀어내면 그때는 어쩌나, 겁이 났다.

심장이 밖으로 튀어나올 듯 쿵쾅거리고 진정이 되질 않았다. 막상 그를 보게 되면 무슨 말부터 꺼내야 할지 갈피를 잡을 수 없었다. 보고 싶었다고 해야 할까? 아니면 미안하다고? 문 앞에서 한참을 망설이던 유라는 간신히 용기를 냈다. 덜덜 떨리는 손을 들어 벨을 눌렀다.

딩동. 벨이 울렸다. 지훈은 벨소리를 듣고도 미동도 하지 않았다. 이 시간에 그의 집을 찾아올 사람은 아무도 없었다. 자리에서 일어나는 대신 그는 빈 잔에 다시 술을 채웠다.

유라는 입술을 깨물었다. 벨을 눌렀는데도 안에서는 아무런 반응이 없었다. 불이 켜져 있는 것 같은데…… 혹시 집에 없나? 그럼 어쩌나 망설이던 유라는 다시 한 번 조심스럽게 벨을 눌렀다.

딩동, 딩동. 잠시 조용하다 싶더니 다시 벨이 울렸다. 지훈은 낮게 한숨 쉬며 손바닥으로 이마를 문질렀다. 특별한 용건이 있는 사람은 아닐 것이다. 무엇보다도 지금은 누구도 만나고 싶지 않았다.

반응이 없으면 그냥 가겠지. 지훈은 못 들은 척 잔을 비웠다.

문이 열리기만을 초조하게 기다렸지만 아무런 응답이 없었다. 허탈함에 유라는 기운이 쭉 빠졌다. 간신히 용기를 내 이곳까지 달려왔는데 정작 그는 집에 없는 건가. 한편으로는 우습게도 오히려 안심이 되기도 했다. 그와 얼굴을 마주치면 어째야 할지 몰랐던 그녀는 지훈의 부재에 뜻밖의 용기가 생겼다.

딩동, 딩동, 딩동. 연달아 벨을 눌렀다. 빈집이라고 안심한 건지 아니면 그가 너무 보고 싶어 미쳐버린 건지……. 유라는 응답 없는 지훈의 현관 벨을 누르고 또 눌렀다. 응답 없는 그의 마음을 누르고 또 누르듯이.

이렇게라도 표현하고 싶었다. 그에 대한 자신의 마음을. 눈앞의 현관문처럼 꽉 닫힌 그의 마음을 활짝 열 수만 있다면, 백 번이고 천 번이고 누를 수 있었다. 지금 그녀는 닫힌 지훈의 마음의 벨을 누르는 중이었다.

딩동, 딩동, 딩동. 누군가가 계속 벨을 눌러댔다. 시끄러운 소리에 귀를 막은 지훈은 악다문 잇새 사이로 불만스러운 한숨을 뱉어냈다. 대체 누구인가. 혹시 박 실장이 급하게 보고할 게 있어 찾아왔나? 그렇다면 전화를 했을 거였다. 그는 누군가 장난을 치는 건지도 모르겠다고 생각했다.

끊임없이 울리는 벨소리에 머리가 지끈지끈 아파졌다. 지훈은 잔에 남은 술을 단번에 비워낸 후 비틀거리는 몸짓으로 일어나 인터폰으로 다가갔다.

인터폰 속에 유라의 모습이 보였다. 지훈은 미간을 찌푸리며 제가 잘못 본 게 아닌지 눈을 비볐다. 취하긴 어지간히 취한 모양이다. 잠들지 않고도 그녀의 환영이 보이는 걸 보니. 실의에 찬 그는 머리를 크게 흔들었다.

환영도 모자라 환청까지 들리는 거였나. 여전히 벨소리가 들리고 인터폰 속에는 그녀가 보인다. 제 눈과 귀를 믿을 수 없어진 지훈은 말도 안 된다고 고개를 저으면서도 제 눈으로 확인하려 현관문을 열었다.

한참 동안 벨을 누르던 유라는 결국 체념했다. 간신히 용기를 냈지만 그를 볼 수 없단 사실에 또다시 막막해졌다. 어깨를 축 늘어뜨린 채로 힘겹게 돌아서려던 그때, 굳게 닫혀 있던 현관문이 열렸다. 그녀는 문소리에 화들짝 놀라 뒤를 돌아봤다.

"……유라 씨?"

열린 문 사이로 그녀가 보였다. 제가 본 것이 환상이 아님을 깨달은 지훈의 입술 새로 깊은 탄식이 흘러나왔다. 그동안 얼마나 마음고생을 했는지 그녀는 눈에 띄게 수척해져 있었다.

핏기 없이 창백한 얼굴. 며칠 사이 핼쑥해진 그녀는 너무나 투명해서 금방이라도 연기처럼 사라져버릴 것 같았다. 그 모습에 지훈은 하마터면 그녀에게로 손을 뻗을 뻔했다.

"지훈 씨……!"

그녀가 애타는 음성으로 그를 불렀다. 그것만으로도 가슴이 아팠지만 지금은 때가 좋지 못했다. 이미 술기운에 엉망이 되어 있던 지훈은 혼자 서기도 힘들어 문틀에 몸을 기댔다.

"무슨, 일입니까?"

지훈이 낮게 잠긴 목소리로 물었다.

"할 말이, 할 말이 있어요. 제발 들어주세요."

행여 그가 돌아설까, 유라는 다급하게 외쳤다. 울지 않으려 입술을 깨물었는데도 그의 얼굴을 다시 보게 된 것만으로도 가슴이 벅차 금세 또 눈시울이 붉어졌다. 눈물이 그렁그렁했지만 그녀는 필사적으로 눈물을 참았다. 우는 모습에 질린 그가 그대로 문을 닫아버릴까 봐 너무나 두려웠다.

"하아……."

금방이라도 쓰러질 듯 위태로워 보이는 그녀의 모습에 지훈은 가슴이 아팠다. 말없이 그녀를 내려다보는 그의 눈 속에 고통의 빛이 스쳤다. 마음 같아서는 그녀를 안으로 들여 따뜻한 차라도 먹이고 싶었다.

그러나 지훈은 그럴 수 없었다. 쓰레기통처럼 엉망이 되어버린 집 안과 바닥을 구르는 빈 술병들, 술에 취해 비틀대는 한심한 제 모습을 차마 그녀에게 들키고 싶지 않았다. 지훈은 제 안의 치밀어 오르는 감정을 마른침과 함께 꿀꺽 삼켰다. 그러고는 그를 잠식한 취기를 들킬세라 마른세수를 한 뒤 한 자 한 자 힘주어 말했다.

"미안합니다. 한유라 씨. 지금은 제가…… 당신과 이야기를 나눌 만한 상태가 아니에요. 나중에 하죠. 제가, 연락드리겠습니다."

돌아가란 말에 그녀는 결국 눈물을 참지 못했다. 예의 바르지만 냉정한 지훈의 말투가 마치 너에게 다음 기회는 없다고 선언하는 것만 같았다. 더할 나위 없이 마음이 급해진 유라는 그의 팔에 매달렸다.

"아, 안 돼요. 그러지 마요. 제발 들어주세요……."

"이러지 말아요. 유라 씨. 나중에요. 지금은 안 되겠어요."

지훈은 제 팔을 잡은 유라의 손을 떼어냈다. 술기운에 제대로

서 있기도 힘든 그는 중요한 이야기를 나눌 만한 상태가 못 됐다.

그러나 그런 상황을 고려하기에 유라는 너무나 절박했다. 이대로 돌아가라니. 꿈속에서 그녀에게 등을 돌리던 그의 모습이 떠올랐다. 안 돼. 지금이 아니면……. 지금이 아니면 다시는 지훈을 찾지 못할 것 같았다. 이대로 돌아서면 두 번 다시는 그를 만날 수 없을 것만 같았다.

그러니 지금 말해야 했다. 꼭 말해야만 했다. 지금까지 바보처럼 망설이다가 이렇게 됐는데 또다시 나중으로 미룰 수는 없었다. 어떻게든 지훈을 붙잡고 싶은 유라가 눈물로 애원했다.

"흑흑. 지훈 씨. 꼭 말해야 해요. 그러니까 가라고 하지 말아요. 그러지 말아요. 미안해요. 지훈 씨. 내가, 내가 잘못했어요. 당신을 속이려던 게…… 그럴 작정은 아니었는데…… 흑흑. 보고 싶었어요. 너무…… 너무 보고 싶었어요."

마음이 너무 급하니 자꾸만 말보다는 울음이 먼저 터져 나왔다. 그녀를 내려다보는 그의 눈빛이 너무 슬퍼 견디기가 힘들었다. 그가 얼마나 아픈지, 얼마나 힘든지. 지훈이 느끼고 있는 아픔이 고스란히 느껴지고, 그 아픔이 예리한 칼날이 되어 그녀의 심장을 얇게 도려냈다.

지훈의 얼굴이 고통으로 일그러졌다. 흐느끼는 그녀를 바라보는 그의 가슴도 찢어질 듯 아팠다. 멀쩡한 정신일 때 이야기하자는 건데 그녀가 울며 매달린다. 아팠다. 너무 아팠다. 송곳으로 잔인하게 속을 후벼 파는 것 같아 저절로 얼굴이 일그러졌다.

그러나 당장에라도 손을 뻗어 그녀의 눈물을 닦아주고 싶어도 아직은 그럴 수 없었다. 그의 상태도 상태지만 아직 내부 감사가 끝나지 않았다. 유라도 회사도 모두 지키려면 결과가 나올 때까지 중립을 지켜야 했다. 울고 있는 그녀 앞에 온전히 한 남자로만 설 수 없음이 안타깝지만, 지훈은 객관적이고 정확한 증거로 그녀의 진실을 밝힐 의무가 있었다. 그녀를 보듬어줄 수 없다는 게 슬펐지만 그는 마음을 굳게 먹고 현관의 문을 닫았다.

"돌아가요, 유라 씨. 며칠만 기다려줘요. 곧 연락하겠습니다."

유라는 그만 바닥에 털썩 주저앉고 말았다. 닫혀버린 문이, 그가 제게서 완전히 돌아섰음을 말해주는 것 같았다.

"사랑해요. 지훈 씨. 제발요. 사랑해요……. 흐흑. 사랑, 사랑…… 해요."

아무리 입을 막아보려 해도, 울음과 함께 터져 나온 그녀의 고백은 쉽게 멈춰지지 않았다.

"유라 씨, 제발……."

현관에 등을 기댄 지훈은 눈을 질끈 감았다. 현관문 너머에서 그녀가 울고 있다. 두 손으로 귀를 막아 봐도 그녀의 울음소리가 주위를 맴돌다 귓가에 메아리쳤다. 그를 사랑한다는 고백이 그녀의 울음소리와 함께 그의 가슴 속으로 스며들었다. 지훈은 괴로움에 머리를 쥐어뜯으며 현관문을 뒷머리로 쿵쿵 받았다.

언제까지나 그러고 있을 수는 없어서, 유라는 지훈의 집 앞을 떠나 거리로 나섰다. 터벅터벅, 정처 없이 걷는 그녀의 발길이 무거웠다. 한참을 그렇게 걷다가 유라는 문득 고개를 들어 주위를 둘러보았다.

처음 보는 낯선 거리 한가운데에 그녀가 서 있었다. 어두운 밤거리를 환하게 밝힌 화려한 네온사인 불빛들이 어느덧 하나로 뭉쳐져 빛의 소용돌이를 그리기 시작했다. 현란하게 돌아가던 불빛들이 꼬리를 길게 늘어뜨리며 그녀의 주위를 빙글빙글 맴돌았다.

너무 어지러워 정신을 차릴 수가 없었다. 다급하게 주위를 돌아봤지만 불빛 속에 갇힌 듯 아무것도 보이지 않았다. 귀가 먹먹해져 사람들의 말소리도, 차량의 소음도 아득히 멀게만 느껴졌다. 귓속에서 윙, 이명이 울리고 간신히 버티고 있던 다리에서 서서히 힘이 빠졌다. 유라는 그대로 바닥에 무릎을 꿇었다.

유라는 머리를 흔들며 정신을 차리려 안간힘을 썼다. 고개를 들어보니 불빛 속에 지훈이 서 있었다. 힘겹게 손을 들어 간신히 그에게 내밀었다. 그러나 그는 꼼짝도 하지 않은 채 가만히 그녀를 내려다보기만 했다. 무표정한 얼굴에 그녀의 가슴이 바짝바짝 타들어 갔다. 유라는 애타는 심정으로 그를 향해 좀 더 손을 뻗었다.

"지훈 씨……."

어지러운 가운데 간신히 입술을 달싹였지만, 지훈은 냉정하게 돌아섰다. 그 순간, 유라는 그대로 정신을 잃고 쓰러졌다.

어느샌가 문밖이 조용해졌다. 문득 뇌리를 스치는 생각에 지훈은 갑자기 술이 확 깨는 것 같았다. 이렇게 그녀를 보냈다가 두 번 다시 못 보게 되면 어쩌나. 벌떡 일어나 문을 열었을 때는 이미 그녀는 사라지고 난 후였다.

"아, 안 돼! 유라 씨. 유라야!"

눈앞이 아찔하고 숨이 턱 막혔다. 주체할 수 없는 감정이 치밀어 올라 그를 견딜 수 없게 만들었다. 지훈은 미친 사람처럼 정신

없이 거리로 뛰쳐나갔다.

어디로, 어디로 갔을까? 어디로 가야 그녀를 찾을 수 있을까? 무작정 달려 나오느라 그의 손에는 아무것도 없었다. 그저 발길이 닿는 대로 뛰고 걸으며 그녀를 찾아 나섰다. 사방을 두리번거리며 그녀의 흔적을 찾아 이쪽저쪽으로 뛰어다녔지만, 지훈은 유라의 그림자조차 발견할 수가 없었다. 알 수 없는 불안이 자꾸만 숨통을 조여 오고 귓가에 울릴 정도로 그의 심장이 거칠게 쿵쿵 뛰었다. 지훈은 터질 것 같은 가슴을 부여잡고 그렇게 유라를 찾아 헤맸다.

결국 그녀를 찾지 못한 그가 힘없는 발걸음을 옮길 무렵, 저만치에서 구급차 한 대가 사이렌을 길게 울렸다. 망연자실한 얼굴로 지나가는 구급차를 바라보던 지훈은 다시 집으로 돌아왔다. 그리고는 마시다 남은 술을 입에 털어 넣었다.

'사랑해요. 사랑해요.'

마시고 또 마셔 봐도 유라의 목소리가 잊히지 않았다. 몸이 취할수록 정신은 더욱더 또렷해지고, 그의 괴로움도 함께 커졌다. 인사불성이 되면 그녀를 잊을 수 있을까. 술병이 빈 바닥을 드러냈지만 소용없었다. 펑펑 울며 보고 싶었다고 말하던 그녀의 목소리가 자꾸만 그의 귓가를 맴돌았다.

지훈은 마음대로 가눠지지 않는 몸을 소파에 뉘였다. 그러나 그녀를 그렇게 보내고 제대로 잘 수 있을 리 없었다. 자는 둥 마는 둥 밤새 뒤척이다가, 하늘이 부옇게 밝아올 때쯤 피곤에 절은 몸을 억지로 일으켜 출근길에 나섰다.

한숨을 내쉬며 하늘을 올려다보던 지훈이 손바닥으로 마른 얼굴을 문질렀다. 문득 올려다본 하늘은 한없이 복잡한 그의 마음과는 상관없이 눈이 부시도록 푸르기만 했다.

유라는 무겁게 내려앉은 눈꺼풀을 힘겹게 깜빡이다 천천히 눈을 떴다. 길쭉한 형광등이 줄줄이 늘어선 흰색 천장이 보였다. 여기가 어딘가, 유라는 힘겹게 고개를 돌렸다.

"어머, 유라야? 이제 정신이 들어? 괜찮아?"

경희가 걱정 어린 얼굴로 그녀를 들여다보고 있었다. 울었는지, 눈시울이 붉었다.

"경희야."

"야, 한유라. 이 바보야! 너 잘못된 줄 알고 내가 얼마나……."

경희는 말을 잇지 못하고 울먹이며 유라의 손을 힘껏 맞잡았다.

과로와 탈진으로 쓰러졌던 유라는 행인의 신고로 출동한 구급대에 의해 병원으로 실려 왔다. 마침 그녀가 걱정돼 전화를 걸어왔던 경희가 구급대원과 통화를 하게 되었다고 했다. 경희는 그길로 곧장 병원으로 달려왔고 유라가 무사히 깨어난 것을 보고서야 놀란 가슴을 쓸어내렸다.

링거를 맞은 후 유라는 경희와 집으로 돌아왔다. 혼자 놔두기 걱정된다며 경희가 함께 있겠다고 했지만 그녀는 고개를 저었다.

"나 이제는 괜찮아. 정말이야. 너는 내일 회사에 출근해야 하잖아. 벌써 늦었는데 빨리 집에 가서 너도 좀 쉬어야지."

"그래도……. 너 혼자 있다가 또 아프면 어떡해? 정말 괜찮겠어?"

경희는 유라가 영 못 미더운 눈치였다.

"그래. 괜찮아. 그냥 아무 생각 없이 잠이나 푹 잘래. 도움이 필요하면 전화할게. 그러니까 걱정하지 마."

유라는 자고 가겠다는 경희를 기어이 돌려보냈다. 친구의 마음이 고마웠지만, 지금은 그저 혼자 있고 싶었다. 경희가 돌아간 후 지친 몸을 뉘었지만 잠은 쉽게 오지 않았다.

전화벨이 울렸다. 혹시나 싶어 급하게 발신자를 확인했던 유라의 얼굴이 설핏 굳어졌다.

"여보세요."

-한유라 씨? 한 비서 맞나요? 나, 윤 전무예요.

수화기 너머에서 카랑카랑한 목소리가 들렸다.

"아, 전무님…….. 안녕하세요."

-글쎄요. 지금 이 상황에서 안녕하다고 할 수 있는지. 한 비서는 어때요? 잘 지내고 있어요? 우리, 한번 봐야 하지 않을까요?

휴대전화를 붙든 유라의 손끝이 가늘게 떨렸다. 힘들게 침을 꿀꺽 삼킨 그녀가 간신히 대답했다.

"……네. 알겠습니다."

유라는 지훈과 자주 가던 커피숍에서 윤정아 전무와 마주 앉았다. 윤 전무는 그녀의 얼굴을 보고 깜짝 놀라다가 이내 야윈 그녀의 모습에 길고 긴 한숨을 내쉬었다.

"한 비서도 얼굴이 많이 상했군요. 식사는 제대로 하고 있어요? 유라 씨도 그렇지만 우리 지훈이도 지금 꼴이 말이 아니에요. 밥은 먹고 다니는 건지 어쩐지. 보나 마나 밥 대신 술만 먹고 있겠지만요."

지훈의 이름에 유라는 고개를 떨궜다. 누구보다 저를 믿고 지지해줬던 윤 전무 앞이라 더욱 면목 없었다.

"……정말, 죄송합니다."

"그런데 내가 알던 한 비서와는 정말 많이 다르군요. 알고 보니 이렇게도 예쁜 사람이었네요. 이게 참, 다 무슨 일인 건지……. 어쩌다가 그랬어요, 대체 왜?"

유라는 죄송한 마음에 쉽게 대답하지 못했다. 윤 전무는 그녀를 이해할 수 없다는 얼굴이었다.

"그래요. 한 비서와 잘잘못을 따지러 온 것도 아닌데 이미 벌어진 일을 따져봐야 무슨 소용이 있겠어. 지훈이 누나로 왔어요. 부탁할 게 있어서."

부탁이라니 뭘까. 윤 전무의 입에서 어떤 말이 나올까 두려워진 유라는 한기를 느꼈다. 손끝이 차가워진 유라는 커피가 담긴 뜨거운 머그컵 온기에 의지했다.

"이유는 모르지만 한 비서에게도 자기만의 사정이 있겠죠. 솔직히 말하면 나는 한 비서보다 우리 지훈이가 더 걱정이에요. 그 애가 많이, 아주 많이 힘들어해요. 더구나 한 비서를 그리로 올려보낸 사람이 바로 나라서, 꼭 내가 두 사람을 만나게 한 것 같아서 마음이 너무 안 좋아요."

윤 전무의 말에 유라가 고개를 들었다.

"전무님 때문이 아닙니다. 저하고 지훈 씨는……. 아니, 부회장님은……."

그녀가 하려는 말이 뭔지 다 알고 있다는 듯 윤 전무가 고개를 끄덕였다.

"알아요. 두 사람이 비서실에서 처음 만난 게 아니었다죠? 그냥 내 마음이 그만큼 불편하다는 뜻이에요. 한 비서도 부회장이 얼마나 큰일을 하고 있는지 잘 알 거예요. 책임져야 하는 사람이 얼마나 많은지, JC그룹에는 수많은 직원과 그에 딸린 가족들이 있어요. 거기다 협력 업체들까지 생각하면 그야말로 엄청나죠."

"……네. 압니다."

"책임자의 자리라는 것은 그만큼 무겁고 막중한 거예요. 그동안 부회장이 얼마나 힘들게 회사를 꾸려왔는지 한 비서도 알 겁니다. 이런 얘기가 어떻게 들릴지 모르겠지만, 그래요. 아마 상처가 될 수 있겠죠. 알면서도 나는 이런 부탁을 할 수밖에 없어요."

윤 전무의 말을 듣는 동안 유라는 그 부탁이라는 게 무엇인지 알 것 같았다. 만나자는 전화를 받았을 때부터 이런 이야기를 듣게 되리라 예감했었다. 유라는 두 손을 꼭 말아쥐었다. 그녀는 비통한 심정으로 윤 전무의 다음 말을 기다렸다.

"단도직입적으로 말하죠. 부회장과 완전히 정리해줘요. 두 사람의 교제를 허락할 수는 없다는 것은 길게 말 안 해도 알 테죠. 가능하면 멀리 떠나줬으면 해요. 너무하다 해도 할 수 없어요. 회장님은 아직 모르세요. 보고하지 못하도록 내가 막았고, 앞으로도 계속 모르셨으면 해요. 몸도 불편하신데 이 일을 아시면 얼마나 충격을 받으실지. 내가 하는 말, 무슨 뜻인지 알죠?"

눈시울이 점점 뜨거워지고 코끝이 시큰거렸지만 유라는 울지 않으려 이를 앙다물었다.

"말씀하신 뜻은…… 알겠습니다. 정말 죄송합니다."

유라는 다시 한 번 고개를 숙였다. 그 모습을 지켜보는 윤 전무의 얼굴도 그리 편해 보이지는 않았다.

이제 어떻게 해야 할까. 그 사람을 위해 내가 무엇을 할 수 있을까. 윤 전무와 헤어져 집으로 돌아온 유라는 그의 집 앞에서 저를 밀어내던 지훈을 기억했다. 그리고 꿈속에서조차 저를 외면했던 지훈을 떠올렸다. 현실은 꿈과 다르지 않았다. 그러니 이제는 그를 잊는 게 맞았다. 그런데 어떻게 해야 그를 잊을 수 있을까. 막막함에 한참을 멍해 있던 유라는 지훈과 했던 약속을 생각해냈다.

'유라 씨가 바다를 좋아하는구나. 그럼 우리 첫 번째 여행은 바다로 갑시다.'

바다. 그래, 바다로 가자. 그렇게 마음을 정하자 무엇을 해야 할지 알 것 같았다. 유라는 제가 가진 것들을 하나둘 정리하며 떠날 준비를 서둘렀다.

태풍의 중심이 오히려 고요한 것처럼, 떠날 준비를 하는 그녀의 겉모습은 평온했지만 실은 지훈을 향한 미련을 완전히 끊어내지는 못한 상태였다. 지훈을 생각하면 여전히 고통스러웠다. 그리고 지훈도 그럴 거라는 생각이 그녀를 더욱 아프게 했다.

그래서 유라는 기꺼이 떠날 결심을 할 수 있었다. 윤 전무만큼이나 유라도 그가 저 때문에 흔들리는 것을 원치 않았다. 예나 지금이나 지훈은 해야 할 일도, 지켜야 할 것도 너무 많은 사람이었다.

그날 밤, 문을 닫고 돌아서던 그의 뒷모습을 기억한다. 울며 매달리는 그녀를 떼어내던 지훈도 그녀만큼이나 슬프고 아파 보였다. 그래. 그걸로 된 거야. 유라는 저를 다잡았다. 그를 만날 수 있어 행복했고, 아파도 했고, 울기도 했고, 매달려도 봤으니 그것으로 됐다고.

누군가는 그녀에게 포기가 이르다고 할지도 모른다. 정말로 사랑했다면 왜 더 매달리지 않느냐고, 왜 윤 전무에게 도와 달라 애원하지 않았느냐고. 그러나 유라는 그럴 수 없었다. 그녀의 욕심을 채우려 그를 힘들게 하는 것은 그녀가 원하는 게 아니었다.

"정말 괜찮겠어? 잊을 수 있겠어?"

경희의 물음에 그녀는 힘주어 고개를 주억거렸다.

"응……. 괜찮을 거야."

대답은 그렇게 했지만 아마도, 그를 잊을 수는 없을 거다. 그래도 행복했던 기억을 추억 삼아 그럭저럭 살아갈 것이다.

몇 달 걸리는 게 아닐까 걱정했는데 부동산에 내놓자마자 기다렸다는 듯 방이 나갔다. 가장 큰 걱정이었던 오피스텔을 처리하고 나니 더 정리할 것도 없었다. 커다란 가구는 오피스텔에 딸린 옵션이라 남은 건 소소한 옷가지와 자질구레한 살림살이가 전부였다.

부동산에 들렀다 집으로 돌아오는 길, 가두 광고 속의 풍경이 그녀의 시선을 사로잡았다. 너무도 푸르러서 눈이 시린 푸른 바다와 밀가루를 뿌려놓은 듯 희고 고운 백사장. 그리고 우뚝 서 있는 초록의 야자수 한 그루. 이국적인 경치가 유라의 마음을 잡아끌었다.

가보고 싶다. 유라는 망설이지 않고 광고를 낸 여행사에 전화를 걸었다.

유라는 떠나기 전 마지막으로 집 안을 둘러봤다. 완전히 정리되어 텅 비어버린 집에는 이제 그녀가 살았던 흔적이 하나도 남아있지 않았다. 유라는 창가로 다가갔다. 이렇게 아래를 보고 있으면 지훈의 차가 도착하는 모습을 볼 수 있었는데. 잠시 밑을 내려다보다 그길로 집을 나섰다.

유라는 손에 들린 휴대전화를 내려다봤다. 지훈에 대한 미련을 증명이라도 하듯 그동안 한시도 손에서 놓지 못했었다. 먹먹한 눈으로 휴대전화를 바라보던 유라는 마음을 굳게 먹고 근처의 휴대전화 매장으로 들어가 해지를 신청했다.

신청서를 제출하고 전원을 끄려는 순간 벨이 울렸다. 그녀는 혹시나 하는 마음에 급하게 전화를 받았다.

"여보세요?"

-한유라? 나야. 정현석. 좀 만나지. 할 말이 있는데.

전화를 건 사람은 현석이었다. 당장 끊어버리려던 유라는 마음을 바꿨다. 그와의 관계도 이제는 확실한 종지부를 찍고 싶었다.

"좋아요, 나도 묻고 싶은 게 있어요."

한 번만 만나자는 그의 말에 유라는 냉정한 목소리로 그러자고 했다. 비행기 탑승까지는 아직 제법 시간이 남아 있었다.

잠시 후, 유라는 현석과 마주 앉았다. 무겁게 가라앉은 그녀와 달리 현석은 반가운 기색이 역력했다.

"왜 저를 보자고 하셨죠?"

유라는 싸늘한 눈길로 현석을 똑바로 노려보았다.

"왜긴, 말 안 해도 잘 알면서. 그나저나 얼굴이 많이 안됐군. 우리 한유라 얼굴이 왜 이렇게 된 거지? 설마 지훈이 그 자식이 괴롭히기라도 한 거야?"

현석이 눈치를 살피며 그녀의 냉랭함을 어설픈 농담으로 무마하려 했다.

"어이가 없어서……. 기가 막히네요. 어떻게 그런 소리를 하죠? 정말 양심이라곤 눈곱만큼도 없군요. 지금껏 누구보다 나를 괴롭힌 사람이 정현석 씨 아니던가요?"

유라의 비난에도 현석은 익숙한 반응이라는 듯 아무렇지도 않게 어깨를 으쓱했다.

"그거야 네가 날 안 받아주니까 그렇지. 솔직히 말해봐. 내가 지훈이 그 자식보다 못한 게 뭐야? 집안도, 돈도, 학벌도, 인물도 이만하면 괜찮잖아? 거기다 너 좋다고 이렇게 목을 매는데. 뭐가 부족해, 응?"

황당한 마음에 유라는 현석의 말을 잘랐다. 더는 그의 허튼소리를 들어줄 마음이 없었다.

"그만둬요. 더 듣다간 구역질 날 것 같으니. 그런 말도 안 되는 소리나 듣자고 이 자리에 앉아 있는 거 아니에요. 하나만 묻죠. 부회장실에서 마주쳤을 때 어떻게 난 줄 알았어요?"

"구역질이라니 말이 심하군. 그 꼴을 당하고도 여전히 너무나 잘나고 도도하시고 말이야. 한유라, 착각하지 마. 네가 그런다고 그 집에서 너를 받아줄 것 같아? 그 잘난 윤지훈이 너를 용서하겠냐고. 내가 너를 어떻게 찾았는지 궁금해? 좋아, 알려주지."

현석이 큰 선심이나 쓰듯 느물거렸다.

"권 대리가 말하더군. 전에 우연히 만났다면서? 한유라가 JC그룹 비서실에 취직했다더라면서 이번엔 누구를 꾀러 들어갔는지 궁금하다고 그러더군. 그래서 겸사겸사 갔었던 거야. 그리고 거기서 당신을 봤지. 날 보고 당황해하는 아주 못생긴 비서를 말이야. 처음엔 뭐 저렇게 생긴 여자를 비서로 데려다 놨나 생각했어. 그런데 비서 이름이 한유라인 거야. 이상했지. 여기로 감이 팍 왔다고나 할까?"

현석이 뻐기듯 웃으며 손가락으로 제 머리를 가리켰다. 그 말에 기억을 더듬던 유라는 미간을 찌푸렸다. 두세 달 전쯤인가, 현성에서 함께 근무했던 권 대리를 길에서 우연히 만났다.

'어머! 유라 씨, 요즘 뭐 해? 직장은 다녀?'

전혀 친하지도 않았던 권 대리가 오랜 친구를 만난 듯 호들갑을 떨며 반가운 척을 해댔다. 현성에서 알던 사람이 불편할 수밖에 없는 그녀였지만, 권 대리는 쉽게 놓아주지 않았다. 호기심에 찬 눈으로 요즘 무슨 일을 하는지, 어떻게 지내는지 꼬치꼬치 캐묻는 게 부담스러웠던 유라는 대충 JC에 취업해서 다니고 있다고 대답했다. 그러고도 길게 이어지려는 그녀의 말을 바쁘다는 말로 끊어내고 서둘러 인사를 하고 헤어졌었다.

그때를 떠올린 유라는 낭패감에 입술을 질끈 물었다. 권 대리와 오래 보며 말을 섞고 싶지 않아 빨리 헤어질 생각에 별생각 없이 했던 말이 결국은 현석의 귀에 들어가서 이런 사달이 난 거라니. 어쩐지 이상하긴 했다. 아무리 그녀에게 심한 집착을 보이던 현석이라도 그녀의 바뀐 얼굴을 너무 빨리 알아봐서였다.

"그럼 그때 보여줬던 그 사진들은 뭐죠?"

그녀는 현석이 내밀었던 사진에 관해 물었다.

"아, 그 사진? JC비서실에 한유라라는 비서가 설마 두 명이겠어? 그것도 나를 보고 놀라는 사람이 말이야. 그래서 사람을 좀 풀었지. 요즘 같은 세상에 네 이력서 한 장 빼내오는 게 뭐 그리 대단하고 어려운 일이겠어. 역시나 한유라 이력서에 현성기획에서 일한 기록이 한 줄 적혀 있더군. 그럼 뭐, 게임 끝 아냐? 현성기획에서 일한 한유라는 내가 아는 한유라 바로 너 하난데. 그래서 뒤를 좀 밟아보라 했어. 그랬더니 애들이 그런 사진을 찍어다 주데! 한유라가 윤지훈이랑 아주 다정하게 만나는 사진 말이야."

고작 이런 거였나? 현석의 말에 유라는 허탈해졌다. 자신에 대해 어떻게 알아냈을까 무척이나 궁금했는데 실상을 알고 보니 별 것 아니었다.

달콤해야 할 주스가 쓰디쓰게 느껴졌다. 돈과 힘을 가진 그에게는 누군가의 뒤를 밟고 개인사를 캐내는 일이 손바닥을 뒤집는 것만큼이나 쉬운 거였다. 그녀가 그토록 안절부절못하며 비밀을 지키기 위해 필사적이었다는 게 우스울 정도로.

유라는 다시 한 번 이력서에 현성에서 일했던 경력을 기재한 것을 뼈저리게 후회했다. 취업이 워낙 어려운 시기라 비호감의 외모로는 JC그룹에 취업하기 어려울 것 같아 망설이다가 적은 것이었다. 그 덕분에 윤 전무와 면접에서 대화를 나눌 수 있었고 그래서 취업할 수 있었지만, 그래도 지금은 그 일을 후회할 수밖에 없었다.

"하나도 안 변했군요. 정말이지 너무나 비겁하고 비열한 사람이에요. 내가 좋아요? 그런데 나는 그쪽이 치가 떨려요. 무슨 억하심정으로 이렇게 나를 괴롭히나 끔찍할 뿐이에요. 그러니 제발 두 번 다시 내 앞에 나타나지 말아요. 앞으로 한 번만 더 나한테 알은척하고 내 주변에 얼쩡거리면, 그때는 절대로 참지 않겠어요. 아시겠어요? 경찰에 신고하든 법에 호소하든 절대로 가만있지 않겠어요."

이런 말로 그를 단념시킬 수 있을 거로 생각지는 않았다. 그러나 유라는 다시 한 번 제 뜻을 분명히 밝히고 싶었다. 현석의 얼굴을 보는 게 지긋지긋한 악몽처럼 느껴져 견딜 수가 없어진 그녀는 소름이 끼친다는 듯 고개를 절레절레 흔들었다. 그 모습에 미간을 찌푸리던 현석은 언제 그랬냐 싶게 표정을 싹 바꿨다.

"정말 그럴 거야? 한유라가 이럴 때마다 내가 얼마나 상처받는지 알아? 내가 오죽하면 이러겠어. 사랑한다니까? 유라만 나한테

와주면 다른 여자들은 싹 정리할게. 정말이야. 그럴 게 아니라 우리 결혼하자! 나하고 결혼하잖아? 그럼 나도, 현성도 다 네 것이 되는 거야. 약속할게. 너만 나한테 와주면 내가 정말 잘할게.”

경멸의 눈길로 쏘아보던 유라가 더는 들어줄 수 없다는 듯 자리에서 벌떡 일어섰다.

“미쳤군요! 당신은 미쳤어요. 어떻게 그런 말을……. 완전히 돌았어. 제정신이 아니에요.”

현석의 눈에 섬광이 지나갔다. 그는 놔주지 않겠다는 듯 유라의 손을 움켜잡았다.

“내가 미쳤다고? 그래, 너한테 미쳤다. 나, 아무한테도 너 못 줘. 알아? 내가 못 가지면 아무도 널 못 갖는 거야. 지훈이? 그 재수 없는 자식이 너를 뺏어가게 내가 놔둘 것 같아? 꿈도 꾸지 마. 한유라. 내가 너를 사랑하는 한 너는 아무 데도 못 가.”

유라는 팔을 크게 휘둘러 잡힌 손을 확 뿌리치며 외쳤다.

“사랑? 사랑이라고? 그런 끔찍한 소리 하지 마. 당신은 나한테 스토커고 정신병자, 그 이상도 이하도 아니야. 그러니까 이제 제발 내 인생에서 꺼져!”

격분한 그녀는 제 앞에 있던 오렌지 주스가 담긴 컵을 들어 현석의 머리 위에 그대로 쏟아버렸다. 그러고는 현석에게 잡힐세라 뒤도 돌아보지 않고 빠르게 커피숍을 나왔다.

더 심한 말을 퍼부어 주고 싶은 마음이 굴뚝같았지만 현석과 더는 한마디도 섞고 싶지 않았다. 그래도 나오기 전에 뺨이라도 한 대 올려붙여 줄걸. 아쉬운 마음이 들었지만, 그와 더 실랑이를 해봐야 좋을 게 전혀 없었다. 여기서 더 마주쳐봐야 피곤할 뿐이라고 생각하며 유라는 걸음을 재촉했다.

휴대전화 매장에 다시 들른 유라는 전화의 해지를 마무리했다. 그녀는 잠시 맡겨놓았던 여행 가방을 찾아 그길로 택시에 올랐다.

"어디로 모실까요?"

기사가 백미러로 그녀를 흘끔 보며 목적지를 물었다.

"인천공항이요."

차가 달리기 시작했다. 익숙한 풍경들이 그녀의 눈앞을 휙휙 지나갔다.

지훈을 만났던 마트 건물이 보였다. 유라는 창문에 매달려 멀어지는 마트 건물에서 눈을 떼지 못했다. 잠시 망설이던 그녀는 공항으로 가기 전 들를 곳이 있다고 말했다. 기사는 별말 없이 차를 돌려 지훈의 동네로 갔다.

"기사님, 죄송하지만 잠깐 기다려주세요."

택시에서 내린 유라는 그의 집 앞으로 갔다. 얼마 전 이곳에 왔던 때가 생각났다. 그날도 택시를 잡아타고 무작정 이곳으로 달려왔었다.

이제 정말 끝이구나. 눈물이 왈칵 쏟아질 것 같았지만 그녀는 힘겹게 울음을 꿀꺽 삼켜냈다. 유라는 목에 걸린 깃털 펜던트를 손에 꽉 쥐고 속삭이듯 지훈에게 작별 인사를 남겼다.

"잘 있어요. 지훈 씨……. 그동안 고마웠어요. 안녕……."

혼자만의 작별 인사를 마친 유라는 다시 택시로 돌아갔다. 그녀가 택시에 오르자마자 기다렸다는 듯 하늘에서 빗방울이 툭툭 떨어지기 시작했다. 택시 기사는 갑작스럽게 내리기 시작하는 비에 놀랐는지 앞 유리창에 얼굴을 디밀고 하늘을 올려다봤다. 그러더니 혼잣말처럼 중얼거렸다.

"소나긴가? 오늘 비 온다는 예고는 없었는데."

기사의 말에 유라도 하늘을 올려다봤다. 그녀가 이를 악물고 참아내느라 미처 흘리지 못한 눈물을 하늘이 대신 흘려주는 듯 느껴졌다. 하늘에서 커다란 빗방울이 한 방울씩 뚝뚝 떨어질 때마다 그녀의 마음도 조금씩 젖어드는 것 같았다.

"출발할까요?"

기사의 물음에 그녀가 대답했다.

"네. 출발해주세요."

유라가 택시에 올라탄 뒤 지훈의 차가 미끄러지듯이 달려와 그의 집 앞에 멈춰 섰다. 갑자기 내리는 비에, 지훈은 차에서 내리다 손으로 머리를 덮으며 하늘을 올려다봤다.

오늘 오후에 비가 온다는 예보가 있었던가? 후드득 떨어지는 비에 고개를 갸웃하는데 건너편에 서 있던 택시 한 대가 움직이기 시작했다. 지훈의 시선이 자연스럽게 소리가 나는 쪽으로 향했지만, 택시를 바라보는 그의 눈길은 무심했다. 택시가 그의 앞을 스치듯 지나가고 그 모습을 물끄러미 바라보던 그는 빗방울이 거세게 얼굴을 때리자 서둘러 집으로 들어갔다.

지훈은 집 앞 도로를 향해 나 있는 창가에 섰다. 잠깐 사이에 빗줄기가 제법 굵어져 있었다. 쏴아아. 퍼붓는 빗소리에 막힌 속이 시원하게 뚫리는 것 같았다. 그는 그 자리에 서서 비에 젖은 도로를 오래도록 바라봤다.

지나가는 소나기였는지 한바탕 쏟아지던 비는 그녀가 공항에 도착했을 무렵 그쳤다. 유라는 비행기를 타러 게이트로 이동하다가 택배 업체에서 운영하는 부스를 발견했다.

이제 이 목걸이는 지훈 씨에게 돌려줘야 하는 거 아닐까? 유라는 목에 건 깃털 목걸이를 두고 잠시 고민했다.

'유라 씨, 내가 준 목걸이는 계속하고 있죠? 앞으로 무슨 일이 있어도 절대로 빼면 안 돼요. 알았죠?'

부스로 향하던 그녀의 발길이 멈칫했다. 그때 그녀는 뭐라고 대답했던가. 반드시 그러겠다고 약속했었다. 과연 그 약속이 지금도 유효한지 의구심이 들었지만, 그의 마음이 담겼던 이 펜던트 하나만큼은 추억으로 남겨두어도 괜찮지 않을까. 그로부터 몇 시간 후, 유라는 비행기 안에 앉아 있었다.

08.

며칠째 불면의 시간이 계속됐다. 잠이 든 것 같다가도 어느새 일어나 어둠 속을 멍하니 응시하는 자신을 발견했고, 꿈을 꾸지 않고도 밤새 그녀의 환상을 좇고 또 좇았다. 좋았던 기억은 좋았던 대로, 아팠던 기억은 아팠던 대로 날마다 새롭게 되살아나 지훈을 괴롭혔다.

고통스럽던 밤이 지나면 해는 어김없이 떠올랐다. 아침이 되면 지훈은 피곤한 몸을 일으켜 출근길에 올랐다. 그렇게 평소와 다름없이 꼬박꼬박 회사에 나가 많은 일을 처리했다. 그의 마음은 뜨거운 지옥불 속을 헤매느라 편히 숨 쉴 수도 없었지만, 그것과 상관없이 그는 자신의 자리를 지켰다. 그것이 제게 주어진 의무라고 믿었다.

겉으로 보기에 그의 일상은 달라진 게 없었다. 초췌한 얼굴과 어두운 안색, 한층 더 무거워진 입과 좀처럼 웃지 않는 입매를 제

외한다면. 만나는 사람마다 그가 너무 무리해서 일하고 있는 것은 아닌지 걱정했다. 그럴 때면 지훈은 그저 괜찮다는 듯 고개를 저었다. 그렇게 일하다가도 그는 가슴이 답답할 때면 문득문득 고개를 들어 창밖을 바라보곤 했다.

지훈은 부회장실을 드나들 때마다 고개를 똑바로 들지 못했다. 주인을 잃은 빈 책상을 보기가 쉽지 않아서였다. 유라의 자리는 아직 공석이었고, 어쩌다 비어 있는 자리를 볼 때면 가슴에 난 구멍으로 바람이 지나가는 듯 시리고 아팠다. 그럴수록 힘든 내색을 하지 않으려 지훈은 더욱 표정 없고 무심한 얼굴로 변해갔다.

이제 조금만, 조금만 더 기다리면 된다. 지훈은 애써 마음을 다잡았다. 그는 박 실장이 가져올 보고서를 기다리고 있었다. 유라가 정말로 현석이 말한 산업 스파이였는지, 그녀와 현석이 어떤 관계로 얽혀 있는지, 그녀가 제게 하고 싶어 했던 말이 무엇이었는지 직접 확인할 작정이었다.

그녀가 결백해도 지훈에게는 객관적인 증거가 필요했다. 당장은 그의 눈치를 보느라 모두가 모른 척하고 있지만 이런 스캔들에 휘말린 유라를 그의 주변에서 쉽게 받아들일 리 없었다.

물론 현석과의 관계도 명확히 해둘 필요가 있었다. 한 가지 분명한 것은 현석이 그에게 거짓말을 했다면 분명히 그 대가를 치러야 한다는 것이었다. 지훈은 수척했던 유라의 얼굴을 떠올리며 이를 악물었다. 반드시, 그렇게 만들 생각이었다.

"말씀하신 것 알아봤습니다. 여기 있습니다."

피를 말리듯 초조한 시간이 지나고 지훈은 드디어 성민에게서 그 답을 받을 수 있었다.

"이게 그 결괍니까? 수고했습니다. 나가 보세요."

성민에게 받은 서류를 보며 지훈은 저도 모르게 주먹을 틀어쥐었다. 그토록 기다렸던 서류였지만 그는 쉽게 손을 대지 못했다. 과연 어떤 내용이 들어 있을지. 혹시나 하는 마음에 열어볼 엄두가 나지 않았다. 그 속에 든 진실이 그가 원하는 것과 맞지 않을까 봐 두려워 가슴이 세차게 뛰었다. 지훈은 떨리는 손으로 조심스럽게 서류를 살펴보기 시작했다.

쾅. 떨리는 심정으로 조심스럽게 서류를 살피던 지훈이 분노를 참지 못해 주먹으로 책상을 세게 내리쳤다. 그 소리가 밖까지 들렸는지 급한 노크 소리와 함께 성민이 문을 열고 들어왔다.

"부회장님!"

지훈의 안색이 돌처럼 굳어 있었다. 책상을 내리치다 다쳤는지 주먹 끝에 피가 묻어 있었다.

"괜찮으십니까?"

놀란 성민이 그의 상처를 살폈지만 지훈은 손의 상처 따위는 상관하지 않았다.

화가 나서 견딜 수가 없었다. 당장에라도 현석을 끌어다 분이 풀릴 때까지 실컷 패주고 싶었다. 머리끝까지 치밀어 오르는 분노에 지훈은 눈앞이 다 아찔해졌다.

정현석. 절대로 너를 그냥 두지 않겠다. 지훈은 이를 앙다물었다.

이제야 이해가 갔다. 유라가 어째서 그런 선택을 했는지를. 그동안 혼자서 얼마나 외롭고 힘들었을까. 저와 마주칠 때마다 얼마나 가슴을 졸였을지 안쓰러웠다. 그러다 저까지 그녀를 외면했을 때 그녀가 얼마나 아프고 괴로웠을지. 거기에 생각이 미치자 도저히 가만히 있을 수 없었다.

지훈은 주차장을 향해 달렸다. 성민이 놀란 얼굴로 따라나서고 비서실의 직원들이 동요하며 웅성거렸지만 그의 눈에는 아무것도 보이지 않았다. 그저 유라를 만나야 한다는 생각만이 그의 머릿속을 가득 채웠다.

만나야 했다. 그녀에게 가야 했다. 한시가 급한 지훈은 19층이나 되는 계단을 단숨에 뛰어 내려가 빠르게 차에 올랐다. 가는 길에 유라에게 전화했지만 없는 번호라는 안내 멘트에 더 마음이 급해졌다. 불안한 예감에 지훈은 차의 속도를 높였다.

유라의 오피스텔에 도착한 지훈은 현관 벨을 눌렀다. 딩동. 벨이 울렸지만 대답이 없었다. 초조하게 손바닥을 비비며 응답을 기다리던 그가 다시 벨을 눌렀다. 문가에 귀를 대봤지만, 안에서는 어떤 기척도 느껴지지 않았다.

그 순간 지훈의 가슴이 쿵 내려앉았다. 유라가 그의 집을 찾아왔을 때, 닫힌 문을 바라보며 이런 기분이지 않았을까. 미안함과 불안, 죄책감으로 지훈의 손끝이 가늘게 떨렸다.

딩동, 딩동, 딩동. 유라가 그랬던 것처럼, 지훈도 열리지 않는 문 앞에서 계속 벨을 눌러댔다. 그러나 그녀는 끝내 나오지 않았다.

그러다 지훈은 지난번 그녀가 몸살로 아팠을 때 경희가 알려줬던 비밀번호를 기억해냈다. 제발 맞기를 바라며 떨리는 손으로 버튼을 하나하나 꾹꾹 힘주어 누르자 다행히 현관문이 열렸다. 지훈은 급하게 안으로 뛰어들었다.

"아아⋯⋯."

지훈이 맞닥뜨린 것은 머리카락 하나 남아 있지 않은 텅 빈 방이었다. 어디에도 유라의 흔적은 없었다. 경악한 눈으로 미친 듯이 집 안을 둘러보던 지훈은 그만 자리에 주저앉고 말았다. 믿을 수가 없었다. 그녀가 떠나버렸다니. 지훈은 괴로움에 얼굴을 일그러뜨리며 두 손으로 제 머리를 감쌌다.

어리석었다. 모든 결과가 나오면, 그래서 사실이 명확해지면, 그때 그녀를 다시 만나면 된다고 생각했었다. 그들을 아는 모든 사람에게 그녀의 결백을 증명하기 위해서는 그게 우선이라고 생각했었다.

지훈은 이제야 제가 중요한 사실을 간과했다는 것을 깨달았다. 유라에게는 세상 그 누구보다도 그의 믿음과 지지가 가장 절실하다는 것을. 그가 진실을 찾아 그녀를 외면하는 사이, 상처받은 그녀는 어디론가 숨어버렸다. 그에게 날아오라고 선물했던 깃털을 달고 유라는, 그에게서 멀리 달아나버렸다.

"보고 싶다. 보고 싶다. 유라야…… 어디로 갔니."

참아지지 않는 울음이 지훈의 입 밖으로 터져 나왔다. 그날 밤 유라가 그랬던 것처럼.

텅 빈 집 안에서 한참을 멍하니 앉아 있던 지훈은 해가 지고 나서야 다시 사무실로 돌아왔다. 그는 책상에 앉아 조심스러운 손길로 성민이 가져다준 파일을 다시 열었다.

'반가워요. 정현석 이삽니다. 앞으로 잘해봅시다.'

유라가 현성기획에 입사한 것은 대학을 졸업하고 1년이 돼갈 무렵이었다. 현석이 지휘하는 기획실에 배치된 유라는 매너 좋고 친절한 그에게 호감을 느꼈다. 젊은 나이에 이사라니. 그가 대표의

아들임을 몰랐기에 대단히 능력 있는 사람인가보다 감탄했다.

신입인 그녀의 역할은 선배나 상사의 업무 보조가 주였다. 그래서인지 현석은 유라를 자주 불러 사소한 일들을 시켰다. 서류를 찾아 달라, 자료를 구해 와라, 문서를 작성해라. 다른 직원에 비해 부르는 횟수가 유난히 잦았다.

그러던 어느 날, 현석이 본색을 드러냈다. 그날도 현석은 대수롭지 않은 요구를 반복하며 퇴근 시간이 한참 지나도록 그녀를 붙잡았다. 그러더니 굳이 저녁을 사겠다고 나섰다.

유라는 사양했다. 안 그래도 대수롭지 않은 일로 자꾸 호출해대는 그가 점점 불편해지던 참이었다. 더구나 이사실에 드나들 때마다 마주치는 현석의 비서 진아의 눈길이 곱지 않았다.

'사양 말아요. 나도 저녁은 먹어야 하니까. 왜, 나하고 먹는 게 불편한가?'

현석의 거듭된 권유에 유라는 마지못해 그를 따랐다.

식당에서 현석은 자신이 현성기획의 후계자임을 강조하며 그녀에게 교제를 제안했다. 유라는 그가 어떤 위치에 있든 관심 없었다. 그저 단 한 번도 현석을 남자로 느껴본 적이 없기에 죄송하다는 말로 그의 제안을 정중히 거절했다.

'그래? 그것참 유감이군. 알겠어.'

그녀가 감히 거절할 거라 예상 못 한 현석의 눈빛이 사나워졌다. 입으로는 알겠다고 했지만, 그의 눈빛은 납득한 사람의 것이 전혀 아니었다. 아니나 다를까 그날 이후로 모든 것이 달라졌고, 그동안 현석이 보였던 매너와 친절한 미소도 온데간데없이 사라져버렸다.

그때부터 현석은 공개적으로 유라를 야단치는 일이 잦았다. 작은 일에도 언성을 높이는 통에 사무실의 분위기가 눈에 띄게 험악해졌다. 현석의 분노는 기획팀 전체에 고스란히 영향을 끼쳤고 당사자인 유라는 물론 동료들에게도 불똥이 튀는 일이 잦았다.

그러다가도 현석은 갑자기 태도를 바꿔 유라를 노골적으로 치켜세웠다. 아직은 팀 프로젝트에서 그녀의 역할이 미미한 것을 뻔히 알면서도 기획실의 성과가 마치 그녀만의 공로인 듯 굴었다. 그 바람에 선배들의 노력과 실적을 가로챈다고 오해를 받았고, 그녀에 대한 불만과 원성은 날이 갈수록 커졌다.

이런 일이 반복되자 모두가 그녀를 불편해했다. 동료들 사이에서 그녀의 입지는 점점 좁아졌고, 현석과 유라의 관계가 무엇인가를 놓고 뒷말이 돌기 시작했다. 오락가락하는 현석의 태도는 소문의 확산을 더욱 부추겼다. 결국, 유라가 현석과 모종의 사이라는 소문이 사실인 양 퍼져 나갔다.

처음에 유라는 저에 대한 지저분한 소문을 전혀 알지 못했다. 소문은 눈덩이처럼 부풀려지고, 과장되어 널리 퍼진 후에야 그녀의 귀에 들어갔다. 그때는 이미 너무 많은 것이 달라진 후라서 유라의 힘으로는 바로 잡기 어려웠다.

저를 대하는 동료들의 태도가 점점 싸늘해지고 바라보는 눈길이 곱지 않다는 걸 알면서도 유라는 어쩔 도리가 없어 발만 동동 굴렀다. 분하고 답답해도 억울함을 호소할 길이 없었다. 거절 의사를 밝힌 이후로 현석의 모호한 태도에 피해를 보면서도 마땅한 대처 방법을 찾기 어려웠다.

시간이 흐를수록 상처받은 것은 그녀였고, 차라리 누군가 나서 그녀에게 궁금한 것을 대놓고 물어봐 줬으면 좋겠지만 모두들 뒤에서 손가락질할 뿐 드러내놓고 비난하지는 않았다. 그러니 해명하고 싶어도 누구에게 해야 할지, 무엇을 해명해야 할지 알 수 없는 이상한 상황이 돼버렸다.

고통스러운 나날이 계속됐지만, 유라는 이를 악물고 참아냈다. 마음이야 하루에도 열두 번씩 사직서를 쓰고 싶었지만, 취업이 녹록지 않은 시대였다. 현성을 그만둔다고 더 나은 회사에 취직한다는 보장도 없는 데다 다시 아르바이트로 연명하던 시절로 돌아가기는 싫었다. 좋은 회사에 취업했다고 기뻐하던 엄마의 얼굴도 떠올랐다.

유라는 시간이 흐르면 모든 것이 해결될 거라 희망을 가졌다. 거절에 대한 현석의 분노도 시간이 가면 가라앉을 테고, 동료들도 머지않아 그녀의 진심을 알아줄 거로 믿었다. 그러니 고작 말도 안 되는 오해 때문에 어렵게 입사한 회사를 그만두는 것은 바보 같은 짓이라고 자신을 타일렀다.

그러나 그녀를 괴롭히는 것은 현석만이 아니었다. 현석의 비서인 진아도 유라에게 노골적으로 적대감을 드러내기 시작했다.

'한유라 씨는 정말 재주가 좋네?'

가시 돋친 진아의 빈정거림에 복도를 지나던 유라는 걸음을 멈췄다.

'무슨 말씀이시죠? 제가 알아듣게 말씀하세요.'

팔짱을 낀 진아가 그녀를 무섭게 쏘아봤다.

'한유라 씨, 내가 인생 선배로서 충고 하나 할게. 반반한 얼굴 하나 믿고 계속 그렇게 남자 상사들한테 꼬리나 치고 다니다가는 큰코다칠걸? 특히 정 이사님은 넘보지 않는 게 좋아. 그 남자는 내 남자거든. 내가 가만히 앉아서 호락호락 당할 사람으로 보여? 내

말 명심하는 게 좋을 거야.'

그녀를 향해 조소하던 진아가 유라의 어깨를 힘껏 치고 지나갔다. 불시의 타격에 비틀거렸던 유라는 저를 지나치는 진아를 붙잡았다.

'잠깐만요. 잘 알지도 못하면서 말씀 함부로 하시면 곤란해요. 누가 누구한테 꼬리를 친다는 말씀이세요? 제가 정 이사님한테요? 정말, 기가 막혀서⋯⋯. 인생 선배라 하시니 인생 후배로서 저도 충고 하나 해드리죠. 정 이사님이 주 대리님 남자면 잘 지키셔야겠어요. 물론 저라면 아무에게나 찝쩍대는 그런 남자는 제가 먼저 사양하겠지만요.'

유라는 몰랐지만, 진아와 현석은 오래된 내연 관계였다. 그리고 진아는 여러모로 여직원들 사이에서 실세로 통했다. 진아의 개입 이후, 가뜩이나 힘들었던 그녀의 상황은 눈에 띄게 나빠졌다.

하루하루가 가시방석이었다. 회사 내 어느 곳에 가도 찌를 듯 따가운 눈초리가 유라를 따라다녔다. 간혹 지친 그녀 곁을 지나가며 안쓰럽게 바라봐주는 직원들도 있었지만, 대부분은 비난 가득한 시선으로 눈을 흘겼다. 때로는 들으라는 듯 일부러 큰 소리로 험담을 하기도 했다.

그런 일을 겪을 때마다 유라의 가슴은 절망으로 무너져 내렸다. 가끔은 너무 힘들어서 현석이 원하는 대로 해버릴까, 약한 마음이 들기도 했다. 그러나 그럴수록 절대로 굽힐 수 없다는 오기도 함께 커졌다.

이제 유라는 사람이 무서워졌다. 틈만 나면 사람들의 시선을 피해 숨었지만, 현석은 누구보다 회사의 지리와 돌아가는 상황을 잘 아는 사람이었다.

'듣자 하니 요즘 회사 생활이 아주 괴롭다면서? 사람들이 왜들 그러나 몰라. 보기만 해도 이렇게 예쁜 한유라를 괴롭히고 말이야. 아유, 나쁜 사람들. 내가 혼 좀 내줘야겠네. 어때, 한유라. 너를 우습게 보는 사람들한테 복수하고 싶지 않아? 당신이 원하면 내가 그렇게 해줄 수 있는데 말이야. 좋은 게 좋은 거라고 그만큼 버텼으면 됐어.'

또다시 시작된 어처구니없는 소리에 유라는 분노를 담아 힘껏 그를 노려보았다.

'이사님이야말로 허튼소리 그만 좀 하시죠! 그러고 보면 이사님은 참 안되셨어요. 좋은 환경에서 태어나 부족한 것 없이 잘 자라오신 분이 어쩜 이러실까요? 동네 양아치도 이사님보다는 낫겠어요.'

그녀의 말에 얼굴을 굳히던 현석이 가소롭다는 듯 웃음을 터뜨렸다.

'하하하. 한유라. 역시 도도해. 네가 그럴 때마다 내가 아주 미치겠다니까. 내가 이래서 너를 포기 못 하는 거야. 도망가려고 할수록 갖고 싶어지니까. 솔직히 말해봐. 네가 진짜로 원하는 게 뭔지. 왜, 안방마님 자리라도 보장해줄까?'

참을 수 없어진 유라는 저도 모르게 손을 들어 그의 뺨을 내리쳤다.

'이제 그만하세요. 앞으로 더는 이사님을 상대하지 않겠어요. 현성의 안방마님 자리요? 당신같이 형편없는 남자의 옆자리라면 그게 대한민국 영부인 자리라도 사양이에요.'

유라라고 적극적인 대응 방법을 고민하지 않은 것은 아니었다. 그녀는 회사 내 여직원회의 도움을 받아 현석을 성희롱으로 고소하려고 했었다. 그러나 여직원회 수장이 주진아인 것을 알고 포기할 수밖에 없었다.

'어머나! 한유라 씨. 어쩌죠? 우리 여직원회에서는 한유라 씨를 도울 수가 없네요. 한유라 씨가 정현석 이사님께 불순한 의도를 가지고 접근한 것은 이미 회사 내 직원들 전체가 다 아는 일이에요. 누구도 유라 씨 편을 들거나 유리한 증언을 해주지 않을 겁니다.'

그러다 현성의 정 대표까지 이 일에 개입했고, 유라는 결국 저항을 포기했다. 그녀의 힘으로 현성을 상대하는 것은 계란으로 바위를 치는 것만큼이나 어렵다는 걸 인정할 수밖에 없었다. 그렇게 실컷 부딪히고, 깨지고, 피 흘리고, 상처를 입은 후 유라는 현성을 떠나기로 마음먹었다.

백기 투항하듯 사직서를 제출하고 회사를 나오던 날, 유라는 로비에서 현석과 맞닥뜨렸다. 이미 그녀의 소식을 알고 있던 현석은 그녀의 퇴사가 애석하다는 듯 악수를 청했다. 로비를 오가던 수많은 사람이 두 사람을 흥미진진한 눈으로 지켜보고 있었지만, 유라는 그가 내민 손을 잡지 않았다.

'저런. 한유라 씨, 마지막 화해의 악수까지 거절하는 건가요? 유감이군요.'

사람들에게 들리도록 크게 말한 현석이 유라에게 고개를 기울이더니 그녀만 들을 수 있게 목소리를 낮췄다.

'우리 둘이라면 상당히 근사한 커플이 될 수 있었을 텐데 아쉽게 됐군. 마음이 바뀌면 언제든지 연락해. 내 제안은 아직 그대로니까. 난 한유라 얼굴을 꼭 다시 보고 싶거든.'

'터무니없는 소리 하지도 말아요.'

'왜, 마음에 안 드나? 그런데 어쩌겠어? 내 눈에는 한유라가 너무 예쁜걸. 이봐, 한유라. 나를 탓하지 말고 지나치게 예쁜 네 얼굴을 탓하라고.'

현석이 노골적인 눈빛으로 그녀를 위아래로 훑었다.

'정현석! 너는 정말 재수 없는…… 비열하고 나쁜 개자식이야.'

현석을 무섭게 노려보던 유라는 그 말을 마지막으로 현성을 떠났다.

현성에서의 비참했던 기억은 그곳을 그만둔 후에도 오랫동안 유라를 괴롭혔다. 겉으로는 의연하려 애썼지만 마음은 여전히 진흙탕 속을 뒹굴었고, 불의에 당당히 맞서지 못하고 결국 포기하고 말았다는 자책도 그녀를 힘들게 했다.

마음이 괴로워서인지 유라는 밤마다 끔찍한 악몽에 시달렸다. 그리고 꿈속에서조차 저를 향한 날 선 비난들과 맞닥뜨려야 했다. 그렇게 한동안 두문불출했던 유라는 견디다 못해 자취방을 정리하고 살던 동네를 떠났다.

그녀는 다른 곳에 오피스텔을 구하고 휴대전화 번호도 바꿨다. 지나간 상처는 잊고 새롭게 출발하기 위해 노력했다. 새로운 직장을 구하는 일도 그중 하나였다.

그러나 그녀에게 남겨진 상처는 생각보다 꽤 깊었던 모양이다. JC그룹에 제출할 이력서의 사진을 찍으러 가려던 유라는 머릿속에 갑자기 현석의 말이 떠올랐다.

'한유라. 나를 탓하지 말고 지나치게 예쁜 네 얼굴을 탓하라고.'

그 말에 울컥해진 유라는 그만 충동적인 행동을 하고 말았다. 못난이처럼 보이도록 두 뺨에 주근깨를 그려 넣고 얼굴이 가려지는 안경을 썼다. 이런 선택이 나중에 어떻게 작용할지, 이때의 유라는 전혀 알지 못했다.

성민이 지훈에게 건넨 파일에는 유라가 JC그룹에 입사하면서
제출한 이력서와 자기소개서를 비롯해 그녀가 현성기획에서 어떤
일을 겪었는지에 대한 기록이 들어 있었다.

성민은 보고서의 내용이 JC에서 현성으로 자리를 옮긴 김준태
과장과 그가 소개한 몇몇 여직원을 직접 만나 듣게 된 내용이라고
했다. 그 여직원들은 이미 현성을 퇴사한 직원들이라 부담 없이 인
터뷰에 응할 수 있었다고 했다.

침통한 얼굴로 그것을 내려다보던 지훈은 성민이 첨부해놓은
사진 몇 장을 집어 들었다. 사진 속의 인물은 그가 익히 잘 아는 모
습의 유라였다. 대학 시절인지 앳되어 보이는 그녀가 커피숍 로고
가 박힌 앞치마를 두른 채 웃고 있었다. 또 다른 사진은 학사모를
쓴 대학 졸업 사진이었다.

지훈은 유라가 웃고 있는 사진을 들여다보며 그녀의 얼굴을 조
심스럽게 어루만졌다. 사진에서 시선을 떼지 못하는 그의 눈 속에
후회와 괴로움이 가득했다.

그는 그대로 사무실에 앉아 밤을 지새웠다. 밤이 깊어 새벽이
오고 아침이 될 무렵에야 비로소 제 안에서 끓어오르는 복잡한 감
정들을 조금이나마 다스릴 수 있었다. 창문 너머로 떠오르는 해를
바라보며 지훈은 생각을 가다듬었다. 지금 당장 그가 제일 먼저 해
야 할 일은 사라져버린 그녀를 찾는 일이었다.

밤 10시가 넘어 완연한 어둠이 내린 시간. 유라는 필리핀의 깔리

보(Kalibo) 공항에 도착했다. 유라는 곧바로 가이드를 만나 차로 2시간을 넘게 달렸다. 까티글란(Caticlan) 항구에서 작은 배를 타고 10분 정도 더 간 후에야 목적지인 보라카이 섬에 닿을 수 있었다.

섬에 도착한 그녀는 트라이씨클을 타고 제이스 호텔(J's Hotel)로 갔다. 유라가 보라카이에 머무르는 동안 묵기로 한 작은 호텔이었다. 간단하게 체크인 절차를 마친 유라는 호텔 2층의 작은 방으로 안내되었다. 한적한 소규모 호텔이라 시설이 화려하지는 않았지만 깨끗하게 잘 관리되어 있어서 제법 마음에 들었다.

이미 새벽이 가까운 시간이라 방 한가운데에 놓인 커다란 침대를 보자 갑자기 피곤이 밀려들었다. 유라는 곧장 침대 속으로 파고들었다. 너무 피곤해선가, 실로 오래간만에 꿈도 꾸지 않고 깊은 잠을 잘 수 있었다.

유라가 침대에서 몸을 일으켰을 때는 벌써 오후 두 시가 다 되어가는 시간이었다. 깜짝 놀란 그녀는 재빨리 침대를 빠져나와 발코니의 창부터 활짝 열었다. 신선한 공기가 금세 방 안을 가득 채우고 창가에 쳐놓은 흰색 커튼이 바람을 타고 하늘하늘 춤을 추었다.

욕실에서 간단히 씻고 나와 미처 손대지 못한 짐부터 정리했다. 엊저녁부터 제대로 먹지 못해 시장기가 느껴졌지만 식당에 가기에는 시간이 애매했다. 어떡할까 고민하던 그녀는 기내식으로 나왔던 빵과 음료수를 남겨뒀던 게 생각났다.

빵과 음료를 들고 발코니로 나왔다. 불어오는 바닷바람에 머리카락이 휘날렸다. 유라는 발코니 소파에 앉아 느긋하게 빵을 뜯어 먹으며 눈앞의 바다를 바라봤다. 그녀를 이곳으로 이끈 광고 속 풍경과 똑같은 바다가 바로 눈앞에 펼쳐져 있었다. 얼마나 파란지 하늘과 바다의 경계가 희미해 바닷물 대신 새파란 하늘을 그대로 담아놓은 것 같았다.

"정말 아름답구나. 오길 잘한 것 같아."

함께 가자고 했는데……. 자연스럽게 지훈을 떠올렸다. 지키지 못한 약속에 마음이 아팠다. 더는 그를 생각하지 않으려, 잊으려 노력하고 있었지만 쉽지 않았다. 그가 있는 서울에서 이렇게나 멀리 도망쳐왔건만, 지훈은 여전히 그녀의 머리와 가슴 안에서 함께 숨 쉬고 있는 듯 느껴졌다.

어느덧 오후의 그림자를 길게 드리웠던 태양이 뉘엿뉘엿 저물어가고 바다와 하늘이 맞닿았던 곳에 태양이 빨간 머리를 담갔다.

잘 도착했다고 경희에게 전화를 해볼까 생각했지만 그녀는 그만두기로 했다. 보라카이에 와 있는 동안은 한국에 대해 잊을 작정이었다. 그럴 수 있다고 장담할 수는 없지만, 그러기 위해서 이곳까지 왔으니까.

인천공항을 떠나 보라카이로 날아오는 동안 지훈을 다시 만날 수 있다는 희망은 저 하늘에 날려버렸다. 그래도 남는 미련은 보라카이를 떠날 때 이곳에 묻어두고 갈 생각이었다. 그러다 보면 차츰 잊을 수 있겠지. 유라는 자꾸만 바다 건너 머나먼 곳으로 향하려는 제 마음을 애써 잘라냈다.

아침 일찍 일어난 유라는 가벼운 차림으로 방을 나섰다. 호텔 1층에 있는 식당에서 아침을 먹기 위해서였다. 제이스 호텔은 한국인이 운영한다고 들었지만, 둘러보니 정작 한국인 손님은 별로 없어 보였다.

식사를 마친 유라는 외출 준비를 한 후 커다란 챙 모자를 쓰고 로비로 내려왔다.

"나오셨군요!"

그녀가 로비에 들어서자 프런트에 서 있던 젊은 남자가 반갑게 웃으며 한국어로 말을 걸었다. 생각지도 않은 한국어에 깜짝 놀라 돌아보니 남자가 멋쩍게 웃으며 자신을 소개했다.

"놀라셨으면 죄송합니다. 저는 이 호텔에서 일하는 최재혁이라고 합니다."

"아, 안녕하세요."

"어제는 온종일 방에서 안 나오셔서 인사를 못 드렸습니다."

호텔에서 일하는 사람답게 재혁의 얼굴에는 친절한 웃음이 가득했다.

"네, 어제는 좀 피곤해서요."

"그렇군요. 워낙 늦게 도착하셔서 그러셨을 겁니다. 오늘은 외출하시나 보네요. 그럼 좋은 시간 되십시오."

그녀는 이내 다른 손님들과도 인사를 나누는 재혁을 물끄러미 바라보았다. 호텔 직원 중에 말이 통하는 사람이 한 명쯤 있는 것도 나쁠 것 같지는 않았다.

유라는 근처부터 돌아볼 생각으로 곧게 난 길을 따라 걸었다. 손에 든 안내서를 보니 그녀가 걷는 이 길이 메인 로드라는 길인 모양이었다. 수많은 호텔과 리조트가 밀집한 보라카이의 가장 큰 도로라는 게 믿기지 않을 만큼 좁고 울퉁불퉁한 길이어서 마치 어린 시절의 시골 마을에 와 있는 기분이었다. 더운 날씨에 땀이 난 그녀는 슈퍼라고 부르기 민망할 만큼 조그만 구멍가게에서 콜라 한 병을 샀다.

한참을 걷다 보니 디-몰(D-mall)이라는 상가 지역이 나왔다. 관광객들이 바글바글 모인 이곳은 시골의 오일장을 연상시켰다. 그곳에서 유라는 다른 사람들을 따라 망고를 조금 샀다. 간단히 요기할 점심거리도 함께 구입한 그녀는 손에 든 짐이 많아지자 트라이씨클을 타고 다시 호텔로 돌아왔다.

간단히 점심을 해결한 후 한낮의 더위를 피해 바닷가로 나갔다. 호텔이 화이트 비치의 중심이 아닌 외곽에 있어선지 생각보다 한산했다. 유라는 이곳이 마음에 들었다. 가까이에서 본 바다는 그녀가 발코니에서 봤던 것보다 훨씬 더 아름답고 푸른 에메랄드빛 그자체였다.

햇살을 받은 모래가 희게 빛났다. 밀가루를 뿌려놓은 것처럼 곱고 하얀 모래가 발아래에서 부드럽게 밟혔다. 유라는 신발을 벗어 손에 들었다. 따뜻하게 데워진 바닷물이 바람을 따라 철썩이며 그녀의 발목을 적셨다.

그녀가 백사장에 앉아 하늘과 바다가 만들어내는 푸른 정경을 정신없이 눈 안에 담아내는 사이, 누군가 다가와 그녀의 머리 위에 긴 그림자를 드리웠다.

"아……."

누군가 했더니 로비에서 인사를 나눴던 재혁이었다.

"여기 계셨네요. 바다가 정말 아름답죠?"

"네, 정말 아름다워요. 이런 바다색은 처음이에요."

유라는 재혁에게 향했던 시선을 다시 바다로 돌렸다.

"호텔에서 수많은 손님을 만났지만 혼자서 여행하는 여자 분은 보기 드물죠. 보통은 가족 단위나 연인, 친구끼리 많이 오시니까요. 혹시라도 불편한 점이 있거나 필요한 게 있으시면 말씀하십시오. 최대한 도와드리겠습니다."

"네, 고맙습니다."

지나가는 길이었던 듯 재혁은 호텔로 돌아갔다. 다시 혼자가 된 그녀는 자리에서 일어나 바닷가를 거닐었다.

어느새 해가 기울기 시작했다. 바람이 세지는 만큼 바다의 너울도 점점 커졌다. 백사장의 입자가 고와서인지 유라가 지나간 뒤에도 발자국이 거의 남지 않았다. 그마저도 철썩이는 바닷물에 순식간에 흔적 없이 지워져버렸다. 빠르게 사라지는 발자국을 보면서 유라는 지훈을 향한 제 미련도 그렇게 사라지기를 바랐다.

지훈은 성민이 출근하자마자 그를 부회장실로 호출했다.

"부르셨습니까?"

"내부 감사 결과는 나왔습니까?"

"오전 중으로 나올 겁니다. 그런데 어제는 댁에 안 들어가셨습니까?"

성민은 전날 사무실을 뛰쳐나갈 때와 똑같은 차림에 피곤해 보이는 지훈의 안색을 걱정스러운 눈으로 살폈다.

"내 걱정은 안 해도 됩니다. 그보다 이 일의 내막이 이렇다면 내부 감사 결과야 빤한 것이고. 지금부터 박 실장은 한유라 씨를 찾는 일에 나서줘요. 사람을 몇 명을 풀어서라도 그 사람을 꼭 찾아야 합니다. 필요하다면 대한민국을 다 뒤져서라도 반드시 찾아요. 서둘러요. 나에게는 정말 중요한 일입니다."

지훈의 목소리에 힘이 들어갔다.

"알겠습니다. 그런데 직원들에게는 뭐라고 하면 좋을까요? 같이 근무하던 비서들에게는 설명을 해줘야 할 텐데요. 앞으로 한 비서의 거취 문제는 어쩌실 생각이신지⋯⋯."

"한 비서는 건강 문제로 휴직한 거로 합시다. 차후의 일은 그 사람을 찾고 나서 생각해보죠."

지시받은 일을 어떻게 처리할 것인지 고민하며 성민이 부회장실을 나갔다.

"유라야. 당신은 어디로 가버린 거지?"

다시 혼자 남겨진 지훈은 괴로운 마음에 손바닥으로 얼굴을 감쌌다.

유라는 해가 질 때까지 바닷가를 거닐다 캄캄해지기 전에 돌아왔다. 저녁을 먹어야 할 시간이었지만 다시 나가기가 번거로워 아침에 조식을 먹었던 호텔 레스토랑으로 내려갔다.

무엇을 먹을까 메뉴를 살피다가 채소 샐러드와 수프가 함께 제공되는 해산물 볶음밥을 주문했다. 잔잔하게 흘러나오는 음악을 들으며 음식이 나오기를 기다리고 있는데 갑자기 그녀 앞에 노란빛의 음료가 담긴 기다란 유리잔이 놓였다. 유라가 고개를 들어보니 재혁이 웃는 얼굴로 그녀를 내려다보며 서 있었다.

"저는 음료를 주문하지 않았는데요."

유라의 말에 재혁이 대답했다.

"호텔에서 드리는 웰컴 드링크에요. 보통은 체크인 때 드리는데 그때는 시간이 너무 늦었어요. 망고 주습니다. 신선한 망고를 직접 갈아서 만든 거라 맛이 꽤 괜찮을 겁니다."

개인적인 호의라면 당연히 사양했겠지만, 누구에게나 제공하는 웰컴 드링크라면 마다할 이유가 없었다. 유라는 순순히 주스 잔을 들어 입으로 가져갔다.

"고맙습니다. 맛있네요. 잘 먹을게요."

식사를 마친 그녀는 방으로 들어가는 대신 호텔 실외 수영장 앞에 놓인 테이블에 앉았다. 한낮의 햇볕은 따가울 정도로 강렬했지만, 해가 완전히 지고 난 후라서 그런지 꽤 선선했다. 까만 하늘엔 별이 제법 총총하고 이따금 불어오는 시원한 바람이 그녀의 긴 머리카락을 기분 좋게 날렸다.

유라는 테이블에 턱을 괴고 앉아 주위를 둘러봤다. 예쁜 색색의 조명이 어둠이 깔린 호텔 주위를 밝혔다. 야경이 꽤 근사한데도 오가는 사람이 적었다. 덕분에 사방이 조용하고 고즈넉해서 좋았다.

"맥주 드세요. 혼자라 심심하지 않아요?"

맥주 한 캔이 테이블 위에 놓였다. 유라는 보지 않아도 누군지 알 것 같았다. 낯선 이국땅에서 유창한 한국어로 그녀에게 말을 걸어 줄 사람은 재혁밖에 없었다.

"심심하지는 않아요. 그리고 저는 술을 못해요."

유라가 캔 맥주를 저만치 밀어내자 재혁이 맞은편에 앉아 눈을 동그랗게 떴다.

"이건 그저 맥주 한 캔인데요? 산 미구엘(San Miguel)이에요. 필리핀에 오셨으니 이건 먹어봐야죠. 한국에서도 팔지만, 현지에서 먹는 맛은 또 다르죠."

재혁의 말에 유라는 상관없다는 듯 어깨를 으쓱했다.

"그런가요? 유명한 술인가 보네요. 제가 술은 잘 몰라서. 정말 술과는 인연이 없거든요. 맥주 한 캔도 버거운 주량이죠."

"정말요? 이건 알코올 도수도 5퍼센트밖에 안 돼요. 사실 술이라고 할 수준도 아닌데. 술이 많이 약한가 보네요. 그래도 조금만 마셔 봐요. 아니다 싶으면 남기면 되죠. 필리핀에서 산 미구엘을 안 마시는 건 망고도 안 먹어보고 그냥 가는 거와 같아요."

"그런가요."

유라는 캔을 만지작거리기만 할 뿐 선뜻 입에 대지 않았다. 재혁이 무슨 말인가를 더 하려는데 지나가던 사람이 그를 불렀다.

"헤이, 제이!"

초록색 유니폼의 남자 직원이 재혁을 불렀다. 재혁은 뒤를 돌아보다 자리를 털고 일어났다.

"저를 찾네요. 잠시 실례할게요."

재혁은 직원을 향해 다가갔다. 두 사람은 이리저리 손짓을 해가며 잠시 이야기를 나누었다. 얘기를 마친 직원이 손을 흔들고 떠나자 그는 유라가 앉아 있는 테이블로 돌아왔다.

"이름이 최재혁 씨 아니셨어요? 동료들은 제이라고 부르나 봐요?"

유라의 물음에 재혁이 싱긋 웃으며 대답했다.

"이름은 최재혁이 맞아요. 근데 여기 친구들이 재혁이라고 부르기는 쉽지 않으니까요. 다들 편하게 제이(J)라고 불러요."

"제이라면……. 여기 호텔이 제이스 호텔(J's Hotel)이잖아요. 그럼 재혁 씨가……?"

"네, 뭐……."

"대단하시네요. 젊은 분이 이런 호텔을."

젊은 재혁이 호텔 주인일 거라고는 생각지 못했던 유라가 의외라는 표정을 짓자, 그는 쑥스러워하며 별것 아니란 듯 손을 내저었다.

"대단하긴요. 말이 좋아 호텔이지 보시다시피 규모가 이렇게 작은 걸요. 게다가 가진 걸 탈탈 털어 넣고도, 아직도 갚아야 할 빚이 산더미 같아요."

"그거야 뭐……. 그래도 대단한 거죠."

재혁이 떠난 후 유라는 고개를 뒤로 젖혀 하늘을 올려다봤다. 서울에서 보는 것보다 훨씬 더 많은 별이 그녀의 머리 위에서 영롱하게 반짝거렸다. 그중에 유난히 밝은 빛을 발하는 별 하나가 있었다. 어느 곳에서도, 누구와 함께 있어도, 늘 반짝이던 그 남자처럼. 유라는 그 자리에서 꼼짝도 하지 않고 오래도록 그 별을 바라보았다.

지훈은 내부 감사 결과 보고서를 훑어보는 중이었다. 예상대로 유라에게는 어떤 혐의도 없었다.

"전무님께도 보고가 갔습니까?"

"네. 지금쯤은 확인하셨을 겁니다."

지훈은 피곤한 듯 손끝으로 눈 주위를 문질렀다.

"한유라 씨 찾는 일은 시작했습니까?"

"예. 지시받자마자 바로 시작했습니다. 그런데 생각처럼 쉽지는 않을 것 같습니다. 한유라 씨 어머니가 사시는 집부터 알아보게 했습니다만, 그쪽에는 오지 않았더군요. 달리 연고가 있는지 알아보고 있습니다. 혹시 짐작 가시는 데라도 있으십니까?"

지훈은 눈을 감고 잠시 생각에 잠겼다. 그녀와 만나 나눴던 이야기 중에 단서가 될 만한 것이 있을지 기억을 더듬었다.

"글쎄요. 자기 얘기는 워낙 조심스러워하던 사람이라…… 아, 그 사람의 친구를 알고 있어요. 김경희 씨라고. 그 사람을 한번 만나보죠."

"네. 알겠습니다. 그런데 오늘 저녁에 모임은 예정대로 참석하십니까?"

깜빡 잊고 있었던 모임을 떠올린 지훈은 미간을 잔뜩 찌푸렸다. 지훈과 비슷하게 경영 2, 3세들이 모여 친목을 다지는 자리로 현석도 그 모임의 일원이었다. 완전히 다른 성향의 그들이 그동안 친분을 유지해왔던 것도 다 이런 모임을 통해서였다.

그날 저녁 조금 늦은 시각, 지훈은 모임이 있는 장소에 도착했다. 주차장에 차를 세운 후 그는 잠시 그대로 운전석에 앉아 있었다.

마음이 썩 내키지 않았다. 오랜만에 보는 친구들이었지만 만나서 웃고 떠들 기분이 들지 않았다. 더구나 현석과 마주치게 될 게 빤한데 그의 얼굴을 보며 어떤 표정을 지어야 할지. 지훈은 생각만 해도 피곤한 듯 등받이에 머리를 기대고 눈을 감았다.

눈을 감으니 또다시 그녀의 모습이 머릿속에 그려진다. 초췌하고 창백한 얼굴로 애처롭게 눈물짓던 그녀가. 현실의 것처럼 선명한 유라의 울음소리가 그의 가슴을 아프게 내리쳤다.

아무리 후회하고 또 후회해도 돌이켜지지 않았다. 이제는 익숙해질 법도 한데 심장을 옥죄어오는 아픔은 전혀 나아지지 않았다. 꽉 막힌 가슴을 주먹으로 탕탕 두드려대던 지훈이 결심한 듯 눈을 번쩍 떴다.

확인하고 싶었다. 현석이 어떤 얼굴로 그를 대하는지를. 그 뻔뻔한 얼굴을 지훈은 제 눈으로 똑똑히 지켜볼 생각이었다.

조용한 음악이 흐르는 바(Bar) 안쪽에 이미 도착한 친구들이 모여 술잔을 기울이고 있었다. 무슨 재미있는 농담이 오가는지 시끌벅적한 웃음소리가 튀어나왔다.

담소를 나누는 친구들의 중심에 현석이 있었다. 술기운에 얼굴이 붉은 현석은 여느 때와 다름없이 즐거워 보였다. 아무 일도 없는 듯 멀쩡하기만 그의 모습에 지훈은 눈살을 찌푸렸다.

"어, 지훈이 어서 와라."

그가 등장하자 친구들이 하나둘 자리에서 일어나 반갑게 악수를 청했다.

"이야, 윤지훈! 오랜만이다. 잘 지내지?"

"왜 이렇게 늦었어? 안 오는 줄 알았다."

주위의 이목이 제게 쏠리자 지훈은 손을 들어 인사한 후 한쪽에 자리를 잡았다.

"늦었다? 여전히 바쁘지?"

옆에 앉은 친구가 잔을 건넸다. 지훈이 잔을 받아들자 여기저기서 그를 향해 술잔을 내밀었다. 친구들의 잔에 제 잔을 부딪친 그는 단숨에 술을 입에 털어 넣었다.

"뭐가 그렇게 급해? 천천히 마셔."

곁의 친구가 지훈의 잔에 술을 따랐다. 그가 또 한 번 술잔을 입으로 가져가는데 지켜보고 있던 현석이 아니꼽다는 듯 빈정거렸다.

"어때, 윤지훈. 요즘 살 만해? 얼굴 보니까 꼭 그렇지만도 못한가 보네?"

잠시 멈칫했던 지훈은 굳어진 얼굴로 잔을 비웠다.

"그래, 그 심정 내가 이해하지. 그 여자가 어디 보통 여자여야지. 안 그래?"

현석의 말이 끝나기 무섭게 지훈이 들고 있던 잔을 쿵 소리가 나게 내려놨다.

"입 다물어라, 정현석! 네 입에 올릴 사람이 아니야."

화를 삭이느라 한없이 낮아진 지훈의 목소리에 친구들이 놀란 눈으로 그의 눈치를 살폈다. 현석은 친구들이 하나같이 지훈의 눈치를 보는 게 못마땅해서 입술을 얇게 비틀었다.

"왜? 내가 없는 말이라도 했냐? 내 입으로 내가 말하는데 네가 뭔데 간섭이야? 내가 다른 자식들이랑 같은 줄 알아? 네가 이래라 하면 이러고, 저래라 하면 저러고? 웃기고 있네! 윤지훈, 너는 나하고 다를 줄 알았겠지만 어때? 너도 그 여자 앞에서는 별수 없지? 하! 고게 아주 요물이라니까!"

"정현석! 내가 분명히 경고했을 텐데? 입 다물라고 말이야. 그 사람에 대해 함부로 떠들어대면 용서하지 않겠다는 경고를 벌써 잊었나?"

지훈은 현석이 멋대로 지껄이는 소리를 더는 참아줄 수가 없었다. 그가 자리에서 벌떡 일어나자 친구들 몇이 걱정스러운 얼굴로 따라 일어섰다.

"야, 너희들 왜 그래? 현석아, 그만해 자식아. 너 취했냐? 지훈아, 뭔지 몰라도 네가 참아라. 쟤 취했나 보다. 응? 앉아."

곁에 선 친구들이 지훈의 팔을 잡아당겨 억지로 앉힌 후 빈 잔에 다시 술을 채웠다.

"한잔해. 지훈아, 마셔. 현석이 하는 말 신경 쓰지 말고 자, 건배!"

현석에게서 관심을 돌리려는 듯 옆에 앉은 친구가 그에게 건배를 시도했다. 그 모습을 삐딱하니 쏘아보던 현석이 코웃음을 쳤다.

"뭐, 경고? 너 지금 나한테 경고라고 했냐? 어이가 없어서. 야, 너희들. 윤지훈 저 자식이 하는 얘기 들었냐? 나보고 경고란다, 경고! 좀 잘나간다고 저 자식이, 지가 아주 뭐라도 되는 줄 알고. 어쭈? 저 자식 인상 쓰는 것 좀 봐. 왜, 열 받냐? 그 여자랑 뭐가 잘 안 돼? 뭐야, 그럼. 제 뜻대로 안 된다고 나한테 와서 화풀이하는 거잖아. 웃기는 자식이네, 저거! 그까짓 돈 보고 달려드는 계집애 따위……."

쿠당탕. 현석의 말이 끝나기도 전에 지훈의 주먹이 그를 향해 날아들었다. 만류하는 친구들 때문에 간신히 화를 누르던 그는 유라를 헐뜯는 현석을 더는 참지 못했다. 지훈은 테이블 너머로 몸을 뻗어 현석의 턱에 주먹을 날렸다.

"억!"

방심하고 있다가 세게 얻어맞은 현석은 충격을 이기지 못하고 바닥으로 내동댕이쳐졌다. 넘어지면서 두 손으로 허공을 휘젓는 통에 테이블 위에 있던 술잔과 술병, 안주 접시들이 요란한 소리를 내며 그와 함께 바닥을 뒹굴었다.

"야, 너희들 뭐야?"

바 안은 순식간에 아수라장이 되었다. 갑자기 벌어진 일이라 옆에 있던 친구들도 지훈을 막지 못했다. 뒤늦게 정신을 차린 몇몇이 지훈을 막아서고 다른 몇몇은 쓰러진 현석을 부축해 일으켰다.

"현석아? 괜찮냐?"

"지훈아, 왜 그래? 무슨 일이야?"

다들 한마디씩 외치느라 정신없는 상황에서도 친구들은 지훈을 꼭 붙잡고 놓아주지 않았다. 여럿에게 붙들려 움직일 수 없게 되자 지훈은 현석에게 달려드는 대신 그를 무섭게 노려봤다.

"내가 경고했지! 그 더러운 입 나불거리지 말라고! 알겠어? 그 사람에 대해서 함부로 떠들지 말란 말이다!"

"가, 가만 안 두면 네가 어쩔 건데?"

친구들의 부축으로 다시 소파에 기대앉은 현석은 늘 냉정했던 지훈이 제게 주먹을 휘둘렀다는 게 믿어지지 않았다. 입 안에 느껴지는 비릿한 피 맛에 당황해 손등으로 입가를 문질러보니 아니나 다를까 입술 안팎이 터졌는지 손등에 피가 흥건히 묻어났다. 피를 보고 맞은 걸 실감하니 정통으로 얻어맞은 턱에 통증이 밀려들었다. 말을 하려고 입을 벌릴 때마다 터진 입술은 물론 턱 전체가 뻐근하고 쑤시듯이 아팠다. 냅킨 한 뭉치를 집어 피가 흐르는 입가를 누르던 현석은 분한 마음에 이를 갈았다.

"너 이 자식, 미쳤어? 그깟 여자 하나 때문에 나를 이 꼴로 만들어? 한유라가 뭔데? 얼굴 좀 반반한 것 말고 뭐가 있는데? 하긴, 생긴 값 한다고 침대에서도 끝내줬을 테니 대단하긴 하겠지."

현석을 노려보던 지훈의 눈빛이 섬광처럼 빛났다. 주먹을 세게 틀어쥔 지훈이 번개처럼 몸을 날려 이번에는 그의 콧등을 강타했다.

"아아악!"

비명을 내지르며 얼굴을 감싸 쥔 현석의 손가락 사이로 붉은 피가 흘러내렸다. 크게 부어오른 현석의 코에서 연신 피가 흘러내렸지만 그래도 분이 덜 풀린 지훈이 흥분한 얼굴로 현석에게 다시 달려들었다.

"야야! 지훈이 잡아!"

"지훈아, 참아!"

놀란 친구들이 지훈을 만류하며 매달렸다. 그는 기어이 몇 대를 더 때리고도 부족하다는 듯 주먹을 틀어쥐고 거칠게 씩씩거렸다. 언제 또 매서운 주먹이 제게 날아올지 몰라 현석은 입을 꾹 다물고 창백해진 얼굴로 목을 움츠렸다. 뜻밖의 상황에 어쩔 줄 몰라 하는 친구들을 뒤로하고 지훈은 그길로 바를 나왔다.

지훈은 운전석에 앉아 대리기사가 오기를 기다렸다. 흥분이 미처 가라앉지 않은 탓에 얼굴이 벌겠고 현석에게 주먹을 날릴 때 얼마나 세게 힘을 줬던지 손등과 손가락이 퉁퉁 부은 채였다. 지난번 책상을 내리치다 다친 상처까지 더해져 오른손의 상태가 좋지 못했다.

그러나 그는 손이 아픈지도 몰랐다. 마음의 괴로움에 비하면 손에 느껴지는 아픔 따위는 아무것도 아니었다. 지훈은 쓰라린 마음을 가눌 길 없어 손바닥으로 핸들을 내리치다 그대로 얼굴을 묻었다.

"한유라. 어디 간 거니? 도대체 어디로 숨어버린 거야? 조금만 기다려주지……. 왜 그렇게 가버린 거야. 보고 싶다. 한유라……. 보고 싶다, 미칠 만큼……."

09.

유라는 아침을 먹기 위해 식당으로 내려갔다. 샐러드를 먹고 있는 유라에게 재혁이 접시 하나를 내밀었다.

"잘 잤어요? 좋은 아침입니다."

"네, 안녕하세요. 그건 뭐예요?"

"아, 스크램블이에요. 인기 메뉴죠. 먹어봐요. 맛있어요."

양파와 베이컨, 버섯과 햄을 잘게 다져 계란과 함께 휘저어 만든 스크램블은 재혁의 말마따나 썩 괜찮은 아침 메뉴였다.

"맛있네요. 잘 먹을게요."

재혁은 그럴 줄 알았다는 표정으로 환하게 웃었다.

"아침은 호텔에서 제공하지만 점심, 저녁을 혼자 사 먹으려면 힘들지 않아요?"

"맞아요. 매번 식당에 혼자 가기가 좀 그러네요. 그래서 웬만하면 포장을 해오지만 번거롭긴 하더라고요."

"그럼 이렇게 할래요? 어차피 아침은 호텔에서 드시니까 조금만 더 일찍 나와서 식당 일을 도와줘요. 그러면 제가 저녁 뷔페 이용권을 드리겠습니다. 어때요?"

나쁘지 않은 제안이었다. 유라는 크게 고민할 것 없이 고개를 끄덕였다.

"좋아요. 그렇게 할게요."

보라카이에 관광객이 워낙 많아 혼자서 갈만한 식당이 드물었다. 관광객을 상대하는 식당들은 식사 때마다 매번 손님이 줄을 섰고, 그런 상황에서 혼자 테이블을 차지하는 건 무리였다. 그러다 보니 호텔 레스토랑이 제일 편했다.

식당 일은 내일부터 돕기로 하고 유라는 외출 준비에 나섰다. 전날 가봤던 디-몰에서 엄마와 경희의 선물을 사고 그 앞의 화이트 비치에 가볼 생각이었다.

디-몰에 도착한 유라는 먼저 음료 가게에 들러 달콤 시원한 망고 셰이크를 샀다. 음료를 마시며 천천히 시장 안을 돌다 보니 어느새 눈이 탁 트이게 시원한 화이트 비치에 도착했다.

"우와……."

바다를 마주한 그녀에게서 탄성이 절로 나왔다. 눈이 시리도록 푸른 에메랄드빛의 바다가 온 세상을 푸르게 물들이고 크고 작은 배들이 저 멀리 수평선 위에 그림처럼 모여 있었다.

유라는 한산한 야자나무 그늘을 찾아 그 아래에 앉았다. 신혼부부인 듯 다정한 젊은 남녀가 서로의 허리를 감싸 안고 까르르 웃으며 지나갔다. 그들의 뒷모습을 물끄러미 바라보던 그녀의 눈빛이 쓸쓸해졌다.

사람 일은 한 치 앞도 알 수 없다더니, 어쩌다 이렇게 머나먼 보라카이까지 오게 됐는지. 불과 얼마 전까지만 해도 이렇게 혼자서 바다를 찾게 될 줄은 짐작도 못 했었다. 바다를 찾는다면 당연히 지훈과 함께일 줄 알았다. 그리고 지훈이 바다처럼 넓은 마음으로 저를 품어줄지 모른다는 희망을 품었었다.

아니야. 유라는 고개를 저었다. 이제는 다 부질없는 생각일 뿐이다. 그녀가 이곳에 온 것은 그를 잊기 위해서였다. 그러나 쉽게 잊을 수 있을까. 아니, 잊을 수 있기는 한 걸까. 아직은 그가 너무 보고 싶다. 너무나 그리워서 하루에도 몇 번씩, 마음은 그를 향해 달려 나간다.

'지훈 씨. 나 때문에 힘들어하지 말아요. 아파하지 말아요. 우리가 이렇게 된 건 당신 잘못이 아니에요. 그러니 나 같은 여자는 잊고 행복하세요.'

유라는 흐르는 바닷물에 마지막 인사를 띄워 보냈다. 제 마음이 저 바다를 따라 흐르고 흘러서 그에게 닿아줬으면. 그렁그렁 차 있던 눈물이 기어이 뺨을 타고 흘러내렸다. 참았던 눈물이 터져버린 유라는 손바닥에 얼굴을 묻었다.

"지훈 씨……. 사실은 지훈 씨가 너무 보고 싶어요."

지난밤의 일로 손등이 크게 부어오른 지훈은 결국 아침 일찍 병원에 들러 치료를 받아야 했다. 지훈이 다쳤다는 소식에 헐레벌떡 부회장실로 올라온 윤 전무는 손에 붕대를 감은 동생의 모습에 한숨이 절로 나왔다.

"어이구. 하아……."

한 비서의 일로 지훈이 힘들어한다는 것은 알았지만 이 정도일 줄은 몰랐다. 요즘 지훈을 보면 제가 알던 동생이 맞나 싶을 때가 많았다.

처음 한 비서 문제가 터졌을 때만 해도 곧바로 내부 감사부터 시행하는 동생의 냉철한 판단에 박수를 보냈다. 사사로운 감정을 뒤로하고 이 상황을 의연하게 잘 헤쳐 나가는구나 싶어 믿음직스럽기까지 했다. 그랬기에 지훈을 믿고 뒤로 물러나 사태를 관망할 수 있었다. 그녀가 이 일에 개입한 것은 단 한 번. 바로 유라를 만난 일이었다.

윤 전무도 유라가 벌인 일에 충격을 받았다. 입사할 때부터 본부장 비서실로 발령을 내기까지 믿고 지지해준 사람으로서 그녀가 분노한 것은 당연했다. 더구나 지훈과 그런 식으로 얽혀 있었다니. 저 때문이 아니라 해도 윤 전무는 유라를 추천한 일로 마음에 부담을 지고 있었다. 그러나 막상 유라를 마주한 윤 전무는 차마 험한 말을 하지 못했다. 창백한 모습에 안쓰러운 마음이 앞선 까닭이었다.

그렇다고 그녀를 받아들일 수는 없었다. 유라가 벌인 일을 떠나 생각해도 우선 집안끼리 어울리지 않았다. 지훈의 짝으로 무조건 재벌가의 아가씨만 고집하지는 않았지만, 기왕이면 비슷한 환경에서 평탄하게 자란 아가씨를 원했다. 그런 아가씨가 사업에도 도움이 될 테고 동생의 생활이나 입장을 잘 이해해줄 것 같아서였다.

어쨌거나 이미 헤어진 사람. 이제는 마음을 잡고 다시 예전으로 돌아가 줬으면 좋겠는데, 아무래도 동생은 한 비서를 포기하지 못한 모양이었다.

"무슨 일이십니까? 전무님. 아침부터 제 방엘 다 올라오시고. 하실 말씀이라도 있으세요?"

지훈이 그녀를 누나가 아닌 전무님이라 부르는 것은 잔소리는 사양하겠다는 뜻이었다.

"도대체 그 손은 어쩌다가! 어떻게 된 거니? 하아……. 그래서 현성과는 어쩔 생각이십니까. 부회장님?"

저쪽에서 먼저 전무님이라니 이쪽에서도 부회장님이라 부를 수밖에. 윤 전무가 부회장님이라 부르며 말꼬리를 길게 빼내자 지훈이 누나를 향해 슬쩍 미소를 지었다.

"현성 건은 법무 팀에 계약서를 꼼꼼하게 확인하라고 지시했습니다. 복잡하게 얽힌 관계도 아니니 별일 없을 겁니다. 그리고 제 손은 신경 쓰실 것 없습니다, 전무님. 별거 아니에요."

슬슬 전무님 소리에 짜증이 밀려온 윤 전무가 소파에 털썩 앉으며 물었다.

"그놈의 전무님 소리는 집어치우고. 정말 어쩔 생각이니?"

"뭘 어쩌겠어요. 유라에게 아무런 잘못이 없었다는 게 밝혀지지 않았습니까. 그 사람을 찾아야죠. 반드시 찾아낼 겁니다."

지훈의 단호한 대답에 그녀는 머리가 아픈 듯 손끝으로 관자놀이 부근을 빠르게 문질렀다.

내내 바닷가에 앉아 있던 유라는 파랗게 빛나던 하늘이 붉게 물들어 갈 무렵, 자리에서 일어나 옷에 묻은 모래를 털어냈다. 마음 같아서는 해가 물속으로 사라지는 모습까지 보고 싶었지만, 완전히 어두워지기 전에 호텔로 돌아가야 했다. 어두워지면 화이트 비치는 거대한 길거리 주점으로 변했고, 그녀 혼자 밤의 해변에 남는 것은 그다지 현명한 행동이 아니다.

온종일 상념에 잠겨 있느라 점심을 걸렀더니 호텔 레스토랑의 음식 냄새에 불현듯 시장기가 느껴졌다. 유라는 레스토랑에서 평소 좋아하던 해산물 스파게티를 주문했다.

"보라카이 구경은 잘하고 있어요?"

음식을 기다리는 그녀에게 재혁이 말을 걸었다.

"그냥 바다만 보고 있어도 너무 좋네요. 우연히 본 사진이 너무 예뻐서 이곳에 왔거든요."

그녀의 말에 백번 공감한다는 듯 재혁이 고개를 끄덕였다.

"보라카이 바다가 예쁘긴 하죠. 저도 이 그림 같은 풍경에 빠져서 여기로 왔으니까요."

이야기를 나누는 사이 주문한 음식이 나왔다.

"혼자 먹어도 괜찮아요?"

면발을 포크로 말아내던 유라가 고개를 들었다.

"싫지도 좋지도 않고 그냥 그래요."

"그럼 실례가 안 된다면 합석해도 될까요? 저도 저녁을 먹으려던 참이거든요."

잠시 생각하던 유라는 손을 내밀어 맞은편의 자리를 권했다.

"그러세요."

호텔 주인으로서 혼자 온 손님을 배려하는 거겠지. 유라는 그에 대해 복잡하게 생각하지 않기로 했다. 그녀는 머지않아 한국으로 돌아갈 터였다. 직원이 음료를 가져오고 재혁이 그녀에게 음료를 내밀었다.

"드세요. 함께 저녁을 먹게 된 기념으로 제가 한 잔 사는 겁니다. 망고는 기회가 있을 때마다 마셔요. 한국에 돌아가면 반드시 생각이 날 테니까."

"좋아요. 잘 먹을게요."

이미 낮에 망고 셰이크를 마셨지만 그녀는 기꺼이 망고 주스를 입으로 가져갔다. 식사를 하는 동안 재혁이 대화를 주도하고 그녀는 주로 듣는 편이었다. 식사를 마치고 유라는 방으로 돌아가는 대신 지난밤에 앉았던 수영장 앞 테이블로 나왔다. 이대로 방에 들어가도 딱히 할 일이 없었다.

"여기 참 괜찮죠?"

재혁이 그녀를 뒤따라 나왔다. 그는 지난번에 권했던 것과 똑같은 맥주 캔 하나와 잔 하나를 들고 그녀의 맞은편에 앉았다.

"네. 근사하네요. 이렇게 별이 많은 건 정말 오랜만에 봐요."

"자요. 맛만 봐요."

재혁이 맥주를 반쯤 따른 잔을 그녀에게 내밀고 남은 맥주를 크게 꿀꺽 들이켰다. 유라가 마시기를 주저하며 멍하니 잔만 보고 있자 재혁이 피식 웃으며 농담을 던졌다.

"혹시 안주 필요해요?"

"네? 아뇨. 아니에요. 그럼, 잘 마실게요."

유라는 맥주 한 모금을 천천히 삼켰다. 맥주를 맛보는 그녀의 얼굴이 점점 굳어갔다. 맥주는 지훈을 생각나게 했다.

한때는 그와 눈만 마주쳐도 웃음이 나오던 때가 있었다. 그는 내게 얼마나 다정했던가. 그때로 돌아갈 수만 있다면……. 유라는 또 한 모금 천천히 맥주를 삼켰다.

까맣게 탄 스테이크와 음주 수업을 하자며 장난스럽게 웃던 그의 얼굴이 떠올랐다. 그때는 그 사람과 이렇게 되어버릴 줄은 상상조차 하지 못했었다. 그저 함께 있다는 것이, 그 시간이 좋기만 했다.

아무리 좋았던 추억이어도 돌이킬 수는 없다. 그녀가 맥주 한 캔 정도는 아무렇지도 않게 마실 수 있었으면 좋겠다고 했던 지훈의 말을 떠올리며, 유라는 남은 맥주를 끝까지 마셔버렸다.

"유라 씨?"

내내 사양만 하던 그녀가 달라진 게 의아했는지 재혁이 그녀를 불렀다. 묻고 싶은 말이 있는 듯 입을 여는데 뒤에서 누군가 그를 불렀다. 뒤를 돌아보니 호텔의 대형 타월을 품에 안은 손님이 그의 도움을 바라고 있었다. 손님은 그에게 타월을 건네며 제시간에 반납하지 못한 사정을 설명하기 시작했다.

밤이 돼서일까 아니면 약간의 취기 때문일까. 지난 일들이 자꾸만 선명해졌다. 함께 했던 시간들 하나하나가 또렷하게 되살아나 또다시 그녀의 마음을 뒤흔들었다. 유라는 서글픈 마음으로 멍하니 수면을 응시했다.

하늘에도, 물에도 달이 있었다. 불이라도 켜놓은 듯 선명한 두 개의 달이 그녀를 지켜보고 있었다. 물결을 따라 일렁이는 달을 보던 유라의 눈이 무언가를 발견하고 크게 떠졌다. 말도 안 된다고 도리질을 치면서도 그녀는 앉아 있던 의자에서 벌떡 일어섰다.

달의 잔영 속에 그가 있었다. 바람이 만든 물결의 그림자라 생각했는데 아니었다. 바람과 달과 물이 만들어낸 환영은 지훈의 얼굴이었다. 유라는 저도 모르게 달을 향해 천천히 발을 내디뎠다. 가까이 다가갈수록 더욱 뚜렷이 보이는 그의 모습에 그녀의 심장이 미칠 듯 빠르게 뛰고 있었다.

유라의 눈시울이 젖어들었다. 지훈이 달 속에서 그녀를 보며 웃고 있었다. 고작 맥주 몇 모금에 완전히 취해버렸다고 해도 좋았다. 이렇게라도 그를 볼 수 있다면. 유라는 수영장 가에 털썩 주저앉았다. 물결이 출렁이며 그녀의 무릎을 적셨지만 개의치 않았다. 그저 흔들리는 수면에 자꾸만 부서지는 지훈의 미소가 안타까울 뿐이었다.

"유라 씨, 뭐 하는 거예요? 일어나요."

타월을 들고 돌아서던 재혁이 수영장 가에 앉은 그녀를 보고 놀라 달려왔다. 옷이 흠뻑 젖은 그녀를 타월로 감싸 일으키던 재혁은 눈물에 젖은 그녀의 모습에 입매가 굳어졌다.

"가요. 방까지 데려다줄게요."

재혁은 유라를 부축해 그녀를 방으로 데려갔다.

"난 갈 테니까 좀 쉬어요. 무슨 일인지는 모르겠지만, 지금은 아무 생각 말고 한숨 푹 자요. 알겠죠? 그럼 갈게요. 내일 봅시다."

재혁이 나간 뒤 유라는 욕실로 들어가 젖은 옷을 벗었다. 수도꼭지를 돌리자 따뜻한 물이 머리 위로 쏟아져 내렸다. 내가 뭘 본 걸까. 아무래도 그 사람이 너무 보고 싶어서 미쳐버린 모양이었다. 한국도 아닌 보라카이에서 지훈의 얼굴이라니. 잊으려고 이 먼 곳까지 왔건만 아직도 지훈은 그녀의 온 마음과 영혼을 사로잡고 있었다.

"아아……."

괴로움에 낮게 신음하던 유라는 쏟아지는 물을 맞으며 눈을 질끈 감았다.

작정하고 숨어버린 사람을 찾는 일은 생각만큼 쉽지 않았다. 그녀는 꼭꼭 숨어버렸고, 지훈의 마음은 시간이 지날수록 조급해졌다. 유라가 갈 만한 곳을 쉽게 특정하지 못하는 것에 그는 깊은 자괴감마저 느꼈다.

도대체 그녀에 대해 알고 있는 것이 무엇이었나. 그녀에 대해 잘 안다고, 이해한다고 생각했는데 그것은 터무니없는 오만이었다. 어쩌면 유라의 아름다운 외모에만 혹해 있었을지도 모른다는, 그래서 그도 현석과 다를 바 없는 인간일지도 모른다는 자책이 지훈의 마음을 버겁게 만들었다.

지훈은 경희와의 대화를 떠올렸다. 그와 통화하기를 내켜 하지 않던 경희는 지훈이 몇 번이나 통화를 시도하며 제 마음을 밝힌 후에야 비로소 그의 전화를 받았다. 그러나 경희에게서 유라의 소재를 들을 수 있을 거란 기대와는 달리 그녀는 유라가 어디에 있는지 알지 못했다. 전화기도 없앴고, 떠난 후 연락도 없었다는 말에 절망하는 지훈이 안타까웠는지 경희는 유라가 바다로 가겠다는 말을 했었다고 전해주었다.

바다라……. 지훈도 그녀와의 약속을 기억하고 있었다. 그렇다면 유라는 혼자서라도 그 약속을 지키기 위해 떠난 것인가. 그 사실을 알고 난 후 성민에게는 바닷가 마을을 중심으로 유라를 찾아보라는 지시를 내렸다. 그 후 성민이 사람을 풀어 바닷가의 작은 마을들까지 샅샅이 살펴보고 있었지만, 그녀를 찾았다는 낭보는 아직 들리지 않았다.

지훈은 불편한 손으로 차를 몰고 밤거리를 나섰다. 그녀가 바다를 보러 갔다는 사실을 알고 난 이후로, 도저히 그냥 앉아 있을 수가 없어서였다. 한 시간 이상 차를 달려 인천의 어느 바닷가에 도착했다. 해가 저문 지 오래인 데다 피서철이 아니라서 어두운 밤바다에는 그 외에 아무도 없었다.

멀리 떨어진 가로등 몇 개와 근처의 건물 몇 채에서 흘러나오는 불빛만이 주변을 흐릿하게 밝혔다. 바다는 완연한 어둠에 싸였고 주위가 어두워서인지 하늘의 달이 유난히 밝게 보였다. 지훈은 달빛에 의지한 채 방파제 끝에 섰다. 사방이 적막한 가운데 철썩철썩 부딪히는 파도 소리만이 주위에 가득했다.

지훈은 한참을 그렇게 서 있었다. 세찬 바람에 그의 머리카락이 어지럽게 흩날렸지만 복잡한 심경에 비한다면 아무것도 아니었다.

"한유라!"

지훈은 두 손을 입에 모아 바다를 향해 외쳤다. 금방이라도 저쪽에서 그녀가 나타날 것만 같았다.

"한유라! 어디 있는 거야? 대체 어디에 있는 거니?"

그녀도 어디선가 어두운 바닷가를 홀로 헤매고 있지는 않은지. 불빛 하나 없는 곳에서 그가 오기만을 기다리는 건 아닌지. 그런 생각만으로도 가슴이 터져버릴 것 같아서 지훈은 미칠 것만 같았다. 그는 다시 한 번 있는 힘껏 소리를 질렀다. 어디에 있든 그의 목소리가 그녀에게 닿기를 간절히 바라면서.

"어디로 가버린 거야. 같이 오기로 했잖아. 함께 하자고 했잖아. 그런데 왜 혼자 가버린 거야? 내가 잘못했어. 내가 잘못했어. 유라야. 잘못했어. 정말 잘못했어."

지훈은 결국 그 자리에 털썩 주저앉아 버렸다.

"보고 싶단 말이야. 당신이 너무 보고 싶단 말이야. 보고 싶다. 너무 보고 싶다. 유라야……."

그때, 앞뒤 가리지 말고 그녀를 붙잡았어야 했다. 현석의 말이 사실이었어도, 그녀가 천하에 둘도 없는 악녀였어도. 사랑했다면 그녀를 따뜻하게 품어주었어야 했다. 이렇게 사라져버리리라고는 한순간도 생각해본 적이 없었다. 어리석게도 그녀가 마냥 저를 기다려줄 거로 믿었다.

지훈의 눈에서 참지 못한 눈물이 흘러내렸다. 의연한 척 버티고 있었지만, 그도 하루하루 무너지고 있었다. 부딪히는 파도 소리가 그의 울음소리를 삼켜버렸다.

아침 일찍 눈이 떠졌다. 벽에 걸린 시계를 보니 6시를 갓 넘긴 시간. 호텔 식당에서 일을 돕기로 했던 재혁과의 약속이 생각나 유라는 서둘러 몸을 일으켰다.

"왔어요? 잠은 좀 잤어요? 몸은 어때요?"

이미 식당에 나와 있던 재혁은 그녀가 오지 않을 거라 생각했는지 일찌감치 내려온 그녀를 보고 놀란 표정을 지었다.

"어제는 제가 너무 바보같이 굴었죠? 죄송해요. 전 괜찮아요. 오늘부터 아침에 식당 일을 돕기로 한 게 생각나서 내려왔어요."

유라는 간밤의 일이 민망해 멋쩍게 웃었다.

"정말 괜찮겠어요? 약속 때문에 괜히 무리하는 거면……."

"아니요. 진짜 괜찮아요."

"좋아요. 그럼 이 유니폼으로 갈아입고 오세요. 유라 씨가 할 일을 알려줄게요."

유라가 화장실에서 초록색 티셔츠로 갈아입고 나오자 재혁이 손짓했다.

"이쪽으로 와요. 여기서 손님이 오면 투숙객 명단에 나온 대로 손님 수를 체크하고 비어 있는 테이블로 안내하면 되는 겁니다. 어때요. 어렵지 않죠?"

재혁이 명단을 내밀었다. 일일이 이름을 확인할 필요도 없고, 방 번호와 인원수만 점검하는 정도여서 어렵지 않아 보였다. 손님이 오기는 아직 일러서 유라는 다른 직원들을 도와 테이블을 세팅했다.

식사 시간이 되자 유라는 본격적인 손님 안내를 시작했다. 시간이 지나 식사 손님이 줄어들 무렵 재혁이 다가왔다.

"어땠어요. 어렵지는 않았죠?"

"네, 어렵지 않던데요? 생각보다 재미있었어요."

"다행이네요. 유라 씨도 배고플 텐데 아침 먹어야죠? 저를 따라오세요."

아침을 먹자던 재혁은 식당 밖으로 나갔다. 당연히 평소처럼 아침 뷔페를 먹을 거로 생각했던 유라는 의아한 얼굴로 그의 뒤를 따랐다. 호텔 정원으로 간 재혁은 나무로 만든 작은 울타리 문을 열고 그녀에게 따라오라 손짓했다. 울타리 안에 난 작은 오솔길 끝에 아담한 규모의 주택이 나왔다.

"들어와요. 내가 지내는 곳이에요."

이곳이 그의 살림집인 모양이었다. 안은 생각보다 훨씬 깔끔했다. 남자가 사는 집이라 그런지 아기자기한 맛은 없었지만 살림에 꼭 필요한 것들은 부족하지 않게 갖춰져 있었다.

집으로 들어서자마자 재혁은 주방으로 들어갔다. 가스레인지 위에 냄비를 올려놓고 유라를 식탁에 앉게 했다.

"뜨거운 국에 밥 말아서 먹고 싶지 않아요? 아무리 맛있는 걸 먹어도 나는 한국 음식이 생각나더라고요."

국이 데워지는 동안 밥과 반찬이 차려졌다. 재혁은 유라 앞에 뜨거운 국그릇을 내려놓았다.

"어머니가 한국에서 보내주신 미역으로 국을 끓였어요. 맛은 장담 못 하지만 먹어봐요."

"고마워요. 잘 먹을게요."

유라는 숟가락으로 국을 떠서 먹었다. 며칠 만에 먹는 한식이라 그런지 미역만으로 끓여낸 국물도 시원하게 느껴지고 소박한 반찬들도 먹을 만했다. 유라는 따뜻하게 마음 써주는 그의 배려가 고마워서 열심히 밥을 먹었다.

"정말 맛있네요. 감사합니다. 잘 먹었어요."

식사가 끝나자 재혁이 커피를 내밀었다.

"맛있었다니 다행이에요. 그런데 유라 씨, 내 얘기를 좀 해도 될까요?"

"재혁 씨의 얘기를요?"

"그래요. 여기 친구들한테 하소연하기에는 좀 뭐한 얘기라서. 오랜만에 한국 손님이 오셔서 그런가, 괜히 넋두리가 하고 싶네요."

조금 달라 보이는 재혁의 모습에 유라는 고개를 끄덕였다. 그녀의 이야기를 해달라는 것도 아니고 자신의 얘기를 하겠다는데, 그가 마음 써준 것을 생각하면 그 정도는 할 수 있었다.

"사랑하던 여자가 있었어요. 아주 오래된. 어릴 때 만났었죠. 그사람은 내가 군대에 갔을 때도 오히려 나보다 더 씩씩하게 잘 견디면서 기다려줬어요. 정말 분에 넘칠 정도로 고마운 사람이었죠."

제대 후 취업을 하고, 재혁과 그의 연인은 자연스럽게 결혼을 준비했다. 그러나 행복한 결혼을 꿈꾸며 마냥 설레던 그녀와는 달리 경쟁이 심한 대기업에 입사한 재혁은 점점 자신의 일과 성공에만 몰두하기 시작했다.

남과의 경쟁에서 이기기 위해서는 남들과 똑같이 일해서는 안 됐기에 재혁은 손에서 일을 놓지 못했고, 그녀는 점점 더 외로워졌다. 그러나 재혁에게는 그녀의 마음을 보듬어줄 여유가 없었다.

그러다 결혼을 일주일 남기고 사고가 벌어졌다. 회사 앞이니 얼굴 좀 보여 달라는 그녀의 투정을 냉정하게 뿌리쳤던 재혁은 집으로 돌아가던 그녀가 교통사고를 당했다는 전화를 받았다.

재혁은 그렇게 그녀를 잃었다. 그녀를 보지 못할 수 있다는 생각은 단 한 번도 해본 적이 없었지만 그녀는 그의 곁으로 돌아오지 않았다. 그날 이후로 그는 방황을 거듭했고, 결국 회사도 그만두었다.

그녀가 보고 싶어 미칠 것 같던 어느 날, 견디다 못한 재혁은 보라카이로 왔다. 보라카이를 신혼여행지로 고르고 기뻐하던 사람은 그녀였는데 정작 이곳에 온 것은 그 혼자였다.

보라카이에서 어찌어찌하다 재혁은 운영이 어려워 빚에 넘어간 작은 호텔을 떠맡았다. 그리고 그녀를 대신해 매일 이곳의 풍광을 눈에 담으며 살고 있었다.

"유라 씨를 봤을 때, 마치 예전의 나를 보는 것 같았어요. 내가 오 년 전에 이곳에 처음 왔을 때도, 유라 씨와 같은 표정과 눈빛을 하고 있었겠죠."

그 말을 들은 유라는 차마 아무 말도 할 수 없었다.

"내가 오지랖이 좀 넓죠? 그런데 나와 같은 후회를 가진 사람이 있다면 말해주고 싶었어요. 아직 기회가 있다면 나처럼 어리석게

굴지 말라고. 나는 지금도 그 사람을 기다리며 살아요. 그 사람이 그랬던 것보다 내가 더 많이 기다리면, 언젠가는 하늘에서라도 나를 만나주지 않을까 하고요."

진심에서 우러나온 따뜻한 충고에 유라는 가슴이 먹먹해졌다.

"그런 일이 있었는지 몰랐어요. 전혀 생각도 못 했어요. 그분의 일은 정말 유감이에요. 아마도 좋은 곳으로 가셨을 거예요."

한참 후에야 유라는 목이 멘 상태로 겨우 그렇게 말할 수 있었다.

"그래요. 그럴 거예요. 좋은 사람이니까, 반드시 좋은 곳에 갔을 겁니다."

무겁게 가라앉은 분위기를 떨쳐내려는 듯 재혁이 밝게 웃었다.

"고마워요. 저를 위해서 이렇게 어려운 얘기도 해주시고……."

재혁의 진심이 고마워, 유라는 그에게 감사를 전했다.

"마음 편하게 생각해요. 유라 씨는 여행객이니까 여기 있는 동안은 근심 걱정 없이 즐겁게 보내세요. 그래서 한국에 갈 때는 에너지가 가득 찬 상태로 돌아가요. 가서 무엇을 할지는 유라 씨가 정할 일이지만."

"아뇨, 그런 게 아니라……."

윤 전무는 현성기획 정만수 대표의 항의 전화를 받느라 진땀을 빼는 중이었다.

-그럼 이게 말이 되는 상황인가? 윤 전무도 생각해보게. 열서너 살짜리 어린애들이었으면 내가 이렇게 전화를 하지도 않았어. 애들도 아니고 서른이 넘은 다 큰 성인들이 이게 무슨 짓이란 말이야. 안 그렇소? 내, 참 기도 안 차서…….

"그러게요. 죄송합니다, 대표님. 제가 뭐라 드릴 말씀이 없네요."

윤 전무는 현석이 지훈에게 맞았다는 말에 사정도 모르고 일단 사과했다. 속으로야 아무렴 우리 지훈이가 괜히 그랬겠냐고 되묻고 싶었지만, 상대는 아버지뻘의 정 대표라 속말을 꿀꺽 삼켰다. 그녀의 거듭된 사과에도 분통이 가시지 않는지 정 대표가 버럭 소리를 질렀다.

-이게 고작 죄송하다 말 한마디로 될 일인가? 지훈이 그 녀석이 어떻게 이럴 수가 있나? 아무리 젊은 혈기에 욱하는 마음이 들었어도 그렇지. 둘이 알고 지낸 세월이 얼만데. 친구라는 녀석이 현석이 얼굴을 그 지경으로 만들어?

한참을 퍼부으면서도 정 대표의 노기는 수그러들지 않았다. 고함에 가까운 고성에 윤 전무는 얼른 귀에서 전화기를 떼어내고 먹먹한 귀를 문질렀다.

-내 아들을 그렇게 망신을 줘? 도대체 제가 잘났으면 얼마나 잘났다고! 잘났으면 말로 해결을 볼 생각을 해야지 어떻게 남의 얼굴에 주먹질을 한단 말인가? 우리 현석이는 체면도 없는 줄 알아? 내가 말이야, 이걸 소송을 걸자면 얼마든지 걸 수 있다 이거야. 우리 현석이 얼굴에 똥칠을 했으니 그쪽도 망신 한번 제대로 당해봐야지. 안 그런가?

으름장을 놓는 말에 윤 전무는 골치가 아프게 됐다는 듯 미간을 찌푸렸다.

"정 대표님. 제가 뭐라 드릴 말씀이 없네요. 그래서 정 이사는 좀 괜찮은가요? 그렇다면 다행이네요. 우리 윤 부회장은 제가 잘 타이르겠습니다. 아무래도 젊은 혈기에 실수를 한 것 같으니 대표님이 너그럽게 이해 좀 해주세요."

-윤 전무가 그렇게까지 사과를 하니, 내가 뭐 으흠……. 대신 두 번은 못 넘어가니 그리 알게.

듣는 내내 못마땅한 표정으로 입을 삐죽거리던 윤 전무는 그의 말이 끝나자 얼른 대답했다.

"그럼요, 대표님. JC와 현성이 어디 한두 해 알고 지낸 관계인가요? 윤 부회장도 정 이사도 허물없는 사이다 보니 실수한 거겠죠. 제가 좀 더 신경 쓰겠습니다."

거듭된 사과를 받고야 정 대표는 못 이기는 척 전화를 끊었다. 전화를 끊으면서도 윤 회장님이 이 일을 아시면 저리 주먹질 잘하는 아들이 퍽도 자랑스러우시겠다는 잔뜩 비꼬인 한마디를 잊지 않았다.

"하아…… 이거야 참."

아무리 그래도 말이지. 지훈이가 명색이 JC그룹 부회장인데, 녀석이 뭐야, 녀석이? 기분 나쁘게. 윤 전무는 현석의 얼굴을 떠올렸다. 정 대표의 기대와 달리 현석은 재계에서 평판이 그리 좋지 못했다. 지훈의 주먹질을 잘했다고는 못하지만, 이유 없이 그랬을 리 없다는 생각이 든 이유였다. 정 대표가 아버지인 윤 회장에게까지 항의 전화를 할까 봐 일단 사과했지만, 팔은 안으로 굽는다고 아니 꼽고 치사한 기분이 드는 건 어쩔 수가 없었다.

"박 실장. 나 윤 전무예요. 잠깐 내 방으로 와요."

지훈의 일이 걱정된 윤 전무는 고민 끝에 성민을 호출했다. 주위를 물리는 윤 전무의 모습에 성민은 일순 긴장했다.

"중요하게 하실 말씀이라도 있으십니까?"

"박 실장은 윤 부회장과 내가 신뢰하는 몇 안 되는 사람 중 한 명이라는 것 알죠?"

"알고 있습니다. 전무님."

"그럼 박 실장도 부회장이 정현석 이사와 주먹다짐까지 했다는 걸 알고 있었나요?"

윤 전무의 물음에 모든 것이 제 잘못이기라도 한 양 성민이 고개를 숙였다.

"짐작은 하고 있었습니다. 죄송합니다. 전무님."

"그게 박 실장 잘못은 아니지. 내가 부른 건 이유를 알고 싶어서예요. 부회장 손도 그때 다친 거겠지?"

성민은 지훈의 허락 없이 윤 전무에게 다 털어놓아도 되는지 잠시 망설였다. 잠시 고민하던 그는 유라의 억울한 사정을 그녀도 알아야 하지 않을까 생각했다.

"실은 한 비서 일로 조사한 자료가 있습니다만 부회장님과 관련이 있어서 제가 직접 뭐라 말씀드리기는 어렵습니다. 전무님께 자료를 드릴 테니 직접 보고 판단하시죠."

성민의 조심스러운 태도에 윤 전무는 입을 굳게 다물고 고개를 끄덕였다.

잠시 후, 윤 전무는 잔뜩 열이 받은 표정으로 서류철을 책상 위에 패대기쳤다.

"뭐 이런 자식이 다 있어? 이놈 이거, 소문보다 훨씬 더 개망나니에 나쁜 놈이네. 그러고 보니 정 대표님도 웃기는 양반일세! 제 아들이 이러고 다니는 거나 잡을 것이지 어디서 지훈이 탓을 하는 거야? 이런 것도 모르고 미안하다고 사과를 했으니……. 어이가 없어서 정말! 아우, 성질나!"

잘못은 그쪽에 있는데 괜히 굽실거렸다고 분통을 터뜨리던 윤 전무는 마지막으로 본 유라의 핼쑥하고 창백했던 얼굴을 떠올렸다. 이런 사정이 있는 줄 알았으면 멀리 떠나라는 말은 안 했을 텐데. 아무것도 모르고 괜한 사람의 마음을 아프게 한 게 너무 미안했다. 그날 유라는 깜짝 놀랄 만큼 예뻤다. 윤 전무는 오죽했으면 그 예쁜 얼굴을 가리고 다녔을까 싶어 그녀가 안쓰러웠다.

윤 전무는 머리가 지끈거려 손으로 이마를 짚었다. 지훈이 유라를 포기 못하고 힘들어하기에 보다 못해 그녀더러 떠나달라고 했던 것인데. 동생이 이 사실을 알면 이 누나를 얼마나 원망할까. 못된 녀석의 장난에 지훈이 충격을 받았을 걸 생각하니 현석에게 이가 갈렸다.

결국은 현성과 척을 지게 되겠군. 이대로는 현성과의 관계가 좋을 수가 없었다. 능구렁이 같은 정 대표야 사과도 받았겠다, 문제를 덮으려 하겠지만 지훈은 달랐다. 지훈의 뜻이 그렇다면 따를 수밖에. 그녀도 더는 현성과 함께하기 어렵다고 판단했다.

한편, 윤 전무와 통화를 끝낸 정만수 대표는 들고 있던 수화기를 쾅 소리가 나도록 거칠게 내려놨다.

"쯧!"

못마땅한 표정으로 혀를 차던 정 대표는 속이 탔는지 물을 벌컥벌컥 들이켰다. 지금도 엉망이 된 현석의 얼굴을 생각하면 가슴이 벌렁거렸다.

정 대표는 이 일의 발단이 한유라라는 것을 알고 크게 기함했다. 그도 유라에 대해 알고 있었다. 유라가 현성을 그만두기 전, 정 대표는 그녀가 현석을 직장 내 성희롱 등의 명목으로 고소하려는 것을 알고 그녀를 따로 만났다.

그날 정 대표는 유라에게 고소를 포기할 것을 종용했다. 유라가 크게 반발했지만, 능구렁이 같은 정 대표에게는 부질없는 몸부림에 불과했다. 정 대표는 제가 가진 재력과 힘을 이용해 그녀를 협박했다. 유명 로펌의 최고 변호사를 고용해서 그녀를 명예훼손과 공갈 협박 등의 혐의로 고발하는 것은 물론 유라의 새아버지가 교감으로 있는 학교에 압력을 넣어 교직에서 물러나게 하겠다는 발언도 서슴지 않았다. 가족이 다치게 될 거라는 위협에 유라는 눈물을 머금고 항복했다.

그렇게 회사를 그만두는 것으로 그때의 일은 그렇게 정리됐다고 생각했는데 현석이 또다시 그 여자를 만난 모양이다. 이대로 두고 볼 수 없다고 판단한 정 대표는 예전부터 현석과 짝을 지어주고 싶어 탐을 냈던 소진기업 홍 회장의 딸 혜미를 떠올렸다. 똑똑한 혜미라면 평강공주 노릇을 제대로 해낼 테니 결혼하면 현석이도 정신을 차리겠지. 정 대표는 현석의 비서인 진아를 호출했다.

호텔 손님들은 사진을 많이 찍었다. 기념사진으로 호텔 직원과 함께 찍기도 했는데 예쁘고 상냥한 유라는 특히 인기가 많았다. 처음에는 망설였던 유라도 손님들의 사진 요청에 기꺼이 응했다. 여행지에서의 행복한 시간을 기념하는 사진이라 다른 직원들도 손님의 요구에 당연히 응하고 있기 때문이었다.

"언제 돌아갈 건지 결정은 했어요?"

선셋 세일링(Sunset Sailing)을 위해 배를 타고 바다로 나간 저녁, 재혁이 물었다. 그의 진심을 알게 된 날부터 유라는 아침은 물론 저녁에도 식당의 일을 도왔다. 고마움에 보답하고 싶어서였다. 거기다 일하는 동안은 잡념을 지울 수 있었고, 대신 재혁은 맛있는 식사를 제공하고 혼자서는 하기 힘든 보라카이 관광을 도왔다.

"글쎄요. 무작정 떠나오는 데만 급급해서 돌아갈 일까지 생각하진 못했어요. 이제 슬슬 돌아갈 준비를 해야겠죠. 그런데 비행기 티켓이 있을지 모르겠어요."

유라는 바닷바람에 휘날리는 머리카락을 한데 그러모아 하나로 질끈 묶었다.

"날짜를 알려주면 티켓은 내가 알아봐 줄게요. 그사이 정이 들었나? 유라 씨가 가고 나면 많이 서운할 것 같네요."

유라는 재혁의 팔에 손을 얹었다. 문득 재혁 같은 오빠가 있었으면 얼마나 좋을까 싶었다. 여동생이 있다면 재혁은 분명히 아주 좋은 오빠일 게 틀림없었다.

"정말 고마운 게 많아요. 어떻게 감사해야 할지 모르겠어요. 재혁 씨 같은 오빠가 있었으면 얼마나 좋았을까요?"

"그럼 오빠라고 불러요. 어디, 오빠뿐이겠어요? 이제는 정말 좋은 남자가 될 수도 있을 것 같은데. 혹시 생각 없어요? 자기라고 불러도 괜찮은데."

재혁의 너스레에 유라는 웃음을 터뜨렸다. 얼마 만에 이렇게 웃어보는 걸까. 유라는 재혁도 빨리 아픔을 잊고 좋은 사람을 만나게 되기를 진심으로 바랐다.

밝아진 그녀의 모습에 안심한 재혁은 미소 띤 얼굴을 바다로 돌렸다. 빨간 물감을 풀어놓은 것처럼 어느새 바다가 붉게 물들어 있었다. 그의 시선이 어둠이 내리기 시작한 먼 하늘로 향했다.

꼭꼭 숨어버린 유라를 찾기 위한 인원을 배로 늘렸지만, 여전히 뚜렷한 성과는 없었다. 반드시 찾겠다는 마음은 그대로였지만 지훈은 시간이 갈수록 조금씩 지쳐갔다. 국토의 삼면이 바다라 바닷가 마을은 수도 없이 많았다. 사람이 적은 섬들까지 다 뒤지려면 앞으로 얼마의 시간이 더 걸릴지 짐작하기도 힘들었다.

경희에게 계속 연락해봐도 소득은 없었다. 전화는커녕 이메일도 확인하지 않더라는 이야기를 들었을 뿐이었다. 전화를 아예 없애버린 탓에 위치 추적도 불가능했다. 주소를 옮겨간 흔적도 없고, 파주 어머니 집에도 나타나지 않았다. 어떤 단서도 남기지 않고 유라는 완벽하게 사라져버렸다.

지훈은 믿을 수가 없었다. 어떻게 이렇게 한 사람이 완벽하게 증발할 수 있을까. 혹시 그녀에게 나쁜 일이라도 생긴 건 아닌지, 이대로 영영 그녀를 못 볼지도 모른다는 불안감에 속이 타고 하루하루 피가 마르는 기분이었다.

어쩌면! 머리를 스치는 생각에 지훈은 자리에서 벌떡 일어섰다. 지금까지 그는 유라가 바닷가 어느 작은 마을에 숨어 있을 거로만 생각해왔다. 그래서 바닷가 마을을 일일이 확인하며 그녀를 찾고 있었다. 그런데 문득 유라가 한국에 없을 수도 있다는 생각이 들었다.

"하아……."

허탈해진 지훈은 손바닥으로 마른 얼굴을 쓸어내렸다. 이제 그녀를 찾으려면 전 세계를 다 뒤져야 할지도 모르겠다.

지훈은 유라와 함께 걷던 그 길 위에 서 있었다. 그녀가 살던 오피스텔과 이어진 그 길은 지훈이 유라를 만나러 이 동네로 올 때마다 그녀와 나란히 걸었던 곳이었다.

저만치 앞에 유라와 자주 가던 카페가 있다. 그곳에서 커피를 마실 때면 유라는 달콤한 마카롱을 곁들여 먹으며 행복하다는 표정을 짓곤 했었다.

그 건너에는 유라가 종종 걸음을 멈추고 안을 들여다보던 애견 센터가 있었다. 그녀는 귀여운 강아지들을 보며 방긋 미소 짓다가도 이제 막 젖을 뗐을 어린 강아지들이 안쓰러워 금세 울상이 되곤 했었다. 개를 좋아하는 것 같아 지훈이 선물하겠다고 나섰지만, 유라는 온종일 혼자 있을 강아지가 불쌍해서 안 된다며 극구 사양을 하곤 했었다.

지훈은 유라가 안을 들여다보던 애견 센터 앞으로 갔다. 그녀가 그랬던 것처럼 손으로 이마 위에 지붕을 만들고 그 안을 들여다보았다. 작고 고물고물한 강아지들이 세상모르게 잠들어 있었다. 유라가 좋아하던 카페도, 강아지들도, 가끔 들르던 동네 화원도, 자주 찾던 식당도 모두 그대로인데 이 길 어디에도 유라의 흔적은 남아 있지 않았다.

'다 그대로인데, 당신은 없구나.'

지훈은 한숨을 내쉬다 무거운 발길을 옮겼다. 딱히 목적지를 정해놓은 것은 아닌데 그의 발길이 절로 유라가 살던 오피스텔로 향했다. 찾아가 봐야 만날 수 없다는 걸 알면서도 지훈은 혹시나 우연히라도 그녀와 마주치지는 않을까, 미련을 떨치지 못했다.

오피스텔 건물을 한참이나 올려다보던 지훈이 어깨를 축 늘어뜨린 채 돌아섰다. 유라를 생각하며 걷다 무심코 둘러보니 어느 버스 정류장 앞이었다.

'당신도 이곳에서 버스를 탔을까?'

차 없이 대중교통을 이용하던 그녀였으니 이곳을 이용했을 것 같았다. 지훈은 여기가 유라가 앉아 버스를 기다렸던 자리였을까 생각하며 정류장의 벤치에 앉았다.

"아……!"

그가 앉은 바로 맞은편에 커다란 여행사 광고 사진이 붙어 있었다. 파란 하늘과 에메랄드빛 바다와 초록색의 싱그러운 야자나무. 흰빛의 백사장을 보니 화이트 비치로 유명한 보라카이가 틀림없었다.

혹시 유라도 이곳에 앉아 저 사진을 봤을까? 지훈은 손바닥으로 가슴을 눌렀다. 이상하리만치 심장이 거칠게 뛰고 있었다. 갑자기 숨이 턱 막히고, 번개라도 내리친 듯 강렬한 직감이 그의 머릿속을 강타했다. 만약 유라가 외국으로 갔으면 어쩌나 하고 막연하게 생각했던 불안감이 실체가 되어 그의 눈앞에 나타난 것처럼 느껴졌다.

지훈은 무작정 길을 건넜다. 그리고 조금 전 보았던 광고판 앞에 섰다. 그렇게 선 채로 그는 한참이나 광고 속의 바다를 들여다보았다.

"왜 그러고 계십니까?"

등 뒤에서 성민의 목소리가 들렸다.

"계속 뒤에 있었습니까?"

성민은 허락 없이 지훈의 뒤를 따른 일을 사과했다.

"죄송합니다. 그런데 뭘 그렇게 보고 계십니까?"

"이 사진이 이상할 정도로 눈에 들어오네요. 그 사람도 꼭 이 길을 오가다 이 사진을 봤을 것만 같아서."

"알아볼까요?"

그 말에 지훈이 돌아서자 성민이 고개를 숙였다.

"그러라고 하시면 국내의 일은 계속 진행하고 따로 이쪽으로도 조사를 해보겠습니다."

"그래 주겠습니까?"

"가능한 방법을 총동원해보겠습니다. 오늘은 이만 회사로 돌아가시죠."

지훈이 고개를 끄덕이자 성민이 손을 들어 수신호를 보냈다. 멀찍이 떨어져 대기하고 있던 지훈의 차가 미끄러지듯 달려와 그 앞에 멈춰 섰다. 지훈이 차에 오르자 그를 태운 차가 유라가 살던 동네를 떠났다.

그로부터 3일 후, 지훈은 성민에게서 유라에 대한 단서를 찾았다는 보고를 받았다. 성민은 보라카이로 사람을 보내는 한편 혹시나 하는 마음에 지훈이 보고 있던 광고의 여행사를 찾았다. 그곳에서 그는 유라가 그곳의 여행사를 통해 보라카이로 떠났다는 정보를 입수할 수 있었다. 여행사를 통해 유라가 제이스 호텔에 예약했다는 것을 알아내자마자 보라카이에 보낸 사람에게 투숙 여부를 확인하게 했다. 성민은 그에게서 유라가 호텔을 나서는 모습이 담긴 사진을 전송받았다.

"보라카이의 제이스 호텔이라……."

성민의 보고를 받은 지훈은 허탈하게 웃었다. 그러면 어떡하나 걱정은 했지만, 그녀가 정말로 바다 건너 필리핀까지 가버린 줄도 모르고 그는 줄곧 엉뚱한 곳을 뒤지고 있었다.

"한유라 씨를 찾으셨으니 이제 어쩌실 생각이십니까?"

"가야지. 보라카이로. 항공편을 알아봐 줘요."

"호텔에 먼저 전화를 해둘까요?"

지훈은 잠시 생각하다 고개를 저었다.

"아니, 그러지 말아요. 한유라 씨 귀에 들어가서 다른 곳으로 떠나버리면 곤란하니까."

'이런 곳에 있었구나, 당신. 이런 곳에 꼭꼭 숨어 있었어. 그래서 그렇게 찾아 헤매도 흔적조차 찾을 수가 없었던 거구나. 내가 찾으러 갈게. 꼭 갈 거니까 제발 다른 곳으로 도망치지 말고 조금만 기다려줘. 반드시 데리러 갈게.'

지훈은 손가락 끝으로 화면 속 유라의 얼굴을 어루만졌다.

다음 날 아침, 지훈은 출근하자마자 성민을 호출했다.

"항공편은 어떻게 됐습니까?"

지훈의 다급한 마음을 잘 알고 있는 박 실장이 준비한 티켓을 내밀었다.

"내일 새벽 출발하는 티켓입니다. 요즘 보라카이에 가는 사람이 많아서 오늘 출발하는 항공권은 구할 수 없었습니다."

지금 당장 갈 수 있다면 더 좋았겠지만 할 수 없었다. 지훈은 아쉬운 마음을 누르고 성민에게 수고했다는 말을 전했다.

"나한테 할 말이라도 있습니까?"

티켓을 건넨 후에도 방에 남아 있는 성민을 보며 지훈이 물었다.

"실은 전무님께도 한유라 씨 관련 자료를 보여드렸습니다. 부회장님과 정 이사 문제로 현성 정 대표가 윤 전무님께 항의 전화를 하셨답니다. 전무님께서도 아셔야 할 것 같아서 자료를 드렸습니다. 허락을 구하지 않고 독단으로 처리해서 죄송합니다."

누나가 정 대표의 항의 전화를 받았다는 말에 지훈은 미간을 찡그렸다. 손가락으로 책상을 두드리다 이제 와 어쩌겠냐는 의미로 어깨를 으쓱했다.

"할 수 없죠. 어차피 아실 일이었으니……. 됐습니다. 정 대표님 전화를 받았다면 박 실장이 아니어도 알아내셨겠죠. 그래도 다음에는 나에게 미리 물어봤으면 좋겠군요."

"네. 죄송합니다."

어차피 누나도 진실을 알아야 했다. 유라에게 기대가 컸던 만큼 누나의 실망 또한 컸다는 것을 지훈은 알고 있었다. 잘못된 판단을 했어도 그녀는 엄연한 피해자였다. 평소 누나를 현명하고 상식적인 사람이라고 믿어온 지훈은 누나라면 그녀의 아픔과 상처를 이해해주리라 생각했다.

"어쩐 일이니? 부회장님이 내 방에를 다 오시고?"

윤 전무가 오랜만에 제 사무실을 찾은 지훈을 반겼다.

"네가 그냥 왔을 리는 없고. 할 말 있는 거지? 뭔데? 왜, 박 실장이 뭐라고 하디? 그런데 너, 정말 현석이랑 주먹질하고 싸운 거니? 그런 거야?"

속사포처럼 쏟아내는 누나의 말을 들으며 지훈은 멋쩍게 웃었다.

"누나도 다 알고 있다면서요? 정 대표님한테 그런 전화 받게 해서 미안해요. 현석이랑은 그렇게 됐어요. 많이 당황했죠?"

"어쩌겠니. 이미 벌어진 일인걸. 현석이가 백 번 잘못한 건 맞지만, 너도 잘한 건 없어. 네 나이가 몇 살인데 쌈박질이니?"

"죄송해요."

지훈의 사과에 윤 전무는 됐다는 표정으로 손을 내저었다.

"됐어. 그건 그렇고, 할 말이 뭐야? 부회장님이신 너만 바쁜 거 아니다. 누나도 바쁘니까 빨리 말해."

"유라를 찾았어요. 보라카이에 있대요. 내일 새벽에 데리러 갈 거예요."

윤 전무는 한숨을 내쉬며 창밖으로 시선을 던졌다.

"결국은 찾았구나. 보라카이라니, 멀리도 갔다. 그런데 지훈아. 꼭 한유라여야 해? 다른 사람은 안 돼? 한유라가 어떤 일을 겪었는지, 그런 거 다 떠나서 우리 집안사람이 되기에는 너무 평범하잖아? 우리 같은 사람들은 비슷한 환경에서 나고 자란 그런 사람들이 더 어울리지 않을까?"

지훈은 누나의 손을 끌어다 제 손으로 감쌌다.

"알아요, 누나. 내 걱정해서 하는 말이라는 거. 그런데 중요한 건 내가 누구를 사랑하는가잖아요? 유라가 가진 배경이 누나 눈에 안 찰 수도 있어요. 하지만 그런 것들은 내가 채워주면 되죠. 이젠, 행복해지고 싶어요. 누나도 그걸 바라죠? 그러려면 유라가 있어야 해요. 그 사람 없이는 그럴 수가 없어요."

윤 전무는 입을 꾹 다물었다. 그녀의 뜻이 어떻든 간에 동생은 제가 먹은 마음을 바꾸지 않을 것이 분명했다.

"그래. 알아. 내가 뭐라고 해도 지금 네 귀에는 안 들릴 거야. 가지 말라고 말려도 너는 가겠지. 그래 가. 가서 데려와. 남은 얘기는

한유라를 데려오면 그때 가서 하자꾸나. 아버지께는…… 다녀와
서 말씀드리자.”

지훈은 누나의 대답에서 희망을 느꼈다. 이제는 보라카이에 가
서 그녀를 데려오는 일만 남았다.

유라는 식사를 마치자마자 디-몰로 나갔다. 차가운 생수와 음료
를 사서 화이트 비치로 가기 위해서였다. 재혁의 도움으로 내일 밤
에 출발하는 비행기 티켓을 구했다. 그녀가 보라카이의 바다를 즐
길 시간은 오늘이 마지막인 셈이었다. 그래서 유라는 오늘 하루는
누구에게도 방해받지 않고 보라카이의 바다를 그녀의 두 눈에 실
컷 담아낼 작정이었다.

재혁 덕분에 다시 돌아갈 용기를 냈지만, 그녀의 마음은 여전히
심란하기 짝이 없었다. 돌아가면 당장 살 집을 구해야 했고, 직장
도 다시 알아봐야 했다. 그리고 가능하다면, 지훈을 다시 만나보고
싶었다.

그런데 그가 나를 만나려 할까? 속을 태워서인지 목이 심하게
말랐다. 유라는 들고 온 봉투 안을 뒤적거렸다. 음료와 생수병 사
이에 충동적으로 골라 넣었던 맥주 캔이 눈에 띄었다.

망설이다 맥주를 집어 들었다. 냉장고에 오래 있었던 듯 맥주
캔은 아직도 차가운 기운을 잃지 않았다. 캔을 만지작거리던 그녀
는 뚜껑을 따서 조심스럽게 한 모금 꿀꺽 마셨다.

그때, 그녀의 뒤에서 예상치 못했던 목소리가 들려왔다.

“내가, 나 없을 때는 술 마시지 말라고 했잖아요. 벌써 잊은 거
예요?”

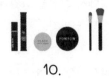

10.

　새벽 비행기를 탄 지훈은 점심때가 될 무렵에야 필리핀에 도착
했다. 한시라도 빨리 유라를 만나고 싶은 마음이 굴뚝같다 보니 그
의 마음도 비행기와 함께 내내 하늘을 난 것 같았다. 보라카이에
도착한 그는 곧장 제이스 호텔로 달려가 그곳에서 재혁을 만났다.

　"예약은 하셨습니까?"

　"윤지훈이라는 이름으로 예약했습니다."

　"아, 여기 있네요. 바로 방으로 안내해드리겠습니다."

　재혁이 그의 짐을 들고 방으로 안내할 직원을 부르려는데 지훈
이 급하게 물었다.

　"실은 서울에서 온 한유라 씨를 찾아왔습니다. 이 호텔에 묵고
있다고 들었는데 지금 어디에 있는지 알 수 있을까요?"

　한유라라는 이름에 재혁은 눈을 크게 떴다. 그는 지훈이 유라가

말했던 바로 그 사람이라는 것을 알아차렸다. 유라에게 다시 만나 보라고 조언하기는 했지만, 막상 그녀를 찾아 눈앞에 나타난 지훈을 보니 마음이 조금 이상했다. 잘됐다 안심이 되는 한편 왠지 모르게 씁쓸해지는 입맛에 재혁은 묘한 기분을 느꼈다.

왜 저런 눈으로 보는 거지? 유라를 잘 모르나? 아니면 벌써 이곳을 떠나버린 건가? 혹시나 하는 마음에 지훈은 침을 꿀꺽 삼켰다. 심상치 않은 눈빛으로 저를 빤히 보는 재혁이 영 이상해서 그는 질세라 두 눈에 힘을 주었다.

"한유라 씨는 어디에 있습니까? 이곳에서 일하는 걸 본 사람이 있는데요."

둘 사이의 침묵을 참지 못한 지훈이 먼저 입을 열었다. 그에게는 이 남자와 눈싸움이나 하고 있을 시간이 없었다. 가뜩이나 유라의 일로 마음이 급한데 앞에 선 남자 때문에 더욱 혼란스러워진 지훈은 버럭 소리치고 싶은 것을 간신히 참았다.

"한유라 씨는 바다를 보러 가셨습니다. 화이트 비치의 어딘가에 앉아서 또 멍하니 바다만 바라보고 있겠지요. 그런데 손님이 오시는 걸 한유라 씨가 아시나요?"

지훈의 절박한 그의 심경을 눈치챈 재혁은 그제야 표정을 풀고 호텔 직원다운 친절한 미소를 띠었다.

"모를 겁니다. 그런데 화이트 비치라고요?"

재혁은 어깨를 으쓱했다.

"아마도요."

지훈은 호텔 직원의 안내를 받아 예약한 방에 가방만 내려놓고 곧장 유라를 찾아 나섰다. 보라카이는 전에 와봤던 곳이라 헤매지 않고 곧바로 화이트 비치로 향했다. 그는 호텔 근처부터 반대편까지 해변을 따라 걸으며 연신 주위를 두리번거렸다. 어디쯤 그녀가 있을까. 유라의 흔적을 좇던 지훈은 마침내 저 멀리 야자나무 그늘에 앉아 있는 유라를 발견했다.

심장이 터질 것처럼 세차게 뛰기 시작했다. 다시 만난 그녀가 너무 반가워서, 그녀를 다시 볼 수 있게 된 것이 너무 고마워서, 아무 사고 없이 무사한 모습으로 그의 앞에 있는 게 너무 다행이라서. 지훈은 금방이라도 눈물이 터져버릴 것만 같아 이를 악물고 지밀어 오르는 감정을 꿀꺽 삼켜냈다.

그녀가 떠나버린 지난 시간 동안 혹시라도 그녀에게 무슨 일이 생긴 것은 아닌지 매일 밤 악몽에 시달렸다. 박 실장에게서 아직 찾지 못했다는 보고를 받을 때마다 이대로 영영 그녀를 찾지 못하게 될까 봐 가슴이 무너졌다. 그러나 마침내 그녀를 찾았다. 유라가 그의 눈앞에 앉아 있었다.

당장에라도 이름을 부르고 싶었지만 목이 메어 말이 나오지 않았다. 그녀를 다시 찾아 펄쩍 뛰게 기쁘면서도 한편으로는 두려운 마음이 함께 들었다.

유라가 그를 거부하면 어떡하나. 그의 실수를 용서하지 않으면 어떡하나. 지훈은 점점 더 커지는 불안감에 지지 않으려 주먹을 힘껏 말아 쥐었다.

한 발 한 발 조심스럽게 그녀에게 다가갔다. 손을 뻗으면 닿을 것 같은 거리에 그녀가 있었다. 그녀의 이름을 부르려는 순간 멍하니 바다만 응시하던 유라가 옆에 놓인 봉투 안을 뒤적여 무언가를 꺼냈다.

그녀가 꺼낸 것은 뜻밖에도 맥주였다. 유라가 술을 못 한다는 사실을 누구보다 잘 아는 지훈은 가슴을 후벼내는 것처럼 아팠다. 저 때문에 유라가 이기지도 못하는 술로 그 상처와 홀로 씨름하고 있었던 것은 아닌지. 그는 유라가 맥주를 따서 입으로 가져가는 모습을 더는 보고만 있을 수 없어서 애써 밝은 목소리로 그녀에게 말을 건넸다.

"내가, 나 없을 때는 술 마시지 말라고 했잖아요. 벌써 잊은 거예요?"

캔을 들어 입으로 가져가던 유라는 뒤에서 들려온 지훈의 목소리에 그대로 몸이 굳어버렸다. 순식간에 눈앞이 새하얘지고 머릿속이 텅 비어버린 것 같아 아무 생각도 할 수 없었다.

사고가 정지되자 몸의 움직임도 절로 멈춰버렸다. 지금 유라의 몸에서 살아 움직이는 것은 그녀의 심장뿐이었다. 꿈에서도 그리던 그리운 목소리에 심장이 쿵쾅거리며 세차게 뛰기 시작했다. 어느새 눈시울이 붉어지는가 싶더니 가득 고인 눈물이 천천히 뺨을 타고 흘러내렸다.

분명 자신의 목소리를 들은 것 같은데도 돌아보지 않는 유라를 보며 지훈은 크게 당황했다. 등을 돌린 채 앉아 있는 것처럼 유라의 마음도 이미 그에게서 돌아선 것이 아닌지, 지훈은 더럭 겁이 났다.

"유라 씨……?"

지훈의 목소리가 다시 들렸다. 그 순간 일시 정지되었던 생각들이 봇물 터지듯 한꺼번에 밀려들었다. 깜깜한 방 안에 한참 있다 갑자기 켜진 불에 아무것도 볼 수 없게 되는 것처럼, 유라는 이게 무슨 일인지 제대로 판단하기 어려웠다.

꼼짝 않고 그대로 있던 그녀가 갑자기 벌떡 일어섰다. 그러더니 그가 있는 쪽이 아닌 바다를 향해 빠르게 걷기 시작했다. 유라는 뒤돌아보기가 무서웠다. 지훈의 목소리가 들렸을 리 없었다. 한국도 아닌 보라카이에서 그의 목소리를 듣다니. 있을 수 없는 일이다.

환청일 거야. 유라는 제가 또 지훈을 그리워하다 환청을 들은 게 틀림없다고 생각했다. 아니면 주변을 지나는 사람의 목소리를 잘못 들은 거겠지. 그것도 아니라면 이번에는 거우 맥주 한 모금에 제대로 취해버린 것인지도 몰랐다.

돌아보고 싶지만 그녀는 그렇게 하지 못했다. 괜한 기대를 품고 뒤를 돌아봤는데 정말로 지훈이 없으면 그때는 견딜 수 없을 것만 같았다. 또 한 번 실망하고 또다시 상처받게 될까 봐 두려웠다. 부서져 내린 마음을 겨우겨우 그러모아 간신히 돌아갈 용기를 냈는데 또다시 위축되고 싶지 않았다. 지훈이 없는 빈자리를 보게 되면 그를 만나겠다고 결심한 용기마저 사라져버릴까 겁이 났다.

지훈은 제게서 도망치는 유라의 모습에 어쩔 줄을 몰라 당황했다. 예상치 못한 반응이라 어떻게 해야 좋을지 망설여졌다. 멍하니 뒷모습을 지켜보던 그는 작게 들썩이는 그녀의 어깨를 보고 한 대 맞은 것처럼 정신이 번쩍 들었다. 지훈은 급하게 그녀의 뒤를 쫓았다. 뛰다시피 그녀를 따라잡은 지훈이 유라를 붙들어 세웠다.

"유라 씨. 한유라! 잠깐만!"

그제야 유라가 걸음을 멈췄다. 잠시 굳어진 듯 서 있던 그녀가 부들부들 떨기 시작했다.

"흑, 흐흑……."

지훈은 흐느끼는 유라의 몸을 그대로 와락 끌어안았다.

"어딜 가는 거예요? 다시는 도망가지 말라고 했잖아요. 절대로 내게서 숨지 말라고 했잖아요!"

유라의 손에서 힘이 빠지며 들고 있던 봉지와 맥주 캔이 바닥에 툭 떨어졌다. 그의 품에 안겨 세찬 심장 박동을 느낀 후에야 그녀는 정말로 그가 왔다는 것을 깨달았다.

"미안해요. 당신을 그렇게 떠나보내서……. 내가 잘못했어요, 유라 씨. 정말 잘못했어요. 단 하루도 후회하지 않은 날이 없었어요. 한순간도 당신을 잊은 적이 없었어요. 당신을 더 빨리 알아보지 못해서 미안해요. 당신을 더 믿어주지 못해서 미안해요. 당신을 더 빨리 찾지 못해서 미안해요. 정말 미안해요."

가늘게 떨고 있는 유라의 어깨 위로 지훈의 눈물이 뚝뚝 떨어졌다. 유라는 고개를 들었다. 울고 있는 지훈이 보였다. 잔뜩 흐려진 눈으로도 금세 알아볼 수 있을 만큼 잘생긴 얼굴이 수척해져 있었다. 떨리는 손으로 지훈의 젖은 얼굴을 닦아냈다. 까칠하게 마른 얼굴을 보니 가슴이 찢어질 듯 아팠다. 그의 눈물을 닦아내는 그녀의 얼굴도 눈물에 젖어 있기는 마찬가지였다.

"울지 마요. 지훈 씨, 잘못이 아니에요. 당신 탓이 아니에요. 그러니까 제발 울지 말아요."

지훈은 유라에게서 눈을 떼지 못했다. 눈을 깜박이기만 해도 그녀가 연기처럼 사라져버릴까 두려웠다. 이게 얼마 만인가. 마지막으로 그녀의 얼굴을 이렇게 가까이에서 들여다본 것이 언제였던가. 멀고 먼 길을 돌아야 했지만 결국에는 이렇게 다시 만났다. 지훈은 가슴이 벅차올라 그녀를 제 품 속에 꼭 끌어안았다.

"이제 다시는 나를 두고 가지 말아요. 아무 데도 가지 말아요. 내가 안 보낼 겁니다. 절대로 안 보내요."

지훈은 유라와 해변의 커피숍에 들어갔다. 머리가 어지러울 정도로 뜨거운 날씨에 한참이나 눈물을 흘린 그녀가 탈진이라도 할까 봐 겁이 났다.

"물 좀 마셔요. 너무 오래 울어서 걱정이에요. 괜찮아요? 머리 아프지는 않아요?"

"괜찮아요. 이제."

울음을 그치고도 한참이나 서럽게 흐느꼈던 유라도 이제는 제법 진정이 된 상태였다.

"정말 괜찮아요? 힘들지 않아요?"

"괜찮아요. 지훈 씨는요? 여기까지 오는 것만으로도 힘들었을 텐데 지훈 씨야말로 괜찮아요?"

고개를 끄덕인 지훈은 유라의 뺨을 살며시 쓸어내렸다. 혹시라도 그녀가 지쳤을까 봐 제 어깨에 머리를 기대고 쉬게 했다.

"나는 유라 씨만 괜찮으면 다 좋아요. 유라 씨만 내 옆에 있으면 돼요."

환하게 웃는 지훈의 눈빛이 따스했다. 수척해진 얼굴이 행복감으로 밝게 빛나고 있었다. 지훈을 마주한 유라는 짐작할 수 있었다. 많이 울어서 눈이 부어 있을 테고 어쩌면 코끝이 빨갛게 변해 있겠지만, 그를 다시 만난 그녀의 얼굴도 지훈 못지않게 환하게 빛나고 있을 거라는걸. 지금의 이 상황이 믿어지지 않을 만큼 행복하고 가슴이 두근거릴 만큼 그와 함께 있다는 사실이 꿈만 같았다.

두 사람은 함께 음료를 마시며 못다 한 이야기를 나누었다. 너무나 힘들었기에 지난 시간을 다시 곱씹는 것은 여전히 괴롭고 힘들었지만, 이제는 서로에게 솔직해야 했다. 망설이고 머뭇거리다가 두 사람이 치러야 했던 대가는 감당하기 어려울 만큼 크고 아팠다.

아픈 시간이었지만 교훈은 있었다. 솔직해야 한다는 것. 감추고 포장하기보다는 왜 그럴 수밖에 없었는지 다 털어놓고 상대의 이해를 구하는 것이 옳았다. 현석과의 악연을 설명하려던 유라는 제가 현성에서 겪었던 일을 지훈도 안다는 말에 매우 놀랐다.

"결국은 지훈 씨도 알아버렸군요."

지훈이 그녀의 눈을 들여다보며 조심스럽게 물었다.

"그래요. 이제 나도 다 알아요. 그런데 나는 여자가 아니어서 그런지, 아니면 그런 일을 겪은 적이 없어서 그런지 잘 이해가 안 돼요. 유라 씨 잘못이 아닌데 왜 그렇게 말하기가 어려웠을까요? 다른 사람이면 몰라도 나한테까지 숨긴 이유를 모르겠어요."

이해하기 어렵다는 지훈의 말에 유라는 씁쓸한 미소를 지었다.

"그건 아마…… 자존심이 상해서 그랬을 거예요. 내가 좋아하는 사람 앞에서 특별하고 완벽하길 바랐으니까요. 그런 일을 겪었다는 것을 알리고 싶지 않았어요. 당신 앞에서만큼은 잘나고, 예쁘고, 흠 하나 없는 멋진 여자이고 싶었어요."

그녀의 마음을 알 것 같아 지훈은 꼭 잡은 손등을 토닥여주었다.

"지금도 특별해요. 유라 씨는 우리가 처음 만났던 그때부터 지금까지 여전히 예쁘고 멋진 여자예요."

"그게 약점이라고 생각했던 것 같아요. 그래서 감추고 싶었겠죠. 현성에서 그 일을 겪었을 때 그곳 사람들은 나를 비난했어요.

잘못은 나에게 있다고 다들 손가락질했죠. 그때 정말 상처를 많이 받았어요. 그러면서 방어적이 되고 사람에 대한 신뢰를 많이 잃었던 것 같아요."

유라의 설명에 지훈이 안타까운 눈으로 그녀를 들여다봤다.

"유라 씨. 당신 잘못이 아닌 일이 당신의 약점이 될 수는 없어요. 혹시 나도 그 사람들처럼 당신 탓을 할까 봐 걱정했어요?"

"미안해요. 그런 걱정이 아주 없지는 않았어요. 지훈 씨도 다른 사람들처럼 나를 비난할까 봐 무서웠어요. 처음에는 입이 안 떨어졌고 하루하루가 지날수록 말하는 게 점점 더 어려워졌어요. 그러다가 솔직해지자 결심했는데……. 우리 바다 보러 가기로 했던 것 기억나요? 실은 그때 다 말하려고 했어요."

그 약속을 어떻게 잊겠는가. 기억하고 있다며 그는 고개를 끄덕였다.

"그러다가 정 이사를 부회장실에서 마주쳤을 때는 정말이지…… 모든 게 겁이 나고 너무 무서웠어요. 늦기 전에 고백하고 싶었는데 그때는 당신이 기회를 안 줬어요."

"맞아요. 내가 그랬죠. 사실 그때는 한 비서가 당신이라는 걸 알았나 봐요. 머리로는 알면서도, 가슴으로는 그럴 리 없다고 계속 부정하고 있었던 거죠. 나도 무척이나 혼란스러울 때였어요. 당신에게 그런 사연이 있다는 걸 몰랐으니까. 한 비서가 당신이라는 걸 인정해버리면, 당신이 나를 계속 속여 왔다는 걸 확인하는 게 되니까. 그래서 나도 모르게 진실을 외면하고 싶었나 봐요. 미안해요. 내가 다 잘못했어요. 그래도 당신 이야기를 먼저 들었어야 했는데. 내가 어리석어서 당신을 힘들게 했어요."

그 후로도 한참이나 이야기를 나눈 두 사람은 커피숍을 나와 다시 바닷가로 왔다. 어느덧 해가 저물고 화이트 비치의 푸른 하늘이 붉게 물들어가기 시작했다. 늦었지만 두 사람은 약속대로 바다 앞에 서 있었다. 힘들고 가슴 아픈 길을 돌아왔지만 그들은 지금 함께였다. 지훈과 유라는 서로의 손을 꼭 잡은 채 붉은빛으로 너울거리는 아름다운 보라카이의 해변을 천천히 걸었다.

지훈과 유라가 호텔 로비에 들어섰다. 손님과 이야기를 나누던 재혁의 시선이 그들에게 향했다. 빈틈없이 맞잡은 두 사람의 손을 본 재혁은 살며시 미소 지었다.

'잘됐어요, 유라 씨.'

재혁의 눈빛이 그렇게 말하는 것 같았다.

'고마워요. 오빠 덕이에요.'

유라도 그를 향해 눈인사를 건넸다. 재혁이 익살맞은 표정을 지어 보이며 턱 끝으로 지훈을 가리켰다. 이어진 그의 윙크에 유라는 가볍게 웃음을 터뜨렸다.

그녀의 웃음소리에 고개를 돌린 지훈은 마주 보며 웃는 유라와 재혁을 확인하고 못마땅해졌다. 그녀를 의심하는 것은 아니었지만, 이상하게 자꾸만 재혁이 신경 쓰였다. 저 남자는 뭐지? 아까부터 이상했어. 혹시 유라 씨한테 관심 있는 거 아냐? 불안해진 지훈은 그녀의 귓가에 대고 조그맣게 속삭였다.

"도대체 저 사람 누구예요?"

지훈에 맞춰 유라도 소곤거리듯 대답했다.

"아, 최재혁 씨라고, 여기 호텔 주인이세요. 여기 있는 동안 저한테 아주 잘해주셨어요."

아주 잘해줬다고? 어쩐지 이상하게 신경이 쓰이더라니……. 계단에 오르기 전 지훈은 재혁이 있는 쪽을 흘끔 돌아봤다. 재혁도 그들을 지켜보고 있었는지 두 남자의 시선이 하나로 부딪쳤다. 지훈은 헛기침을 하며 보란 듯 유라의 어깨를 팔로 감싸 저에게 밀착시켰다.

"왜요?"

갑자기 왜 그러나 싶어, 유라가 의아한 얼굴로 올려다봤다. 이만하면 충분히 알았겠지. 지훈은 한없이 다정한 얼굴로 그녀를 향해 웃었다.

"아무것도 아니에요. 어서 올라가죠."

유라와 함께 방으로 온 지훈은 그녀의 방 안을 찬찬히 둘러봤다. 깔끔했지만 소박하고 작은 방이었다.

"좀 씻어야겠어요."

유라는 씻고 싶었다. 더운 날씨 탓에 땀이 많이 났고, 울어서 엉망이 됐을 얼굴도 신경 쓰였다.

"그럴래요? 그럼 좀 쉬어요. 나도 방에 가서 씻고 다시 내려올게요."

유라에게 시간이 필요한 것을 눈치챈 지훈은 그녀를 가볍게 안아준 후 방을 나왔다.

방으로 돌아온 지훈은 간단히 샤워를 마친 후 유라가 충분한 시간을 가질 수 있도록 가져온 짐을 대충 정리했다. 그러고는 누나에게 전화를 걸어 유라를 찾았음을 알렸다.

-그래, 만났구나. 먼 데까지 갔는데 어긋날까 걱정했더니 그래도 다행이다. 한유라는 어때? 아픈 덴 없고?

"얼굴이 많이 안됐기는 하지만 괜찮은 것 같아요."

-다행이구나. 좋니? 다시 만나보니 좋아?

"그럼요. 그거야말로 말로 다 할 수가 없죠."

-어이구, 팔불출! 그래서 이제 어떻게 할 작정이니?

"누나만 괜찮다고 하시면 며칠 있다가 갔으면 좋겠는데요. 여기까지 왔는데 그냥 가기가 아쉬워서요."

-그래, 간 김에 좀 쉬다 와. 네가 하루도 못 쉬고 일만 한 게 벌써 언제부터니? 그렇게 보고 싶은 사람을 만났는데 바로 오라면 내가 너무 매정한 사람이 되겠지? 간 김에 재밌게 놀고 와. 그렇다고 너무 오래 있지는 말고.

"고마워요. 누나."

인사를 하고 전화를 끊으려는데 윤 전무가 다급하게 그를 불렀다.

-여보세요. 지훈아?

"네. 누나. 말해요."

-아버지가 다 아셨어. 아마 정 대표님이 전화를 했나봐. 걱정 마시라고 내가 말씀은 드려놨는데, 아무래도 네가 설명드리는 게 맞을 것 같아서. 돌아오는 대로 찾아뵙고 말씀드려. 알겠지?

아버지가 아시게 됐다는 말에 조금 당황했지만 지훈은 내색하지 않았다. 유라와 미래를 꿈꾼다면 당연히 아버지의 허락을 받아야 할 일이었다. 다만 아버지께 그녀의 일을 알린 사람이 정 대표라는 게 마음에 걸렸다. 무슨 엉뚱한 소리를 늘어놨을지 신경이 쓰였지만, 지훈은 오히려 걱정하는 윤 전무를 안심시켰다.

"걱정 마요, 누나. 아무리 정 대표라도 아버지께 함부로 떠들지는 못했을 거예요. 아버지가 일선에서 물러나셨어도 호락호락하신 분도 아니고. 또 제가 가만히 있지 않을 걸 알 테니까요. 정 대표가 그 정도 계산도 못 할 분은 아니죠. 돌아가서 봐요. 네. 들어가요."

누나와 통화를 끝낸 지훈은 새로운 번호로 전화를 걸었다. 신호가 울리고 성민이 전화를 받았다.

"박 실장, 납니다."

-예, 부회장님. 한유라 씨는 만나셨습니까?

"만났습니다."

-그럼 여기서 한유라 씨 찾는 일은 바로 중지하겠습니다.

"그렇게 해요. 그동안 애 많이 썼어요. 고마워요."

-아닙니다. 별말씀을요. 당연히 제가 할 일인데요. 그런데 언제 돌아오실 계획이십니까?

지훈은 잠시 제 이마를 문질렀다.

"여기서 며칠 있다가 갈 예정인데, 현성 건은 어떻게 진행되고 있습니까?"

-돌아오시는 대로 법무 팀 보고를 받으시게 준비하겠습니다. 참, 한유라 씨도 함께 오시는 겁니까?

"당연히 그래야죠."

-그럼 돌아오실 항공편을 예약해 놓겠습니다. 그리고 혹시 소식 들으셨습니까?

"무슨?"

-현성의 정 이사가 소진기업 홍 회장님의 따님과 약혼한다는 소문이 있습니다.

"홍 회장님 따님이면, 혜미와?"

-그렇습니다.

지훈은 한 대 패주고 싶은 능글능글한 현석의 얼굴과 어릴 때부터 잘 알던 혜미의 얼굴을 떠올리며 인상을 찌푸렸다.

"확실합니까?"

-정 대표 입에서 직접 나온 얘기라니 확실한 것 같습니다.

"그렇다면 시간이 없군. 내가 전에 지시했던 일을 서둘러줘요. 엉뚱한 사람이 연루되어 다치기 전에 되도록 빨리 처리합시다."

-알겠습니다, 부회장님.

지훈은 성민과의 통화를 끝내고 시계를 들여다봤다. 이제쯤 유라를 데리러 가면 맞을 것 같았다. 그는 유라의 친구 경희에게도 문자를 보내 유라의 안부를 비롯해 두 사람이 무사히 잘 만났음을 알렸다. 그러고 나서 지훈은 곧바로 유라의 방으로 건너갔다.

똑똑. 그녀의 방문을 두드리자 곧 문이 열렸다.

"왔어요?"

하늘하늘한 밝은 보랏빛 원피스를 입은 유라가 그를 향해 밝게 웃었다. 머리에는 아직 물기가 남아 있었지만, 제법 서두른 듯 얼굴에는 가볍게 화장도 한 상태였다. 참으로 오랜만에 보는 밝고 예쁜 모습이었다. 그녀를 처음 보았던 그때가 생각나 지훈은 이래저래 감회가 새로웠다.

정신없이 바라보던 지훈의 시선이 유라의 목 언저리로 향했다. 쇄골 근처에서 반짝거리는 깃털 모양의 펜던트를 본 지훈은 가슴이 벅차오르는 감정을 느꼈다. 그녀가 영영 달아나버렸다고 절망한 때가 있었지만, 빼지 않겠다는 약속을 지킨 유라는 깃털을 달고 그에게로 다시 날아와 주었다.

"정말 예쁘네요."

지훈은 스무 살 풋내기처럼 얼굴을 붉히며 그녀에게 손을 내밀었다. 유라는 쿡 웃음을 터뜨리며 그의 손을 마주 잡았다. 지훈이 그녀를 제 쪽으로 끌어당기자 기다렸다는 듯 유라가 속절없이 끌려와 그의 품에 포옥 안겼다.

"아, 좋다……."

지훈은 유라의 목덜미에 얼굴을 묻고 숨을 깊이 들이마셨다. 은은하고 달콤한 그녀의 향기가 그의 폐부로 흘러들었다.

"좋네요. 이대로 영원히 있었으면 좋겠어요."

다정한 속삭임이 귓가를 간질이자 유라는 수줍게 얼굴을 붉히며 두 눈을 질끈 감았다.

다시는 그를 볼 수도, 목소리를 들을 수도 없다고 생각했던 때가 있었다. 다시는 이 사람 앞에 설 수 없을 거라 여겼다. 그러니 그녀가 할 수 있는 것은 그를 잊는 일뿐이라고, 그래야 한다고 다짐했었다. 그리고 이제 유라는 그것이 얼마나 엄청난 착각이었는지 절실히 깨달았다. 그녀는 지훈을 잊을 수도, 떠날 수도 없는 사람이었다.

다시는 그의 온기를 느끼지 못할 뻔했다는 생각에 머릿속이 아찔했다. 자신만 사라지면 모든 것이 다 끝날 거라는 오만한 생각이 모두를 힘들게 했다. 세상 그 어떤 곳도 지훈의 품만큼 편안하고 따뜻하지는 못했다.

"왜 그래요? 추워요? 혹시 어디 안 좋은 거 아니에요?"

유라의 작은 떨림을 느낀 지훈이 걱정스러운 얼굴로 그녀의 안색을 살폈다. 그를 안심시키려고 유라는 웃으며 고개를 흔들었다.

"아니에요. 너무 좋아서 그래요. 정말, 너무 좋아서요."

수줍게 고백한 뒤 쑥스러워진 그녀가 그의 가슴에 얼굴을 묻었다. 지훈의 입가에 감추지 못한 미소가 걸렸다. 그녀가 제 곁에 있는 이상 그는 이 순간 세상 누구보다 행복한 사내였다. 이 순간의 행복을 기뻐하던 지훈은 유라가 작게 중얼거리는 소리를 들었다.

"응? 유라 씨. 뭐라고요? 미안해요. 못 들었어요."

작게 속삭이는 탓에 제대로 듣지 못한 지훈이 궁금한 표정으로 귀를 갖다 댔다.

"배고파요. 지훈 씨. 배가 너무 고파서 기절할 것 같아요."

"……네? 하하하하."

또 어떤 고백을 하려나 살짝 기대했던 그는 예상과 다른 그녀의 속삭임에 고개를 뒤로 젖히고 크게 웃어버렸다.

"알겠어요. 이렇게 예쁜 유라 씨가 배가 고파서 기절하면 안 되죠. 얼른 밥 먹으러 갑시다."

지훈이 그녀를 데려간 곳은 맛있기로 소문난 바비큐 전문점이었다. 평소에는 줄을 서야 할 정도로 인기 있는 식당이라는데, 식사 시간이 조금 지나서인지 바로 자리를 잡을 수 있었다. 지훈은 유라를 위해 바비큐 립과 치킨, 그리고 양파 튀김을 주문했다.

"원래 바비큐는 맥주와 함께 먹어야 제격이지만 유라 씨는 망고 셰이크가 어떨까요?"

"글쎄요? 지훈 씨가 있을 때는 마셔도 되는 것 아니었어요?"

유라는 그가 했던 말이 기억나서 괜한 호기를 부려봤다.

"물론 나랑 있을 때는 마셔도 괜찮아요. 그런데 지금은 아니고……."

긴한 말이라도 하려는 건지 그가 그녀 쪽으로 머리를 기울였다.

무슨 말을 하려나 궁금해진 유라는 귀를 쫑긋 세웠다.

"이따가 밤에, 방에서 마시는 건 어때요? 그때는 많이 마셔도 괜찮을 것 같은데요. 유라 씨가 갑자기 잠들지만 않는다면."

은근한 말투로 속삭이며 지훈이 한쪽 눈을 찡긋거렸다.

"뭐라고요? 아이, 정말……."

짓궂은 농담에 유라가 밉지 않게 눈을 흘겼다. 주먹으로 그의 어깨를 가볍게 치자 지훈이 그녀의 손을 잡아 손등에 입을 맞췄다. 그러는 사이 주문한 음식이 나왔다.

"나왔네요. 어서 먹어요."

음식을 본 유라는 군침을 삼켰다. 이게 얼마 만에 느껴보는 식욕인 건지. 강렬한 숯불 향이 후각을 자극하고 윤기가 자르르한 립과 치킨은 보는 것만으로도 황홀했다. 푸짐하게 높이 쌓아올린 양파 튀김도 바비큐 못지않게 먹음직스러워 보였다.

"유라 씨가 배고플만해요. 오늘 제대로 못 먹었잖아요?"

생각지 못하게 그를 만나게 되면서 유라는 점심 생각은 하지도 못했다. 새벽 비행기로 보라카이로 날아온 지훈도 식사를 거르기는 마찬가지였다. 이제 여유를 찾으니 그동안 잊고 있던 허기가 밀려들었다. 두 사람은 그 어느 때보다 맛있게 음식을 먹었다.

"정말 맛있어요."

음식은 정말 맛있었다. 이렇게 맛있게 먹어본 적이 있었을까. 아마도 이 음식이 대단해서가 아니라 두 사람이 함께여서 그렇게 느꼈을 것이다.

식사를 마치고 식당을 나와 보니 밤을 맞은 보라카이의 해변은 낮보다 더 많은 사람으로 북적거렸다. 줄지어 선 노점과 유흥을 즐기려는 관광객들, 그리고 호객하는 상인들로 낮과는 다른 활기로 소란스러웠다.

"우리도 저쪽에 가서 구경할까요?"

사람들 속에서 그녀를 놓칠세라 유라의 손을 꼭 잡은 지훈이 한쪽을 가리켰다. 백사장에 세워진 간이 무대 위에서 한 남자가 기타를 치며 노래를 부르고 있었다. 노래하는 남자의 주변에 둥근 테이블이 옹기종기 모여 있고, 술과 안주를 주문한 사람들이 그의 노래를 감상 중이었다. 그들도 빈 테이블에 자리를 잡았다.

"우리도 시원하게 맥주 한잔할까요?"

사람들이 보내는 박수와 환호성에 대화가 쉽지 않아 지훈은 그녀의 귓가에 입술을 대고 속삭였다.

"네. 좋아요."

유라는 고개를 끄덕였다. 보라카이에 온 지 한참이 지났지만, 혼자는 위험해서 밤에 해변에 나온 것은 처음이었다. 낮과는 완전히 다른 떠들썩한 분위기가 낯설면서도 신기했다. 주위를 돌아보니 술과 노래가 함께해선지 모두들 흥겨워 보였다. 이 흥겨움을 지훈과 같이 느낄 수 있어서 얼마나 감사한지. 문득 내일 한국으로 돌아가기로 되어 있다는 게 생각났다.

"무리하지 말고 조금씩 천천히 마셔요."

"그럴게요. 그런데 지훈 씨. 저는 내일 저녁에 돌아갈 티켓을 이미 예약해놓았어요."

유라의 말에 깜짝 놀라던 지훈은 이내 안도의 한숨을 쉬었다.

"그래요? 하마터면 우리가 서로 엇갈릴 뻔했군요. 정말 큰일 날 뻔했어요."

"그러게요. 그런데 지훈 씨는 어떻게 하실 건가요?"

"안 그래도 말하려고 했는데 우리 여기서 며칠만 더 있다가 가요. 함께 바다를 보러 가자던 그 약속을 이제 지키는 거예요."

"그럼 제 티켓은⋯⋯."

"취소하면 되니까 신경 쓰지 말아요. 박 실장이 유라 씨와 내 티켓을 준비해줄 거예요."

유라는 지훈이 저를 어떻게 찾았는지 궁금했다. 그녀가 보라카이에 있는 건 엄마도 경희도 알지 못했다.

"실은 그게⋯⋯."

지훈에게서 설명을 들은 유라의 눈이 휘둥그레졌다.

"그렇게 된 거였군요. 어머, 세상에⋯⋯."

어떻게 된 일인지 이제야 알 것 같았다. 그가 얼마나 힘들게 그녀를 찾아 헤매었을지, 아무 단서도 없는 막막한 상황에 얼마나 애를 태웠을지 알 것 같았다. 유라는 그게 가슴이 아프고 너무 미안해서 눈물이 날 것 같았다.

그보다 이래서 인연이라는 게 무서운 건가. 그들의 인연은 두 사람이 생각한 것보다 훨씬 깊었던 모양이다. 만나게 될 사람은 천 리를 떨어져 있어도 반드시 만나게 된다더니 그들이야말로 반드시 만나게 되어 있는 인연이었나 보다.

"아, 내가 좋아하는 노래네요."

가수가 새로운 곡을 노래하기 시작하자 지훈이 유라의 어깨를 감싸 안으며 작게 속삭였다. 감미로운 목소리로 부르는 사랑의 세레나데가 철썩이는 파도 소리와 어우러져 더할 나위 없이 낭만적으로 느껴졌다. 로맨틱한 분위기에 흠뻑 빠진 그녀가 그의 어깨에 머리를 기댔다. 그녀를 안은 지훈의 팔에 힘이 들어가고, 유라가 올려다보자 두 사람의 눈이 마주쳤다. 지훈은 고개를 숙여 그녀의 입술에 제 입술을 겹쳤다.

유라는 가만히 눈을 감았다. 주위 사람들의 존재도, 노랫소리도 모두 까맣게 잊은 후였다. 지금 이 순간만큼은 이 세상에 오직 윤지훈과 한유라, 자신들만 존재하는 것처럼 느껴졌다.

철썩이는 파도 소리를 따라 두 사람의 숨소리도 점차 거칠어졌다. 터질 듯 세차게 뛰는 심장 박동과 코끝을 스치는 서로의 체향, 마주 잡은 손끝으로 전해지는 아찔한 떨림. 서로의 존재만으로도 이 세상은 가슴이 벅찰 만큼 충만했다.

유라의 입 안을 부드럽게 유영하던 지훈의 혀가 한참 후에야 길고 긴 탐색을 끝냈다. 호흡이 한계에 다다랐던 그녀는 그제야 그의 품에 얼굴을 묻고 참았던 숨을 길게 토해냈다.

휘이익! 휘파람과 함께 요란한 박수 소리가 터져 나왔다. 갑자기 파고드는 커다란 소리에 잠시 잊었던 현실 감각이 한꺼번에 밀려들었다. 놀란 그녀가 고개를 들어보니 주위에 모여든 사람들이 흥미진진한 표정으로 그들을 주목하고 있었다.

아, 이런. 수많은 구경꾼 앞에서 무엇을 했는지 깨달은 유라의 얼굴이 새빨갛게 달아올랐다. 그녀의 붉어진 얼굴을 더없이 사랑스럽게 내려다보던 지훈이 엄지로 그녀의 부푼 입술을 가볍게 쓸었다.

"구경꾼이 많았네요. 벗어나야겠죠? 이제 그만 갈까요?"

"네."

"좋아요. 그럼 우리 뛰어요. 준비됐어요?"

그가 먼저 일어나 활짝 웃으며 손을 내밀었다. 유라가 그의 손을 잡자 지훈이 남은 한 손으로 사람들 틈을 헤치며 달리기 시작했다. 그의 손을 꼭 잡은 유라도 그를 따라 열심히 뛰었다. 화이트 비치의 중심부를 벗어나 한산한 곳으로 나와서야 두 사람은 달리기를 멈췄다. 숨이 턱 끝까지 차오른 그들은 잠시 그대로 서서 가쁜 숨을 골랐다.

"하하, 하하하."

누가 먼저랄 것도 없이 입 밖으로 참지 못한 웃음이 새어 나왔다. 결국은 마주 서서 큰 소리로 웃어버렸다. 한참을 웃던 유라와 지훈은 나란히 밤하늘을 올려다봤다. 여느 때보다 길었던 하루가 끝나가고 있었다.

오늘 하루는 두 사람에게 더없이 특별한 하루였다. 기적 같은 일들이 연속으로 일어나고, 슬프고 불안하기만 했던 어제와는 달리 기쁨과 희망이 그 자리를 채웠다.

유라는 더는 어제의 그녀가 아니었다. 그리움에 울던 그녀는 지훈을 다시 만나 행복해졌다. 다시는 못 볼 거라 여겼던 그 남자가 바로 지금 그녀의 곁에 있었다.

이제 두 번 다시는 울고 싶지 않다. 지금의 이 행복을 영원히 지키고 싶다. 그러기 위해서 지금 잡은 이 손을 절대 놓지 않으리라. 유라는 지훈의 손을 힘껏 쥐었다.

더운 날씨에 달리느라 흠뻑 땀이 난 두 사람은 샤워부터 하기로 했다. 유라는 방으로 돌아오자마자 땀에 젖은 원피스를 벗어던지고 화장을 말끔히 지워냈다. 빠르게 샤워를 마친 그녀는 지훈이 오기를 기다렸다.

유라가 재빨리 샤워를 끝낸 반면 지훈은 구석구석 정성 들여 씻었다. 그만큼 그는 유라와 보내게 될지도 모를 시간에 커다란 기대를 갖고 있었다. 낯선 땅, 낯선 장소가 주는 홀가분한 자유. 방해할 이 하나 없는 오직 둘만의 시간. 좋은 일이 생길 것 같은 예감에 가슴이 두근거리고, 기분 좋은 설렘이 그를 들뜨게 만들어 지훈은 샤워하는 내내 콧노래를 불렀다.

샤워를 끝내고 커다란 타월로 허리 아래를 감싼 지훈은 거울에 제 모습을 요리조리 비춰봤다. 유라와 헤어진 시간 동안 살이 좀 빠지기는 했지만, 그는 여전히 탄탄하고 멋진 몸을 갖고 있었다. 이 모습이 그녀의 눈에는 어떻게 비춰질까. 급한 대로 욕조의 가장자리를 붙들고 빠르게 팔굽혀펴기를 해서 근육을 부풀린 후 거울을 보며 씩 웃었다.

지훈은 욕실에서 나와 시간을 확인하고는 서둘러 옷을 입었다. 제 딴에는 서두른다고 했는데 벌써 한 시간 가까이 훌쩍 지나버렸다. 그 와중에도 향이 은은한 향수를 뿌리는 일도 잊지 않은 그는 마지막으로 제 모습을 점검한 뒤 유라에게 가기 위해 서둘러 걸음을 옮겼다.

하아암. 지훈이 샤워를 하며 콧노래를 부르는 동안 유라는 침대 한쪽에 걸터앉아 팔뚝을 문지르며 졸음을 쫓고 있었다.

'어쩌지? 너무 졸린데……. 지훈 씨가 다시 온다고 했던가? 아니면 내일 보자고 했나?'

벌써 밤은 한참이나 깊었고 그녀는 졸음을 간신히 견디는 중이었다. 이대로 침대에 몸을 누이고 잠을 자도 되는지 아니면 지훈을 기다려야 하는지 감이 오지 않았다.

진작부터 무거워진 눈꺼풀이 자꾸만 내려앉았다. 호텔 일을 돕느라 새벽같이 일어난 데다 지훈을 만나 한바탕 울기까지 했으니, 체력 소모는 물론이거니와 감정 소모도 그 어느 때보다 극심했던 하루였다. 가뜩이나 살이 많이 빠지면서 체력도 떨어진 유라에게는 상당히 피곤하고 고된 하루일 수밖에 없었다.

가만히 앉아 있으려니 머릿속은 점점 멍해지고 몸도 무거워져 바닥으로 가라앉는 것 같았다. 그래도 마음 한구석에 지훈을 기다리는 설레는 마음이 있기에 지금까지는 억지로 버틸 수 있었다. 천근 같은 눈꺼풀을 간신히 들고 벽에 걸린 시간을 확인했다. 졸음을 참고 버티느라 애만 썼을 뿐 시간은 생각보다 더디게 흘러갔다.

앉아 있으니 저도 모르게 기대기 편한 자세를 찾게 됐다. 빠르게 깜빡이던 눈꺼풀의 움직임도 차츰 느려졌다. 아직도 멀었나? 오긴 하는 건가? 아, 졸려……. 그래도 이왕 기다린 거 10분만 더 기다려보자. 유라는 연신 졸음에 겨운 하품을 해댔다.

지훈은 유라의 방문 앞에 서 있었다. 오늘 밤 드디어! 벅찬 마음에 입 안이 바짝바짝 마르고 긴장돼서 쉽게 문을 두드리지 못했다. 입을 크게 벌리고 턱을 몇 번 움직여 긴장을 푼 지훈은 심호흡을 한 후 그녀의 방문을 두드렸다.

똑똑. 기다렸지만 응답이 없었다. 혹시 못 들었나 싶어 이번에는 좀 더 크게 문을 두드렸다. 그러나 역시 반응이 없었다.

"유라 씨?"

지훈은 어쩐지 초조해지기 시작했다. 왜 대답이 없지? 굳게 닫힌 문에 애가 탔지만, 너무 늦은 시간이라 더 크게 문을 두드리거나 큰 소리로 그녀의 이름을 부를 수가 없었다.

"유라 씨? 유라 씨? 이봐요, 유라 씨?"

하는 수 없이 벨을 눌렀다. 벨소리가 밖에까지 들리는데도 여전히 감감무소식이었다.

"하아……."

어찌해야 하나. 지훈은 한숨이 절로 나왔다. 설, 설마 벌써 자는 건가? 아니, 이 상황에 어떻게 잘 수 있지? 설마 하면서도 그것 외에는 설명이 되지 않았다.

이럴 때는 어찌해야 하는 건가. 지훈은 난감한 듯 제 머리를 헝클어뜨렸지만 마땅한 방법이 떠오르지 않았다. 그녀와 함께 있을 수 있다는 사실만으로도 자신은 지금도 이렇게 가슴이 쿵쿵 뛰고 설레는데 유라는 태평하게 잠을 잔다는 게 기막혔다. 그렇다고 쉽게 포기할 수도 없어서 이러지도 저러지도 못하고 계속 벨만 눌러 대는데 누군가 다가와 그에게 말을 걸었다.

"실례합니다. 무슨 일 있습니까? 옆방에서 조용히 해달라는 항의가 들어왔습니다."

깜짝 놀라 고개를 돌려보니 재혁이 서 있었다.

"아, 미안합니다. 제가 소란을 피운 셈이군요. 유라 씨가 안에서 대답이 없어서요. 죄송합니다."

지훈은 민망함을 감추고 태연한 표정으로 사과했다. 눈치 빠른 재혁이 알만하다는 듯 고개를 끄덕이더니 빠르게 주위를 둘러본 후 지나가는 사람이 없다는 것을 확인하고 은밀히 속삭였다.

"원래는 말입니다. 절대로 이러면 안 되지만 말입니다. 그렇지만 세상살이에는 예외란 게 있지 않겠습니까?"

"무슨 말씀이신지."

"우리에게는 유라 씨를 안전하게 보호할 의무가 있으니까요. 혹시라도 유라 씨에게 무슨 일이 생긴 것은 아닌지 확인이 필요하단 말입니다. 안 그렇습니까?"

"……그게 무슨."

갑자기 무슨 뜬금없는 소린가 싶어 지훈이 한쪽 눈썹을 의아한 듯 치켜세웠다.

"호텔에는 안전을 위해 또 하나의 키가 존재한다는 뜻입니다."

"아!"

그제야 확실히 알아들은 지훈이 감탄의 소리를 냈다.

"원칙적으로는 이러면 안 되지만 말입니다. 손님의 안전을 확인하기 위해서 그리고 호텔의 평화를 위해서 제가 문을 열어드리죠. 다시 한 번 말씀드리지만 이건 어쩔 수 없는 상황인 겁니다. 일종의 비상사태인 거죠. 안 그렇습니까? 다른 손님들이 숙면을 방해받아서는 안 되니까요."

아까부터 재혁의 턱 근육이 끊임없이 씰룩이는 걸 보면 웃음을 참고 있는 게 분명했다. 그게 마음에 안 들었지만 지금은 찬밥 더운밥을 가릴 때가 아니었다. 못마땅한 표정을 감춘 채 지훈은 고개를 끄덕였다.

"물론입니다. 유라가 위험할까 봐 문을 열어주시는 거죠."

"그럼 잠시만 기다려주십시오. 키를 가져오겠습니다. 아, 그리고 지금은 밤이니 문 두드리는 일은 피해 주세요."

결국 쿡쿡 웃어버린 재혁은 프런트에서 열쇠를 가져와 그녀의 방문을 열어주었다.

"그럼 부디 좋은 시간 되십시오."

정중하게 인사를 하면서도 재혁은 킥킥거리는 웃음을 참지 못했다. 웃는 소리에 미간을 찌푸린 지훈은 돌아가는 재혁의 뒷모습을 흘낏 노려본 후 유라의 방으로 조용히 들어갔다.

"유라 씨?"

지훈은 그녀를 발견하고 그대로 멈춰 섰다. 10분만 더 그를 기다려보겠다던 유라는 침대 한가운데에 웅크리고 누워 세상모르고 잠들어 있었다.

"하아. 설마 했는데 진짜 자는군요."

아아, 그를 두고 태평하게 잠을 자다니. 천하의 윤지훈을 두고 잠만 자는 여자라니. 이게 벌써 몇 번째이던가. 너무나 평온하게 잠든 모습이 사랑스러웠지만, 여기에서 포기할 수는 없었다. 이미 옆방의 항의를 받았고, 재혁에게 망신도 당할 만큼 당했다. 그냥 물러서기가 너무나 아쉬운 지훈은 그녀의 곁에 앉아 어깨를 살살 흔들었다.

"유라 씨? 한유라 씨? 벌써 자는 거예요?"

"……."

깊이 잠든 그녀가 대답할 리 없었다.

"유라 씨? 유라야? 우리 예쁜 한유라 씨. 여보세요. 아가씨. 정말 자는 거예요?"

그렇다고 그녀의 몸을 마구 흔들어버릴 수도 없고. 어떻게든 살살 흔들어서 깨워보려 시도하던 지훈은 결국 낮게 탄식했다.

"아니, 어떻게 그냥 잘 수 있습니까. 우리가 얼마 만에 만났는데……. 유라 씨 정말 이러기에요? 내가 얼마나 열심히 씻었는데. 구석구석 얼마나 깨끗이 닦았는데! 이게 벌써 몇 번째야. 밤이 얼마나 긴지 당신이 알기나 해요? 나한테 정말 너무하는 거 아닙니까? 어떻게 이럴 수가……."

해도 해도 너무했다. 어떻게 매번 이러는 건지. 밤이 무섭다는 말을 그녀가 알기는 할까? 지훈은 태평히 잠들어 있는 유라를 내려다보며 울상을 지었다.

"하, 이거 참……."

이 상황이 기막힌 지훈은 쓸쓸한 입맛을 다시며 한숨을 내쉬었다. 큰 선심이나 쓰듯 문을 열어준 재혁이 그가 이렇게 유라의 자는 모습만 구경하고 있는 것을 알면 아마도 배꼽을 잡고 웃어대겠지. 그런 망신까지 당했는데 결과가 이거라니 허무하기 그지없었다.

땅이 꺼지라 한숨을 내쉬던 지훈은 유라가 인기척에 잠에서 깨기를 은근히 바라며 그녀의 곁에 털썩 누웠다. 그의 간절한 기대와는 달리 그녀는 침대가 출렁여 몸이 흔들려도 눈썹 하나 움찔하지 않았다.

"유라 씨. 그거 알아요? 당신 지금 너무 얄미워요. 나를 버려두고 너무 잘 자잖아요. 이러다 코도 골겠네."

지훈이 유라의 얼굴을 가까이 들여다보며 투덜거렸다. 새근새근 숨소리까지 내며 곤히 잠든 그녀를 보는 그의 눈빛이 말과는 달리 다정하고 따스했다.

그동안 얼마나 고단했으면 이리 깊이 잠들었을까. 나를 만나 얼마나 마음이 놓였으면 이렇게 단잠을 잘까. 그간 유라가 얼마나 고통스러운 불면의 밤들을 견뎌왔을까 생각하니 가슴이 아렸다.

지훈이 잠든 그녀의 볼을 가만히 어루만졌다. 그제야 인기척을 느낀 듯 유라가 뒤척거리다 잠결에 꼼지락대며 그에게로 돌아누웠다. 코끝이 닿을 만큼 두 사람의 거리가 가까워졌다. 지훈이 그녀의 머리맡으로 슬쩍 팔을 뻗자 기다렸다는 듯 유라가 그의 품속으로 쏙 파고들었다.

"유라 씨. 깬 거예요?"

혹시나 하는 마음에 잠시 반색했지만 금세 아니라는 것을 알았다. 기대감으로 환해졌던 얼굴이 다시 시무룩해지고 잠을 자면서도 그를 들었다 놨다 하는 그녀가 야속했다.

"유, 유라 씨. 이건 좀……. 이제 나는 어쩌라고요! 아니 이렇게 안겨버리면 내칠 수도 없고 나는 밤새 어쩌라고……. 정말 너무하네요. 유라 씨."

이렇게 잔인한 아가씨를 봤나. 오늘도 기나긴 밤이 될 것이 틀림없었다. 그녀를 품에 안고도 마냥 참아야 하다니. 오늘 밤은 그의 생에서 가장 견디기 힘든 인고의 시간이 될 것이 분명했다.

그래도 이렇게 같이 있으니 그게 어딘가. 비록 그녀는 잠들었지만 감사하게 생각해야겠지. 도를 닦는 수도승의 마음으로 어떻게든 이 위기를 넘겨야 했다. 가급적 경건한 마음으로 오늘 밤을 버텨내려는데 유라가 그의 허리에 팔을 감으며 지척에서 예쁜 입술을 오물거렸다.

"아, 이런……."

이 여자는 한유라가 아니다. 그렇게 생각할밖에. 지훈은 필사적으로 자기 최면을 걸기 시작했다. 내가 안고 있는 것은 한유라가 아니다. 한유라가 아니라 베개인 거다. 그래, 베개다. 나는 베개를 안고 있다. 그냥 베개 중에서 특별히 예쁘고 사랑스러운 베개인 거다. 아무리 안고 싶어도 베개는 베개다. 그러니까 베개를 보고 다른 마음을 먹으면 안 되는 거다. 나는 그냥 예쁜 베개를 안고 있다. 베개다, 베개……. 지훈은 그렇게 밤새워 주문을 외워야 했다.

11.

정말 오랜만의 단잠이었다. 가슴을 후벼 파는 죄책감도, 밤새 뒤를 쫓는 악몽도 없는 평온한 잠이었다. 심신이 지쳐 있던 그녀에게 단비가 되어준 꿀맛 같은 잠에 빠졌던 유라는 새벽이 밝아올 무렵 인기척을 느끼고 잠에서 깨어났다.

누가 있나? 아냐. 그럴 리가 없잖아? 그녀가 혼자 방을 쓰기 시작한 것은 아주 오래된 일이었다. 외동딸이라 그동안 누구와도 함께 방을 쓴 적이 없었다.

그래, 그럴 리가 없지. 유라는 좀 더 자볼 요량으로 베개를 고쳐베고 이불을 끌어당겼다. 그렇게 다시 잠을 청하려는데 조금 전 느꼈던 인기척이 아무래도 마음에 걸렸다. 그럴 리는 없지만 그래도혹시나. 조심해서 나쁠 건 없으니까. 괜한 걱정이라 여기면서도 유라는 손을 뒤로 슬쩍 뻗었다. 그런데, 누군가 있었다.

손에 만져지는 따뜻한 감촉. 단단하면서도 매끄럽고 부드러운 느낌. 사람이 분명했다. 놀란 마음을 추슬러 다시 조심스럽게 더듬어 봤지만, 그것은 분명 사람의 몸이었다.

그렇다면 이 방에 나 말고 누가 있다는 뜻이잖아! 유라는 감았던 눈을 번쩍 떴다. 순식간에 잠이 확, 저만치 달아나고 몽롱했던 정신이 번뜩 깨어났다. 그녀는 손바닥으로 입을 틀어막아 터져 나오려는 비명을 간신히 안으로 삼켰다. 가슴이 세차게 쿵쾅거리고 겁에 질린 그녀의 손끝이 파르르 떨렸다.

누구지? 설, 설마 도둑은 아니겠지? 차마 뒤를 돌아보기가 겁났다. 어쩐지 뒤통수가 따끔거리는 것 같았지만 확인해볼 용기가 나지 않았다. 그랬다가는 그녀가 돌아보기를 기다리던 누군가와 그대로 눈이 마주칠 것만 같았다.

그러면 어떻게 될까. 어떤 일이 벌어질지 장담할 수 없다. 그나마 잠결인 척 조심스럽게 손끝으로 몸을 훑어보니 어젯밤 입었던 옷을 하나도 빼지 않고 그대로 입고 있어서 다행이었다.

휴우……. 유라는 조심스럽게 안도의 한숨을 내쉬었지만 그래도 마냥 안심할 수는 없어서 어떻게 하면 무사히 탈출할지를 고민하기 시작했다.

어떻게 하면 잡히지 않고 방을 빠져나갈 수 있을까. 그녀는 두 눈을 질끈 감고 머릿속에 방의 구조를 그렸다. 일단은 단박에 침대에서 벗어나는 것이 중요했다. 침입자가 그녀의 의도를 눈치챌 때쯤 침대를 벗어나 욕실 문 앞까지 갈 수 있으면 반은 성공이었다. 침입자가 그녀를 잡으려고 쫓아오기 전에 재빨리 문을 열고 나가는 게 목표지만 밖으로 나가기 어려우면 급한 대로 욕실로 들어가 문을 잠그고 버텨볼 작정이었다.

그래도 쫓아오면 어떡하지. 복도에서 소리를 지르거나 재혁이나 호텔 직원들이 있는 로비로 뛰어가 도움을 청하자. 아, 이럴 때 지훈이 있었다면. 이 순간 제일 먼저 머릿속에 떠오른 것은 물론 지훈이었다. 그와 함께 있었다면 감히 누가 그녀의 방에 침입할 수 있었겠는가. 아쉽게도 그는 어젯밤 샤워를 하고 그대로 잠자리에 든 모양이었다. 유라는 차라리 지훈이 오지 않아 다행이라고 생각했다. 그녀의 방에 왔다면 지훈 역시 위험에 빠졌을지도 모를 일이었다.

나름의 탈출 계획을 완성한 유라는 자는 척 가만히 숨을 죽였다. 누군지 모를 침입자를 방심하도록 만들면서 한편으로는 도망치기에 적당한 때를 노리려는 거였다. 머릿속으로 다시 한 번 탈출 경로를 그려본 그녀는 긴장감으로 가빠 오는 숨을 조절하려고 애썼다. 드디어 마음의 준비가 끝나고 유라는 속으로 카운트다운을 외쳤다.

5. 4. 3. 2. 1. 땡! 유라는 잽싸게 몸을 굴려 침대 아래로 내려간 후 벌떡 일어섰다. 그녀의 움직임에 대한 반동으로 침대 매트가 크게 출렁거렸지만, 그것까지 생각할 여유는 없었다.

지금이다! 도망쳐! 아직 방 안은 어슴푸레했다. 유라가 곁눈질을 해보니 침대 위에 검은 그림자가 길게 누워 있는 게 보였다. 역시 누군가가 있었어. 유라는 이를 악물고 재빨리 침대를 돌아 입구를 향해 냅다 달렸다.

한편, 지훈은 이 여자는 한유라가 아니라는 주문을 수천 번도 더 넘게 외우고서야 조금 전에 겨우 잠이 들었다. 그나마도 깊은 잠은 못 자고, 설핏 잠들었던 그는 유라가 침대에서 뛰어내리는 통에 잠에서 깨버렸다.

지훈은 침대에서 번쩍 뛰어내린 유라가 입구를 향해 후다닥 뛰는 것을 보았다. 그녀가 저렇게 뛰는 걸 보니 화장실이 엄청 급한가 보다 생각하며 피식 웃던 그는 유라가 욕실 문을 그냥 지나치자 다급하게 그녀를 불러 세웠다.

"유라 씨. 어디 가요?"

방 밖으로 달아나려고 문손잡이를 잡았던 유라는 저를 부르는 소리를 들었다. 아주 익숙하고, 그녀가 너무나도 좋아하는 목소리. 제 이름을 정확히 부르는 바로 그 목소리에 그녀는 멈칫했다.

"유라 씨, 괜찮아요?"

"지, 지훈 씨……? 지훈 씨에요?"

"어디 가요? 아직 어두운데. 유라 씨. 거긴 욕실 아니에요. 욕실은 그 옆이잖아요."

그녀가 잠결에 욕실 문을 못 찾고 더듬거리는 것으로 오해한 지훈이 손가락으로 욕실 문을 가리켰다.

"네? 아, 네……. 그, 그랬죠."

정체불명의 침입자가 지훈이었다는 것을 안 유라는 안도감과 허탈함에 다리의 힘이 빠졌다. 화장실도 못 찾는다는 오해가 사뭇 민망했지만, 차라리 그런 오해를 받는 편이 낫다는 생각에 입을 다물었다. 지훈에게 당신이 강도인 줄 알고 도망치려 했다는 말은 차마 할 수 없었다.

"안 가요?"

"네?"

"욕실요."

"아…… 네. 가야죠."

지훈이 보고 있으니 안 갈 수 없었다. 어색하게 웃던 유라는 쭈뼛거리며 욕실로 들어섰다. 세면대 앞에 선 유라는 거울에 비친 제 모습을 보며 어이없는 표정을 지었다. 옆에 누워 있던 지훈이 침입자인 줄 알았다니, 이 얼마나 황당한 일인가. 터져 나오던 비명을 안으로 삼켰기에 망정이지 만약 밖으로 내뱉어 소리라도 고래고래 질러버렸다면 그나마 수습할 수도 없을 뻔했다.

아, 그래도 다행이야. 진짜 무서웠는데. 놀란 가슴을 부여잡고 안도하던 것도 잠시 유라의 입에서 키득키득 낮게 숨죽인 웃음소리가 새어 나왔다.

다시 생각해봐도 너무나 어이없었다. 왜 그 순간에 지훈을 떠올렸으면서도 옆에 누운 사람이 바로 그 사람일 수 있다는 생각은 못 했는지. 고개를 갸웃거리던 유라는 그러고 보니 지훈이 어떻게 방에 들어와 함께 있었는지 궁금해졌다.

잠시 동안 그렇게 있던 유라는 머쓱한 표정으로 욕실을 둘러봤다. 일부러 변기의 물을 내리기도 마땅찮고 그렇다고 달리 할 것도 없었다. 아무것도 안 하고 그냥 나가기도 뭐해서 잠에서 깬 김에 세수와 양치를 했다.

"볼일은 다 봤어요?"

침대에 앉아서 그녀를 나오기를 기다리며 슬쩍 졸던 지훈은 문 소리에 퍼뜩 눈을 떴다.

"네? 아, 네."

314

"그럼 이리로 와요. 아직 아침 되려면 좀 더 있어야 해요."

지훈이 침대 위에 편하게 기대 누워 팔을 벌리더니 제 옆자리를 툭툭 쳤다. 유라는 두 뺨을 발그레 붉히며 그의 옆에 누웠다. 지훈은 기분 좋은 표정으로 그녀를 끌어안았다. 아침이 될 때까지 이렇게 그녀를 안고 누워 잠을 청할 생각이었다.

아, 향기롭다. 역시 유라 씨야. 음, 이 냄새는…… 치약 냄새? 졸린 눈을 감고 미소 짓던 지훈은 유라에게서 향긋한 비누 냄새와 상쾌한 치약 냄새를 맡고 눈을 반짝 떴다.

뭐야, 유라 씨가 양치하러 욕실에 간 거였어? 그렇구나. 유라 씨가…… 그러면 그렇다고 말을 해주지. 역시 유라도 우리가 함께 할 순간을 기다렸던 건가. 내가 이러고 있을 때가 아닌데. 지훈은 잠이 확 달아났다. 방금 전까지도 졸음에 취해 꾸벅꾸벅 졸던 그는 언제 그랬냐는 듯 정신이 번쩍 들었다.

"잠깐만요, 유라 씨. 나도 준비 좀 하고 올게요. 기다려요. 알았죠?"

"네? 아, 네…… 다녀오세요."

지훈은 행여 그녀의 마음이 변하기라도 할세라 얼른 일어나 싱글벙글 웃으며 욕실에 들어갔다. 유라는 양치질까지 하며 준비하는데 그리고 매너 없이 그냥 있을 순 없었다. 지훈은 욕실에 비치된 새 칫솔을 꺼내 부지런히 양치질을 했다. 혹시나 한 번으로는 부족할까 싶어 입을 헹군 후 다시 한 번 구석구석 이를 닦았다.

양치를 하는 지훈의 눈이 반짝거렸다. 두 번이나 이를 닦으면서도 신이 난 얼굴이었다. 지훈은 유라도 그를 원하고 있다는 사실에 가슴이 크게 부풀었다.

드디어 양치가 끝나고 세수까지 말끔히 마쳤다. 거울에 제 얼굴을 비춰보니 깨끗하고 하얀 이가 반짝거리고 방금 세수한 얼굴이 뽀얗게 보였다. 그 모습이 꽤 괜찮게 보여 지훈은 만족한 표정을 지었다.

"유라 씨. 많이 기다렸죠? 나도 준비 다 됐어요."

침대에 비스듬히 기대 있던 유라는 지훈의 뜬금없는 말에 고개를 갸웃했다.

"네? 준비요? 무슨 준비……. 우리 어디 가나요?"

지훈은 그녀가 새삼 수줍어져서 모른 척한다고 여겼다.

"하하하. 우리 유라 씨가 부끄럼타는구나. 걱정 말아요. 유라 씨는 나만 믿어요."

"네? 웬 부끄럼을? 저야 뭐……. 지훈 씨만 믿죠."

유라는 지훈이 이 새벽에 도대체 무슨 말을 하고 있는 건지 잘 이해되지 않았다. 그렇지만 유난히 즐거워 보이는 그를 보니 그녀도 덩달아 기분이 좋아졌다. 그가 행복하면 그녀도 행복했다. 그래서 유라는 지훈을 따라 함께 웃었다.

지훈이 조심스럽게 침대로 올라와 그녀를 품에 안았다. 유라는 그를 올려다보며 가만히 몸을 맡겼다. 그의 고개가 기울어지고 그녀는 눈을 감았다.

촉촉하고 부드러운 입술을 살며시 무는가 싶더니 어느새 지훈의 혀가 꽃잎 같은 입술을 벌려 입 안으로 침범했다. 말캉하면서도 단단하고 힘 있게 느껴지는 혀가, 따뜻하고 부드러운 그녀의 입 안을 꼼꼼하게 쓸어내렸다. 방금 양치를 마쳐서인가. 기억했던 것보다 더 달콤하고 상쾌한 숨결이 그를 사로잡았다. 지훈은 더는 참을 수 없어 그녀의 혀를 단박에 감아 강하게 빨아들였다.

"흐읍……."

예전과는 비교할 수 없이 농밀하고 짙은 키스에 유라는 숨이 턱 끝까지 차올랐다. 눈앞이 아득해지고 머릿속이 텅 비어버린 느낌이었다. 그런 속에서도 그녀는 지훈의 아찔한 체향과 따스한 숨결과 달콤한 타액을 하나도 빼지 않고 오롯이 인식했다. 더는 버틸 수 없어진 유라가 그의 어깨를 두드렸다. 한참 동안이나 그녀의 입 안을 점령하던 지훈은 그제야 그녀를 풀어주었다.

"하아……."

지훈도 숨이 차기는 마찬가지였다. 거칠게 날뛰는 호흡이 가라 앉을 때까지 두 사람은 서로를 꼭 끌어안고 잠시 숨을 가다듬었다. 그녀의 등을 부드럽게 쓸어내리던 지훈의 손이 유라의 옷 속으로 조심스럽게 파고들었다. 놀란 그녀가 몸을 움츠리자 그가 움직이던 손을 멈췄다.

"겁내지 말아요. 유라 씨가 싫다고 하면 안 할게요."

지훈이 머뭇거리는 그녀를 다독였다. 조금 전과 다름없이 다정한 손길로 다시 그녀의 등을 어루만졌다.

"솔직하게 말하면 당신을 너무너무 안고 싶어요. 유라 씨. 알고 있어요? 당신이 나와 같은 공간에서 잠든 게 벌써 세 번이었다는 걸요?"

"그런…… 가요?"

"그래요. 벌써 세 번이에요. 세 번 다 당신은 세상모르고 쿨쿨 잠들었죠. 그런데 나는 그렇지 못했어요. 지독한 불면의 밤을 보내야 했다고요. 얼마나 힘들었는지 유라 씨는 상상도 못 할 걸요? 특히나 어젯밤에는…… 그거 알아요? 나는 밤새도록 주문을 외웠어요."

지훈이 장난스럽게 씩 웃었다. 주문이라는 말에 의아해진 유라가 고개를 들었다.

"주문을 외워요?"

유라는 큰 눈을 더욱 동그랗게 떴다.

"그래요. 주문이요. 양 한 마리, 양 두 마리가 천 마리가 되고 만 마리가 되도록 잠을 잘 수가 없었어요. 잠들어 있는 당신을 안고 아무렇지도 않은 척 참기가 너무 힘들었거든요. 그래서 주문이 필요했어요. 일종의 자기 최면인 셈이죠."

"그래서 무슨 주문을 외웠는데요?"

유라의 물음에 지훈은 그녀를 더욱 세게 끌어안으며 키득거렸다.

"이 여자는 한유라가 아니다. 내가 안고 있는 것은 한유라가 아니다. 나는 사람이 아닌 베개를 안고 있다. 절대로 한유라가 아니다. 그냥 예쁜 베개를 안고 있는 거다……. 바로 이게 내 주문이었어요."

지훈의 엉뚱한 말에 참을 수 없어진 유라가 까르르 웃어버렸다. 한유라는 베개일 뿐이라고 자기 최면을 걸어야 했다는 그가 귀엽게 여겨졌다.

"어머. 그럼 제가 베개가 된 거예요? 지훈 씨한테 전 사람이 아니라 베개였던 거네요. 호호. 그래도 고마운데요. 그냥 베개가 아니고 예쁜 베개라고 해줘서요."

"유라 씨를 베개로 만들어버린 것은 정말 미안하지만, 나로서는 정말 어쩔 수 없었어요. 그리고 보면 유라 씨는 내가 젊고 건강한 욕구를 가진 남자란 걸 자꾸 잊어버리나 봐요. 어휴……. 어젯밤엔 얼마나 힘들었던지. 손에 바늘이 없기에 망정이지 하마터면 허벅지에 커다란 구멍이 날 뻔했어요."

지훈이 의미심장하게 속삭였다. 그 말의 의미를 깨달은 유라는 새빨개진 얼굴로 헛기침했다.

"이리 와요."

지훈이 두 팔을 벌렸다. 유라는 기꺼이 그의 품 안으로 스르르 무너져 내렸다. 그의 입술이 다시 한 번 그녀의 입술에 내려앉았다. 뜨거운 혀가 살짝 벌어진 입술 사이를 파고들었다. 유라는 떨리는 가슴을 누르며 두 눈을 질끈 감았다.

지훈의 뜨거운 숨결이 한껏 예민해진 그녀의 귓가에 아찔하게 흩뿌려졌다. 놀란 그녀가 숨을 들이켜는 사이, 지훈은 그녀가 입고 있던 티셔츠를 단숨에 벗겨버렸다.

유라의 신경이 바짝 곤두섰다. 극도로 긴장한 탓에 가슴이 너무 두근거려 심장이 터질 것만 같았다. 자꾸만 호흡이 막히면서 숨이 가빠지고 괜히 눈물이 나올 것만 같았다.

그녀의 긴장을 느낀 듯 지훈이 가만히 미소 짓더니 그녀의 입술에 가볍게 입을 맞췄다. 어쩔 줄 몰라 가늘게 떨고 있는 그녀의 몸을 뜨거워진 몸으로 포근하게 품어주었다.

"부끄러워하지도, 무서워하지도 말아요. 괜찮아요. 유라 씨. 당신은 정말, 세상에서 가장 아름답고, 너무나 눈부신 사람이에요."

유라는 두려웠다. 그러나 마냥 두렵지만은 않았다. 바르르 떠는 것은 단지 무서워서만은 아니었다. 그녀를 사로잡은 건 긴장과 두려움만이 아니라 기대와 흥분이기도 했다.

피부에 와 닿는 지훈의 몸이 점점 뜨거워졌다. 그의 입술도, 손도, 숨결도 모든 것이 후끈 달아올라 공기의 파동마저 달라진 듯 느껴졌다. 지훈의 입술이 그녀의 여린 목덜미와 쇄골을 따라 천천히 움직였다. 조금의 빈틈도 남기지 않겠다는 듯 촘촘히 입 맞추며 자신만의 흔적을 새겨 넣었다.

"아……."

유라의 입술 사이로 숨죽인 신음이 흘러나왔다. 낯선 자극이 부르는 생소한 감각. 어떤 소리를 내야 할지, 어떻게 숨 쉬어야 할지, 어떤 반응을 보여야 할지도 알지 못했다. 찌르르한 자극과 저릿한 느낌, 가빠오는 숨결과 어디에서부터 시작된지도 모를 갈망이 새순처럼 돋아나 그녀의 애간장을 녹였다. 무엇을 바라는지, 무엇을 해야 할지도 모른 채 유라는 지훈의 사랑 속에서 그녀 자신도 몰랐던 꽃봉오리를 활짝 피워내고 있었다.

"지훈 씨……."

"겁내지 말아요. 긴장할 것 없어요."

말은 그렇게 했지만 지훈도 유라 못지않게 긴장하고 있었다. 그도 그녀만큼이나 떨리고 설레고 조심스러웠다. 그러나 아무렇지 않은 척 내색하지 않았다. 그녀가 안심할 수 있도록 지그시 바라보며 여유 있는 미소마저 지어 보였다.

"사랑해요. 사랑해요, 유라 씨."

지훈은 그녀의 몸을 부드럽게 쓰다듬으며 끊임없이 사랑한다고 속삭였다. 귓가를 간질이는 뜨거운 숨결. 나직하게 속삭여주는 사랑 고백에 유라는 간신히 붙들고 있던 그녀의 이성이 저만치 달아나버리는 것을 느꼈다. 온몸이 저릿하고 자꾸만 움찔거려졌다. 지훈을 느낄 때마다 유라는 손끝이 바르르 떨리면서 머리끝까지 쭈뼛거리는 느낌을 받았다.

"하아. 아, 지훈 씨……."

참으려 했지만 어쩌지 못한 낮은 신음이 흘렀다. 유라는 가쁜 숨을 헐떡였다. 형용할 수 없는 묘한 자극에 피어난 야릇한 열기가 그녀의 몸 안을 제멋대로 떠돌며 작은 폭발을 일으켰다.

유라는 어깨를 뒤틀었다. 도저히 가만히 있을 수가 없었다. 어딘지도 알 수 없는 깊은 곳에서 자꾸만 조바심이 밀려들어 그녀를 애태웠다. 입술이 바짝바짝 타들어 가고 목이 말랐다. 물로는 해결할 수 없는 갈증이 지훈을 갈망케 했다. 그가 그녀를 탐할 때마다 한 번도 경험해보지 못했던 쾌감이 그녀를 찾아왔다.

"날 봐요."

지훈의 다정한 목소리에 유라는 용기를 내어 눈을 떴다. 지훈의 얼굴도 그녀만큼이나 붉게 상기되어 있었다. 지그시 바라보는 그의 시선에서 지금과는 다른 본능의 시간이 다가왔음을 직감한 유라는 두 눈을 질끈 감아버렸다.

"이제 시작이에요."

속삭이는 그의 목소리가 낮게 잠겨 있었다. 유라와 마찬가지로 지훈도 그녀를 향한 갈증으로 목이 마른 것 같았다. 그의 갈증을 풀어줄 수 있는 유일한 존재, 사막에서 오아시스를 만난 듯 지훈은 망설임 없이 그녀 안으로 뛰어들었다.

그렇게 유라는 지훈과 하나가 되었다. 그녀는 그를 제 안에 온전히 감싸 안았다. 지훈은 그녀 안에서 기쁨으로 날뛰었고, 그녀도 그와 함께 하나 된 행복을 누렸다. 그들은 그렇게 벅찬 희열과 환희의 열매를 나누었다.

어두웠던 하늘이 밝아오던 그때, 필리핀의 조그만 섬 보라카이에서 유라는 지훈의 여자로 다시 태어났다. 유라는 이제 그가 사랑하는 여자, 그를 사랑하는 여자 그리고 함께 사랑을 나누는 여자가 되었다. 그녀는 윤지훈의 여자였고, 윤지훈은 한유라의 남자였다.

세상모르고 잠들었던 유라가 눈을 뜬 것은 점심때가 훨씬 지난 시간이었다. 그녀가 잠에서 깨 가장 먼저 본 것은 저를 유심히 들여다보는 지훈의 얼굴이었다.

"지훈 씨?"

"잠꾸러기 아가씨가 드디어 일어났군요. 잘 잤어요?"

지훈이 그녀의 이마에 입을 맞췄다.

"네. 지훈 씨는요? 좀 잤어요?"

"그럼요. 나도 유라 씨 따라서 금방 잤어요."

"그랬구나. 먼저 일어났으면 깨우죠."

푹 자고 일어나서인지 나른하고 찌뿌듯했던 몸이 한결 가벼웠다. 움직일 때마다 아랫배가 쿡쿡 쑤시고 당기는 느낌이 있었지만 심하지는 않았다. 무엇보다 눈을 뜨자마자 지훈을 볼 수 있어 행복했고, 지금 느끼는 만족감에 비하면 약간의 통증이나 불편함은 아무것도 아니었다.

"너무 예뻐서 보고 있었어요. 아무리 찾아봐도 안 예쁜 데가 없더라고요. 유라 씨는 자고 일어난 모습도 예쁘네요. 어떻게 이럴 수 있을까? 앞으로도 이렇게 가까이 보면서 연구를 좀 해야 할 것 같아요."

지훈이 두 눈을 크게 뜨고 그녀의 얼굴을 바짝 들여다보는 시늉을 했다. 쑥스러움에 어쩔 줄 몰라 하던 유라가 그의 가슴을 밀어냈다.

"아이, 참. 지훈 씨도……."

그 바람에 몸을 덮은 얇은 홑겹 이불이 스르륵 흘러내렸다. 허전한 느낌에 무심코 내려다본 유라는 드러난 몸을 보고 깜짝 놀랐다. 얼른 이불을 끌어올려 재빨리 앞을 가렸지만 이미 얼굴이 새빨갛게 물든 후였다.

"하하하."

지훈이 웃음을 터뜨렸다. 부끄러워하는 유라를 위해 참아보려 했지만 허둥대는 그녀의 모습이 너무나 사랑스러웠다.

"보지 마요."

유라는 지훈이 저를 놀리는 것 같아 뽀로통한 얼굴로 눈을 흘겼다.

"하하하. 아, 유라 씨. 당신은 정말……. 이렇게 예쁜데 어떻게 안 봐요? 지난밤에 다 봤는데도 그렇게 부끄러워요? 그런데 어쩌죠? 난 유라 씨 안 보고는 못 살겠는데. 그리고 솔직히 고백하자면…… 유라 씨가 자는 동안 벌써 다 봤어요."

지훈은 이불에 싸인 그녀의 몸을 와락 끌어안으며 유쾌하게 웃었다. 유라는 이불이 흘러내리지 못하도록 한 손으로 꽉 붙들고는 남은 손으로 그의 가슴을 밀어냈다.

"정말…… 못 말리겠네요."

밀어내는 손길에도 아랑곳없이 지훈은 그녀를 안은 팔에 힘을 주고 놓아주지 않았다. 오히려 더욱 사랑스럽게 여겨지는 듯 드러난 어깨에 입을 맞추며 장난스럽게 지분거렸다.

"덥지 않아요? 안 그래도 더운 필리핀에서 이불이 필요해요? 이러고 있으니까 자꾸 건드려보고 싶잖아요."

"자꾸 장난칠 거예요?"

지훈의 장난에 어쩔 줄 몰라 하던 유라가 손바닥으로 그의 손등을 찰싹 때렸다.

"하하하. 알겠어요. 그만할게요. 얼른 씻고 밥 먹으러 갑시다. 배고프지 않아요? 유라 씨가 괜찮다고 하면 우리 한 번 더……."

그의 말이 채 끝나기도 전에 그녀가 재빨리 그의 품에서 벗어났다. 혹시나 벗은 몸을 볼까 봐 덮고 있던 이불을 그의 머리 위에 푹 덮어씌우고 그대로 욕실로 뛰어 들어가 문을 잠갔다.

욕실에 들어온 유라는 거울에 비친 제 모습을 유심히 살폈다. 어제와 똑같은 얼굴, 똑같은 모습이었지만 어쩐지 완전히 달라진 것처럼 느껴졌다. 그러다 유라는 제 몸에 흩뿌려놓은 듯 새겨진 붉은 흔적들을 발견했다. 이게 뭘까 잠시 생각하던 그녀는 그것이 지훈이 만들어낸 지난밤의 흔적임을 깨닫고 수줍게 얼굴을 붉혔다.

"유라 씨! 아직 멀었어요? 나 배고픈데……."

기다리다 못한 지훈이 그녀를 불렀다. 생각보다 시간을 오래 끈 모양이었다.

"아뇨. 거의 다 했어요. 금방 나갈게요."

유라는 커다란 수건으로 몸을 감싸고 욕실 밖으로 나왔다. 어느새 씻고 왔는지 침대에 걸터앉아 그녀를 기다리고 있는 지훈의 머리카락이 젖어 있었다.

"내가 보고 있으면 또 부끄러워할 거죠? 난 뒤돌아 있을게요. 걱정 말고 얼른 옷부터 입어요."

지훈이 반대편으로 돌아앉았다. 믿어도 되나 망설이던 유라는 떠보듯이 슬쩍 물었다.

"정말 안 볼 거죠? 믿어도 되는 거죠? 갑자기 뒤돌아보면 안 돼요. 알겠죠?"

"물론이죠. 약속은 약속이니까. 보이스카우트의 명예를 걸고 몰래 훔쳐보지 않을게요. 대신 지금부터 3분 줄게요. 그 안에 얼른 안 입으면 그 뒤는 절대로 책임 못 집니다. 준비됐죠?"

그가 '시작'을 외치자마자 유라는 정신없이 옷을 입기 시작했다. 3분이 그리 짧은 시간은 아닌데 마음이 급하니 자꾸만 손놀림이 어그러졌다. 브래지어의 호크를 채우는 일이 오늘따라 왜 이렇게 어렵게만 느껴지는지. 몇 번이나 헛손질을 한 후에야 유라는 간신히 호크를 채웠다. 한고비를 넘긴 후 손에 잡히는 대로 아무거나 꺼내서 팔을 끼운 그녀는 벌어진 앞을 여미다 한숨을 내쉬었다. 하필이면 단추가 여러 개 달린 옷이었다.

"자, 시간 얼마 안 남았어요. 아직 다 못 입었으면 서두르는 게 좋을 겁니다."

벗고 다른 옷을 입어야 하나 고민하는 찰나 지훈이 다시 카운트를 세기 시작했다. 당황한 그녀는 옷 갈아입기를 포기하고 단추를 채우기 시작했다. 주르르 달린 단추를 절반쯤 채웠을 때 그가 손으로 입을 막고 킥킥 웃기 시작했다. 의아해진 유라는 그를 돌아보다 웃는 이유를 알아채고 옆에 놔뒀던 수건을 지훈에게 집어 던졌다.

"아이, 정말! 너무해요. 어쩜……."

그녀에게서 돌아앉았다고 해서 지훈이 그녀를 못 보는 게 아니었다. 발코니를 향해 앉은 지훈은 유리창에 비친 그녀의 모습을 하나도 놓치지 않고 감상 중이었다. 뒤늦게 그 사실을 깨닫고 유라의 얼굴이 벌겋게 달아올랐다. 돌아서서 나머지 단추를 채운 그녀가 볼멘소리로 투덜거렸다.

"보이스카우트의 명예를 건다면서요? 어떻게 그럴 수가 있어요?"

유라가 울상을 짓자 미안해진 지훈이 다가와 그녀의 어깨를 감쌌다.

"미안해요. 나도 일부러 그런 건 아닌데 돌아보니까 다 보이는데 어떻게 안 봐요. 그리고 보이스카우트였다는 건 거짓말이었어요. 사실은 스카우트가 아니라 아람단이었죠."

지훈이 웃음을 참는 듯 피식거렸다. 그의 변명에 어이없어하던 유라도 결국 그를 따라 웃어버렸다.

"이제 어쩌죠?"

옷을 다 입은 유라는 방 안을 둘러봤다. 원래는 오늘 출발하는 한국행 비행기 티켓을 예매했던 터라 오후에 체크아웃하기로 되어 있었다.

"왜요. 무슨 문제라도 있어요?"

"아뇨. 방 때문에요. 오늘 체크아웃하기로 했었거든요."

"아, 그거라면 걱정 말아요. 예정대로 이 방은 체크아웃합시다. 대신 내 방에서 같이 묵어요. 추가 비용이야 지불하면 되는 거고, 이 방은 다른 손님이 예약했을지 모르니 비워줍시다."

식사를 하러 나가는 길에 체크아웃하기로 했다. 유라가 짐을 꾸리는 동안 지훈도 곁에서 방 정리를 도왔다.

"자, 이제 다 싼 건가요?"

마지막 꾸러미를 가방에 넣은 지훈이 물었다. 유라는 다시 한 번 방 안을 둘러보며 혹시라도 빠뜨린 것은 없는지 확인했다.

"네. 다 된 것 같아요."

"그럼 내려갑시다."

유라의 캐리어를 든 지훈은 유라와 함께 호텔 로비로 내려가 그녀의 체크아웃과 요금 계산을 도왔다.

"한유라 씨는 남은 일정 동안 제가 묵은 방에 같이 머물 겁니다. 추가되는 비용은 물론 지불할 거구요."

"그렇군요. 알겠습니다. 그럼 오늘 저녁에 한국으로 떠나는 것은 취소하시겠군요."

재혁의 말에 지훈은 고개를 끄덕이다 목소리를 낮춰 속삭이며 그에게 손을 내밀었다.

"어젯밤에는 덕분에…… 고마웠습니다. 잊지 않도록 하죠."

그 말에 재혁이 웃음을 터뜨렸다. 영문을 모르는 유라가 어리둥절한 얼굴로 쳐다보자 얼른 정색하며 웃음을 꾹 삼키고는 지훈의 손을 맞잡았다.

"별말씀을요."

유라는 의아한 눈빛으로 악수를 나누는 재혁과 지훈을 번갈아 바라봤다.

사랑하는 사람과 함께한다는 것만으로도 여행은 솜사탕처럼 달콤하고 또 아름다웠다. 주위의 풍경은 전과 달라진 것이 없는데 오늘따라 하늘이 유난히 시리도록 눈부시고, 에메랄드빛의 바다는 보석처럼 찬란하게 빛났다. 모든 것이 꿈만 같았다. 너무나 행복하고 가슴이 벅차올라 유라는 불현듯 눈시울이 뜨거워지는 것을 느꼈다.

다시는 이 손을 놓치고 싶지 않았다. 혹시나 이 행복이 연기처럼 사라지는 것은 아닐까. 그녀는 저도 모르게 지훈과 맞잡은 손에 힘을 주었다.

"괜찮아요?"

그녀의 마음이 전해졌는지 지훈이 그녀의 등을 가만히 다독거렸다.

"걱정 말아요. 우리가 다시 만났으니 이제 가슴 아픈 일은 없을 겁니다. 앞으로는 어떤 일이 있어도 같이 헤쳐 나가요. 내가 유라 씨를 지켜줄게요. 유라 씨도 내 곁에서 힘이 돼줘요."

지훈의 말에 감동한 유라는 고개를 힘차게 끄덕였다.

지훈과 함께하는 여행은 지루할 틈이 없었다. 그는 친절한 안내 자였고, 믿음직스러운 동반자였다.

"그동안 바닷가 풍경은 실컷 봤으니, 이제 저 안으로 뛰어들어 볼까요?"

지훈이 손가락으로 저 멀리 바다 한가운데를 가리켰다.

"바다에 뛰어들어요? 전 아직 수영도 제대로 못 하는데요?"

예전에 그와 함께 수영장에 간 적이 있었지만, 정식으로 꾸준히 배운 것이 아니어서 유라는 수영을 할 줄 몰랐다. 물에 대한 막연한 두려움은 그때 이후로 많이 사라졌지만, 물 표면에 얼굴을 잠시 담그는 것과 물속으로 뛰어드는 게 같을 수는 없었다.

역시 그때를 계기로 수영을 배웠어야 했나, 난감한 표정을 짓는 그녀를 보며 지훈이 걱정 말라는 듯 싱긋 웃었다.

"괜찮아요. 수영을 못해도 스쿠버 다이빙은 할 수 있으니까. 전문가 수준의 다이빙은 아니고 맛보기 체험 코스 정도지만 재밌을 거예요."

지훈이 말 나온 김에 지금 당장 가자며 자리를 털고 일어나 손을 내밀었다. 마지못해 그 손을 잡으면서도 유라는 영 불안한 얼굴이었다.

결국 유라는 그길로 지훈과 함께 스킨스쿠버 다이빙을 체험하러 나섰다. 수영도 못하는데 물속에 들어간다는 게 걱정됐지만, 그녀가 감당할 수 없는 위험한 일을 지훈이 권할 리 없다는 생각에 조금은 안심이 됐다.

유라는 스쿠버 다이빙 체험에 앞서 약간의 교육을 받았다. 입으로 숨을 들이쉬고 천천히 내뱉는 방법. 많이 어려울 거로 생각했는데 그녀가 신경 써야 할 것은 호흡뿐이라고 했다. 전문 강사는 물론 스쿠버 다이빙에 능숙한 지훈이 그녀의 곁에 바짝 붙어 있을 거라 하나도 걱정할 것 없다는 말에 그녀는 마음을 놓았다.

"알겠죠? 물속에 들어가도 지금 연습한 것처럼 입으로 숨 쉬는 것만 잘하면 돼요. 내가 계속 지켜보고 있으니까 겁먹지 말고요. 조금만 이상해도 내가 바로 물 밖으로 데리고 올라갈 테니까."

바닷속으로 뛰어들기 전, 지훈이 다시 한 번 당부했다. 입으로 숨쉬기라. 유라는 그의 말을 머릿속에 새겨 넣었다. 준비가 끝나자 강사가 뒤에서 그녀를 붙잡아 바다에 들어가도록 도왔다. 먼저 들어가 기다리고 있던 지훈이 그녀의 손을 잡고 유라를 바닷속으로 이끌었다.

머리가 물에 잠기는 순간 조금 겁이 났지만, 지훈이 그녀의 손을 힘주어 잡는 게 느껴졌다. 옆을 돌아본 유라는 지훈과 눈이 마주쳤다. 그가 곁에서 지켜주고 있음을 깨닫자 당황스러웠던 마음이 차분히 가라앉으며 밖에서 배웠던 호흡법이 머릿속에 선명하게 떠올랐다.

유라는 입으로 숨을 들이켰다. 그러고는 입 밖으로 천천히 공기를 뱉어냈다. 그녀의 입 옆으로 뽀글뽀글 공기 방울이 만들어졌다. 그녀가 제대로 호흡해냈다는 것을 본 지훈이 잘했다는 듯 고개를 크게 끄덕이며 남은 손으로 오케이 사인을 만들어 보였다.

그녀의 호흡이 안정적이자 지훈은 손가락으로 아래를 가리켰다. 조금 더 아래로 내려가 보자는 뜻이었다. 두 사람은 천천히 밑으로 이동했다. 지훈이 그녀의 곁에 있었고, 함께 들어온 전문 강사도 그녀의 가까이에서 지켜보고 있었다. 유라는 점점 더 여유를 찾았다. 이제 그녀는 지훈의 손에 몸을 맡긴 채 주위를 둘러볼 만큼 느긋해졌다.

유라의 눈이 동그래졌다. 수족관에서나 볼 수 있었던 빨간색과 흰색의 줄무늬 물고기가 살랑살랑 꼬리를 흔들며 그녀의 눈앞을 스쳐 지나갔다. 어머, 니모다! 신기한 마음에 저것 좀 보라고 물고기가 지나간 방향을 가리키는데 보이는 것은 조금 전의 그 물고기뿐이 아니었다. 그것보다 더 화려하고 더 다양한 색의 수많은 물고기 떼가 한가롭게 헤엄치고 있었다.

역시, 백문이 불여일견이라더니. TV나 사진으로 봤을 때와는 느껴지는 감동이 완전히 달랐다. 유라는 용기를 내어 손바닥으로 바닥을 훑었다. 산호가 부서져서 만들어진 하얗고 고운 모래가 손가락 사이로 흘러내렸다. 오돌토돌 거친 나뭇가지 같은 산호들이며 뾰족뾰족한 긴 가시가 밤송이와 똑 닮은 성게와 푸르스름한 색이 나는 커다란 바닷가재까지. 유라가 신기한 듯 요리조리 만져보자 흐뭇하게 지켜보고 있던 지훈이 손가락으로 허리춤을 가리켰다.

그의 신호를 알아차린 유라가 물에 들어오기 전에 받았던 빵조각을 꺼냈다. 그녀가 빵을 꺼내자마자 주위를 한가롭게 떠돌던 물고기들이 순식간에 유라 주변으로 몰려들었다.

당황한 그녀가 지훈을 바라봤지만, 그는 아무렇지도 않은 듯 태연하게 그녀의 손에서 빵조각을 잘게 뜯어내 손에서 놓았다. 근처의 물고기들이 서로 먼저 받아먹으려고 경쟁하듯 빵조각에 달려들었다.

아하, 그렇게 하는 거구나. 유라도 지훈이 한 것처럼 빵을 잘게 뜯어 물고기에게 나눠주었다. 조그만 물고기들이 겁도 없이 사람에게 달려들어 톡톡 부딪치는 느낌이 재미있었다.

그러는 사이 강사는 부지런히 두 사람의 주위를 돌며 유라와 지훈의 모습을 수중카메라로 촬영했다. 스쿠버 다이빙이 끝난 후, 유라는 바닷속 모습이 생생히 담긴 기념사진을 받았다.

여행의 마지막 날, 해가 지기 시작하자 빨간 물감을 풀어놓은 듯 하늘과 바다가 붉게 변했다. 유라와 지훈은 조그만 나무배에 나란히 앉아 어둠 속에 멀어져 가는 보라카이 섬을 바라봤다.

"이제 돌아가네요."

집으로 돌아간다는 것이 기쁘면서도 한편으로는 걱정도 앞섰다. 이곳에서의 시간은 더할 나위 없이 행복했지만 또 어떤 일이 두 사람을 기다리고 있을지.

"걱정돼요?"

지훈이 유라의 손을 잡았다. 제가 곁에 있으니 겁낼 것 없다는 듯 그녀를 잡은 손에 힘을 주었다.

"아뇨. 걱정하지 않아요. 내 옆에는 지훈 씨가 있잖아요. 이제 아무것도 무섭지 않아요."

"그래요. 당신 곁에는 내가 있어. 다시는 그걸 잊지 말아요."

그녀는 지훈의 어깨에 가만히 머리를 기댔다. 함께이기에 이제는 그 무엇도 두렵지 않았다. 해결해야 할 많은 문제가 그녀를 기다리고 있겠지만, 지훈만 곁에 있어 준다면 당당히 헤쳐 나갈 자신이 생겼다. 유라는 이제 두 번 다시 어둠 속에 숨지 않을 생각이었다.

인천공항에 도착한 유라는 감회에 젖은 눈으로 주위를 둘러봤다. 이곳을 떠날 때의 기억이 마치 어제의 일처럼 선명했다.

그녀는 목에 걸린 깃털 펜던트를 손바닥으로 소중히 감싸 쥐었다. 떠나는 순간까지 끝내 놓지 못했던 두 사람의 연결 고리. 그날 이 펜던트를 그에게 보냈더라면 어떻게 됐을까. 유라는 이 펜던트가 저와 지훈을 다시 만나게 해준 거라 믿었다.

"잘 다녀오셨습니까?"

짐을 찾아 게이트를 나오니 미리 마중 나와 있던 박성민 실장이 고개를 숙였다. 성민은 여행 가방을 건네받아 대기 중인 차에 실었다.

"타요. 유라 씨."

내리려는 기사를 제지하고 지훈이 직접 뒷좌석의 문을 열었다. 유라와 함께 차에 오른 그는 그녀의 어머니가 살고 계신 파주로 갈 것을 지시했다.

"당분간 여기서 지낼 거죠?"

"네."

살던 오피스텔을 정리했으니 유라는 새 집을 구하기 전까지는 여기에 머물 예정이었다.

"어떻게 하는 게 좋을까. 같이 들어가서 어른들께 간단하게 인사라도 드릴까요? 그냥 가는 건 예의가 아닐 것 같은데."

지훈은 손목을 들어 시간을 살폈다. 이른 새벽에 도착해 바로 이곳으로 왔으니 아직은 누군가의 집을 방문하기에 너무 이른 시간이었다.

"아뇨. 인사는 나중에요. 지금 같이 들어가면 엄마가 크게 당황하실 거예요. 아직 지훈 씨에 대해서 말씀드리지도 못했는걸요. 그러니 얼마나 놀라시겠어요."

지훈이 알겠다는 듯 고개를 끄덕였다.

"그래요. 인사는 나중에 드리기로 하죠. 어서 들어가서 쉬어요. 피곤할 테니 우선은 아무 생각 말고 한숨 푹 자요. 나중에 전화할 게요."

그가 다정한 손길로 그녀의 뺨을 어루만졌다. 유라는 그를 태운 차가 사라지는 모습을 오래도록 지켜보다 밝은 얼굴로 크게 외치 며 집으로 들어갔다.

"엄마. 나 왔어요!"

"어머! 이게 누구야? 유라야. 어쩐 일이야, 이 시간에."

유라의 엄마는 이른 아침 찾아온 딸의 방문에 깜짝 놀라면서도 오랜만에 보는 그녀를 반갑게 맞아들였다.

"엄마가 보고 싶어서 왔죠. 그동안 잘 계셨죠? 몸은 건강하시고요?"

"그럼. 엄마는 잘 있었지. 이렇게 일찍 어떻게 왔어? 회사는 어쩌고? 참, 아침은 먹었니?"

"아뇨. 엄마가 해준 밥 먹고 싶어서 그냥 왔어요."

유라는 어리광이라도 부리듯 엄마의 품으로 파고들었다.

지훈을 태운 차가 서울을 향해 달렸다. 조수석에 앉은 성민이 지훈을 돌아보며 물었다.

"전무님이 기다리고 계십니다. 그보다 댁에 먼저 들르시겠습니까?"

"아니. 회사로 먼저 가죠. 할 일이 많아요."

대답을 마친 지훈은 눈을 감고 시트에 몸을 기댔다. 다시 현실로 돌아왔으니 해결해야 할 일이 많았다. 걱정이 많을 누나도 만나야 했고 현성기획과의 어그러진 관계도 바로잡아야 했다. 무엇보다도 아버지께 그간의 사정을 설명하고 유라와의 관계를 인정받는 게 중요했다. 보라카이에서의 시간은 꿈처럼 행복하고 마냥 달콤했지만, 이제부터는 그 행복을 지키기 위해 노력할 시간이었다.

똑똑. 문 두드리는 소리에 지훈이 고개를 들었다.

"들어와요."

지훈이 도착했다는 소식에 윤 전무가 곧장 그의 방으로 올라왔다.

"잘 다녀왔니? 여행은 재미있었어?"

"그럼요. 덕분에 잘 지내고 왔죠. 갑자기 자리를 비워서 죄송합니다."

두 사람이 인사를 나누는 사이 이 대리가 들어와 찻잔을 내려놓았다.

"그래. 여행은 좋았니? 한유라하고는 얘기가 잘된 거고?"

다시 만날 작정이 아니라면 보라카이까지 찾으러 가지도 않았을 걸 알지만 그래도 묻지 않을 수 없었다. 동생이 어떤 마음인지 알면서도 윤 전무는 그들의 만남을 찬성해야 할지 여전히 망설여졌다.

"이제 어쩔 거야? 다시 만났으니 한유라와 결혼이라도 할 생각이야?"

윤 전무는 심란한 얼굴로 찻잔을 들어 올렸다. 지훈은 저를 걱정하는 누나의 마음을 모르지 않았지만 여기서 물러설 수는 없었다.

"누님이 뭘 걱정하시는지 압니다. 그래도 허락해주세요. 잠시 어긋났지만 유라와 저는 처음부터 이렇게 될 운명이었다고 생각해요. 누나, 난 유라가 필요해요. 누구보다 제 행복을 바라시잖아요. 그러니 누님이 이해하고 받아들여줬으면 해요."

지훈의 말투는 부드러웠지만 윤 전무는 그 속에서 단호하고도 확고한 의지를 읽었다.

"그래서 네 결론은 죽으나 사나 오직 한유라라는 거구나."

"네. 제가 결혼한다면 상대는 유라가 될 겁니다."

어쩔 수 없다는 듯 윤 전무가 한숨을 내쉬며 고개를 끄덕였다.

"네 생각이 정 그렇다면 어쩔 수 없지. 네 고집을 누가 꺾겠니? 나는 너 말릴 자신 없어. 그래도 솔직히 걱정은 된다. 누나 맘 알지?"

당장에 두 팔 벌려 환영하기는 어렵지만 반대하지는 않겠다는 뜻이었다. 윤 전무로서는 지훈이 보라카이에 가 있는 동안 심사숙고하며 어렵게 내린 결론이었다.

"정말 고마워요. 누님이 허락해줄 거라 믿었어요."

누나의 승낙을 얻어낸 지훈의 얼굴이 환해졌다. 지금은 이것으로도 충분했다. 두 사람이 행복한 모습을 보여준다면 누나가 진심으로 유라를 받아들일 것을 믿어 의심치 않았다.

"그래. 네가 좋다는데 내가 어떻게 해. 그런데 지훈아, 현성과의 트러블은 각오하고 있는 거지?"

"이미 준비하고 있으니 너무 걱정 마세요. 큰 잡음 없이 처리할 수 있을 겁니다."

"그래. 어련히 알아서 잘하겠니. 너무 시끄럽게 만들지는 마라."

"걱정 마세요. 유념할게요."

지훈의 대답을 들은 윤 전무는 한결 편해진 얼굴로 차를 마셨다.

"그래, 결혼은 언제 하니? 한유라와 얘기는 다 된 거야?"

"결혼은 가능한 빨리하고 싶어요. 누나가 많이 도와줘요."

결혼 얘기가 나오자 지훈의 입이 절로 벌어졌다. 눈에 띄게 웃음이 많아진 동생을 보며 윤 전무가 고개를 절레절레 흔들었다.

"그거야 뭐. 당연히 그래야겠지. 그런데 말만 꺼내도 그렇게 좋니? 아주 얼굴에 웃음꽃이 한가득 피었구나. 일단은 아버지께 허락부터 받아."

"그래야죠."

결혼 전부터 팔불출이 돼버린 것 같아 혀를 끌끌 차면서도 동생의 변화가 싫지는 않았다. 빨리 결혼하고 싶다는 그의 마음도 충분히 이해됐고, 그녀도 어차피 할 결혼이면 그러는 게 낫다고 생각했다. 이미 지훈도 가정을 꾸리기에 충분한 나이였다.

유라의 새아버지 김 교감은 파주의 한 고등학교에 재직 중이었다. 유라가 집에 왔다는 소식에 그는 퇴근 후 곧장 집으로 돌아왔다.

"유라야, 오랜만이구나. 많이 바빴다더니 건강은 좀 어떠니?"

그녀가 당분간 파주 집에서 지내게 됐다는 소식을 들었을 텐데도 새아버지는 이유를 묻는 대신 그녀를 반겼다. 오피스텔의 짐을 정리해 집으로 보냈을 때도 마찬가지였다.

돌이켜 보면 새아버지는 언제나 그랬다. 두 분의 재혼을 환영하면서도 서먹해하며 거리를 둔 것은 유라였지, 새아버지는 엄마와 결혼한 순간부터 그녀를 딸로 받아들였다.

유라는 문득 코끝이 찡하고 눈물이 울컥하는 것을 느꼈다. 새아버지의 진심을 깨닫는 순간 감사한 마음과 죄송한 마음이 함께 교차했다. 이제부터라도 바뀌어야겠다고 결심한 그녀는 밝게 웃으며 아버지의 손을 맞잡았다.

"잘 다녀오셨어요? 아버지. 저 왔어요. 당분간 아버지께 신세 좀 져야 할 것 같아요. 저 여기서 좀 지내도 괜찮죠?"

"별소릴 다 하는구나. 여기가 네 집인데 괜찮고 말고가 어디 있어. 있고 싶은 만큼 마음 편히 지내렴. 이제야 우리 딸하고 함께 살아보겠구나."

"고맙습니다. 아버지."

그때 유라의 엄마가 앞치마에 손을 닦으며 주방에서 나왔다.

"인사는 그만하시고 얼른 씻고 오세요. 식사 준비 다 됐어요."

"그럽시다. 맛있는 냄새가 나는 걸 보니 당신 모처럼 실력 발휘 좀 했나 보군. 유라야. 어서 가자."

세 사람은 푸짐하게 차려진 맛있는 음식을 함께 먹으며 즐겁게 식사했다.

"두 분께 드릴 말씀이 있어요."

후식으로 과일을 먹던 중 유라가 말을 꺼냈다.

"그래, 무슨 일이니?"

"실은 그동안 만나는 남자가 있었어요."

부모님께 말씀드려야 할 때가 왔다고 생각한 유라는 지훈의 이야기를 꺼냈다. 직장에 다니던 중 우연히 마음이 맞는 사람을 만났고 알고 보니 같은 회사에 다니는 사람이었다는 정도로만 간단하게 말씀드렸다. 그녀가 현석 때문에 겪어야 했던 일과 그 일로 이상한 분장을 하고 회사에 다녔다는 얘기는 하지 않았다. 이미 지난 일로 이제 와 새삼스럽게 부모님을 걱정시킬 수는 없었다.

"어쩜 너는 그동안 엄마한테 한마디도 않고……."

"그 남자에 대해 말을 꺼낸 걸 보니 둘이 가벼운 사이는 아닌 것 같구나. 그렇다면 우리에게 소개시켜줄 수 있겠니? 한번 보고 싶은데."

"그럼요. 조만간 인사드리러 올 거예요."

부모님과 이야기를 마치고 잠자리에 들기 전 유라는 마당으로 나와 하늘을 올려다봤다. 서울을 벗어난 곳이어선지 상쾌한 밤공기 속에 싱그러운 나무 향이 가득했다.

"별도 참 곱다. 지훈 씨는 지금 뭐 하고 있으려나?"

유라는 밤하늘에 반짝이는 별을 보며 지훈의 얼굴을 떠올렸다.

고작 며칠이었건만, 갑작스럽게 자리를 비운 탓에 지훈의 책상에는 그가 결재해야 할 서류가 넘쳐났다. 회사뿐 아니라 유라를 위해서도 해야 할 일이 아주 많았고 특히 현성과의 일은 반드시 매듭을 짓고 넘어가야 할 문제였다.

"그래서 어떻게 됐습니까?"

"어제 있었던 재계 모임에서 정 대표가 정 이사의 약혼을 공식화했다고 들었습니다."

쉬지도 못하고 도착하자마자 곧장 회사로 왔던 지훈은 여전히 사무실에서 성민의 보고를 듣고 있었다. 지훈은 그들의 약혼에 의문을 가졌다. 현석이 여자 문제로 시끄러운 걸 알면서도 홍 회장이 딸을 현석의 짝으로 내주기로 했다는 게 이상했다. 아니나 다를까 소진기업이 심각한 자금난에 허덕인다는 보고를 받았다.

"현성에 그만한 자금이 있던가요?"

소진이 필요로 하는 투자금은 그 액수가 만만치 않았다. 홍 회장이 적은 돈에 아끼는 딸을 내줄리 없는 만큼 정 대표가 원하는 며느리를 얻기 위해 치러야 할 대가는 실로 대단했다.

"현성도 이 일로 자금 운용에 상당히 무리가 있다고 들었습니다. 정 대표는 이번 투자로 소진과의 혼사를 추진하는 한편 차후에 소진을 현성으로 흡수할 속셈인 것 같습니다."

"일석이조를 노리겠다는 거군."

"그렇습니다."

"아무리 그래도 현성이 그런 거액을 쉽게 내준다는 게 이상해요. 자금줄이 어떻게 움직이고 있는지 놓치지 말고 주시하도록 하죠."

"네, 부회장님."

지훈은 밤이 깊어서야 겨우 집으로 돌아올 수 있었다. 늦게까지 일한 탓에 무척이나 피곤했지만, 보라카이에서 유라와 함께 보낸 시간을 떠올릴 때마다 없던 힘도 새록새록 생겨나는 것 같았다.

"그러고 보니 유라한테 전화도 못 했군."

그녀 생각에 문득 시계를 보니 이미 한밤중이었다. 잠자리에 들기 전 그녀의 목소리가 듣고 싶었지만 막상 전화를 걸 수가 없었다. 유라가 보라카이로 떠나기 전 휴대전화를 없앴다는 게 뒤늦게 생각난 탓이었다. 너무 늦은 시간이라 집으로 전화도 할 수 없는 지훈은 여행지에서 함께 찍은 사진을 들여다보는 것으로 아쉬움을 달랬다.

"아, 보고 싶다."

유라와 헤어진 지 아직 하루도 지나지 않았지만 벌써 그녀가 그리웠다.

12.

　다음 날 오전. 유라는 지훈이 보낸 차를 타고 그와 만나기로 약속한 식당으로 갔다. 약속 장소에 도착하자 입구에 대기하고 있던 종업원이 그녀를 룸으로 안내했다.

　"유라 씨. 어서 와요."

　유라가 들어가자 지훈이 그녀를 가볍게 포옹하더니 옷과 가방을 받아줬다.

　"고마워요. 많이 기다리셨어요?"

　"아니, 나도 조금 전에 도착했어요. 오느라 힘들지 않았어요?"

　지훈이 다정한 손길로 흘러내린 그녀의 앞머리를 귀 뒤로 쓸어넘겼다.

　"차 보내줬잖아요. 덕분에 하나도 안 힘들고 아주 편하게 잘 왔어요."

"그래요. 잘했어요. 참, 당신 기다리는 동안 미리 주문해놨어요."

그의 말에 유라가 고개를 끄덕이는데 똑똑 문 두드리는 소리가 들렸다.

"식사 준비됐습니다. 들어가겠습니다."

조심스럽게 문이 열리고 종업원이 들어와 맛깔스러워 보이는 음식들을 두 사람 앞에 내려놓았다.

"맛있겠네요. 어서 드세요."

유라가 지훈에게 음식을 권했다. 지훈은 유라가 좋아하는 음식들을 그녀의 앞으로 옮겼다.

"이것 좀 먹어봐요. 이 집은 이게 맛있어요."

두 사람은 맛있게 음식을 먹으며 어제 있었던 일에 관한 이야기를 나누었다.

"지훈 씨한테 할 말 있어요."

"뭔데요?"

유라는 그에게 엄마의 재혼에 관해 설명했다. 더불어 엊저녁 부모님께 교제하는 사람이 있다고 말씀드린 일을 전했다.

"두 분이 지훈 씨에 대해 궁금해하세요. 만나보고 싶다고 하셨어요."

"잘했어요. 당연히 찾아봬야죠. 나도 유라 씨 부모님을 빨리 뵙고 싶어요. 그리고 나도 좋은 소식 있는데."

"뭔데요?"

지훈이 전할 좋은 소식이 뭔지 궁금해진 유라가 눈을 동그랗게 떴다.

"누님께 우리 일에 대해 말씀드렸어요. 당신과 결혼하겠다고."

"뭐라…… 세요?"

윤 전무가 어떤 반응을 보였을지 걱정됐다. 보라카이로 떠나기 전 마지막으로 만났던 그녀는 유라를 안타깝게 여기면서도 지훈과의 사이를 반대한다는 뜻을 분명히 했었다.

"걱정 말아요. 반대하지 않겠다고 하셨으니까."

뜻밖의 낭보에 유라의 얼굴이 멍해졌다. 허락이 쉽지는 않을 거라고, 그러니 어떤 어려움도 기꺼이 받아들이고 감수하자고 다짐했던 그녀는 윤 전무의 허락이 기쁘면서도 얼떨떨했다.

"너, 너무 감사해서 무슨 말을 해야 할지……. 전무님이 허락해주실지 몰랐어요. 내가 잘못한 게 있으니까, 정말 잘못했으니까……. 끝까지 허락 안 해주시면 어떡하나 그것만 걱정했는데……."

"알아요. 당신이 얼마나 마음고생이 심했는지. 이제 다 괜찮을 거예요. 우리 아버지께도 어서 말씀드리고 유라 씨 부모님께도 빨리 인사드립시다. 얼른 양가 허락을 받아서 유라 씨를 내 사람으로 만들어야겠어요."

가슴이 너무 벅차서 유라는 눈물이 솟았다. 당장에라도 눈물을 흘릴 것 같은 얼굴이었지만 그녀는 누구보다 행복해 보였다.

"참! 나 당신한테 줄 게 있어요."

지훈이 품속에서 작은 상자를 꺼내 그녀에게 건넸다. 휴대전화 상자였다.

"어머, 휴대전화네요?"

"나 때문에 없앴으니 내가 만들어주는 게 맞는 것 같아서. 실은 전화가 없으니까 유라 씨 목소리가 듣고 싶을 때 바로 전화할 수가 없으니 답답하더라고요. 내가 너무 아쉬워서요."

지훈이 휴대전화를 꺼내 그녀에게 쥐여줬다. 그 마음을 잘 아는 유라는 기꺼이 그의 선물을 받았다.

"해외에 나갔다 왔다며?"

"네."

지훈은 업무를 마친 후 아버지가 계신 본가를 방문했다. 그는 아버지께 유라와의 일을 말씀드릴 작정이었다.

"저녁은 드셨어요?"

"그럼, 먹었지. 너는 먹었고?"

평소와 다름없는 대화들이 오가고 지훈은 허리를 바로 세웠다.

"드릴 말씀이 있습니다."

"그래. 그럴 줄 알고 기다리고 있었다."

동생의 배신으로 큰 고초를 겪은 후 건강이 크게 악화된 윤 회장은 경영 일선에서 한발 물러나 있었다. 윤 회장은 회사에는 거의 출근을 하지 않았지만 대신 회장실의 비서진과 참모진들이 집에 수시로 드나들며 그의 업무를 도왔다.

"정 대표의 전화를 받으셨다 들었습니다."

지훈이 현성의 얘기를 꺼내자 윤 회장은 고개를 끄덕였다.

"그래. 그랬다. 현석이하고 싸웠다면서? 어릴 때도 안 하던 짓을 했더구나. 네가 허튼짓을 할 사람은 아니다만 진중하지 못한 짓이었다."

"제가 왜 그랬는지도 들으셨습니까?"

아들의 물음에 윤 회장이 껄껄 웃었다.

"허허허. 그럴 리가 있나. 어디 그 사람이 제 허물을 순순히 털어놓을 인사더냐? 네가 현석이와 주먹다짐까지 했을 때는 그만한 이유가 있었을 텐데 그러자면 제 아들의 허물도 털어놔야 했겠지. 이유는 말을 안 했다. 그렇지만 말을 안 해도 내가 이미 안다는 것을 저도 알았을 테지."

윤 회장이 깊어진 눈빛으로 아들의 얼굴을 살폈다. 건강상의 이유로 경영에서는 물러났어도 그는 JC그룹을 이만큼 키워낸 창업주였다. 나이가 들었어도 윤 회장은 윤 회장이라 여전히 예전의 명민함이 남아 있었고, 그는 그룹을 움직이는 막후의 실력자였다. 아들의 능력을 믿고 그것을 실현할 기회를 주기 위해 실무에 일일이 나서지 않았을 뿐 회사에서 벌어지고 있는 일을 모르지는 않았다.

"알고 계셨습니까? 그럼 제가 무슨 말씀을 드리려는지도 아시겠군요."

지훈은 고개를 들어 아버지를 바라봤다. 윤 회장도 그를 지켜보고 있었다. 부자의 눈빛에 서로에 대한 신뢰가 담겨 있었다. 한참을 그렇게 서로를 말없이 바라보다 윤 회장이 먼저 입을 열었다.

"큰 위기에 빠져 휘청거리는 회사를 살려낸 사람이 바로 너였지. 그런 네가 스스로 미국 지사로 들어간 뜻 또한 모르지 않는다. 정아가 그러더구나. 네가 행복해지고 싶어 한다고. 한유라라던가? 그 아이가 아니면 안 된다고 했다면서? 네 누나 말을 듣고 한참을 생각했다."

"아버지."

"한때는 내가 참, 근사한 아버지라고 생각했었다. 돈도 많고, 물려줄 회사가 있으니 누구보다 잘나고 떳떳한 아버지라고 자부했었어. 그런데 그 일을 겪고 나서 생각이 달라지더구나. 내가 너에게 얼마나 크고 무거운 짐을 넘겼는지도 알게 됐다. 지훈아!"

그가 겪었던 위기는 인생에서 돈과 권력 외에 정말로 중요한 것이 무엇인지 다시 돌아보는 계기를 만들었다.

"네, 아버지."

"정말로 그 아이여야 하는 거냐? 그 아이가 아니면 행복할 수가 없는 거냐?"

윤 회장의 물음에 지훈은 아버지 앞에 무릎걸음으로 다가갔다.

"그렇습니다. 결혼을 한다면 그 사람과 하고 싶습니다. 아버지께서 걱정하시는 것 잘 압니다. 그렇지만 아버지. 그 사람이 바른 사람이 아니었다면, 그런 일을 겪지 않아도 됐겠죠. 그랬다면 그런 선택을 할 필요도 없었겠죠. 힘이 없어 겪은 일입니다. 다시는 그런 일을 겪지 않도록 제가 힘이 되어주고 싶습니다. 그리고 저도 그 사람을 보면 힘이 납니다. 그러니 저를 위해서라도 그 사람이 꼭 필요합니다."

아들의 간절한 얼굴을 가만히 들여다보던 윤 회장이 찬찬히 고개를 끄덕였다. 지훈의 어깨에 손을 올리고 다정하게 두드렸다.

"알겠다, 무슨 말인지. 그래. 나는 너를 믿는다. 그러니 너의 선택도 믿을 수밖에. 네 어깨에 무거운 짐을 떠넘겼으니 그 짐을 가볍게 해줄 의무도 있는 거겠지. 그 아이 때문에 네가 힘이 난다면 더 무슨 말이 필요할까 싶구나."

지훈은 감사한 마음에 아버지의 손을 덥석 잡았다.

아버지의 허락을 받은 지훈은 이 기쁜 소식을 유라에게 알렸다. 윤 회장은 허락하지 않을지도 모른다고 예상했던 유라는 뜻밖의 소식에 그만 말문이 막혀버렸다.

기쁘면서도 두려웠다. 그를 사랑하는 마음은 누구에게도 뒤지지 않는다고 확신하지만, 현실의 그녀는 그에 비해 너무나 보잘 것 없는 사람이었다. 집안도, 재력도, 권력도, 무엇 하나 비교되지 않았다. 사랑은 지훈과 둘 사이의 감정일 뿐 지훈의 집에서는 그녀를 탐탁지 않아할 거로 생각했었다.

"이제, 어쩌죠?"

-어쩌긴요. 유라 씨는 나만 믿고 따라오면 돼요. 나를 많이 사랑해주고, 지지해주고, 응원해주면 되는 거예요. 내가 전에 말했었죠? 내가 다 해결하겠다고. 나는 아주 힘이 센 사람이에요. 그리고 그 힘은 유라 씨에게서 나와요. 그러니 나한테서 떨어지지 말아요. 유라 씨는 내 힘의 원천이니까. 이제 우리는 끝까지 함께 하는 거예요. 맞죠?

"네. 맞아요."

-알아요? 유라 씨는 나한테 배터리예요. 사랑의 배터리. 아, 이제 집 앞에 도착했어요.

"그래요? 그럼 얼른 들어가요. 피곤한데 쉬어야죠."

그녀의 말에 지훈이 아쉬운 듯 속삭였다.

-그러게요. 쉬어야 하는데, 배터리가 너무 멀리 있네요. 이러다 방전되기 전에 얼른 유라 씨를 내 옆에 데려다 놔야 할 텐데. 잘 자요. 나를 위해서 에너지 빵빵하게 충전하는 것 잊지 말고. 알겠죠, 예쁜 배터리 씨?

유라가 웃음을 터뜨렸다. 예쁜 베개에 이어 이제는 예쁜 배터리가 되어버렸다. 그래도 예쁘다니 마냥 듣기 좋았다. 예쁘다는 말을 해준 사람이 다름 아닌 바로 그였기에.

-그런데 회사 문제는 어떻게 할지 생각해봤어요?

지훈의 물음에 유라는 그동안 생각해 온 것들을 털어놨다.

"글쎄요. 안 그래도 고민 중이었어요. 솔직히 말하면 출근하고 싶은데, 나 혼자 판단할 일은 아니라서요. 어떤 모습으로 사람들 얼굴을 어떻게 봐야 할지도 모르겠고요. 그렇지만 출근은 어렵더라도 미안하다는 말은 꼭 하고 싶어요."

-음. 내 생각엔 사과할 거라면 유라 씨의 모습을 보여야 한다고 생각해요.

유라는 고개를 끄덕였다. 그녀도 그의 말이 옳다고 생각했다.

"역시 그렇겠죠? 나도 그게 맞는 것 같아요. 그런데 솔직히 무서워요. 내 의도는 그런 게 아니었지만 다른 사람들 생각은 또 다를 테니까요."

걱정이 가득한 목소리에 지훈이 그녀의 용기를 북돋웠다.

-너무 어렵게 생각하지 마요. 당신 혼자가 힘들면 내가 같이 있어줄 테니까. 나쁜 의도가 있어서 그랬던 게 아니니 진심으로 사과하면 이해해줄 거예요.

"제발 그랬으면 좋겠어요."

애초에 그녀에게서 비롯된 일이니 잘못된 일을 바로잡는 것도 그녀의 몫이었다. 사람들의 반응이 어떨지 두려웠지만, 유라는 용기를 내보기로 마음을 다잡았다.

"어디 가니?"

아침 일찍 외출 준비를 서둘렀다. 유라는 회사로 갈 작정이었다.

"회사에요. 다녀올게요."

용서를 구할 거라면 한시라도 빨리하는 게 나았다. 사람들이 어떻게 받아들일지 두려웠지만, 결과가 어떻든 그녀가 감수할 몫이었다. 시간을 끌어 꼬인 매듭이 더 엉키기 전에 매듭을 만들어낸 그녀가 풀어야 했다.

유라는 평소 출근할 때의 복장을 그대로 입고 얼굴의 분장은 지웠다. 원래의 모습으로 출근한 그녀는 마지막 근무지였던 부회장실로 올라갔다. 미리 연락을 받은 성민이 그녀를 맞았다.

"나오셨습니까."

낯선 이의 방문에 이 대리와 오 대리가 자리에서 일어섰다. 두 사람은 그녀를 얼른 알아보지 못한 눈치였다. 결국 성민이 나서서 그녀를 소개했다. 사실 성민은 유라가 온다는 얘기를 듣고 두 비서에게 그녀에 대한 이야기를 미리 해둔 터였다.

"이 대리, 오 대리. 한유라 비서예요. 말했었죠? 그동안 사정이 있어서 얼굴을 감추고 있었다고."

성민의 말에 두 사람의 시선이 그녀에게로 향했다. 유라는 그들을 향해 정중하게 고개를 숙였다.

"잘 지내셨어요? 저, 한유라예요. 제 잘못에 대해 사과드리러 왔습니다. 그동안 좋지 못한 모습을 보여서 죄송합니다."

"어머! 말은 들었지만…… 정말 한 비서예요?"

이 대리와 오 대리가 깜짝 놀란 눈으로 그녀를 살폈다. 매일 보다시피 했던 유라가 실은 이런 미인이었다는 게 영 믿기지 않는 눈치였다.

"아니, 어떻게……. 우와, 한 비서라고는 생각지도 못했네요."

"정말 죄송합니다. 입이 열 개라도 드릴 말씀이 없습니다."

그때 이 대리가 다가와 차마 말을 잇지 못하는 유라를 다독였다.

"괜찮아요. 사정 얘기는 대충 들었어요. 잘 왔어요. 한 비서. 지난번 여기서 나가던 날 그렇게 가는 걸 보고 마음이 너무 안 좋았는데 이렇게 다시 봐서 좋네요. 몸은 괜찮아요?"

괜찮다며 오히려 자신을 다독여주는 이 대리의 배려에 유라는 부끄러워 얼굴을 들 수 없었다.

"정말 죄송합니다. 제가 어리석었어요."

유라는 미안한 마음을 담아 거듭 사과했다.

부회장실의 동료들에게 사과했으니 이제는 다른 사람들에게도 사과할 차례였다. 유라는 먼저 미주에게 전화를 걸어 1층 커피숍으로 나와 달라고 부탁했다.

미주와 미래, 상진은 유라와 만나기로 한 1층 커피숍으로 내려왔다. 그렇지 않아도 갑자기 회사에서 모습을 감추고 연락이 끊어진 그녀를 걱정하던 그들은 커피숍에 들어서자마자 그들에게 익숙한 유라의 모습을 찾아 주위를 이리저리 두리번거렸다.

"유라 씨는 아직 안 왔나?"

상진의 말에 미주가 대답했다.

"그런가 봐요. 금방 오겠죠."

그때, 그들이 내려오기를 기다리고 있던 유라가 자리에서 일어섰다.

"모두들 오랜만이에요."

세 사람은 기겁할 듯 놀랐다. 만나기로 약속한 유라는 온데간데

없고 웬 여자가 아는 척을 했기 때문이었다.

"다들 잘 지냈어요? 미안해요. 저, 실은 한유라예요. 여러분께 사과드리고 싶어서 왔어요."

유라는 그들에게도 미안한 마음을 담아 고개를 숙였다.

"네? 누구…… 시라고요?"

제 귀가 잘못된 게 틀림없다 생각한 미주가 귀를 쫑긋 세우며 되물었다. 눈앞의 여자가 그들이 아는 바로 그 한유라라는 게 믿어지지 않는 건 미래와 최 대리도 마찬가지였다.

"어, 어떻게 이런 일이."

"미안해요. 다 내 잘못이에요. 어리석은 판단으로 이렇게 됐어요. 정말 미안합니다."

유라는 다시 한 번 그들에게 고개를 숙였다. 그제야 어떻게 된 상황인지 깨달은 듯 미래가 창백해진 얼굴로 흘끗 최 대리의 안색을 살폈다.

미주도 믿을 수 없다는 듯 고개를 흔들었다. 목소리는 분명 유라가 맞는데 여전히 믿기 어려웠다. 이렇게 예쁜 사람이 어떻게 유라 언니지? 그럼 유라 언니가 일부러 못생겨 보이게 꾸미고 다녔단 거야? 미주는 이 상황이 쉽게 이해되지 않았다.

"그래. 지금 보니 맞는 거 같아. 목소리도 똑같고 옷도 유라 씨가 입던 것하고 같아. 체형이나 얼굴형도 유라 씨랑 비슷해."

유심히 지켜보던 미래가 무거운 목소리로 입을 열었다. 놀림을 당한 것 같기도 하고 믿었던 사람에게 뒤통수를 맞은 듯 배신감이 느껴지기도 해서 마음이 복잡했다. 한편으로는 유라가 못생긴 얼굴에도 주눅 든 기색이 전혀 없던 이유를 이제야 알 것 같았다.

"그럼 얼굴에 주근깨랑 그런 건…… 다 어떻게 된 거예요?"

안경이야 벗으면 그만이었지만 주근깨가 가득했던 유라의 얼굴이 깨끗해진 게 의아했다. 유라는 멋쩍은 얼굴로 머리를 긁적이며 솔직히 대답했다.

"실은 그건 얼굴을 감추려고……. 미안해. 얼굴의 점은 다 화장품으로 그린 거였어."

아, 그래서 유라 언니 주근깨가 진해졌다 흐려졌다 했던 거구나. 미주도 그제야 상황이 이해됐다.

"왜 그랬어? 대체 왜 그렇게까지 한 거야?"

충격이 어느 정도 가라앉자 상진은 이유를 물었다. 유라는 어디부터 이야기를 시작해야 할까 망설이며 입술을 깨물었다. 지나간 상처를 들추는 것은 언제나 그렇듯 고통스러웠다. 그러나 용서를 구하려면 이런 일을 벌인 이유도 솔직하게 말할 수밖에 없었다.

"얼굴을 감추고 싶었어요. 그저 나 자신으로 인정받고 싶었거든요. 나도 남들하고 똑같이 평범한 사람이니까요. 연예인도 아닌데 외모로만 주목받는 게 너무 힘들었어요. 열심히 노력해도 얼굴 덕분이라고 폄하되는 게 싫었죠. 그래서 얼굴을 가리면 사람들이 외모가 아닌 나 자신을 봐줄 거라고 생각했어요."

유라는 현성에서 그녀가 겪었던 악몽 같은 일에 대해 이야기했다. 그곳에서 느꼈던 좌절과 비참했던 경험을 설명하는 동안 세 사람은 무겁게 침묵하며 그녀의 이야기를 들었다.

"기가 막히다, 정말. 사람들이 어떻게 그러지? 언니가 정말 힘들었겠어요."

미주가 손을 뻗어 유라의 손을 토닥였다. 그녀의 위로에 유라의 눈시울이 붉어졌다.

"그래, 많이 힘들었겠다. 왜 그랬는지 이해는 돼. 그래도 자기가 너무했다는 생각은 들어."

"네. 알아요. 내가 너무 과했어요. 미안해요."

유라가 잘못을 인정하자 미래가 그만하면 됐다는 듯 손을 내저었다.

"됐어. 미안하다는 말은 이제 그만해. 일부러 그런 것도 아니고, 상황이 그랬으니까. 그럼, 그 일은 이제 다 해결된 거야? 그래서 분장을 지우고 온 거야? 회사는? 계속 다닐 수 있는 거야?"

앞으로의 일들이 궁금한지 미래의 질문이 쏟아졌다. 유라는 당장 지훈과의 일을 말하기는 어려워서 가능하다면 계속 근무를 할 수 있었으면 좋겠다는 선에서 대답을 마무리했다.

"그래서 이제 잘 해결된 건가?"

"그럭저럭요. 대부분 좋게 받아들여주긴 했지만 이해할 수 없다는 사람도 많을 거예요. 노력해야죠. 내가 잘못한 거니까. 그건 내가 더 노력하고 진심을 보여야 할 일인 것 같아요."

유라는 다시 부회장실로 올라와 지훈과 이야기를 나누었다. 가장 가까이 지냈던 세 사람에게 사과한 유라는 그들과 오해를 푼후 통합비서실을 비롯한 다른 사람들에게도 정식으로 사과했다. 그녀로서는 할 수 있는 한 진심을 다해 용서를 구했다.

"그래. 시간은 걸리겠지만 언젠가는 사람들이 당신 진심을 알아줄 거예요. 그러니까 너무 조급해하지 마요. 다 잘될 테니까."

"네. 고마워요."

지훈의 위로와 격려에 용기를 얻은 유라는 마지막으로 윤 전무의 방을 찾았다.

유라를 태운 차가 지훈의 집 앞에 도착했다.

"도착했습니다."

성민이 먼저 내려 뒷좌석의 문을 열었다.

"고맙습니다. 수고하셨어요."

"그럼 저희는 이만 가보겠습니다. 좋은 시간 보내십시오."

저녁 식사에 초대하겠다며 지훈이 파주 집으로 차를 보냈다. 유라는 엄마가 싸준 밑반찬 꾸러미를 들고 그의 집 초인종을 눌렀다.

문이 열리기 기다리자니 그의 집에 처음으로 식사 초대를 받았던 날이 기억났다. 온갖 요리 도구가 잔뜩 꺼내져 엉망이었던 주방과 프라이팬에서 타고 있던 지훈의 스테이크. 이번에는 그가 어떤 요리로 그녀를 놀라게 할까 기대됐다.

"유라 씨. 어서 와요. 잘 왔어요."

문이 열리고 앞치마를 두른 지훈이 활짝 웃으며 그녀를 맞았다.

"이거 밑반찬이에요. 엄마가 지훈 씨 갖다 드리래요."

"와, 정말? 감사히 잘 먹겠다고 전해드려요."

그는 유라의 손에서 꾸러미를 받아 옆에 내려놓더니 그녀를 제품 안에 꼭 끌어안았다. 그에게 안겨 있던 유라가 고개를 들었다.

"이러고 있는 사이에 뭔가 또 타고 있는 것은 아니겠죠?"

그녀의 농담에 예전 일을 떠올린 지훈이 너털웃음을 터뜨렸다.

"하하. 설마요. 그럴 일은 없어요. 유라 씨가 곧 도착한다는 전화를 받고 이미 준비를 다 끝내놨거든요. 이번엔 신경 많이 썼죠. 어서 들어와요."

지훈은 밑반찬 꾸러미를 주방으로 날랐다.

"식기 전에 먹게, 가서 손 씻고 와요. 난 마저 준비하고 있을게요."

그녀가 욕실에서 손을 씻는 사이 그는 저녁 식사 준비를 마무리했다. 그녀가 식탁 앞에 서자 지훈이 식탁의 의자를 빼주었다.

"자, 앉아요."

"고마워요. 벌써 준비가 다 됐네요?"

탐스러운 붉은 장미 센터피스가 테이블 중앙에 놓여 있고 그 옆으로 두 개의 긴 초가 고풍스러운 촛대에 꽂혀 있었다.

"어머, 스파게티네요? 내가 좋아하는 거예요."

은은한 촛불 아래 유라가 가장 좋아하는 해산물 스파게티가 먹음직스럽게 차려져 있었다.

"맛있겠죠? 특별히 신경 써서 만든 거니까 어서 먹어 봐요. 이번에야말로 내 진짜 요리 실력을 보여주겠어요."

"그래요? 기대되는데요? 어디……."

면발 사이로 소스가 촉촉이 스며들어 정말 맛있어 보였다. 고명으로 올린 다양한 해산물 중에 특히 스파게티 면 위에 놓인 어른 주먹만큼 커다란 홍합이 그녀의 시선을 잡아끌었다. 유라는 면발을 포크로 살짝 감아올려 스파게티를 맛봤다.

"오, 진짜 맛있어요. 그런데 이거 정말 지훈 씨가 만든 거 맞아요?"

기대 이상으로 훌륭한 맛이어서 그녀는 깜짝 놀랐다.

"그럼요, 내가 만들었죠. 그래서 내가 요리 잘한다고 말했잖아요. 어때요. 맛있죠? 많이 먹어요."

지훈이 와인을 따라 그녀 앞에 놓았다. 유라는 잔을 들어 입술만 적실만큼 살짝 맛봤다. 주스처럼 달콤한 것을 보니 음주 수업 때의 바로 그 와인이었다.

"어머, 이건⋯⋯. 설마 이거 마시고 또 취하라는 건 아니죠?"

그런 마음이 전혀 없는 것은 아니었던지 지훈이 유라의 농담에 당황해하다 크게 웃어버렸다.

"네? 하하하. 에이, 설마⋯⋯. 꼭 그러려는 의도는 아니었지만, 취하겠다면 말리지는 않을게요. 대신 한 가지 확실한 건 이번에는 절대로 그냥 곱게 자게 내버려두지는 않을 거라는 거죠. 명심해요."

"네?"

유라는 그의 말을 못 알아들은 척 딴청을 피웠지만, 얼굴이 붉어지는 것까지 감출 수는 없었다.

와인 잔을 내려놓고 포크로 스파게티 면발을 감아올렸다. 감탄한 얼굴로 스파게티를 한 입 더 맛본 유라는 기대 가득한 얼굴로 커다란 홍합의 입을 벌렸다. 껍질이 큰 만큼 홍합의 살도 크고 실했다. 감탄한 얼굴로 홍합 살을 들어 올리자 홍합 살 아래에 감춰져 있던 물체가 그 모습을 드러냈다.

"이게 뭐예요?"

유라는 반짝이는 둥근 물체를 손가락 끝으로 집어 들었다. 모르는 척 시치미를 떼던 지훈은 민망함에 결국 웃음을 터뜨리고 말았다.

"아, 유라 씨. 미안해요. 아무리 고민을 해봐도 어떻게 해야 특별한 프러포즈를 할 수 있는지 모르겠더라고요."

지훈은 그녀의 손에서 반지를 가져가 개수대에서 깨끗이 헹궈

냈다. 그러고는 곧바로 그녀에게 돌아와 유라의 왼손 약지에 반지를 끼웠다.

"유라 씨. 내가 당신을 얼마나 사랑하는지 알죠? 나와 결혼해줘요."

"어머, 지훈 씨!"

지훈은 그녀 앞에 무릎을 세워 꿇었다. 그녀의 손을 다정히 잡고 진지한 눈으로 그녀를 들여다보았다.

"고민을 많이 해봤어요. 당신에게 어떤 프러포즈를 하는 게 좋을지. 인터넷도 뒤져보고 친구 녀석들에게 슬쩍 물어도 봤죠. 그런데 아무리 찾아봐도 당신에게 해주고 싶은 프러포즈는 그중에 없었어요. 유라 씨가 화려하고 비싼 선물을 원하면 당장에라도 사줄 수 있어요. 그런데 내가 당신에게 정말로 주고 싶은 것들은 그런 게 아니었어요. 돈만 있으면 누구나 줄 수 있는 그런 게 아니라 돈으로도 살 수 없는 것을 주고 싶었어요. 이 세상에 하나밖에 없는 내 마음을 말이에요."

지훈의 눈빛이 다정하게 빛났다. 유라는 잔뜩 숨죽인 채 그의 뒷말을 기다렸다.

"당신을 사랑해요. 유라 씨가 나에게 가장 특별한 사람이듯이, 나도 유라 씨에게 가장 특별한 사람이 되고 싶어요. 우리, 이제 하루의 시작과 끝을 함께합시다. 남들보다 특별하고 화려한 프러포즈는 못 했지만, 앞으로는 나와 함께 하는 매일매일이 당신을 향한 프러포즈가 되도록 노력할게요. 사랑합니다. 유라 씨. 내 청혼을 받아주세요."

지훈의 프러포즈에 유라는 말문이 막혔다. 함께 저녁을 먹자는 초대에 가벼운 데이트 정도로 생각했을 뿐 프러포즈를 하려는 것인지는 짐작조차 못했다.

유라의 마음이 촉촉이 젖어들었다. 그녀의 마음을 적신 것은 반지도 스파게티도 아닌 지훈의 사랑한다는 고백이었다. 앞으로 함께 살아갈 매일매일이 그녀를 위한 프러포즈가 될 거라는 그 말이 그녀를 울컥하게 만들었다.

그의 말대로 그가 한 프러포즈는 흔하고 평범한 것일지도 몰랐다. 그러나 그녀에게 프러포즈 한 이 남자는 그녀가 세상에서 가장 특별하게 생각하는 바로 그 남자였다. 그것만으로도 충분히 행복하고 기뻐서 유라는 환한 웃음을 터트리며 그의 손을 잡았다.

"그럼요, 지훈 씨. 나도 똑같은 마음인걸요. 나도 하루의 시작과 끝이 당신과 함께였으면 좋겠어요. 내가 기쁠 때 함께 웃고 슬플 때 함께 울어줄 사람이 당신이면 좋겠어요. 어때요, 윤지훈 씨? 나하고 결혼해줄 거죠?"

간절한 마음으로 그녀의 대답을 기다리던 지훈의 입이 크게 벌어졌다. 세상에서 가장 행복한 남자가 된 것 같아서 가슴이 터질 것 같았다. 그동안 힘들었던 일들은 꿈속의 일인 양 아득하게 느껴지고 그녀와 함께한 행복한 순간만이 그의 기억 속에 오롯이 남았다. 감격에 겨운 지훈이 그녀를 와락 끌어안았다.

"유라 씨. 고마워요. 정말 고마워요."

지훈의 입술이 유라의 입술을 찾았다. 뜨겁게 퍼붓는 키스를 받아들이던 유라가 문득 생각난 듯 그의 가슴을 슬며시 밀어냈다.

"그런데 우리 스파게티는 어떡하죠?"

"걱정 마요. 나중에 다시 만들어 줄게요."

지훈이 걱정 말라는 듯 속삭이며 그녀를 번쩍 안아들었다.

유라에게 만나는 남자가 있다는 말을 들은 지 얼마 안 된 부모님은 그녀가 이미 그의 청혼을 받아들였다는 소식에 크게 놀랐다. 딸이 만나는 남자가 어떤 사람인가 보고 싶은 거였는데 졸지에 사윗감의 인사를 받게 된 셈이었다. 더구나 빠른 시일 내에 결혼하기를 원한다니 더욱 마음이 급해졌다.

지훈이 그녀의 집으로 인사를 오던 날, 식당을 운영했을 정도로 손맛 좋은 유라의 엄마가 예비 사윗감을 위해 솜씨를 발휘했다. 입이 떡 벌어지게 한상 가득 음식을 차려내자 때마침 꽃과 선물을 든 지훈이 도착했다.

"안녕하십니까? 윤지훈이라고 합니다. 처음 뵙겠습니다."

집 안으로 들어선 그는 유라의 부모님께 넙죽 절부터 했다.

지훈은 싹싹하게 웃으며 유라의 엄마를 적극 공략했다. 서글서글한 인상의 잘생긴 젊은이가 딸을 사랑한다며 씩씩하게 나서자 엄마는 내심 기쁜 눈치였다.

"그러지 말고 일단 식사부터 해요. 배고플 텐데 천천히 먹으면서 얘기 나눠요."

네 사람은 엄마가 정성껏 준비한 저녁을 먹었다. 지훈은 가리는 음식 없이 복스럽게 잘 먹었다.

"정말 맛있습니다. 어머님. 안 그래도 지난번에 싸주신 반찬이 너무 맛있어서 일부러 점심부터 굶고 왔습니다. 한 그릇 더 먹어도 될까요?"

지훈이 깨끗이 비운 밥그릇을 내밀었다. 음식을 준비한 사람의 입장에서 잘 먹어주는 것만큼 고마운 것은 없는지라 엄마는 흐뭇한 얼굴로 새 밥을 가득 담아 그에게 내밀었다.

"너무 무리하는 거 아니에요?"

지켜보던 유라가 걱정스러운 듯 지훈의 옆구리를 찔렀다. 그는 이 정도는 아무것도 아니라는 듯 씩 웃어 보였다.

"걱정 마요. 정말로 점심부터 굶고 왔으니까. 어머님 음식 솜씨가 너무 좋으셔서 이걸 먹고도 한 그릇 더 먹을 수 있을 것 같아요."

한껏 너스레를 떨던 지훈은 보란 듯 잡채를 한입 가득 넣었다.

지훈이 돌아간 후 유라는 부모님과 마주 앉았다.

"사람은 괜찮은 것 같더구나. 예의도 바르고 성품도 훌륭하고."

"네. 정말 좋은 사람이에요."

"그래, 그런 것 같더라. 그런데 집안 형편이 너무 차이가 나서……."

지훈의 배경을 알게 된 엄마는 생각이 많은 얼굴이었다. 그런 부잣집과 사돈을 맺으려니 아무래도 부담스러울 수밖에 없었다.

"혼수니 뭐니 다 어찌해야 할지 모르겠네. 우리가 성의껏 준비한다고 해도 그 사람들 눈에 차기나 할는지."

양쪽 집의 차이가 크다 보니 뭘 어떻게 준비해야 할지 가늠이 되지 않았다. 한숨을 토하는 엄마의 모습에 유라는 부모님께 괜한 부담과 자격지심을 안겨드리게 된 것 같아 죄송스러웠다.

"그런 걱정은 마세요. 보셨으니 아시겠지만, 지훈 씨가 어디 흠이 있는 사람도 아니잖아요. 그 사람을 얼마나 자랑스러워하시는데요. 그렇게 아끼는 아들이고 동생이니까 좋은 마음으로 허락해주신 거예요. 조건 같은 거 상관없이 좋아하는 사람과 행복하라고요. 그러니 괜한 걱정은 하지 마요. 응?"

"그래요. 그건 유라 말이 맞소. 결혼은 무엇보다 당사자들 마음이 제일 중요한 거지, 그보다 중요한 게 어디 있겠소? 우리 유라가 어디 내놔도 부족한 아이도 아니고, 난 걱정 안 해요. 그리고 난 그 친구가 마음에 들더군. 여기 와서 밥 먹는 모습만 봐도 웬만큼 알겠던데."

잠자코 듣고 있던 아버지도 엄마를 안심시켰다.

"하긴. 그렇죠? 그렇게 부자면 매일 맛있고 좋은 것들만 먹었을 텐데도 그렇게 가리는 것 없이 잘 먹고 간 걸 보면 가정교육을 잘 받은 사람인 걸 알겠어요."

역시 엄마도 지훈이 마음에 든 게 틀림없었다. 유라는 안도의 한숨을 삼키며 환하게 미소 지었다.

-부모님이 뭐라세요?

잠자리에 들 준비를 마친 유라는 지훈과 통화 중이었다. 지훈은 그녀의 부모님이 자신을 어떻게 봤는지 궁금한 모양이었다.

"좋게 보셨대요. 밥 두 그릇 먹은 보람이 있던데요? 가리는 것 없이 잘 먹는 모습에 반하신 모양이에요. 참! 설마 배탈 난 건 아니죠?"

-하하. 걱정 마요. 아무렇지도 않으니까. 빈말이 아니라 어머님 음식이 정말 하나같이 맛있던데요?

지훈은 장모님 음식이 너무 맛있어서 이러다가는 금세 살이 찔 것 같다며 너스레를 떨었다.

지훈이 인사를 다녀간 후, 유라도 지훈의 아버지께 인사를 다녀왔다. 윤 회장은 잔뜩 긴장한 그녀를 따뜻하게 맞아주었다.

윤 회장이 아들의 결혼에 바라는 것은 오직 하나였다. 아버지 대신 무거운 짐을 져야 했던 아들이 사랑하는 사람을 만나 행복해지는 것. 회사에서의 지훈은 독한 자식 소리를 들을 만큼 냉철하고 이성적인 사람이지만, 윤 회장은 아들이 가정에서만큼은 다른 삶을 살길 바랐다. 회사에서는 누구보다 치열한 시간을 보내는 만큼 집에서는 사랑하는 아내와 함께 평온한 일상을 누리기를 원했다.

따라서 윤 회장의 당부도 오직 하나였다. 남편의 위로가 되어줄 수 있는 아내가 되어달라는 것. 유라는 윤 회장에게 그녀가 할 수 있는 최선을 다하겠다고 약속했다.

양가의 허락이 떨어졌으니 시간을 끌 이유 없이 결혼은 일사천리로 진행됐다. 지훈의 가족과 유라의 부모님이 상견례를 치렀고 두 가족은 준비가 되는 대로 결혼식을 치르기로 마음을 모았다.

신혼집은 지훈의 본가에 차리기로 했다. 윤 회장의 건강이 생각만큼 좋지 못해서였다. 윤 회장은 예전부터 심장에 문제가 있었고 몇 년 전, 검찰 조사를 받다 쓰러진 뒤에는 부쩍 쇠약해진 상태였다. 이런 사정을 알게 된 유라는 제가 먼저 본가에 들어가 살자고 제안했다.

"정말 괜찮겠어요?"

"그럼요. 왜요, 무슨 문제라도 있어요?"

"아뇨. 보통 여자들은 어른들 모시고 사는 걸 꺼린다고 들어서요."

억지로 무리할 필요는 없다는 듯 지훈이 다시 생각해보기를 권했다.

"후회한다고 할까 봐 걱정돼요?"

362

싱긋 웃던 유라가 말을 이었다.

"만약에 아버님 건강이 좋았으면 나도 분가를 원했을지도 몰라요. 그런데 아니잖아요. 편찮으신 분을 혼자 지내시게 하는 게 마음이 편치 않아서 그래요. 아무리 일하는 사람이 많아도 자식만 하겠어요? 그러니 이렇게 하는 게 맞는 것 같아요."

본가에 들어가 살기로 한 후, 지훈은 집을 새롭게 단장했다. 공사가 진행되는 동안 두 사람의 결혼 준비도 본격적으로 이루어졌다. 그리고 시월의 두 번째 토요일, 지훈의 양평 별장에 있는 널따란 정원에서 두 사람의 결혼식이 열릴 예정이었다.

"날씨가 정말 끝내주네요. 경치도 근사해요."

미주가 하늘을 올려다보며 감탄했다. 여느 때보다 화창한 날이었다. 구름 한 점 없는 하늘은 티 없이 맑았고, 성큼 다가온 가을이 느껴질 만큼 높고 푸르렀다. 그야말로 얼룩 한 점 없는 청명한 날씨였지만 따가웠던 햇살은 제법 부드러워져 있었다. 아직은 여름의 기운이 남아 있었지만 이제 그늘에 있으면 제법 선선한 가을이 느껴졌다.

예식 시간이 가까워지자 다른 하객들이 속속 도착했다. 한껏 차려입은 하객들은 미리 준비된 테이블 중 자신의 이름표가 붙은 자리를 찾아 앉았다. 비공개로 진행된 이 날의 결혼식은 초대받은 소수의 하객들만 참석이 가능했다.

흰색 천이 정원 한가운데를 길게 가로지르고 둥근 꽃 볼과 흰 레이스로 연결된 작은 기둥들이 양쪽으로 울타리처럼 세워져 있었다. 그 길의 끝, 정원의 가장 안쪽에 둥근 반원의 단이 놓였고 그곳이 바로 신랑신부가 예식을 올릴 자리였다.

별장에 딸린 주방에 요리사들이 모여 하객들을 위한 음식 준비에 한창이었다. 손이 안 보일 만큼 바쁜 손놀림으로 음식을 완성하면 나비넥타이를 맨 사람들이 부지런히 음식을 날라 정원 가장자리에 마련된 테이블 위에 보기 좋게 세팅했다. 정면에 보이는 강가의 풍경과 잘 가꿔진 꽃과 나무들. 테이블마다 장식되어 있는 여러 개의 양초와 소담하고 정겨운 꽃 장식. 누가 봐도 아름다운 정경이었다.

뎅. 뎅. 청아하게 울리는 맑은 종소리가 예식의 시작을 알리며 정원 안에 울려 퍼졌다. 우아하게 한복을 갖춰 입은 유라의 엄마와 윤 전무가 둥근 단상 위 기다란 초에 불을 밝혔다. 주례를 맡은 노신사가 단상 위에 서고 투병 중인 윤 회장도 아들의 결혼식에 참석하기 위해 모처럼 모습을 드러냈다.

드디어 시작된 결혼식, 세련된 로열 블루의 슈트를 입은 신랑이 환한 미소로 등장했다. 긴 다리로 성큼성큼 흰 천을 가로지르는 그에게 힘찬 박수가 쏟아졌다.

"신부 입장."

클래식 연주자들이 신부를 위한 아름다운 선율을 연주하고, 유라가 김 교감의 손을 잡고 등장했다.

"준비됐니?"

"네. 아버지."

유라는 떨리는 마음에 조심스럽게 심호흡을 했다. 그녀의 긴장을 느낀 김 교감이 인자한 미소로 그녀를 격려했다.

"그럼 가보자꾸나."

웨딩 마치가 울려 퍼지는 가운데 유라는 지훈을 향해 천천히 발을 내디뎠다. 유라를 기다리는 지훈의 입가에 감출 수 없는 기쁨의 미소가 피어났다. 그 모습을 지켜보는 하객들에게도 두 사람의 설렘이 고스란히 전해졌다.

"유라 씨. 정말 아름다워요."

그녀의 손을 잡고 단상에 올라선 지훈이 조그맣게 속삭였다. 안 그래도 그의 멋진 모습에 가슴 떨려 하던 유라도 수줍게 웃으며 그의 말을 받았다.

"고마워요. 지훈 씨도 너무 멋져요."

지훈과 유라가 주례 앞에 서자 드디어 본격적인 예식이 시작됐다.

혼인 서약의 시간. 주례의 물음에 지훈이 큰 목소리로 힘차게 대답하자 하객들 틈에서 다시 웃음소리가 터져 나왔다. 평소 보기 힘들었던 동생의 모습에 지켜보던 윤 전무가 피식 웃으며 고개를 작게 흔들었다.

어이구, 저렇게 좋을까. 팔불출 같은 녀석……. 그래, 행복하게만 살아라. 내가 뭘 더 바라겠니. 지훈의 행복한 모습을 지켜보는 윤 전무의 머릿속에 그간의 힘들었던 기억이 떠올랐다. 남부럽지 않은 집안에서 태어났지만, 그동안 그에게 행복했던 시간만 있던 것은 아니었다. 그런 동생의 결혼식을 지켜보는 윤 전무는 감회가 남다른 얼굴이었다.

결혼식을 지켜보는 유라의 엄마도 눈시울이 붉어졌다. 어린 시절 아빠를 잃은 유라가 얼마나 힘들고 치열하게 살아왔는지를 누구보다 잘 아는 엄마였다. 때론 남편처럼 때론 친구처럼 든든한 기둥이 되어주던 딸이 이제 어려웠던 시간을 이겨내고 좋은 사람을 만났으니, 그저 그녀가 행복하기만을 바라는 마음이었다.

주례사가 끝난 후 곁에 서 있던 성민이 주머니에서 작은 상자를 꺼냈다. 지훈은 상자에서 사각형의 다이아몬드가 세팅된 반지를 꺼내 유라의 왼손 약지에 끼운 후 그녀의 손등에 키스했다.

"겨우 그걸로 넘어가시려는 겁니까?"

지켜보던 성민이 웃음을 참는 얼굴로 진한 키스를 주문했다. 유라는 난감한 듯 얼굴을 붉혔지만, 이 순간만 기다렸다는 듯 지훈의 입꼬리가 위로 올라갔다.

"사람들이 보고 있어요. 어떡해요?"

유라가 부케로 입을 가리며 작게 속삭였다. 그런 것쯤은 문제없다는 듯 지훈이 그녀의 귓가에 다정하게 속삭였다.

"걱정하지 마요. 저 사람들은 잊어버려요. 당신은 나만 보면 돼요."

지훈은 유라의 허리를 한 팔로 끌어안고 남은 손으로 등을 감쌌다. 코가 맞닿을 만큼 가까운 거리에 그녀의 입술이 있었다. 그의 고개가 한쪽으로 기울어지는가 싶더니 그녀의 입술에 입을 맞췄다.

가벼운 입맞춤으로 끝날 거라 생각했던 유라는 예상보다 깊은 지훈의 키스에 놀라 눈을 크게 떴다. 하객들의 존재를 잊은 듯 농밀한 키스에 당황하던 유라도 금세 그와의 키스에 빠져버렸다.

"휘익!"

흥미진진한 눈길로 두 사람의 키스를 지켜보던 하객들이 짓궂은 휘파람을 불어댔다. 그제야 정신이 든 유라가 지훈의 가슴을 슬쩍 밀어냈다. 마지못해 입술을 떼어냈지만 지훈은 여전히 아쉬운 얼굴이었다.

"부회장님. 여기……."

하객들을 향해 돌아서기 전, 눈치 빠른 성민이 잽싸게 손수건을 건넸다. 멋쩍은 미소로 입술에 묻은 립스틱을 닦아낸 지훈은 얼굴이 붉어진 유라를 보며 싱긋 웃었다.

예식이 모두 끝나고 결혼 행진곡이 울려 퍼졌다. 하객들의 박수와 환호성 속에 유라와 지훈이 행진을 시작했다. 이제는 부부가 된 두 사람이 세상을 향해 내딛는 첫발. 아름다운 신랑신부의 탄생을 축복하며 하객들이 두 사람의 앞길에 축복의 꽃잎을 뿌렸다. 그들은 모두의 축하 속에 부부로서 시작될 새로운 삶 속으로 힘찬 첫발을 내디뎠다.

식이 끝나고 피로연이 열렸다. 하객들 중 누군가가 두 사람의 앞날을 축복하는 건배를 제의했다. 그의 제의에 따라 모두가 샴페인이 담긴 잔을 높이 들었다. 그의 팔짱을 낀 유라도 지훈과 함께 잔을 들었다. 두 사람을 축하하는 건배사가 읊어지고 모두가 잔을 입으로 가져갔다.

유라도 샴페인을 마셨다. 지훈은 조금 염려스러운 표정으로 그녀를 살폈다. 이 정도는 괜찮다는 듯 두 눈썹을 위로 들어 보인 유라는 샴페인을 한 모금 더 마셨다. 지켜보던 지훈이 안심한 듯 웃으며 그녀의 뺨을 어루만졌다.

피로연의 만찬을 즐긴 뒤, 하객들은 하나둘 자리를 떠났다. 부부가 되어 정원 입구에 나란히 선 지훈과 유라는 하객들을 배웅하며 감사의 인사를 전했다.

이제 별장에는 지훈과 유라 두 사람만 남았다. 두 사람은 첫날 밤을 이곳에서 지내고 내일 일찍 신혼여행을 떠날 예정이었다.

결혼은 일생일대의 행복한 사건이었지만 반면 쉽지 않은 일이었다. 새벽부터 지금까지 불편한 드레스와 높은 구두를 신고 긴장한 채로 있어야 했던 유라는 급격한 피로를 느꼈다.

시끌벅적한 속에 있다가 긴장이 풀려서인지 진이 빠진 듯 몸이 무겁게 가라앉으며 처지기 시작했다. 소파에 기대앉아 피곤한 눈을 감고 목덜미를 문지르는 유라를 안쓰럽게 내려다보던 지훈은 욕조에 따끈한 물을 받았다. 욕조에 어느 정도 물이 차오르자 지훈은 소파로 가서 그녀를 안아 들었다. 역시나 많이 피곤했는지 지훈이 그녀를 들어 올리는데도 유라는 그대로 그의 가슴에 머리를 기댄 채 눈을 뜨지 않았다.

지훈은 그녀를 안고 욕실로 향했다. 욕조 앞 의자에 그녀를 내려놓은 후 천천히 그녀의 옷을 벗겼다. 그리고는 그녀를 안아 욕조 안에 뉘였다. 그도 서둘러 옷을 벗고 그녀의 곁에 앉았다.

"이쪽으로 기대요."

지훈이 그녀를 제게 끌어당겼다. 그녀의 등이 그의 가슴에 닿았다. 그녀를 편히 기대게 한 후 그는 조심스럽게 유라의 목과 어깨를 주무르기 시작했다.

"오늘 고생했어요. 많이 피곤하고 힘들었죠? 어때요, 시원해요?"

"음…… 시원해요. 좋은데요?"

지훈은 유라의 발을 당겨 높은 구두를 신느라 온종일 고생한 그녀의 종아리와 발을 문지르듯 주물렀다. 따끈한 물이 기분 좋게 몸을 감싸고, 부드러운 손길로 안마까지 받으니 유라는 피곤이 풀리는 동시에 온몸이 나른해지는 느낌이었다.

"아, 편하다. 이대로 자고 싶어요."

정말로 졸린 듯 유라의 목소리가 낮게 잦아들었다.

"그건 좀 곤란한데요."

그녀의 어깨를 주무르던 지훈이 그녀의 뒷목을 받치더니 그대로 그녀에게 입술을 내렸다.

"흐읍……."

맞닿은 입술 사이로 작은 신음이 새어 나왔다. 두 사람의 움직임을 따라 욕조 속에 담긴 물이 작은 파도를 만들며 출렁거렸다. 찰랑대는 물소리와 함께 그들의 밤이 깊어가고 있었다.

유라와 지훈은 느지막이 일어나 간단히 아침을 먹었다. 출발하기 전, 미리 싸놓은 여행 가방을 체크하고 신혼여행 일정을 다시 한 번 확인했다. 지훈이 준비하는 동안 유라는 휴대전화의 전원을 켜고 밤사이에 들어온 메시지를 확인했다. 부모님을 비롯한 친지들의 문자는 물론 결혼식에 참석하지 못한 친구들이 보내온 축하 인사가 잔뜩 와 있었다.

그러다 문득 유라는 인터넷 뉴스가 확인하고 싶어졌다. 그들의 결혼에 대한 기사가 어떤 식으로 실렸는지 궁금했다. 예상대로 지훈과 그녀의 결혼 소식이 뉴스의 상단을 장식하고 있었다. 그중 하나를 읽어보려는데 지훈이 그녀의 손에서 휴대전화를 가져가버렸다.

"한 비서. 내가 지시한 내용을 벌써 잊었나?"

부회장님과 비서 놀이라도 하려는지 지훈의 얼굴에 장난기가 가득했다.

"내가 기사나 댓글 같은 것 보지 말라고 했죠? 보지 말아요. 뭐 하러 찾아보고 그래요. 괜히 마음 상하면 어쩌려고. 불필요한 일에 마음 쓰지 말고 한 번뿐인 신혼여행을 마음껏 즐깁시다."

치잇. 그의 마음을 알지만 전화까지 빼앗긴 게 억울해진 유라가 뾰로통한 표정으로 다람쥐처럼 볼을 부풀렸다. 킥킥 웃던 지훈이 손가락으로 그녀의 양쪽 뺨을 쿡 찔러 푸시시 바람이 빼지게 만들더니 이내 그녀를 제 품에 꼭 끌어안았다.

"사람들 관심은 오래가지 않아요. 그러니 신경 쓰지 말아요. 괜한 댓글에 속 끓이는 것도 하지 말고."

그때 별장 관리인이 그들을 태울 차가 도착했음을 알렸다. 지훈은 유라의 손을 잡고 별장 입구로 나갔다. 관리인이 여행 가방을 챙겨 그들의 뒤를 따랐다. 기사가 트렁크에 가방을 싣는 동안 그들은 별장의 관리인 부부에게 수고가 많았다는 인사를 건넸다.

지훈과 유라가 나란히 뒷좌석에 오르자 두 사람을 태운 차가 미끄러지듯 별장을 빠져나가 인천공항을 향해 달렸다.

인천공항에 도착해 출국 수속 중이던 지훈은 성민의 전화를 받았다.

"여보세요?"

-부회장님. 박 실장입니다. 공항에는 잘 도착하셨습니까? 실은 긴히 드릴 말씀이 있어서 전화 드렸습니다.

원래대로라면 공항까지 지훈을 수행했어야 하지만, 성민은 간밤에 벌어진 사건을 확인하느라 회사에 나와 있었다.

"무슨 일 있습니까?"

통화를 하면서도 지훈은 유라의 손을 끌어다 만지작거리며 장난을 걸었다.

-혹시 뉴스 보셨습니까? 정현석 이사가 피습을 당했다는 소식입니다.

"뉴스? 누가? 아……."

통화하다 깜짝 놀라는 지훈을 본 유라는 무슨 일인가 궁금했다. 왜요? 눈으로 묻는 그녀에게 지훈은 아무것도 아니라는 듯 고개를 흔들었다.

"아니. 아직 못 봤어요. 박 실장, 잠깐만. 유라 씨, 박 실장인데 잠깐 통화 좀 하고 올게요. 여기서 조금만 기다려줘요. 괜찮지?"

"그럼요. 걱정 말고 다녀와요."

지훈은 다정하게 그녀의 머리를 쓰다듬고는 아무 일 아니니 신경 쓰지 말라는 듯 웃어 보인 후 한쪽 구석으로 자리를 옮겼다.

유라는 지훈의 굳어진 표정에서 그가 심각한 내용의 통화를 하고 있다고 짐작했다. 현석의 일을 짐작할 길이 없는 그녀는 혹시 저에 관한 안 좋은 뉴스 때문이 아닌지 걱정스러웠다. 그러나 자신을 믿어달라던 지훈의 말을 떠올리며 마음을 가라앉히려 애썼다.

성민과 통화를 마친 지훈은 즉시 휴대전화로 인터넷 뉴스를 확인했다.

-오늘 약혼식을 올릴 예정이었던 현성기업 정만수 대표의 아들 정 모 이사가 어젯밤 자신의 내연녀 주 씨에게 피습을 당했습니다. 두 사람은 정 씨의 약혼 문제로 크게 다투다 몸싸움을 벌였고, 그 과정에서 내연녀인 주씨가 정 씨를 흉기로 찌른 것입니다. 정 씨는

출혈이 컸지만, 다행히 생명에는 지장이 없는 것으로 알려졌습니다.

현석에 대한 리포트가 흘러나오는 사이, 현성기업의 사옥과 정 대표의 얼굴, 그리고 현석의 얼굴과 그가 누워 있는 병원의 전경이 자료 화면으로 흘러나왔다.

-한편 검찰은 내연녀 주 씨의 구속을 기점으로 그동안 물밑에서 조사를 벌여왔던 현성기업 정만수 부자의 비리에 대해 본격적인 수사에 착수했다는 소식입니다. ……검찰은 증거 인멸과 도주를 우려하여 현성의 정 대표와 정 씨 그리고 내연녀 주 씨의 구속영장을 발부했습니다.

이름을 대면 알만한 기업의 후계자가 연루된 치정 사건은 사람들의 호기심을 크게 자극했다. 해피엔딩인 신데렐라의 이야기보다 훨씬 더 쇼킹하고 자극적인 뉴스에 사람들의 관심이 쏠리는 것은 너무도 당연했다. 현석의 스캔들은 현성기업에 관한 검찰의 조사까지 맞물려 세간의 입에 오르내리며 며칠 동안이나 뉴스의 상단을 차지했다.

"뭐, 안 좋은 일이에요?"

통화를 마친 지훈이 돌아오자 유라가 조심스럽게 물었다. 지훈은 걱정할 것 하나 없다는 얼굴로 그녀를 안심시켰다.

"아니에요, 그런 거. 내가 괜한 걱정하지 말랬죠? 당신이 걱정하는 그런 거 아냐. 회사 일로 의논할 게 좀 있었어요. 하하. 정말이에요."

남의 불행에 박수 칠 수는 없지만, 그렇다고 현석의 불행을 유라가 걱정할 필요는 없었다. 다만 현성과의 한판 승부를 피할 수 없을 거로 예상하고 만반의 준비를 갖춰왔던 터라 생각이 많아지는 건 확실했다. 이제 시작일 뿐인데 제대로 싸우기도 전에 넘어져 버린 상대를 어째야 할까. 지훈은 이 상황이 썩 개운치 않았지만, 그 판단은 나중으로 미루기로 했다. 일생에 한 번뿐인 소중한 신혼여행을 현석에 대한 고민으로 흘려버릴 수는 없었다.

"알겠어요. 걱정 안 해요."

"이제 갑시다. 시간 다 됐어요."

비행기에 오를 시간이 됐다. 두 사람은 다정하게 손을 맞잡은 채 부지런히 발길을 옮겼다.

에필로그

"우와, 드디어 도착이네요."

지훈과 유라가 밴쿠버와 에드먼턴을 거쳐 옐로나이프 공항에 도착한 것은 이미 해가 완전히 저문 후였다. 지훈은 힘든 여정에도 불평 한마디 없이 잘 버텨준 유라가 대견한 듯 그녀의 머리를 다정하게 쓸어내렸다.

"그러게요. 여기까지 오느라 고생했어요."

"지훈 씨도요. 이제 조금만 더 있으면 정말로 오로라를 볼 수 있겠군요."

기대에 찬 유라의 목소리에 지훈이 빙그레 웃었다.

두 사람은 공항을 나와 곧바로 호텔로 이동했다. 오늘 밤은 오랜 비행으로 지쳤을 유라를 푹 쉬게 해주고 싶었지만, 유라는 이미 너무 오래 기다렸다며 당장 오로라를 보러 가자고 졸랐다.

"정말 괜찮겠어요? 많이 피곤할 텐데."

"그럼요. 잠이야 비행기에서 실컷 잤는데요, 뭘. 우리 얼른 준비하고 나가요. 네?"

재촉하는 유라의 모습에 지훈이 하하 웃음을 터뜨렸다. 지훈은 호텔 옷장에 미리 준비되어 있던 방한 용품을 꺼냈다.

"좋아요. 준비하고 나갑시다. 엄청 추울 테니 든든하게 입어야 해요."

유라는 한국에서 미리 준비해온 내복을 입고 그 위에 두툼한 겨울옷을 겹쳐 입었다. 그리고 그 위에 호텔에서 제공하는 방한복과 두꺼운 장갑, 방한화를 신고 머플러로 얼굴을 칭칭 감쌌다.

"으, 펭귄이 된 기분이에요. 팔도 안 붙고, 신발 때문에 걷기도 힘들어요."

유라는 너무 껴입어 두루뭉술해진 몸으로 뒤뚱뒤뚱 걸었다. 차렷 자세를 하고 싶어도 팔이 옆구리에 닿지 않았다. 그 모습을 웃으며 지켜보던 지훈이 두 팔을 활짝 벌려 유라를 꼭 끌어안았다.

"아, 귀여워. 우리 유라 씨는 뭘 해도 예쁘군요. 아무래도 내 눈에 콩깍지가 단단히 씌었나 봅니다."

"그 콩깍지, 제발 안 떨어지길 바라야겠네요. 그보다 지훈 씨도 얼른 옷 갈아입어요. 이러다가 오로라가 다 끝나겠어요."

"걱정 말아요. 오로라도 유라 씨가 보고 싶어서 안 가고 기다리고 있을 테니까. 뭐 하나만 더 챙기고요."

유라의 성화에 지훈도 방한복으로 갈아입었다. 두 사람은 대기하고 있던 차에 올라 오로라 빌리지로 향했다.

"어머, 저건 뭐예요? 꼭 인디언 천막 같아."

평지에 가깝게 야트막하고 널따란 언덕 위에 노란빛을 뿜어내는 원뿔형의 하얀 천막집이 띄엄띄엄 세워져 있었다. 지훈은 그녀의 손을 잡고 천천히 언덕을 올랐다.

"티피라고 부르는 천막집이에요. 여기서 오로라가 뜰 때까지 대기도 하고, 쉬기도 하라고 만든 곳이죠. 들어가 봐요. 안엔 따뜻하니까."

티피 안에는 편히 쉴 수 있도록 여러 가지 편의 시설이 준비되어 있었다. 여기서는 따뜻한 차나 커피를 마실 수도 있고, 장작 난로가 피워져 있어서 추운 몸을 녹이기에도 안성맞춤이었다. 그들은 그곳에서 잠깐 시간을 보낸 후 오로라를 보기 위해 티피 밖으로 나왔다.

"이제 곧 오로라가 뜨겠죠? 사진이라도 남겨야 하는 거 아니에요? 아, 카메라를 가져왔어야 했는데."

좌우를 둘러보니 다른 사람들은 카메라와 삼각대를 설치하느라 분주했다. 유라는 호텔에 두고 온 여행 가방 속에 들어 있을 카메라가 아쉬웠지만, 지훈은 상관없다는 듯 고개를 저었다.

"사진은 다음에 찍어도 되니까 오늘은 그냥 봐요. 오로라는 사진이 아닌 눈으로 직접 감상했을 때 가장 아름다워요. 근사한 사진 남기려다 제대로 못 보면 너무 아깝잖아요. 그래서 일부러 카메라도 안 가져왔어요."

아하, 그렇게 깊은 뜻이. 어째서 지훈이 카메라를 안 챙겼을까 의아해했던 유라는 지훈의 말에 고개를 끄덕였다.

"자, 가까이 와요. 지금은 잘 몰라도 한참 있다 보면 꽤 추워질 테니까."

지훈이 그녀의 어깨에 팔을 두르며 자신에게로 꼭 끌어당겼다. 유라는 못 이기는 척 안겨 그의 어깨에 머리를 기댔다.

"정말이지 그림 같은 곳이네요."

　유라가 눈앞의 전경을 바라보며 감탄하듯 중얼거렸다. 별이 총총히 박힌 어두운 하늘 아래 노랗게 불을 밝힌 티피들이 있고, 그 뒤로 멀리 크리스마스 엽서에서나 봤을 법한 뾰족뾰족하고 길쭉한 침엽수들이 병풍처럼 늘어서 있었다. 저 숲 어딘가에 커다란 뿔을 가진 순록들이 잠들어 있는 건 아닐까 생각하던 그때, 저만치서 누군가 크게 '오로라!'라고 외쳤다.

　그 말에 유라는 재빨리 고개를 위로 들었다. 새카만 밤하늘 어딘가에 누군가 초록색 물을 쏟아 부은 것처럼 금세 하늘에 밝은 초록색의 빛이 번져나가기 시작했다.

"아아, 저게 오로라군요!"

　유라의 감탄에 지훈이 싱긋 웃으며 귓가에 속삭였다.

"맞아요. 저게 바로 오로라예요. 유라 씨가 운이 좋군요. 첫날부터 이렇게 아름다운 오로라를 보게 되다니."

　옐로나이프가 세계에서 가장 아름다운 오로라를 볼 수 있는 곳이라더니. 절대 과장된 표현이 아니었다. 유라는 밤하늘을 수놓은 오로라의 장엄한 광경에 금세 빠져버리고 말았다.

　어디부터 시작인지 어디가 끝인지 알 수 없을 만큼 거대한 오로라가 유라의 시야를 가득 메웠다. 누군가 오로라를 여신이 흘리고 간 빛의 베일이라더니, 그 말이 어떤 의미인지 바로 알 것 같았다.

　아아. 쉴 새 없이 흔들리고 눈앞에서 아른거리는 오로라를 바라보며 유라는 벌어진 입을 다물지 못했다. 엄청나게 거대한 빛의 장막이 그녀의 눈앞에서 하늘거리듯 춤을 추며 끊임없이 모양과 빛의 색을 바꿔내고 있었다.

"아, 너무 근사해요. 멋지다는 말로는 표현할 수 없을 만큼 대단하네요. 이건 정말이지, 말로 표현이 안 돼요."

유라의 탄식에 지훈이 동의한다는 듯 힘차게 고개를 끄덕였다.

"맞아요. 말로는 표현이 안 되죠. 바로 이걸 유라 씨에게 보여주고 싶었어요. 이건 말뿐만 아니라 사진으로도 대신할 수 없는 광경이니까. 어때요? 20시간이나 비행기를 타고 고생스럽게 날아온 보람이 있는 같죠?"

"네. 진심으로요. 고마워요. 지훈 씨. 지훈 씨가 아니었다면 난 오로라를 보러 직접 오겠다는 생각은 아마 못했을 것 같아요."

빛은 우아하고 신비롭게 춤을 추다가 아래로 흐르기도 하고 때로는 위로 솟구쳐 오르기도 했다. 새카만 밤하늘을 가로지르는 환상적인 빛의 향연에 유라뿐 아니라 지켜보는 모두가 감탄하는 듯 여기저기서 환호성이 쏟아져 나왔다.

밤이 깊어갈수록 오로라의 색은 더욱 짙어지고 빛은 더욱 밝아졌다. 초록색과 분홍색, 보라색 등 여러 겹의 색띠가 겹쳐지며 한층 더 화려해졌다.

유라의 입에서도 아름답다는 감탄이 연신 쏟아져 나왔다. 태양이 만들어낸 에너지 입자가 극지방의 자석 성질과 만나 거대한 빛으로 전환됐다는 오로라. 어째서 오로라가 신의 선물이라는 찬사를 들었는지 충분히 공감됐다. 유라는 제 눈으로 직접 목도한 오로라의 거대한 아름다움에 가슴이 벅찰 만큼 압도당했다.

"이제 끝이네요. 너무 아쉬워요."

당장에라도 그녀의 머리 위로 쏟아져 내릴 것 같았던 오로라가 어느새 희미해지고 있었다. 연신 카메라 셔터를 누르느라 바빴던 주위 사람들도 하나둘 추위를 피해 티피 안으로 몸을 피했다. 오로라에 장관에 반해 꾹 참고 있었지만 실은 유라도 진즉부터 춥다고 느꼈던 참이었다. 아무리 두꺼운 방한복을 입었어도 극지방의 추위 속에 한자리에서 오래 서 있기는 쉬운 일이 아니었다.

"우리도 들어갑시다. 이러다 감기 걸리겠어요."

지훈이 유라의 손을 잡아끌었다. 오로라에 대한 감동으로 잠시 잊었던 추위가 밀려들자 유라가 덜덜 떨며 대답했다.

"그래야겠어요. 너무 추워요."

두 사람은 티피로 들어갔다. 유라가 반가운 기색을 띠며 난로 가까이 다가가 불기운을 쬐는 사이 지훈이 회심의 미소를 지으며 뭔가를 꺼내 그녀 앞에 내밀었다.

"짠! 이것 봐요."

"그게 뭔데요? 어머, 컵라면이네!"

지훈이 내민 것은 한국에서 가져온 컵라면이었다. 안 그래도 뜨끈한 국물이라도 먹었으면 좋겠다 생각했던 유라가 환한 얼굴로 반색했다.

"우와! 어떻게 이런 생각을 했어요? 그러고 보니 호텔에서 챙겨야 한다던 게 이거였군요?"

"맞아요. 이거였어요. 자, 받아요. 뜨거우니까 조심하고. 춥고 배고플 때는 야외에서 이만한 게 없죠."

유라는 김이 모락모락 나는 라면을 후후 불어 먹었다. 뜨겁고 얼큰하고 짭조름한 국물이 들어가니 얼어붙었던 속이 훈훈하게 풀리는 것 같았다.

"정말이지 야외에서 먹는 컵라면은 최고예요. 너무 맛있어요."

유라가 엄지를 세워 보이자 지훈은 그럴 줄 알았다는 듯 씩 웃었다.

옐로나이프에서 즐길 것은 오로라뿐이 아니었다. 유라는 지훈과 함께 개썰매를 타고 하얀 설원을 빠르게 질주했다.

"꺄악! 너무 빨라요!"

생각보다 빠른 속도에 유라가 바람에 날리지 않도록 손바닥으로 모자를 누르며 소리 질렀다.

"걱정 말아요. 안전하니까."

전에 타본 적이 있다더니 개썰매를 조종하는 지훈의 솜씨가 능숙해 보였다. 썰매를 끄는 개들도 훈련이 잘 되어 있어선지 그다지 힘든 기색 없이 힘차게 썰매를 끌고 달렸다. 처음의 무서움과 왠지 모르게 개에게 미안했던 마음이 가시고 나자 유라도 슬슬 개썰매의 재미를 느끼기 시작했다.

"와! 무슨 개가 이렇게 빨라요? 얘들 힘이 보통이 아닌데요?"

"달릴수록 빨라져요. 그러니 꽉 잡아요!"

말도 자동차도 아닌 개 몇 마리가 끄는 썰매가 이 정도로 스피디하게 느껴질 줄은 예상 못 했던 유라가 비명 반, 웃음 반을 터뜨리며 신나게 깔깔거렸다.

"저 앞에서 쉬었다 가나 보네요."

지훈이 손가락으로 저만치 앞에 보이는 티피를 가리켰다. 과연 그의 말마따나 앞서가던 가이드가 수신호를 보내더니 티피 근처에서 속도를 줄이기 시작했다. 지훈도 가이드를 따라 티피 앞에 개썰매를 세웠다. 그들이 티피로 들어간 사이 개들은 자유롭게 눈밭을 뒹굴고 물 대신 눈덩이를 먹으며 갈증을 달랬다.

"커피 마셔요."

그들은 가이드와 함께 출발 전 미리 준비해온 샌드위치와 커피를 나눠 먹으며 잠깐의 휴식 시간을 가졌다.

"이제 돌아가자는 군요."

가이드가 앞장서고 두 사람도 다시 썰매에 올랐다. 한번 경험이 있어서인지 무섭기보다는 가슴이 두근거렸다. 슬슬 달리던 개썰매에 속도가 붙고 그림 같은 설원의 풍경이 순식간에 옆으로 휙휙 지나갔다. 유라는 고개를 들고 숨을 깊게 들이마셨다. 차가운 공기가 폐부 깊숙이 스며들고 막혔던 속이 뻥 뚫린 듯 시원하게 느껴졌다.

꿈같은 나날이 이어지고 있었다. 밤이면 오로라 빌리지에서 신비로운 빛의 향연을 감상하고, 새벽녘이면 호텔로 돌아와 지훈의 품에서 잠이 들었다. 아침이면 느지막이 일어나 지훈과 사랑을 나눴고, 낮에는 그의 손을 꼭 잡고 지금처럼 캐나다의 이곳저곳을 자유롭게 누볐다.

"어머 귀여워라."

유라는 손에든 조그만 배지를 보며 빙그레 미소 지었다. 방문객센터에서 무료로 나눠주는 옐로나이프라는 이름 그대로의 노란색 칼 모양의 손톱만 한 배지였다. 유라는 배지를 떼어내 그녀가 쓰고 있던 모자에 달았다.

"오늘 밤이 마지막이네요."

유라가 아쉬움 가득한 눈길로 밤하늘을 올려다봤다. 그동안 눈으로 실컷 오로라를 감상했으니 오늘은 반드시 멋진 사진을 건져보리라는 각오로 카메라를 들고 나왔다. 지훈이 삼각대를 설치하고 유라는 티피에서 뜨거운 차를 만들어왔다.

오로라를 기다리는 동안 두 사람은 뜨거운 녹차 한 잔으로 시린 속을 달랬다. 오늘따라 유난히 추운듯해 제자리에서 콩콩 뛰며 굳어진 몸을 풀고 있는데 저 멀리 하늘에서 웅장한 마법이 펼쳐지기 시작했다.

"아, 지훈 씨! 오로라예요. 카메라, 카메라. 얼른 찍어요."

유라가 손가락으로 오로라가 시작된 지점을 가리키며 팔짝팔짝 뛰었다. 투명한 물에 물감이 번지듯 오로라가 거대한 빛의 자락을 풀어 하늘 전체를 빠르게 휘어 감았다.

지훈은 유라가 원하는 사진을 남기기 위해 연신 하늘을 향해 카메라의 셔터를 눌러댔다. 잠시 후, 지훈이 결과에 만족한 얼굴로 카메라에서 고개를 들었다.

"이만하면 된 것 같군요."

"고생했어요. 어서 이쪽으로 와요."

이제 두 사람은 나란히 서서 서로의 손을 꼭 잡은 채 이 여행의 마지막 오로라를 감상하기 시작했다.

오로라 지수가 높은 날이라더니 오늘따라 오로라가 유난히 아름답고 화려하게 느껴졌다. 유라는 오로라를 올려다보며 소원을 빌었다. 그녀의 인생이 이 오로라와 같기를.

이제 내일이면 다시 꼬박 하루를 날아 서울로 돌아갈 예정이었다. 돌아가면 지금까지 그녀가 살아왔던 것과는 완전히 다른 새로운 인생이 그녀를 기다리고 있었다.

유라는 앞으로 살아가게 될 그녀의 인생이 이 오로라처럼 아름답고 신비롭고 멋진 것이 되길 소망했다. 20시간이 넘는 긴 여정을 견디고, 혹독한 추위를 참아내 이렇게 환상적인 오로라를 볼 수 있었던 것처럼 때로는 힘들고, 슬프고, 거칠고, 모진 시간이 그녀를 찾아온다 해도 반드시 이겨내서 찬란한 행복을 맞이하게 되길 말이다.

유라는 제 곁의 지훈을 사랑이 가득한 눈으로 올려다봤다. 그도 같은 눈빛으로 그녀를 바라보고 있었다.

지훈은 약속을 지켰다. 언젠가 그녀에게 옐로나이프의 환상적인 오로라를 보여주겠다던 그 약속을.

그리고 유라는 그를 믿었다. 앞으로도 지훈은 최선을 다해 자신이 한 약속들을 지켜나갈 것이다. 영원히 그녀만을 사랑하겠다는 그 약속을.

"무슨 생각을 그렇게 했어요?"

지훈의 물음에 유라가 대답했다.

"당신 생각을 했어요. 지훈 씨를 만날 수 있어서 감사하고, 당신 같이 좋은 남자의 아내가 될 수 있어서 행복하다고요."

유라의 대답에 지훈의 입이 크게 벌어졌다.

"나도 그래요. 유라 씨를 만난 게 내 인생의 가장 큰 행운이라고 생각해요. 사랑해요. 당신을 정말 사랑합니다."

지훈의 고백에 유라의 입가에도 환한 미소가 맺혔다.

"나도요. 나도 당신을 사랑해요."

지훈의 입술이 망설임 없이 그녀에게로 내려앉았다. 말캉하고 따뜻한 혀가 유라의 보드라운 입술을 거침없이 파고들었다. 그의 침입을 기꺼이 받아들이며 유라는 가만히 눈을 감았다.

　서로를 끌어안은 그들의 머리 위로 눈부시게 화려한 오로라가 끊임없이 쏟아져 내렸다. 그리고 밤하늘의 오로라보다 더 멋지고 커다란 행복이 두 사람의 가슴을 가득 채웠다.

-마침-